W0182168

L'AMOUR EST AVEUGLE

WILLIAM BOYD

L'AMOUR EST AVEUGLE

Le Ravissement de Brodie Moncur

roman

TRADUIT DE L'ANGLAIS (GRANDE-BRETAGNE)
PAR ISABELLE PERRIN

ÉDITIONS DU SEUIL
*57, rue Gaston-Tessier, Paris XIXe*

Ce livre est édité par Anne Freyer-Mauthner

Pour les citations en exergue
Olga Knipper-Tchékhova, *Tchékhov vu par ses contemporains*,
traduit du russe par Génia Cannac,
© Éditions Gallimard, 1970.

Robert Louis Stevenson, *Virginibus Puerisque*,
traduit de l'anglais par Laili Dor et Mélisandre Fitzsimons,
© Éditions Allia, 2003, 2019.

Titre original : *Love is Blind, The Rapture of Brodie Moncur*
Éditeur original : Viking/Penguin Random House, Londres
ISBN original : 9780241295939

ISBN : 978-2-02-140809-6

www.seuil.com

Pour Susan

« La dernière année de sa vie, Anton Pavlovitch [Tchékhov] avait songé à écrire une nouvelle pièce. Le sujet en était encore assez vague dans son esprit. Cependant, Tchékhov me disait que le héros serait un savant, amoureux d'une femme qui ne l'aime pas ou qui le trompe ; et le savant partirait pour le Grand Nord. Et voici comment Tchékhov voyait le troisième acte : un bateau est immobilisé au milieu des banquises ; l'aurore boréale brille dans le ciel ; le savant se tient debout sur le pont ; et brusquement, dans le silence majestueux de la nuit, il voit passer, sur ce fond d'aurore boréale, l'ombre de la femme qu'il aime. »

Olga Knipper-Tchékhova,
Tchékhov vu par ses contemporains

« Tomber amoureux est l'aventure illogique par excellence, la situation entre toutes que nous sommes tentés de croire surnaturelle, dans notre monde banal et raisonnable. L'effet est hors de proportion avec la cause. »

Robert Louis Stevenson, *Virginibus Puerisque*

Prologue

Port Blair,
Îles Andaman,
Empire des Indes

11 mars 1906

Chère Amelia,

La prison a connu une tentative d'évasion hier soir, et une échauffourée s'en est suivie. Fort inhabituel. Trois des détenus ont été tués, mais d'autres ont réussi à s'enfuir. La ville s'est donc vu imposer un couvre-feu de vingt-quatre heures, ce qui explique que je me retrouve chez moi à l'heure du déjeuner et que je t'écrive cette lettre qui attend depuis si longtemps.

Tout va bien. Ma jambe va beaucoup mieux (le docteur Klein se dit très satisfait, même si je marche avec une canne – je suis d'une élégance folle). La nouvelle tribu que nous avons découverte devient peu à peu plus arrangeante. Le colonel Ticknell, le haut-commissaire britannique local, fait tout pour m'aider. « Mademoiselle Arbogast, vos moindres désirs sont des ordres. Veuillez ne pas hésiter, même pour une broutille, etc. » Et je n'hésite pas (tu me connais). Il m'a fourni des moyens de locomotion, des porteurs, un accès au courrier diplomatique et même une arme à feu. Je crois que le colonel Ticknell a le béguin pour moi et qu'il se figure que ses attentions diligentes lui gagneront mon cœur. Qu'il se figure tout ce qu'il veut, ça ne peut pas faire de mal. Tu me traiteras de manipulatrice, mais ici, la fin justifie les moyens.

Ô miracle, l'annonce que j'ai fait paraître dans le journal local et que j'ai personnellement punaisée au mur de la poste a trouvé preneur. J'ai enfin un assistant !

Un policier frappe à la porte. Je suppose que le couvre-feu a été levé. Je t'écrirai plus tard.

En attendant, je t'envoie comme toujours toute mon affection,

Ta sœur,

Page

P.-S. : Mon nouvel assistant est un jeune Écossais de belle taille, âgé d'environ trente-cinq ans, qui s'appelle Brodie Moncur.

PREMIÈRE PARTIE

Édimbourg

1894

1

Depuis la vitrine centrale de Channon & Co., Brodie Moncur regardait les passants se hâter entre les fiacres, calèches et carrioles qui roulaient dans George Street. La pluie fine qui tombait dru, parfois chassée en diagonale par une bourrasque sous la pesante lumière étamée, fondait au noir les façades déjà charbonneuses des immeubles. Comme du velours ou de la moleskine, songea Brodie, qui ôta ses lunettes et en essuya les verres sur son mouchoir. Avant de les remettre, il leva les yeux pour découvrir une Édimbourg totalement aqueuse. Les bâtiments d'en face se dressaient telle une muraille de daim noir.

Il accrocha l'une après l'autre les branches métalliques de ses bésicles sur ses oreilles, et le monde reprit son aspect normal. Il sortit sa montre de son gousset : presque 9 heures. Au travail ! Il ouvrit l'abattant chantourné du piano à queue Channon flambant neuf qui occupait l'étalage. Un miroir intérieur (une idée à lui, propre au modèle de démonstration) permettait d'exposer la complexe mécanique. Il souleva le couvercle, dévissa les blocs puis, après s'être assuré qu'aucun marteau n'était levé, tira toute la mécanique en attrapant le chariot sous le devant. Comme le piano était neuf, le glissement fut parfait. Déjà un passant s'était arrêté pour observer la scène. Sortir la mécanique attirait toujours l'attention. Tout le monde avait déjà vu un piano à queue couvercle relevé, mais la mécanique ainsi exhibée altérait subtilement les idées préconçues en faisant perdre au piano sa familiarité. Les multiples pièces mobiles au-delà des touches noires et blanches, marteaux, pointes de balancier, bâtons d'échappement, chevalets, étouffoirs, étant à présent apparentes, l'écorché offrait ses entrailles à la vue, comme une pendule dont on a ôté le fond ou une locomotive démontée dans un atelier. Musique, temps, mouvement – autant de mystères qui se réduisaient à des mécanismes élaborés. C'était fascinant pour les braves gens.

Il déroula sa trousse à outils en cuir, choisit la bonne clef et fit semblant d'accorder le piano, tendant une corde ici ou là, puis la testant avant de la détendre. L'instrument était parfaitement accordé – il y avait veillé en personne à la sortie de l'atelier de fabrication deux semaines plus tôt. Il régla le *fa* un tout petit peu trop haut, puis le remit en place, et dans le ton, grâce à quelques petits coups secs sur la touche. Il souleva une tête de marteau et en marqua un peu le feutre avec son piquoir à trois aiguilles, puis lui fit reprendre sa position initiale. Cette pantomime avait pour but d'appâter le chaland. Lors d'une des rares réunions du personnel, il avait même suggéré de faire vraiment jouer un pianiste accompli, comme certains magasins en Allemagne ou les facteurs Érard et Pleyel à Paris dans les années 1830, ce qui attirait des foules immenses. Le concept était tout sauf novateur, mais un récital impromptu en vitrine serait sûrement plus attractif que les étapes répétitives d'un accordage. *Dong ! Ding ! Dong ! Dong ! Dong ! Ding !* Sa proposition n'avait pas été retenue – un pianiste accompli coûterait de l'argent –, mais on l'avait chargé de ces fausses séances d'accordage en vitrine, une heure le matin et une heure l'après-midi. De fait, il attirait bien des spectateurs, mais à son seul bénéfice. S'il doutait que la firme eût vendu un seul piano supplémentaire grâce à ses démonstrations, nombre de particuliers et de représentants d'institutions (écoles, salles paroissiales, pubs) étaient entrés dans le magasin pour lui remettre une carte de visite et lui proposer des missions d'accordage en dehors de ses heures de travail, ce qui lui avait permis d'engranger de coquettes sommes.

Il joua le *la* au-dessus du *do* du milieu afin de « donner le ton », en penchant la tête de côté pour avoir l'air d'écouter intensément, puis quelques octaves. Il se leva, glissa des sourdines en feutre entre les cordes, sortit sa clef, la plaça sur une cheville choisie au hasard et tourna légèrement, juste pour augmenter la tension, puis desserra un peu la cheville pour la « caler » et frappa fort la note pour asseoir l'accord, qu'il ressentit dans sa main via sa clef. Puis il s'assit et plaqua quelques accords pour faire résonner la voix caractéristique du Channon. Puissante, pleine de résonances. La finesse millimétrée de la table d'harmonie en épicéa écossais sous les cordes était la marque de fabrique propre à Channon, son secret professionnel. Un Channon pouvait ainsi rivaliser avec un Steinway ou un Bösendorfer quand il s'agissait de se faire entendre par-dessus un orchestre. Rares étaient les membres du personnel qui savaient où se trouvaient les forêts d'épicéas qu'exploitait Channon, quels arbres étaient sélectionnés – plus droit le tronc, plus lisse le grain – et quelles scieries préparaient les planches. Channon affirmait que c'était la qualité du bois écossais utilisé qui donnait à ses pianos cette sonorité unique et distinctive.

Une fois son numéro terminé, Brodie s'assit et attaqua « The Skye Boat Song ». Il découvrit que son premier spectateur avait été rejoint par trois autres. S'il jouait pendant une demi-heure, il y aurait assurément un attroupement de vingt badauds. Cette stratégie « à l'européenne » était vraiment judicieuse. Sur ces vingt personnes, deux peut-être se renseigneraient sur le prix d'un demi-queue ou d'un droit. Il s'interrompit, sortit son plectre et tendit le bras pour gratter quelques cordes en tendant l'oreille. Quel effet cela produirait-il ? Un homme qui utilisait un médiator sur un piano à queue, comme sur une guitare. Très intrigant…

« Brodie ! »

Il se retourna. Emmeline Grant, la secrétaire de M. Channon, une petite dame grassouillette qui s'efforçait de cacher toute l'affection qu'elle portait à Brodie, lui faisait signe depuis le cadre de la vitrine.

« Je suis en plein accordage, madame Grant.

– M. Channon veut vous voir. Tout de suite. Allez, venez !

– J'arrive, j'arrive. »

Il se leva et faillit refermer le couvercle, mais se ravisa. Il n'en aurait que pour dix minutes. Il salua son petit public et suivit Mme Grant à travers la salle d'exposition encombrée de pianos lustrés et jusque dans le hall principal du bâtiment Channon. D'austères portraits d'aïeux y étaient accrochés sur un papier mural à rayures olive et anthracite. Encore une erreur, songea Brodie : on se serait cru dans une galerie d'art de province ou dans un funérarium.

« Laissez-moi deux minutes, madame Grant. Je dois me laver les mains.

– Faites vite. Je vous retrouve en haut. C'est important. »

Brodie passa une porte capitonnée de cuir et piquée de clous en laiton pour accéder à l'entrepôt, à l'intérieur duquel se situait l'atelier, qui tenait à la fois de la menuiserie et du bureau, l'air pimenté d'une odeur de copeaux de bois, de colle et de résine. Il tomba sur son assistant, Lachlan Hood, qui remplaçait les pivots de centre d'un demi-queue – tâche interminable, car il y en avait des centaines.

« Que se passe-t-il, Brodie ? lui lança Lachlan en le voyant entrer. Ne devriez-vous pas être dans la vitrine ?

– Je suis convoqué par M. Channon. »

Il fit coulisser le rideau de son secrétaire à cylindre et ouvrit le tiroir où il rangeait sa boîte de « Margarita », un mélange américain de tabacs virginien, turc et perique élaboré par un fabricant du nom de Blakely, à New York, et qu'un seul buraliste vendait à Édimbourg (Hoskings, dans le quartier de Grassmarket). Il prit une des trois cigarettes qu'il avait roulées au préalable, l'alluma, puis inhala une longue bouffée.

« Que vous veut-il ? demanda Lachlan.

– Je n'en sais rien. Cette chère Emmeline a dit que c'était "important".

– Eh bien, ce fut un plaisir de vous connaître. J'imagine que c'est moi qui vais récupérer votre poste, du coup. »

Originaire de Dundee, Lachlan en avait gardé un accent prononcé. Brodie lui fit un geste obscène, tira deux bouffées de plus, écrasa sa cigarette et se dirigea vers le bureau d'Ainsley Channon.

Ainsley Channon était le sixième du nom à diriger la maison depuis sa création au mitan du XVIIIe siècle. Sur le palier trônait une épinette à cinq octaves de 1783, premier modèle Channon à avoir rencontré un véritable succès, ce qui avait assis la fortune de l'entreprise, à présent le quatrième (sinon le troisième) fabricant de pianos en Grande-Bretagne après Broadwood, Pate et peut-être Franklin. Comme pour attester de l'ancienneté de sa lignée, Ainsley Channon cultivait une mise à la mode un demi-siècle plus tôt : favoris abondants, col cassé empesé avec cravate en soie et épingle. Clairsemés sur le crâne, ses cheveux gris lui retombaient presque aux épaules derrière chaque oreille. On eût dit un vieux maestro, un Paganini rondouillard. Brodie le savait incapable de jouer une note de musique.

Brodie frappa un petit coup sec à la porte et la poussa.

« Entrez donc, Brodie, mon garçon. Asseyez-vous, asseyez-vous là. »

La pièce vaste et sombre (les lampes à gaz étaient allumées malgré l'heure matinale) comportait trois hautes fenêtres à douze petits carreaux qui donnaient sur George Street. Brodie voyait au loin la haute flèche effilée de l'église St Andrew et St George à travers le crachin persistant.

Ainsley fit le tour de son bureau directorial et tira une chaise dont il tapota l'assise en cuir. Brodie y prit place. Ainsley lui sourit comme s'il ne l'avait pas vu depuis des années et le redécouvrait.

« Vous ne me refuserez pas un whisky. »

C'était une affirmation, pas une question, et Brodie ne se donna même pas la peine de répondre. Ainsley s'approcha d'une console chargée d'une collection de carafes qui scintillaient au soleil, en choisit une et servit deux verres généreux, puis apporta le sien à Brodie avant de reprendre sa place derrière son bureau.

« Santé ! dit Ainsley en levant son verre.

– *Slangevar.* »

Brodie sirota son whisky ambré. Malt, tourbé, côte ouest.

« Le dossier Brodie Moncur ! » annonça Ainsley en agitant devant son nez une chemise en carton couleur puce.

Sans trop se l'expliquer, Brodie ressentit une petite pique d'inquiétude. Il se calma avec une gorgée de whisky.

Ainsley Channon ne se départait jamais de son air quelque peu lunaire, Brodie le savait bien, donc il ne fut pas surpris des détours que suivait cet entretien.

« Depuis combien de temps travaillez-vous chez nous, Brodie ? À peu près trois ans, n'est-ce pas ?

– Cela fait six ans, monsieur.

– Dieu tout-puissant ! s'exclama Ainsley avec un sourire avant de prendre le temps de digérer cette information. Comment se porte votre père ?

– Très bien, monsieur.

– Et vos frères et sœurs ?

– Tous en pleine forme.

– Avez-vous vu lady Dalcastle récemment ?

– Pas depuis un certain temps, non.

– Une femme formidable. Formidable. Très courageuse.

– Je crois savoir qu'elle aussi se porte bien. »

Ainsley Channon était un cousin de lady Dalcastle, qui avait été une amie proche de la mère de Brodie jusqu'au décès de celle-ci. C'est grâce aux bons offices de lady Dalcastle que Brodie avait été engagé par Channon comme apprenti accordeur.

« Oui-da ! s'écria Ainsley en consultant de nouveau son dossier. Vous êtes un garçon rudement intelligent. Excellentes notes… Parley-voo French ?

– Pardon ?

– Speakee zee French ? *Ooh la la. Bonjour monsieur**[1].

– Eh bien, j'ai étudié le français à l'école.

1. Tous les mots en italique suivis d'un astérisque sont en français dans le texte original. (NdT)

– Faites-nous donc une petite démonstration.

– *Je peux parler français**, dit Brodie après un instant de réflexion. *Mais je fais les erreurs. Quand même, les gens me comprennent bien**.

– Incroyable ! s'extasia Ainsley, stupéfait. Quel accent ! J'aurais juré que vous étiez un Frenchie.

– Merci, monsieur. *Merci mille fois**.

– Dieu du ciel ! Quel âge avez-vous, Brodie ? Trente ans ? Trente-deux ?

– Vingt-quatre, monsieur.

– Jésus, Marie, Joseph ! Depuis combien de temps travaillez-vous chez nous ? Trois ans ?

– Six ans, répéta Brodie. J'ai été placé en apprentissage auprès du vieux M. Lanhire en 88.

– Ah oui, c'est vrai. Findlay Lanhire. Dieu ait son âme. Le meilleur accordeur de tous les temps. De tous les temps. Le meilleur. De tous les temps. C'est lui qui a conçu le Phoenix, vous savez. »

Le Phoenix était le piano droit Channon qui se vendait le mieux. Brodie en avait accordé des centaines au fil de ses six années de carrière.

« M. Lanhire m'a appris tout ce que je sais.

– Vous n'avez que vingt-quatre ans ? s'étonna Ainsley, qui se pencha en avant pour le dévisager. Vous avez l'intellect d'un vieux sage, Brodie.

– Je suis venu ici dès ma sortie de l'école.

– C'était quelle école, déjà ? demanda Ainsley en consultant son dossier.

– L'Académie de musique de Mme Maskelyne.

– Où cela ? À Londres ?

– Ici à Édimbourg, monsieur.

– 88, dites-vous ? répéta Ainsley, qui continuait ses calculs mentaux.

– Septembre 1888. C'est la date à laquelle j'ai commencé chez Channon.

– Eh bien, nous avons un défi Channon rien que pour vous, annonça-t-il avant de s'interrompre. Resservez-nous donc, Brodie. »

Brodie alla chercher la carafe et remplit leurs deux verres avant de retourner s'asseoir. Ainsley Channon le scrutait par-dessus ses mains jointes en pyramide. De nouveau, Brodie éprouva une certaine appréhension. Il sirota son whisky.

« Vous savez que nous avons ouvert un magasin Channon à Paris, l'an dernier… »

Brodie en convint.

« Eh bien, les affaires ne marchent pas si bien que cela, lui confia Ainsley en baissant la voix comme s'il craignait les oreilles indiscrètes. Les affaires marchent même carrément très mal, entre nous soit dit. »

Il s'expliqua plus avant. Son fils Calder avait été nommé directeur du magasin parisien et même si tout se passait convenablement, installation faite, contacts pris, entrepôts remplis, annonces régulières dans la presse locale, ils perdaient de l'argent. Pas de façon inquiétante, mais à un rythme d'une régularité indéniable.

« Nous avons besoin d'y injecter des énergies nouvelles, annonça Ainsley. Nous avons besoin de quelqu'un qui comprenne le secteur du piano. Nous avons besoin de quelqu'un qui ait des idées brillantes, ajouta-t-il avant de marquer une pause pour produire son effet. Et nous avons besoin de quelqu'un qui sache parler français, ce qui semble au-delà des capacités de Calder. »

Brodie décida de ne pas avouer que sa maîtrise de la langue française était plus que rudimentaire et laissa Ainsley poursuivre.

« Alors, voilà l'idée, Brodie, mon garçon. »

Brodie devait se rendre à Paris dès que possible, dans une semaine, disons, une fois qu'il aurait mis ses affaires en ordre, pour y devenir le numéro deux de Calder Channon. Directeur adjoint du magasin parisien. Il ne devait avoir qu'une chose à l'esprit : les ventes, encore les ventes, toujours les ventes.

« Savez-vous combien l'Europe compte de grands fabricants de piano ? Allez-y, donnez un chiffre au hasard.

– Vingt ?

– Deux cent cinquante-cinq aux dernières nouvelles ! Elle est là, notre concurrence. Nos pianos sont merveilleux, mais personne ne les achète à Paris – enfin, pas assez, en tout cas. Les gens achètent des casseroles comme les Montcalm, les Angelem, les Maugener, les Pontenegro. Et même le Japon se met à fabriquer des pianos ! Incroyable, non ? La concurrence est acharnée, sur ce marché. L'excellence ne suffit pas. Il faut que cela change, Brodie. Et quelque chose me dit que vous êtes l'homme de la situation. Vous connaissez les pianos comme votre poche et vous êtes un accordeur de classe internationale. Et vous parlez couramment français. Dieu du ciel ! Calder a besoin de quelqu'un comme vous. Quel imbécile j'ai été de ne pas m'en rendre compte ! s'exclama-t-il avant de se carrer dans son siège pour réfléchir en buvant une gorgée de whisky. Calder était trop confiant, bien trop confiant, je le vois à présent. Il a besoin d'un second pour l'aider à garder le cap, si vous voyez ce que je veux dire.

– Je comprends, monsieur. Mais si la langue est un enjeu, pourquoi ne pas employer un Français ?

– Grand Dieu, non ! Auriez-vous perdu la tête ? C'est l'un des nôtres qu'il nous faut, quelqu'un de totalement fiable, un membre de la famille, pour ainsi dire.

– Je vois.

– Vous en sentez-vous capable, mon garçon ?

– Je peux certainement essayer, monsieur.

– Essayer de votre mieux ? Faire tout votre possible ?

– Cela va de soi. »

L'air soudain réconforté, Ainsley l'assura qu'il recevrait une substantielle augmentation, et que ce poste et le salaire y afférent seraient renégociés au bout de six mois au vu des résultats.

Il fit le tour de son bureau pour les resservir en whisky, afin qu'ils puissent lever leurs verres à la nouvelle entreprise parisienne. Ils trinquèrent.

« Nous nous reverrons avant votre départ, Brodie. J'ai quelques petits conseils à vous donner qui vous seront peut-être utiles. »

Il prit le verre de Brodie pour le poser sur son bureau. L'entretien était terminé. Il reconduisit Brodie à la porte en lui serrant fort le coude.

« Calder est un brave garçon, mais il a grand besoin d'un lieutenant solide.

– Je ferai de mon mieux, monsieur Channon. Vous pouvez compter sur moi.

– J'en ai bien l'intention. C'est une occasion à ne pas manquer, pour nous. De nos jours, c'est Paris, la capitale de la musique. Pas Londres, pas Rome, pas Berlin. Vienne est à part, bien sûr. Mais nous pourrions être numéro un en Europe et les mettre tous sur la paille, les Steinway, Broadwood, Érard, Bösendorfer, Schiedmayer. Vous verrez ! »

De retour à l'atelier, Brodie fuma une autre cigarette. Il aurait dû exulter, mais quelque chose le turlupinait, quelque chose d'indéfinissable, de vague, d'irritant. Était-ce Paris, le fait de n'y avoir jamais été, de n'avoir même jamais voyagé à l'étranger ? Non, cela l'enthousiasmait plutôt. Vivre et travailler à Paris, ce serait…

Ses pensées furent interrompues par Lachlan Hood, qui arrivait du magasin.

« Toujours parmi nous ?

– Pas pour longtemps.

– Je le savais ! Manque de bol, Brodie. Ça c'est la tuile.

– Bien au contraire. Je suis muté à Paris pour seconder Calder. »

Lachlan ne put dissimuler sa stupéfaction et sa déception.

« Mais pourquoi vous ? Merde, alors ! Pourquoi pas moi ? Je suis déjà allé en Amérique, moi.

– *Mais est-ce que vous parlez français, monsieur* ?*

– Quoi ?

– Et voilà, commenta Brodie avec un air faussement désolé. De l'avantage d'avoir reçu une bonne éducation, mon gars. Il se trouve que je parle couramment français.

– Sale menteur ! Vous parlez le français des livrets d'opéra.

– C'est vrai, je le reconnais. Mais ce qui compte, c'est que j'ai quelques bases, alors que vous, rien. Si tout se passe bien, peut-être vous enverrai-je chercher, dit-il avec un sourire supérieur en proposant une cigarette à Lachlan.

– Salopiaud. »

2

Brodie héla un fiacre devant Channon & Co. et demanda à être déposé à la salle de concert Bonar dans Charles Street, près de l'université. Il se carra dans son siège et tira un peu les rideaux, savourant l'obscurité, le clipeticlop rassurant de la jument sur les pavés et le grincement des ressorts tandis qu'il traversait la ville en direction de l'est. Le parfum d'eau de rose ou de lilas qui masquait l'odeur de vieux cuir et de crottin lui fit deviner que le précédent occupant avait été une passagère. Maintenant qu'il avait un peu de temps à lui, il repensa à la proposition d'Ainsley Channon, bien conscient de l'avoir acceptée sur un coup de tête. Aurait-il dû lui demander un délai de réflexion ? Mais qui eût hésité plus d'une seconde ? Paris au lieu d'Édimbourg, directeur adjoint au lieu d'accordeur en chef, huit guinées par semaine au lieu de quatre… La décision s'imposait d'elle-même.

Il paya le cocher et se mit en quête de l'entrée des artistes. Pour le spectacle du soir, le théâtre avait requis un vieux piano de concert Channon et stipulé que la mécanique en fût réglée selon les moindres desiderata du maestro. Le directeur, un chauve solennel qui sentait étrangement le moisi, mena

Brodie le long d'obscurs couloirs en coulisses jusqu'à la salle elle-même.

« Rappelez-moi le nom de l'artiste ? demanda Brodie.

– Georg Brabec.

– Inconnu au bataillon.

– Prague et Budapest n'ont que son nom à la bouche. Enfin, c'est ce qu'il ne cesse de me répéter. Une grosse vedette à Leipzig, paraît-il.

– Dieu nous protège ! »

Brodie accusa un peu le coup. Les pianistes les plus pénibles pour un accordeur étaient ceux de deuxième, troisième et quatrième catégories. Il avait personnellement accordé un piano pour Gianfranco Firmin avant un concert aux Assembly Rooms – l'un des plus célèbres virtuoses européens et pourtant humble, charmant, effacé, toujours à faire précéder une requête d'un « si cela ne vous dérange pas trop » ou d'un « serait-il possible de ». Aucune arrogance, aucune supériorité de génie imbu de lui-même. Brodie avait un mauvais pressentiment concernant Georg Brabec.

Il monta les quelques marches jusqu'à la scène et louvoya entre les chaises et les pupitres déjà en place pour l'orchestre afin d'atteindre le Channon, installé face à la salle vide. Georg Brabec se tenait debout près du piano. Cheveux longs jusqu'aux épaules, avec une spectaculaire mèche grise. Moustache duveteuse. École lisztienne, devina Brodie, ce qui n'augurait rien de bon. Brabec fumait un cigarillo.

Brodie lui serra la main et se présenta. Brabec l'interrompit avant même qu'il ait prononcé son nom de famille.

« Le piano n'est pas accordé, lâcha-t-il avec un curieux accent mitteleuropéen très prononcé que Brodie n'arrivait pas à situer. Et beaucoup de l'écho dans l'aigu.

– Je l'ai accordé ce matin avant qu'il soit transporté ici, monsieur », répondit poliment et patiemment Brodie.

Il s'assit et plaqua quelques accords sur plusieurs octaves : *do* majeur, *fa* dièse mineur, *mi* mineur diminué. Le piano était parfaitement accordé.

« Et je demandais le piano vieux.

– Mais c'est un vieux piano, monsieur. Il a quarante ans. »

Brabec frappa fort d'une main sur certaines touches.

« Écoutez : ici, trop maigre. Le marteau est…, commença-t-il avant de chercher ses mots. Le marteau ne tape pas correct. Correctement. »

Brodie poussa un soupir intérieur et afficha un sourire extérieur.

« Laissez-moi y jeter un coup d'œil, monsieur. »

Il ouvrit sa sacoche de médecin en cuir et en sortit sa trousse à outils.

« Et le clavier est propre ! martela Brabec en pointant d'un geste agressif le bout de son cigarillo vers le torse de Brodie, manquant presque toucher le revers de sa veste. Je n'ai pas demandé le piano propre !

– Laissez-moi faire, monsieur. »

Brodie souleva le couvercle et sortit la mécanique. À de très rares exceptions, les concertistes de sa connaissance n'avaient pas la moindre idée de ce qui se passait entre la frappe d'une touche et l'émission de la note. Tout l'enjeu était de leur révéler la complexité insondable des pièces mobiles. Brabec observa la mécanique un moment en clignant des yeux.

« Laissez-moi m'en occuper, monsieur, répéta Brodie. Je vous préviendrai dès que tout sera en ordre. »

Le directeur de la salle réapparut et emmena Brabec à sa loge.

Dès qu'ils eurent disparu, Brodie réinséra la mécanique, rangea ses outils et sortit de sa sacoche de médecin une fiole contenant du miel dilué dans de l'eau. Avec un pinceau fin en poils de blaireau, il appliqua cette solution sur les touches, puis les essuya avec un chiffon, laissant ainsi une infime trace de saleté. Ce que certains pianistes recherchaient quand ils exigeaient un vieux piano, c'était une couche de gras accumulé, un soupçon de quelque chose de collant pour que la pulpe du doigt accroche légèrement. Mission accomplie : le Channon était parfaitement accordé et réglé. Georg Brabec serait encore plus satisfait de lui-même.

Brodie se mit en quête du directeur, qu'il trouva dans son bureau en train de siroter un petit verre de porto coupé d'eau.

« Ce n'est pas le plus accommodant des hommes, notre Signor Brabec.

– Ah, ça, c'est un emmerdeur de première ! lâcha le directeur. Et voilà qu'il exige votre présence au récital pour réaccorder pendant l'entracte si besoin.

– Dites-lui que je serai là. Mais dans les faits, vous ne me trouverez peut-être pas le moment venu…

– C'est de bonne guerre, convint le directeur en souriant et en levant son verre. Un petit cordial ? »

Tenant à la main son verre de piquette, Brodie suivit Senga dans l'escalier qui menait à sa chambre. Elle ne cessait de le regarder par-dessus son épaule comme si elle n'arrivait pas vraiment à croire qu'il fût venu la voir. Brodie avait quitté la salle Bonar sitôt Brabec entré sur scène et s'était rendu directement à la « maison » de Mme Louthern, dans une petite rue qui reliait le Royal Mile au palais de Holyrood. Il avait attendu dix minutes que Senga se libère, assis dans le petit salon en compagnie de deux des autres filles, qui jouaient en silence au bésigue sans lui prêter la moindre attention alors qu'il était le seul homme à patienter.

Un des attraits de l'établissement était l'existence d'une seconde porte, qui donnait sur une ruelle à l'arrière de l'immeuble. On ne sortait donc pas par le même chemin qu'en entrant via le petit salon, ce qui lui évitait de tomber nez à nez avec le client précédent de Senga. Il ne se faisait aucune illusion : elle avait un travail à accomplir, et plus il y en avait mieux c'était pour elle. Néanmoins, il trouvait fort agréable de ne pas croiser un paysan rougeaud au sourire édenté venu pour les comices agricoles et tout juste sorti du lit de Senga, ce qui lui eût fait prendre cruellement conscience de sa propre place dans la file d'attente.

Mme Louthern l'avait resservi en piquette non sans lui rappeler que, s'il était pressé, Ida ou Joyce se feraient un plaisir de s'occuper de lui. Brodie lui avait répondu qu'il préférait attendre que Senga soit libre, ce qui n'avait pas tardé.

Dans sa chambre à l'étage, elle l'embrassa sur la joue et lui dit qu'il lui avait manqué. Il n'était pas venu chez Mme Louthern depuis plus de deux mois, donc elle disait peut-être vrai. Il posa son verre et commença à se dévêtir. Senga déboutonna sa jupe et ôta sa chemise en dentelle, puis resta plantée là en combinaison de coton et bottines à le regarder enlever tous ses vêtements sauf son maillot de corps et son caleçon.

« Il va falloir que tu retires ta combinaison, Senga.

– C'est deux shillings de plus. Même pour toi. »

Il n'en avait cure. Il voulait juste qu'ils soient nus tous les deux. Originaire de l'île de South Uist, Senga était venue à Édimbourg travailler comme domestique dans une belle demeure du quartier de New Town. Elle était tombée enceinte, avait été promptement congédiée et avait fini dans l'établissement de Mme Louthern pour gagner sa vie autrement mais de manière sans doute plus lucrative. Elle était plus jeune que lui (il lui donnait la vingtaine), et devait avoir mis son enfant en nourrice quelque part. Il ne lui avait jamais posé de question, c'est elle qui lui avait donné tous ces détails sur sa vie.

Elle était belle, mince, les seins lourds (ce qui expliquait qu'elle fût si demandée), mais il avait déjà entendu des clients dire qu'ils ne voulaient pas de « la bigleuse ». À l'évidence, son œil droit « paresseux » en refroidissait certains. Brodie, qui avait lui-même de sérieux problèmes de vue, n'y prêtait pas attention. Malgré la nature purement charnelle de leurs rencontres, elle affectait toujours les bonnes manières apprises à la demeure de New Town, se montrait toujours polie et semblait sincèrement l'apprécier. Plus important, elle l'excitait. Peut-être à cause de cet œil paresseux, se demandait-il parfois.

Ils étaient à présent tous deux nus. Senga l'attira vers l'étroit lit en fonte, où ils s'assirent le temps qu'elle le masturbe des deux mains jusqu'à la turgescence.

« Pourquoi qu't'es pas revenu me voir, Brodie ?

– J'étais occupé, dit-il en regardant ses seins se balancer.

– Occupé à quoi ?

– À écrire, répondit-il, puisqu'il lui avait raconté qu'il était compositeur.

– À écrire une chanson pour moi ?

– Peut-être. »

Le voyant opérationnel, elle s'allongea sur le dos et écarta les jambes. Brodie monta sur elle en faisant porter son poids sur ses bras tendus.

« Je peux t'embrasser ?

– J'aime pas qu'on m'embrasse. Tu le sais bien.

– Je te donnerai un shilling.

– J'veux pas d'un autre shilling. J'aime pas qu'on m'embrasse.

– Bon, comme tu voudras. »

Il s'étendit sur elle et la laissa guider son pénis à l'intérieur. C'est d'une simplicité, songea-t-il. Combien de fois l'a-t-elle déjà fait ?

« Enlève tes lunettes, Brodie, demanda-t-elle avec son accent chantant des Highlands.

– Non.

– Allez !

– Je veux te voir, Senga. Tu es jolie. J'aime regarder la jolie fille que je suis en train de baiser. »

Elle remonta les genoux, habituée à la routine et au bavardage.

« Tu dis ça à toutes les filles. Un beau gosse comme toi avec ton énorme braquemard, là, on dirait une batte de *shinty*. Tu veux nous voir, nous les filles, quand tu prends ton plaisir, c'est ça, mon bon monsieur ? Tu aimes nous voir vibrer, c'est ça ?

– Exactement. »

Brodie fit monter une bouteille de bordeaux. Elle coûtait le prix outrancier de cinq shillings, mais il ne voulait pas encore partir. Tant qu'on dépensait, la maison restait ouverte. Il lui était déjà arrivé d'émerger de chez Mme Louthern sous les rayons obliques du soleil dans la douce brise d'un matin édimbourgeois radieux, d'enchaîner avec sa journée de travail, puant l'alcool, le tabac et la luxure (du moins le craignait-il), pas rasé, le cheveux gras, et de s'éclipser à l'heure du déjeuner pour passer se faire raser et pommader chez un barbier avant que Mme Grant ait le temps de se plaindre auprès de M. Channon de la débauche des employés.

Il versa un verre à Senga, qui le but goulûment. Ils s'étaient tous deux rhabillés après leur gymnastique. Elle s'appelait

Agnes McCloud mais n'aimait pas son prénom et l'avait donc inversé.

« Je vais quitter la ville, Senga.

– Oh non ! Mais où peut-on se trouver mieux qu'à Édimbourg ?

– À Paris.

– Ah, là..., dit-elle, l'air attristé de ne pouvoir rivaliser. Qu'est-ce que tu vas faire, à Paris ?

– J'écrirai une ou deux symphonies, j'imagine.

– Et il y aura plein de filles françaises pour t'amuser.

– Je ne t'oublierai jamais, Senga, promit-il en remplissant les verres.

– Mais si. Tu m'oublieras en cinq sec.

– Non, non, je te le promets. Tu es très spéciale, dit-il en lui touchant la joue juste sous l'œil droit. Et c'est pour ça que je veux te parler de quelque chose, d'ailleurs.

– Quoi donc ?

– Tu sais, ton œil qui louche ? Ton œil droit. Eh bien tu peux le faire arranger. »

Jamais ils n'avaient abordé ce sujet, et Senga sembla déconfite, vulnérable. Le curieux décorum tacite de leur transaction commerciale, argent contre services rendus, occupait soudain tout l'espace. Senga avait été réifiée, d'une certaine manière, et Brodie se sentit confusément honteux d'avoir soulevé la question dans le but d'aider.

« Qu'est-ce qu'il a, mon œil ?

– Il est “paresseux”, comme on dit. Mais maintenant, ça se soigne. »

Il sortit une de ses cartes de visite, au dos de laquelle il écrivit le nom et l'adresse de son ophtalmologue.

« Je paierai. Va juste voir ce docteur, montre-lui cette carte et il saura que ça vient de moi. Il t'arrangera ça.

– Et il faudra que je mette des verres, comme toi ? Ces affreux culs de bouteille, là ?

– Pendant un temps, oui, et peut-être aussi un bandeau jusqu'à ce que ton œil récupère… Mais je t'assure que ta vie sera meilleure après, Senga.

– Ma vie sera ce qu'elle sera, Brodie. On n'y peut pas grand-chose.

– Je reviendrai un jour. Reprends donc un peu de vin. »

Il les resservit. Elle lui lança un regard en biais, un regard dur.

« Ouaip. Pt'êt ben qu'oui, pt'êt ben qu'non. En tout cas, je te souhaite bonne chance, dit-elle en se levant pour se diriger vers la porte. Merci pour le vin. Maintenant, j'ai à faire. »

3

Brodie versa le solde de son loyer mensuel au propriétaire de son meublé de Bruntsfield. Ce rustre du nom de McBain, furieux de perdre un locataire longue durée avec un préavis si réduit, chercha à lui soutirer plus d'argent en inspectant la chambre de fond en comble pour y détecter des signes de dommages ou de manque d'entretien, mais en vain.

« C'est à très court terme parce que je pars travailler à Paris, comprenez-vous ? avait expliqué Brodie pour faire bisquer McBain.

– Eh ben je vous souhaite bien du plaisir. C'est un cloaque, Paris. Un trou à rats.

– Ah, donc vous y êtes déjà allé, monsieur McBain ?

– J'ai pas besoin de marcher dans un cloaque pour savoir ce que c'est. »

Brodie traîna sa malle-cabine jusqu'au bout de la rue et attendit que passe un fiacre. Paris était la chance de sa vie, certes, mais s'accompagnait de son lot d'inquiétudes, dont l'une commençait à s'imposer à lui : Calder Channon. Brodie le connaissait vaguement du temps de son court passage dans le magasin de George Street avant que l'ouverture à Paris se profile. Il l'avait trouvé lunatique, compliqué et surtout très content de lui. Mais allons, Paris serait toujours Paris, et Calder Channon ne pouvait pas gâcher une ville entière à lui tout seul.

Brodie prit le train de 10 h 45 pour Hawick à la gare de Waverley et s'assit dans un compartiment fumeurs, côté fenêtre afin de voir moutonner les Scottish Borders pendant son trajet vers le sud. En français, on décrivait ce genre de paysage par l'adjectif *vallonné**, se rappela-t-il subitement. Les collines avaient de douces formes rondes, ni rocheuses ni dentelées, couvertes d'un tapis d'herbes blondes vigoureuses et de bruyères. Rien d'imposant, rien de majestueux, juste la nature dans ce qu'elle a de plus agréable à l'œil. Entre les collines, à leurs pieds, des ruisseaux tumultueux, des bois et des taillis, de petits champs de blé et d'orge, des moutons et des vaches qui paissaient dans les prés. Les nuages s'écartèrent pour laisser passer le soleil et, l'espace d'un instant, les vallées se révélèrent dans toute la splendeur d'une fanfare de lumière. Brodie sentit son cœur battre comme pour applaudir. Mais toute la beauté du paysage ne pouvait lui faire oublier qu'il s'acheminait vers la maison familiale.

À la gare de Peebles, il jeta sa malle à l'arrière d'une charrette et indiqua sa destination : Liethen Manor, un village à quelque cinq kilomètres sur la route de Biggar. Le cocher, un adolescent, accepta avec joie la cigarette que lui offrit Brodie, la cassa en deux et coinça derrière son oreille la moitié qu'il se réservait pour plus tard.

« J'crois bien que je vous connais, dit-il au bout de vingt minutes après avoir fumé l'autre moitié jusqu'à s'en brûler les ongles.

– J'ai vécu presque toute ma vie à Liethen Manor.

– Vous êtes un Moncur, c'est ça ! Vous êtes le fils de Malcolm Moncur.

– Eh oui, pour mon malheur.

– Oh, mais non. Non, non, c'est un grand monsieur. »

Alors qu'ils quittaient la route de Biggar pour emprunter le pont à trois arches qui enjambait la Tweed, Brodie subit cette baisse de moral que semblaient toujours provoquer ses retours au bercail. Ils prirent une étroite route bitumée flanquée de murs en pierres sèches qui courait entre terres agricoles et zones boisées dans la vallée de la Liethen, petit affluent de la Tweed au débit rapide, en direction du village de Liethen Manor niché sur la rive nord. À la vue des collines arrondies qui encadraient la vallée, Brodie ne put que se rappeler ses nombreuses randonnées sur Cadhmore, Ring Knowe, le Whaum. Il était ici chez lui, il ne pouvait le nier. Et il lui vint une nouvelle définition du concept de « chez soi » : l'endroit que l'on se doit de quitter.

À l'entrée de Liethen Manor, ils passèrent devant un poste de péage abandonné, puis quelques humbles logements d'ouvriers aux fenêtres exiguës et au toit d'ardoise. Cette partie du village comportait une épicerie, un pub, un maréchal-ferrant, un comptoir de fournitures agricoles, une école primaire et un bureau de poste, entre lesquels s'élevaient pêle-mêle des maisons disposant, pour les plus grandes, d'un jardin potager. La bourgade tirait son importance de son église et du presbytère attenant qui comptait quatre niveaux. Tous deux construits à peine trente ans plus tôt, ces imposants bâtiments de grès rouge se dressant au bout de ce qui tenait lieu de grand-rue, du côté ouest, paraissaient quelque peu disproportionnés pour ce modeste hameau dans sa douce vallée et plus adaptés à la banlieue cossue d'une grande ville.

La charrette traversa le village au son des sabots et passa devant l'église St Mungo, qui avait encore l'air toute neuve – pur style néogothique avec arcs-boutants, faîteaux à profusion et haut clocher sans flèche. Dans le cimetière planté de sorbiers et d'ifs se pressaient les antiques tombes de paroissiens d'un autre âge, braves gens décédés dans la vallée de la Liethen. Puis ce fut l'allée gravillonnée du presbytère, sis dans un parc ombragé par des conifères ornementaux, araucarias, mélèzes et cèdres, et par des hêtres, essence qui florissait dans le sol de cette vallée.

L'humeur de Brodie se dégrada plus encore quand la charrette s'immobilisa devant le portique du presbytère. Il jeta un coup d'œil derrière lui vers St Mungo, bâtie sur le site de l'ancienne église rasée à cette fin. L'église et le presbytère avaient été construits selon les plans de son père et financés par un système complexe de tontine. S'il avait ainsi fait la renommée ecclésiastique de Liethen Manor, ces bâtiments prétentieux et incongrus témoignaient éhontément de son pouvoir et de sa domination.

Brodie donna au cocher ses six pences et une autre cigarette.

« Moncur prèche, ce dimanche ?

– Oh, très certainement, oui », répondit Brodie, qui, du coup, lui demanda de venir le chercher à 6 heures précises ce jour-là.

Alors que la charrette faisait demi-tour dans l'allée, la porte d'entrée s'ouvrit et deux des six sœurs de Brodie se précipitèrent pour l'accueillir. Il se tourna vers les siens avec le sourire le plus large qu'il pouvait afficher.

Brodie était assis sur le lit de son ancienne chambre, au troisième étage sous les combles du presbytère. Il avait rassemblé les quelques affaires qu'il y avait laissées, une paire de grosses bottes, un pardessus en tweed, quelques photographies, quelques livres, et les avait déjà rangées dans sa malle. Deux nuits à la maison, se dit-il, cela ne peut pas être si terrible…

Un coup retentit sur la porte et son frère Callum fit son entrée. Ils se regardèrent d'un œil vide.

« Es-tu un bâtard imbécile et impie ou un pauvre bougre d'aliéné tout juste bon à jeter à l'asile de Penicuik ? demanda Callum sans avoir l'air de plaisanter.

– Eh bien, comme je suis là, tu dois avoir raison, je suis timbré. Mais d'un autre côté, toi aussi. »

Ils se serrèrent chaleureusement la main, puis Callum lui donna une bourrade dans l'épaule et Brodie la lui rendit. Leur rituel de retrouvailles.

« Je ne dirais pas non à une de tes cigarettes américaines de snob », avoua Callum.

Brodie sortit la boîte de Margarita de sa malle et ils allumèrent chacun une cigarette. De deux ans le cadet de Brodie, Callum, qui travaillait à Peebles comme clerc de notaire, était plus petit, plus musclé, avec une douce moustache blonde. Il s'allongea sur le lit, croisa les jambes, posa les pieds sur le châlit et se mit à fumer de manière théâtrale en soufflant des ronds de fumée vers le plafond.

« Dans ton télégramme, tu nous disais que tu partais pour Paris.

– En effet. Je suis repassé prendre des affaires et dire au revoir à mon imbécile de frère. Et aux autres Moncur, évidemment.

– Ben tiens, tu vas sauter des petites Françaises, mon salaud.

– J'ai un travail tout à fait respectable à accomplir. Où est Malky ?

– À Glasgow. Il revient ce soir.

– À Glasgow… Mais pourquoi va-t-il sans cesse à Glasgow ? Il a une maîtresse ?

– Personne ne le connaît là-bas, donc il est tranquille. Et non, il n'a pas de maîtresse attitrée, il fait la tournée des bordels avec ses amis, j'imagine. Incognito. »

Callum continua à dénigrer salacement leur père. Il n'y avait que les deux frères pour le surnommer Malky. Brodie s'approcha de la lucarne et contempla le jardin en contrebas, où trois de ses sœurs, assises sur des chaises en osier, étaient occupées à coudre et raccommoder. Doreen, Ernestine et Aileen. Les trois aînées des Moncur, toutes trentenaires, toutes vieilles filles. Leurs deux frères les appelaient souvent les « Eens ». Il les regarda bavarder, penchées sur leur ouvrage. Une scène de roman russe tout droit sortie de Tolstoï ou Tourguéniev, songea-t-il. Il avait six sœurs, dont quatre plus âgées que lui, mais aucune n'était mariée. Pourquoi ? Il se détourna de la fenêtre. Quand on y pensait, Callum et lui étaient célibataires aussi (le troisième frère, Alfie, n'avait que dix-neuf ans). Peut-être auraient-ils tous la bague au doigt un jour… Mais pour cela, il fallait prendre le plus de distance possible avec Malcolm Moncur. Voilà pourquoi il voulait tant aller à Paris, comprit-il soudain : Édimbourg n'était pas assez éloignée. De toute la fratrie Moncur, il était le seul à avoir planifié et réussi son évasion. Peut-être servirait-il d'inspiration aux autres.

Brodie descendit à 18 heures précises pour le dîner. Rasé de près, les cheveux brillantinés et peignés, il portait son costume anthracite sur une chemise blanche à col souple et son nœud papillon Channon & Co. gaiement chamarré de notes de musique. Sans qu'il se l'explique, il se sentait plus âgé quand il arborait un nœud papillon. Il se découvrit anormalement nerveux pour quelqu'un censé revenir dans le giron familial.

Il entra dans le grand salon, où se trouvaient déjà Callum et cinq de ses sœurs.

« Où est Electra ? demanda-t-il. Et Alfie ?

– Ils vont arriver, répondit sèchement Doreen. Tous sur le pont pour le retour du fils prodigue.

– Pourquoi prodigue ? intervint Callum. Il est prodigue de bêtise, oui. »

Aileen s'approcha de Brodie pour lui prendre le bras. Sans doute était-ce sa sœur préférée.

« Il est prodigue parce qu'il est parti et que maintenant il revient à la maison, déclara-t-elle.

– Et combien de temps nous feras-tu l'honneur de ta présence ? » s'enquit Doreen.

C'était la plus âgée, et elle occupait une place à mi-chemin entre la gouvernante et l'épouse de substitution. Ce qui était certain, c'est que Malcolm Moncur parlait aussi mal à son aînée qu'à son épouse de son vivant, se rappelait Brodie.

« Deux nuits, répondit-il. Je pars pour Paris dimanche à l'aube.

– Tu ne peux pas manquer le sermon, l'avertit Ernestine avec un regard inquiet à Doreen. Papa voudra que tu sois là.

– Hélas, trois fois hélas, ce n'est pas moi qui gère les horaires des bateaux à vapeur. »

Des voix et des rires masculins leur parvinrent du couloir en provenance du salon de son père, qui appelait parfois cette pièce sa « salle de réception ».

« Qui est avec Père ? demanda-t-il à Doreen.

– Le maire de Lyne et quelques amis venus d'Angleterre pour un séjour sportif.

– Et de quel sport s'agit-il donc ? ironisa Callum. Je te parie que ce n'est ni de pêche ni de chasse.

– Callum ! »

Les rires redoublèrent dans le petit salon, et la voix puissante de Malcolm Moncur s'écria : « Et il n'est même pas digne de nettoyer mes souliers ! »

Pris de nausée, Brodie se détourna et alla rejoindre ses sœurs.

« Puis-je nourrir l'espoir d'un verre préprandial ? Un petit xérès ? Un madère ?

– Papa a verrouillé l'office et il en conserve la clef pardevers lui. »

Tout l'alcool du presbytère – et il y en avait une quantité conséquente – était remisé dans un grand office desservi par le salon. Seul Malcolm Moncur en détenait la clef ; seul Malcolm Moncur dispensait l'alcool dans sa demeure.

« Il a forcément quelque chose à boire dans son salon de réception, remarqua Callum. Sauf s'ils ont déjà tout éclusé.

– Vas-y donc chiper une bouteille, suggéra Brodie à Isabella, la puînée, jeune femme discrète qui portait des lunettes comme lui. Il ne se met jamais en colère contre toi. Dis-lui donc que nous mourons tous de soif, ici.

– Je n'ose pas, Brodie. Il me frapperait à coups de ceinturon.

– Mais tu as dix-sept ans, Isabella !

– Il continue à le faire quand il est énervé.

– Doux Jésus ! A-t-on le droit de fumer, au moins ? »

Il fit circuler son étui en étain, garni de cigarettes qu'il avait roulées à l'avance, et se réjouit de constater que toutes ses sœurs aînées, les Eens, en prenaient une. Les petits actes de rébellion comptaient, dans cette maison. Il alluma leurs cigarettes, puis Edith, sa quatrième sœur, se décida elle aussi, si bien que, lorsque Callum et lui se servirent également, ils étaient six à fumer (tous sauf Isabella) et se mirent à deviser dans un impressionnant nuage de fumée. Quand Electra entra, suivie par Alfie, elle ouvrit les baies vitrées qui donnaient sur la pelouse à l'arrière pour aérer un peu. Ils saluèrent Brodie timidement, comme s'il se fût agi d'un inconnu.

« J'ai appris que tu nous quittais, lança Electra, une petite femme toute menue qui était la plus jolie des filles Moncur.

– Oui, je pars à Paris.

– Tu ne reviendras jamais.

– Mais si ! C'est juste pour le travail. Je ne suis pas en train d'émigrer.

– Moi, j'émigrerais, dit-elle en baissant les yeux.

– Et où donc émigrerais-tu, toi ? beugla une voix de stentor depuis la porte. En Afrique noire ? Tu finirais dans une marmite en moins de deux, ma chère. Mieux vaut supporter ton vieux père, non ? Non ? »

Electra se glissa derrière Brodie au moment où Malcolm Moncur faisait son entrée pour passer sa grande famille en revue. Les femmes écrasèrent chacune leur cigarette.

Brodie jeta un coup d'œil à Callum. Ils connaissaient bien les signes, les paliers déclinants de l'ébriété de Malcolm Moncur. Brodie estima qu'il était aux quatre cinquièmes saoul. La soirée risquait d'être compliquée.

Le révérend Malcolm Moncur était un petit homme costaud tirant sur l'obèse, avec un visage aux traits marqués et une grosse tête presque disproportionnée par rapport au reste de son corps trapu. À soixante ans, il avait des cheveux d'un blond vénitien qui commençaient tout juste à grisonner sur les tempes et arborait une grosse moustache rousse bien dessinée, comme découpée dans un paillasson. Callum le soupçonnait de la faire teindre chez le barbier.

Malky Moncur a un bon coup dans le nez, songea Brodie en attendant que les yeux de son père se posent sur lui, ce qui ne tarda pas.

« Tiens, quand on parle d'Afrique noire, regardez donc ! Le moricaud est rentré. Eh ben ça alors !

– Bonjour, Père, dit Brodie d'une voix maîtrisée.

– Comment va mon petit mulâtre ? »

Brodie dépassait son père d'une tête, et il avait remarqué que cette nette différence de taille irritait Malky, comme s'il s'agissait d'une sorte d'offense génétique à sa personne. Sans compter que Brodie était le seul de tous ces Moncur aux cheveux blonds, aux yeux clairs et au teint pâle à avoir les cheveux aile de corbeau, les yeux marron et le teint mat. Son père avait fait des commentaires sur cette singularité toute sa vie. Brodie espérait secrètement être le fruit d'une liaison que sa mère aurait eue avec quelque touriste méditerranéen à la peau olivâtre venu séjourner en Écosse, mais il savait bien qu'il se berçait d'illusions.

« Toujours aussi noiraud, je vois. Aussi noiraud que le jour de ta naissance.

– Merci, Père. Vous semblez en bonne forme. Glasgow a dû vous revigorer. »

Ils se toisèrent. Brodie resta impassible, le regard vide. Tu contrôles peut-être les autres, mais tu ne me contrôles pas moi, Malky Moncur, songea-t-il. Je suis un homme libre.

« Sacrebleu, Doreen ! jura Malky Moncur en se tournant vers son aînée. Allons-nous manger ou dépérir ? Je meurs de faim ! »

Sur quoi le révérend Malcolm Moncur partit d'un pas martial vers la salle à manger, suivi en silence par ses enfants, qui échangeaient des regards appuyés lourds de messages muets.

Le dîner se passa relativement bien, estima Brodie. Doreen découpa un beau quartier d'agneau que Mme Daw, la gouvernante et cuisinière des Moncur, servit à l'assiette avec une garniture de pommes de terre et carottes vapeur. Sitôt terminé le rapide bénédicité prononcé par Alfie, les convives empoignèrent fourchette et couteau et se jetèrent sur la nourriture. Comme boisson, des carafes d'eau. Brodie se réjouit pour une fois d'avoir une grande famille : ils étaient dix à table, donc des conversations multiples se déroulaient hors de l'orbite de Malky. Doreen et Ernestine, assises de part et d'autre de leur père, réussirent à plus ou moins le confiner à son siège. Mais de temps à autre, il se levait et s'absentait quelques minutes, ou bien faisait le tour de la table pour poser une main affectueuse sur les épaules de l'une ou l'autre de ses filles et lui murmurer quelque chose à l'oreille, ou encore, s'il en avait besoin, allait en personne chercher la salière ou la carafe d'eau pour la rapporter à sa place. Ce mode de repas pérambulatoire semblait lui convenir : à mesure que le dîner avançait, son humeur s'améliora et Brodie le trouva radouci, presque paternel.

Mais tout changea au dessert, un blanc-manger à la confiture de framboises, qui déclencha la fureur de Malky : « Je suis peut-être un abruti patenté, mais il n'est pas question que je mange cette merde ! » Abandonnant le reste de la famille, il sortit à grands pas de la pièce. L'ambiance se détendit aussitôt.

Après le repas, les femmes se retirèrent dans leurs chambres respectives, mais Brodie, Callum et Alfie se risquèrent à aller affronter Malky dans sa tanière avec l'espoir d'en tirer un digestif. Quand ils entrèrent dans le salon, la porte de l'office était ouverte. Malky s'y trouvait.

« Il y a quelque chose à boire, dans cette taverne ? » cria Callum.

Malky émergea en bras de chemise, ses bretelles pendant sur son derrière.

« Serait-ce cet insolent bon à rien de clerc chez un notaire de troisième zone à Peebles qui me parle ? aboya-t-il, titubant légèrement, une bouteille de cognac à la main (saoul aux cinq cinquièmes, estima Brodie).

– S'il n'y a rien à boire, nous allons nous coucher », enchaîna courageusement Callum.

Malky leur servit à contrecœur un petit digestif, et ils prirent place sur des fauteuils face à lui, vautré dans son canapé Chesterfield.

« Santé, Père ! dit Brodie en levant son verre.

– *Sláinte !* rétorqua Malky en scots. Et épargne-moi tes expressions anglo-édimbourgeoises snobinardes à la noix.

– J'ai le droit de boire à votre santé, quand même.

– Qu'est-ce que j'ai fait au bon Dieu ? se lamenta Malky avec emphase. Qu'est-ce que j'ai fait au bon Dieu pour avoir trois fils comme ça ? »

Brodie fit circuler ses cigarettes, et Malky se pencha en avant pour en prendre une.

« Comment va Ainsley Channon ? demanda-t-il à Brodie. Ce vaurien fornicateur…

– Il va très bien. Il m'a demandé de vous transmettre ses meilleures salutations.

– Il peut se les foutre au cul, ses meilleures salutations. »

Callum s'était emparé de la bouteille de cognac et remplissait les verres.

« Ainsley Channon est un bon ami de notre famille, protesta-t-il pour relancer le flot d'obscénités. Regardez donc ce qu'il fait pour Brodie.

– Ce n'est qu'un vulgaire camelot d'Édimbourg qui a eu la bonne fortune d'hériter l'entreprise familiale à la mort de son jeune cousin. Il ne bouge pas ses fesses de George Street et il compte le fric qu'il engrange. »

Brodie fit discrètement signe à Callum de changer de sujet, mais Malky repéra son geste et tourna ses attentions vers lui.

« Et le fait qu'il t'envoie à Paris ne change rien à rien, sale moricaud, lâcha-t-il froidement.

– Je vous souhaite une très bonne nuit, cher Papa », dit Brodie en éclusant son cognac.

Il sortit de la pièce sans refermer la porte ni prêter attention aux imprécations qui s'abattaient sur lui, puis monta jusqu'à sa chambre au dernier étage. Il n'éprouvait pas de colère, mais une impression étrange. Pourquoi son père, même s'il était certes un homme complexe, le détestait-il tant ? Il alla ouvrir un tiroir de son petit bureau de chêne et en sortit un camée de sa mère, Moira Moncur, 1842-1884.

Elle était morte en couches quand il avait quatorze ans, donc il en gardait de vrais souvenirs : une femme diaphane, aimante mais harassée par la charge de ses nombreux enfants et de ses grossesses enchaînées. Brodie avait récemment fait le calcul : de 1861 à sa mort vingt-trois ans plus tard, elle avait donné naissance à quatorze bébés, dont cinq mort-nés ou décédés en quelques jours. Il se demanda ce que son père pensait de cette femme, de son épouse. Était-elle juste une sorte de manufacture à enfants, une poule pondeuse ? D'abord quatre filles en cinq ans, puis les deux premiers mort-nés, puis son arrivée à lui, Brodie, en 1870, alors qu'elle avait vingt-huit ans. Deux autres garçons avaient suivi (Callum et Alfie, séparés par un autre frère qui n'avait pas survécu) avant la reprise du cycle féminin avec la venue d'Isabella et d'Electra, encadrant également un enfant mort en bas âge. Celui qui avait précipité le décès de sa mère était un autre fils, qui n'avait pas reçu de prénom. Neuf enfants en vie, et elle était morte à quarante-deux ans.

Il eut beau scruter intensément le visage sur le camée, la posture guindée imposée par l'époque et le long temps de pose nécessaire empêchaient qu'une véritable impression de la personne réelle émergeât du portrait. De fait, cette image était un masque, et non la représentation d'une femme respirant la vie. Qui était-elle ? Et si elle avait été en vie aujourd'hui ? Elle aurait eu cinquante-deux ans. En quoi les choses eussent-elles été différentes ? L'imaginer au côté du cabot monstrueux d'égocentrisme qu'était devenu Malky Moncur paraissait impossible à Brodie, qui se dit une fois de plus que sa mort prématurée avait peut-être déclenché une forme de perversité chez son époux. Mais non, c'était là une interprétation trop charitable. Malky Moncur, un être à part, ténébreux, hors normes, avait toujours suivi sans en dévier le cap qu'il s'était fixé.

Brodie rangea le camée bien au chaud dans sa malle, se posant de vagues questions sur ses cinq frères ou sœurs morts. À dire le vrai, il n'était pas tout à fait sûr de leurs sexes respectifs. Il y avait eu des garçons et des filles, certains prénommés (un Hector, se rappelait-il, une Marjorie aussi), d'autres restés anonymes pour lui. Son ignorance le fit culpabiliser. Il devait bien y avoir un registre paroissial quelque part. Peut-être devrait-il rendre un semblant de justice à leur minuscule mémoire en retrouvant les quelques faits bruts qui existaient au sujet de ces enfants perdus. Mais cette perspective lui sembla soudain écrasante, futile, et il se laissa tomber sur son lit, en proie à la lassitude, épuisé par les multiples tensions générées par son retour à la maison. Pense à Paris, se dit-il. C'est le présent que les dieux du destin t'ont offert. Paris l'attendait.

4

Le lendemain matin, rasé de près, ongles curés avec la pointe de son canif, sa première Margarita de la journée au coin des lèvres, Brodie remontait la vallée de la Liethen sur deux kilomètres pour se rendre à Dalcastle Hall. Il avait fait porter un mot à lady Dalcastle en arrivant, et elle avait suggéré par retour un rendez-vous à 11 heures du matin le samedi. Elle « se réjouissait par avance » de le revoir.

Dalcastle Hall était un manoir étrangement hybride. Brodie entra par un portail ornemental, passa devant une maison de gardien néogothique (cheminées polygonales, tuiles faîtières, pignons décorés, œils-de-bœuf), puis emprunta une allée trouée de nids-de-poule et bordée d'antiques bouleaux qui menait au bâtiment principal. Un premier coup d'œil à travers les arbres révélait un vieux donjon fortifié aux murs épais et crénelés, aux fenêtres hautes, étroites et asymétriques. L'ensemble souffrait d'un manque d'entretien : mousse et petites fougères poussaient entre les pierres, et certaines des fenêtres étaient condamnées. En approchant, Brodie découvrit les trois niveaux de l'aile georgienne en stuc blanc, avec des fenêtres à guillotine disposées symétriquement, attenante à une grande écurie derrière laquelle se dressaient les murs gris d'un verger-potager et d'un jardin d'agrément avec gazon, plates-bandes et serres. Lady Dalcastle vivait seule avec ses domestiques. Son époux, Hugo, était mort à la trentaine (« d'alcoolisme et de débauche », disait Malky) et leur unique enfant, Murdoch, capitaine dans les Royal Scots Greys, avait succombé à la fièvre jaune dix ans plus tard en 1870, à l'âge de vingt-quatre ans, dans le royaume Ashanti en Afrique occidentale. Brisée par le chagrin, lady Dalcastle avait trouvé réconfort et compagnie auprès de Moira Moncur, l'épouse du révérend, et les deux femmes étaient devenues des amies aussi proches qu'improbables.

Brodie était né l'année du décès de Murdoch Dalcastle, et lady Dalcastle s'était prise d'intérêt pour lui, comme si, d'une certaine manière, l'âme de son fils défunt s'était réincarnée. Elle lui donnait des bonbons et des cadeaux, et il allait régulièrement « jouer » à Dalcastle Hall. Quand il entra dans le chœur de l'église St Mungo suite à la découverte de son oreille absolue, ce fut lady Dalcastle qui lui paya des leçons de musique, et quand la pureté de son timbre de voix fut détectée à ses neuf ans, ce fut encore elle qui régla les frais d'inscription à l'académie de musique de Mme Maskelyne à Édimbourg. Il fut question pour la suite d'un conservatoire à l'étranger, car la perspective d'une brillante carrière de chanteur d'opéra se profilait, mais lorsque, à l'âge de treize ans, Brodie mua, il devint clair que le soprano incandescent s'était transformé en médiocre baryton. Brodie se mit alors au piano. Quoique parfaitement compétent, car il s'appliquait beaucoup, il n'avait pas de don particulier. Il aurait pu enseigner, mais le monde regorgeait de professeurs de piano modérément talentueux, comprit-il bien vite. Restait néanmoins son oreille absolue, un atout à exploiter. Lady Dalcastle parla à son cousin,

Ainsley Channon, qui recruta Brodie après son certificat de fin d'études (c'était un garçon vif et intelligent) comme apprenti accordeur chez Channon & Co., un emploi stable qui devint bientôt une vocation. Il avait dix-huit ans, c'était l'année 1888.

Tous ces souvenirs le submergèrent quand il s'approcha de la porte d'entrée du manoir, presque aussi familier que le presbytère et associé à des souvenirs plus heureux. Il avait conscience de devoir quasiment tout à lady Dalcastle, y compris les bonnes manières et la distinction qu'il pouvait avoir. Une boutade familiale prétendait qu'il hériterait un jour du domaine Dalcastle, mais chaque fois que cette idée était évoquée, Malky se moquait copieusement de son fils. « Elle est endettée jusqu'au cou », ironisait-il. Hugo Dalcastle ayant dilapidé la fortune familiale dans l'alcool et le jeu, le domaine était hypothéqué pour dix fois sa valeur. « Demande donc à ton imbécile de frère notaire, il est au courant de tout. Tu n'en tireras pas un sou, mon gamin ! »

Voilà qui soulageait Brodie plus que cela ne l'abattait, car la perspective de vivre en croulant sous les dettes dans la vallée de la Liethen, à deux kilomètres du giron familial et de Malky Moncur, lui était insupportable. Quel enfer ce serait ! Il aimait beaucoup lady Dalcastle et lui vouerait une reconnaissance éternelle de lui avoir fourni la clef des champs. Le seul aspect de sa vie qui le troublait était qu'elle assistait avec une assiduité irréprochable aux sermons dominicaux de son père. Elle n'en ratait pas un. Elle trouvait Malcolm Moncur inspiré et inspirant. De son côté, Malky adoptait une humilité atypique quand il lui adressait la parole, ce que Brodie trouvait à la fois drôle et quelque peu écœurant.

Il frappa à la porte. Il fut accueilli par Broderick, le majordome de lady Dalcastle, qui le conduisit à l'étage au petit salon. Broderick était un homme âgé et légèrement bègue, au service des Dalcastle depuis plus de cinquante ans. Il marqua une pause en arrivant sur le palier.

« Lady D-D-D-Dalcastle n'est pas très en forme, monsieur Brodie.

– Je suis désolé de l'apprendre.

– Il faut lui épargner toute f-f-fatigue.

– Je comprends. Je ne la fatiguerai pas. Je resterai juste dix minutes pour lui présenter mes hommages.

– Dix minutes, pas plus, monsieur Brodie. Il ne f-f-f-faut pas qu'elle s'épuise.

– Comptez sur moi. »

Broderick le fit entrer et s'éclipsa. Brodie arpenta la pièce, pris d'une soudaine et furieuse envie de fumer. Sur les murs lambrissés d'un bois très clair (frêne ? noyer ?), de petits tableaux de paysages pendaient à une cimaise. Deux fenêtres ouvraient sur le jardin clos de murs, qui parut plutôt négligé à Brodie : un arbre déraciné, des plates-bandes herbacées envahies par les mauvaises herbes, épilobes et orties. Il observa une serre badigeonnée au blanc d'Espagne et deux moutons entravés qui paissaient sur la pelouse bien tondue.

Au son d'un toussotement poli, Brodie se retourna pour découvrir que lady Dalcastle était entrée silencieusement dans la pièce. Elle lui tendit sa main à baiser. Depuis la mort de Murdoch, elle avait décidé de ne porter que des couleurs vives – aujourd'hui, une veste de velours cerise sur une large jupe prune. Ses cheveux gris étaient juste serrés par un foulard de soie jaune. Comme une jeune fille, elle ne les relevait jamais.

Elle se dit ravie de le voir, même si cela faisait… combien ? deux ans maintenant et qu'il était un rustre de l'avoir négligée.

« Mais je vous pardonne. Venez donc vous asseoir près de moi », dit-elle en désignant un petit sofa.

Broderick entra, chargé d'un plateau. Il posa les tasses et les soucoupes en porcelaine fine avec de tels tremblements que lady Dalcastle le congédia et servit elle-même le thé tout en bavardant. Elle évoqua la possibilité de remplacer Broderick sauf qu'elle n'en avait pas le cœur, cela le tuerait, le pauvre, alors il fallait qu'elle en fasse de plus en plus par elle-même, *c'est la vie**.

Autant elle lui parut incroyablement amincie, plus maigre que jamais, comme si ses poignets risquaient de se briser sous le poids de la théière en argent qu'elle soulevait, autant elle était souriante et gracieuse, les yeux étincelants, un peu de rouge sur les lèvres, une touche subtile mais puissante de parfum, sans doute à la fleur de tilleul.

Le thé était tiède et les biscuits s'effritaient sous ses doigts comme du sucre humide.

« Ne vous gênez surtout pas pour fumer, Brodie. Je sais que vous appréciez une cigarette.

– Non merci, lady Dalcastle. J'essaie d'arrêter. C'est une manie qui coûte cher et je me suis bêtement entiché d'un tabac américain, or il n'y a qu'une boutique à…

– Avez-vous vu l'annonce de votre père ?

– Non. Quelle annonce ?

– Dans le *Scotsman*, rien de moins. »

Elle attrapa un journal replié sur la desserte et le lui tendit. Dans le coin inférieur droit figurait une publicité encadrée d'un liseré noir : « Le révérend Malcolm Moncur prêchera dimanche à l'église St Mungo de Liethen Manor. Navettes disponibles à la gare ferroviaire de Peebles. La lecture sera extraite du Livre de Baruch (Apocryphes). Entrée libre. »

« Callum m'en a parlé, de ces encarts, remarqua Brodie. Il paraît que l'église rassemble parfois jusqu'à cinq cents personnes. Des gens qui viennent d'Édimbourg, de Selkirk, de Biggar…

– Il y a des dizaines d'attelages, des dizaines ! Les rues du village sont embouteillées. Et même des bus à la gare de Peebles. Il attire un de ces publics !

– Eh bien, il a toujours voulu att…

– Je ne raterais ses sermons pour rien au monde, martela lady Dalcastle comme s'il y avait eu le moindre doute sur sa ferveur. Ses exégèses de passages très obscurs de la Bible peuvent être fascinantes. Il a des intuitions fort intéressantes.

– Hélas, je ne pourrai pas me joindre à vous, désolé. Je dois partir très tôt demain matin.

– Vous n'êtes pas athée au moins, Brodie ? demanda-t-elle en agitant un doigt décharné devant son nez.

– Pour être honnête… Il m'arrive de douter, lady Dalcastle. Je trouve la foi de mon père… paradoxale. »

Brodie se plaisait à lui signaler ainsi qu'il pouvait encore être sauvé. Mais il était le fils de Malky Moncur, donc son athéisme était fervent, implacable.

« Connaissez-vous les poèmes d'Algernon Swinburne ?

– Non, je le connais de nom, mais…

– Des vers magnifiques. Je crois bien qu'il est athée.

– Ah, oui. Non. C'est juste que…

– Paris, Brodie, Paris ! *La ville lumière**. Comme je vous envie !

– C'est une chance extraordinaire. Je suis enchanté à l'idée de partir, je dois l'avouer.

– Mais est-ce vraiment une chance ?

– Oui, je dois aider Calder Channon à…

– Ou bien est-ce un piège ? »

Brodie eut de nouveau envie d'une cigarette. Il but un peu de son thé froid.

« Comment cela, un piège, lady Dalcastle ?

– Ah, Paris, Paris… Paris peut être une maîtresse exigeante. Feu mon époux Hugo a passé beaucoup de temps à Paris. Oui, il y allait souvent, vers la fin.

– Vraiment ?

– Oui, cela causa sa perte.

– Je comprends.

– Que cela ne cause pas la vôtre, Brodie ! ordonna-t-elle en lui agitant encore son doigt sous le nez. Promettez-le-moi.

– Je vous le promets.

– Reprenez donc du thé. Je suis tellement heureuse de pouvoir bavarder avec vous. »

Une demi-heure plus tard, elle le raccompagnait elle-même à la porte et lui faisait jurer qu'il lui écrirait de Paris en s'engageant à lui répondre par retour. Elle serra ses mains entre les siennes et leva les yeux vers lui pour lui dire : « Que Dieu vous bénisse, mon garçon, que Dieu vous bénisse. Votre chère mère serait tellement fière. Un si grand, un si bel homme. »

Puis elle plongea la main dans le petit réticule accroché à sa ceinture et lui donna un souverain d'or qu'elle posa dans la paume de sa main en lui rappelant dans un murmure, comme s'il s'agissait de leur secret : « J'attends toutes vos nouvelles de Paris. »

Brodie remonta d'un pas lent l'allée aux nids-de-poule. Il se sentait épuisé, en proie à des émotions conflictuelles. Le soleil perçait enfin dans un ciel de juin jusqu'alors encombré de nuages lourds, et la journée semblait à présent s'orienter au beau. De retour au presbytère, il alla dans la cuisine et but trois verres d'eau.

Mme Daw épluchait des pommes de terre, et une fille de cuisine vannait le contenu d'un chaudron bouillant.

« Paraît qu'tu t'en vas à Paris, Brodie, lança Mme Daw.

– En effet, madame Daw. On m'a donné un emploi là-bas.

– Alors on te reverra jamais par chez nous, ça c'est sûr.

– Mais bien sûr que je reviendrai. Pourquoi tout le monde part-il du principe que je m'en vais pour toujours ?

– Ouh là non, tu reviendras point. Non, non, non. Tu vas y prendre goût, à c'te vie. J'l'ai déjà vu, ça.

– Quelle vie ?

– La vie à l'étranger. Rien à voir avec notre vie d'ici, simple, rude, pieuse.

– Et alors à Paris, c'est comment, madame Daw ?

– Dangereux ! répondit-elle en agitant son couteau dans sa direction. Ça va te chambouler !

– C'est peut-être une bonne chose. C'est peut-être bien d'être chamboulé de temps en temps.

– Pas pour les gars comme toi, Brodie Moncur. J'te connais, moi. Et si ta mère était en vie, elle serait de mon avis. »

Brodie l'assura qu'il avait un poste à responsabilité dans un magasin de pianos et qu'il n'y aurait rien de chamboulant là-dedans. Mme Daw secoua la tête avec un sourire triste.

« Rappelle-toi c'que j'te dis, mon garçon. Rappelle-toi bien. »

Perplexe, Brodie passa dans le vestibule, où il tomba sur Callum.

« Je crois qu'une petite partie de pêche s'impose », déclara ce dernier.

Brodie et Callum étaient assis sur la haute berge de la Liethen à l'ombre d'un vieux saule majestueux qui surplombait l'une des trois plus grandes cuvettes que comptait la petite rivière. Dans leur enfance, c'est ici qu'ils étaient venus nager et plonger lors des rares journées estivales de grosse chaleur. Ils dévorèrent les parts de tourte à la viande que Callum avait chipées dans la cuisine de Mme Daw, arrosées d'eau de la Liethen attrapée au creux de la main. Leur pêche à la nymphe en amont, loin du village, avait été couronnée de succès : le panier en osier de Callum renfermait une dizaine de truites brunes d'une demi-livre recouvertes de feuilles de patience humides.

Après s'être installés en lisière des prairies qui entouraient Liethen Manor, ils avaient suivi le cours de la rivière à travers la nature sauvage écossaise, le long de berges encombrées de noisetiers et d'aulnes qui rendaient le lancer délicat. L'herbe qui leur arrivait aux cuisses, entremêlée de cardères, d'épilobes et de chardons, n'avait pas été taillée depuis des années. La Liethen avait des eaux peu profondes couleur thé sans lait et un débit rapide sur son lit rocheux de galets mais, à l'endroit où elle tournait, le courant créait de profondes cuvettes en longueur, et Brodie savait que si l'on y lançait précisément sa mouche, les truites mordaient souvent.

Les deux frères pêchaient dans cette rivière depuis toujours. Ils en connaissaient tous les méandres, les cuvettes, les gués, les paisibles remous infestés de moucherons. Marcher le long de la Liethen et jeter sa ligne produisait sur Brodie un effet apaisant ; les souvenirs voletaient dans son esprit tels des papillons ou des éclaboussures de lumière projetées par les branches ondulant au gré du vent. Il se revoyait, petit garçon, avec sa première canne à pêche, se rappelait la joie et l'excitation de sa première prise. Peut-être cette petite rivière dans son coin de nature sauvage était-elle son vrai « chez-lui », et non le presbytère ou le village. Il lui fallait précieusement enregistrer les souvenirs de cette journée et se la remémorer quand il se sentirait seul ou aurait le mal du pays. Le mal…

Il jeta le reste de la croûte desséchée de la tourte dans les sombres profondeurs de la cuvette et offrit une Margarita à Callum, qui se mit à tirer dessus, allongé sur l'herbe à regarder les rayons du soleil chargés de poussière qui transperçaient en diagonale les branches cinglantes du saule. En amont, un héron se propulsa dans les airs. Brodie se retourna pour suivre son lent vol le long de la vallée. Il eut l'impression que l'instant se solidifiait, s'agglutinait. Une brise lui caressa les cheveux. Rappelle-toi ce moment, rappelle-toi ce moment. Callum lui parlait.

« Que va-t-il advenir de nous, Brodie ? De toi et moi ?

– Je vais partir à Paris et rencontrer une belle comtesse française qui m'installera dans son château. Tu deviendras notaire et tu épouseras une horrible fille riche de Peebles, vous achèterez une grande maison à la campagne et vous aurez dix moutards.

– Plutôt mourir.

– Oh il y a d'autres options, tu sais.

– M'enfuir avec un cirque, ricana Callum.

– Voilà, c'est l'idée générale. Quitter ce village. Aller n'importe où ailleurs.

– C'est bien joli à toi de dire ça, commenta Callum en se tournant sur le côté, son poids reposant sur un coude. Toi, tu t'es déjà échappé.

– Nous avons de la chance tous les deux. Les filles, elles, sont coincées. Et apparemment, Malky a bien dressé Alfie.

– Tu viens à l'église demain ?

– Foutre non ! On vient me chercher à 6 heures du matin.

– Malky va être furieux contre toi.

– Malky peut aller se faire cuire un œuf, décréta Brodie, qui se leva et épousseta son pantalon. Retournons donc au village pour boire une pinte au Howden.

– Peut-être que je pourrais venir à Paris avec toi, dit Callum en se relevant. Mais il me faudra une mystérieuse et belle comtesse à moi aussi.

– Ça court les rues, à Paris. Tu devras repousser leurs assauts. »

Ils se dirigèrent vers l'aval, la Liethen à leur droite, les champs pentus sur leur gauche, leur canne à pêche à la main, à parler des avenirs possibles. Quand le clocher de St Mungo apparut à leur vue, ils coupèrent à travers des pâturages en direction du village. Le tiède soleil de juin leur frappa le dos quand il perça les nuages en mouvement, et Brodie se remémora l'injonction qu'il s'était faite. Rappelle-toi cet instant, rappelle-toi cette journée presque idéale : Callum et toi au terme d'un après-midi de pêche, marchant côte à côte dans les prairies venteuses du sud de l'Écosse. Garde-le en réserve. Ce sera un baume quand ton âme aura besoin de réconfort.

L'auberge Howden se trouvait à l'autre bout de Liethen Manor par rapport à l'église et au presbytère, du côté de Peebles. C'était une maison à toit d'ardoise, aux murs blanchis à la chaux, aux meneaux peints en noir. Point d'eau habituel des bouviers, bergers et journaliers de toute la vallée, elle se vantait d'être le seul pub entre Biggar et Peebles, et elle était souvent bondée.

Callum poussa la petite porte et Brodie le suivit dans le bar. Plafonds bas, fumée omniprésente, odeur étrange qui mélangeait bière, cendres refroidies dans la cheminée et tabac à pipe. Deux vieillards assis près d'une fenêtre jouaient aux dominos en buvant du whisky. Une jeune fille passait la serpillière sur le dallage. Pas de feu dans le foyer, puisque le soleil de juin brillait.

Brodie et Callum se dirigèrent vers une table en coin, calèrent leurs cannes repliées derrière le dossier de leurs chaises et commandèrent deux pintes de blonde d'Ethelstane au jeune aubergiste qu'ils connaissaient bien, Campbell

Wishart, un solide gaillard dont la grosse barbe touffue, déjà grisonnante alors qu'il n'avait pas encore trente ans, masquait un bec-de-lièvre mal opéré qui le faisait zozoter au point de paraître parfois presque efféminé.

« Brodie Moncur ! s'écria-t-il. Vingt dieux, j'vous ai pas vu ici depuis un ou deux ans, sinon plus. Où étiez-vous donc ?

– À Édimbourg. J'ai beaucoup de travail ces temps-ci, Campbell.

– Oui-da, j'ai entendu ça. Vous accordez des pianos, à ce qu'on dit ? (Il prononçait « fianof ».)

– Tirer des pintes ou accorder des pianos, il n'y a pas de sot métier.

– C'est bien vrai, ça.

– Et donc, étant donné la réussite de mon frère, je prendrai aussi un petit whisky, intervint Callum. Vous savez qu'il part pour Paris ?

– C'est ça, et moi je pars pour Rio de Janeiro », rétorqua Campbell sans se laisser impressionner.

Ils s'assirent et burent leur bière, puis Callum descendit son whisky d'un trait. Désœuvrés, ils regardèrent la jeune fille nettoyer le sol. Envahi par un sentiment de plénitude, Brodie voulut prolonger les plaisirs de la journée.

« J'ai une idée. On a une douzaine de truites dans ce panier. Si on en donnait six à Campbell et qu'on lui demandait de nous préparer les autres ?

– Nous sommes attendus au presbytère pour dîner, lui rappela Callum. On ferait mieux de se mettre en route.

– Et si nous avions eu un contretemps ?

– Que dira Malky ?

– Callum, Malky n'est pas notre seigneur et maître. »

Brodie apporta le panier en osier au bar, montra les poissons à Campbell et lui fit sa proposition. Le Howden servait à manger : tourtes, quiches, gibier rôti à l'occasion, ragoûts de viande et de carottes. C'est l'épouse de Campbell qui s'occupait de la cuisine.

« Je pense qu'on doit pouvoir arranger ça, accepta Campbell. Mais il me faudra un ou deux shillings.

– Cela va de soi. Vous avez des pommes de terre ?

– Non, mais on a du pain… et du vinaigre. »

Brodie et Callum dégustèrent donc leurs truites avec des tranches de pain beurré, arrosées d'une deuxième pinte d'Ethelstane, plus un autre whisky pour Callum, auquel Brodie jeta un regard averti.

« Oh, allons, c'est samedi, protesta Callum. Et il faut que je me farcisse l'église demain, moi. »

Brodie griffonna un mot sur un bout de papier et fit un signe à la jeune fille qui avait nettoyé le sol.

« Comment t'appelles-tu ? lui demanda-t-il.

– Constance.

– Constance, je vais te donner un sou et te demander d'aller apporter ce mot à Mme Daw, au presbytère. Tu peux faire ça pour moi ?

– Ben oui, j'suis pas niaise.

– Assure-toi bien qu'elle le reçoive, et je te donnerai ton sou à ton retour.

– Je veux mon sou maintenant. Sinon vous serez partis quand je reviendrai.

– C'est de bonne guerre, concéda Brodie en lui donnant sa pièce. Je te fais confiance, Constance. Tu as un visage qui respire l'honnêteté. En route, va porter ça à Mme Daw. »

Constance partit en sautillant.

« Je nous ai excusés pour le repas, annonça Brodie. Un contretemps majeur. Allez, bois donc ta bière et commande un autre whisky. »

5

Tôt le lendemain matin, Brodie écrivit un nouveau message à son père :

Cher Père,

J'ai beaucoup apprécié mon séjour. Quel plaisir de vous revoir dans une telle forme ! Mes excuses pour mon absence au service et à votre sermon, mais je dois attraper le paquebot du soir pour Anvers. Je vous écrirai une fois installé à Paris.

Avec tte mon affection,

Votre fils,

Brodie

Il plia la feuille, griffonna le nom de son père sur le dessus et la déposa sur la table du vestibule à côté du chapeau mou de Malky.

Il ouvrit la porte d'entrée sans bruit. Personne d'autre n'était levé sauf les deux servantes qui s'affairaient dans la cuisine. Il sortit sa malle et la traîna jusqu'au gravier de l'allée. Il faisait frais, le soleil levant jouait à cache-cache entre deux nuages pressés.

Aucune trace de la carriole de Peebles. Brodie poussa un juron et consulta sa montre : 6 h 10. Où diable était donc le gamin ?

« Il était là voici une demi-heure, mais je l'ai congédié. »

Brodie se retourna lentement. Vêtu d'une longue houppelande noire, son père avançait sur la pelouse entre les conifères en fumant un petit cigare. Brodie se rappela qu'il avait l'habitude de se lever tôt le dimanche pour rassembler ses idées avant le sermon. Il décida de garder son calme.

« Et pourquoi ? demanda-t-il. Vous n'en aviez pas le droit.

– Parce que je tiens à ce que tu viennes à l'église.

– Je dois prendre un bateau pour Anvers ce soir.

– Tu peux prendre un autre bateau n'importe quel autre jour de la semaine, ouiche ! »

Il se planta devant Brodie, qui ferma les yeux en réaction à l'âcre puanteur du cigare souillant le doux air du petit matin.

« Écoutez, je ne voudrais pas être…

– Non, toi tu vas m'écouter, le noiraud. Sois présent à l'église, point. Après tu pourras aller à Paris et au diable !

– Mais c'est juste un travail, foutrebleu ! Je ne descends pas aux enfers !

– Garde tes immondes obscénités pour toi. Je veux toute ma famille à l'église, mes dix enfants.

– Au dernier décompte, nous sommes neuf.

– Neuf, dix, onze, douze, je m'en contrefiche ! Je vous veux tous là.

– Vous pouvez aller vous faire voir, Malky. »

Ils se regardèrent droit dans les yeux avec une haine réciproque clairement visible.

« Tu as oublié quel jour nous sommes, n'est-ce pas, Brodie ?

– Nous sommes dimanche. Malky Moncur fait son numéro de prédicateur.

– C'est le jour anniversaire de la mort de ta mère, espèce de Hottentot ! Un peu de respect ! Prie pour l'immortalité de son âme dans ton église paroissiale, ton église familiale. Dépose quelques fleurs sur sa tombe avant de partir sur le gai chemin de ta dépravation. Honte à toi ! »

Cette information prit Brodie au dépourvu, car il avait en effet oublié. Le sel des larmes qu'il ne versait jamais lui piqua soudain les yeux.

« Je n'éprouve aucune honte, dit-il posément. Je n'ai rien à voir avec sa mort, alors que vous, oui. C'est vous qui devriez prier pour être pardonné. Je vous verrai à l'église, mais c'est bien la dernière faveur que vous obtiendrez de moi. »

Malky se permit une brève expression de triomphe, puis retourna dans le jardin. Brodie remonta sa malle dans le hall et resta là, près de la porte, troublé et agacé. Malky savait comment le tarabuster, comment jouer sur ses sentiments, et Brodie s'en voulait d'avoir laissé paraître ses émotions. Et un fond de mauvaise conscience le tourmentait : il avait oublié, pour sa mère… De toute façon il n'avait plus le choix, maintenant que son moyen de transport avait été renvoyé. Il irait à l'église avec ses frères et sœurs et écouterait le grand homme en chaire.

Callum fut surpris de le trouver à la table du petit déjeuner en train de boire du thé (il n'avait pas faim).

« Je croyais que tu serais parti depuis longtemps, dit-il en se servant d'œufs brouillés dans le chauffe-plat sur le buffet.

– C'est ce qui était prévu, mais Malky en a décidé autrement. Il exige la présence de sa famille au grand complet.

– De Dieu ! Ça va péter le feu et le soufre, aujourd'hui. »

Les sœurs arrivèrent les unes après les autres en tenue du dimanche dans une atmosphère recueillie. Brodie ayant fait ses adieux la veille au soir en rentrant tard du Howden, elles s'étonnèrent et se réjouirent de le voir encore là. Il leur raconta qu'il avait décidé de rester pour le sermon – après tout, il n'avait pas entendu son père prêcher depuis deux ans. Le prétexte sonnait creux, mais on s'en satisfit.

Alors qu'ils sortaient en file indienne de la salle à manger, Doreen tira Brodie par la manche.

« Que lui as-tu dit ?

– Rien d'extraordinaire. Rien que je ne lui aie déjà dit. C'est ce que lui m'a dit à moi qui était choquant.

– Je ne l'ai jamais vu d'une telle humeur. Tu as forcément dit quelque chose, Brodie. Tu sais que tu as le don de l'agacer. Tu devrais lui présenter des excuses, le calmer.

– Il n'est pas question que je lui présente des excuses. Et je fais tout mon possible pour ne pas l'agacer. Pourquoi penses-tu que je n'ai pas assisté au dîner hier soir ? Il se trouve qu'il… réagit comme ça à ma personne. Ce n'est pas à moi d'y faire quoi que ce soit, lâcha-t-il, avant qu'une idée lui vienne. Je crois qu'il arrive à lire dans mes pensées, à savoir ce que je pense de lui. Je n'ai même pas besoin de dire quoi que ce soit. C'est cela qui le rend furieux. »

À partir de 10 heures, les calèches, cabriolets et carrioles commencèrent à arriver, ainsi que les navettes qui amenaient de la gare de Peebles les passagers en provenance de Hawick, Melrose et Galashiels. Peu à peu, la foule grossit sur la pelouse devant l'entrée principale de l'église. Les gens bavardaient et saluaient des connaissances comme avant un bal ou un combat de boxe, songea Brodie : il n'y avait rien de dévot dans l'air, plutôt un frémissement d'anticipation ponctué de rires occasionnels.

Dix minutes avant le début du service, le reste de la famille arriva du presbytère, sauf Alfie et Electra, déjà à l'intérieur pour installer les fidèles. La fratrie rejoignit ses places réservées au deuxième rang à droite. Les fils et filles Moncur, vêtements sombres et cheveux soignés, qui faisaient honneur à leur père et à la mémoire de leur mère.

Brodie laissa passer les autres et s'assit au bout du banc avant de regarder autour de lui. Elle n'était pas belle, cette église St Mungo. Brodie la trouvait plutôt massive et austère dans la certitude de sa foi. Les murs de plâtre beige ne s'ornaient que d'une frise de tuiles polychromes à hauteur d'homme, et même les fenêtres en ogive de la nef étaient en verre transparent banal. L'organiste jouait une fugue de Buxtehude ; le chœur avait pris place de part et d'autre de l'autel. St Mungo appartenait à la branche écossaise du protestantisme, mais à la sauce Malcolm Moncur. Sur l'autel trônait un Christ en croix demi-nature en bois peint que Malky avait fait réaliser tout exprès, avec autant de détails explicites qu'une crucifixion de Grünewald : de vrais clous étaient plantés dans les mains et les pieds, le corps d'un blanc-gris terne contrastait avec le vermillon du sang, des gouttelettes de peinture écarlate tombaient de la couronne d'épines en métal sur le torse, une côte blanchâtre perçait dans la large entaille au flanc. La chaire en bois toute simple, fixée à une hauteur inhabituelle sur le mur de la nef à gauche du chœur, était tendue de draperies en velours cramoisi qui dissimulaient l'escalier assez raide y montant depuis une petite antichambre dissimulée. On eût plutôt dit un balcon qu'une chaire. Sur un lutrin en cuivre, une grande bible noire de quinze centimètres d'épaisseur était ouverte au texte du jour. Aucun signe du révérend Moncur.

Brodie se tourna pour voir l'église se remplir bien vite d'une foule impressionnante. La galerie était bondée, et quelques dizaines de personnes restaient debout au fond de la nef faute d'avoir pu trouver un siège. Une séance à cinq cents, songea-t-il. Salle comble. À guichets fermés. Quand l'organiste arriva à la fin de la fugue, le chœur entonna « Le Seigneur est mon berger » et la congrégation fit silence. Brodie remarqua pour la première fois le chef de chœur, à moitié caché par un pilier, un jeune homme chauve qui dirigeait avec une vigueur théâtrale. La carrière musicale de Brodie avait elle aussi commencé là, à St Mungo, sous la direction du vieux Kenneth McGilchrist. Brodie ferma les yeux et écouta la musique pour essayer de calmer l'agitation qui montait en lui. Le chœur était bon, sauf une des alti qui chantait un demi-ton en dessous.

Le cantique fut suivi par un quasi-silence empli de bruissements inquiets, de quelques toux nerveuses et de murmures audibles. Les habitués tournaient les pages de leur bible pour y trouver les versets que Malky avait choisis pour son sermon. Des versets fort obscurs, même pour Malky, constata Brodie. Apocryphes, Livre de Baruch, chapitre six, versets dix à douze. Certains fidèles cherchaient en vain, car les Apocryphes ne figurent pas dans toutes les éditions.

Brodie se remémora ce que serait la suite du programme : au bout d'une minute d'anticipation environ, Malcolm Moncur allait apparaître comme par miracle dans sa chaire en se glissant entre les rideaux cramoisis, bras grands ouverts en signe de bénédiction. Et cela ne manqua pas : il émergea soudain, en robe noire avec rabat de lin blanc à deux longues bandes sur la gorge, provoquant l'émoi audible de la congrégation, puis il lança de sa voix de basse profonde : « Prions ! »

Cette prière était une sorte d'échauffement : interminable, traitant d'événements internationaux et ponctuée à l'occasion d'un « au nom de notre Seigneur », d'un « en mémoire du Christ en souffrance » ou autres. Brodie sentait l'inspiration de Malky croître à mesure qu'il égrenait les malheurs et calamités de l'histoire contemporaine. On eût dit un boxeur se préparant dans le gymnase avant un match de championnat ou un pur-sang se livrant à un galop d'essai avant la grande course. Ce matin-là, il passa en revue l'ouverture du canal maritime de Manchester, la prise de Bulawayo au Matabeleland, la bombe de l'anarchiste français qui avait explosé devant l'observatoire de Greenwich, il regretta que William Gladstone eût quitté l'arène politique tout en dénigrant l'action de son successeur au poste de Premier ministre, lord Rosebery, puis évoqua sans pouvoir cacher sa jubilation le dramatique bilan (plus de mille morts) de l'ouragan ayant ravagé le Mississippi l'année précédente. Tout le temps qu'il admonestait gouvernements et hommes d'État, déplorait les conflits proches et lointains, conseillait la prudence aux rois, la réflexion aux présidents et la modération aux empereurs dévorés d'ambitions coloniales, affleurait en filigrane l'idée que l'église St Mungo de Liethen Manor dans le comté de Peebles en Écosse était le centre du monde, dispensait des paroles de sagesse et signifiait à Dieu d'en prendre bonne note et d'agir. Bref, lorsque s'acheva le long sermon de Malky, la congrégation était fin prête, en condition. Il dit « amen », les bénit tous, fit plusieurs fois le signe de croix et les regarda collectivement dans le blanc des yeux.

« Notre texte sacré de ce matin ne se trouve pas dans toutes les bibles, annonça-t-il en tournant une page, car ce constat ne s'appliquait apparemment pas à la sienne. Il est extrait des Apocryphes. Livre de Baruch, chapitre six, versets dix à douze. »

Il marqua une pause, puis entama sa lecture d'une voix de stentor sur un rythme lent.

« Or, si Nériya savait que son fils Sédécias était tombé dans les rets des prostituées et avait convoité l'épouse de son frère, Ruth, et la fille de son frère, Esther, sans en montrer repentir, il souffrait que son fils habitât sous son propre toit, oui, et le nourrissait lui ainsi que ses serviteurs. Car Nériya le Lévite était un homme moral. Et les gens voyaient la sagesse de cet homme moral quand Sédécias, lui, était méprisé par les

Lévites, qui ne parlaient pas de lui. Il y avait donc un vide. Sédécias était oublié de tous, comme un nuage ayant cédé face à la puissance du soleil au zénith, comme la fumée dispersée par une brise. Il était un homme sans ombre, un rien-du-tout, moins qu'un grain de poussière. »

Malky marqua une nouvelle pause avant de se lancer dans son exégèse et d'expliquer en quoi ce texte oublié dans un livre oublié de la Bible entrait en résonance avec la vie des bonnes gens rassemblées aujourd'hui dans l'église St Mungo. Brodie se recula sur sa chaise pour écouter. Au fil des ans, il en avait entendu des dizaines, des homélies comme celle-ci, et il en était venu à les considérer comme des sketches, des numéros de music-hall qui permettaient à son père de lâcher la bride au cabotin en lui. Malky ne croyait pas plus en ses propos que tout autre charlatan ou bonimenteur. Pour lui, il s'agissait d'exercer son pouvoir et d'attirer les louanges. Il assenait à ses ouailles quelques vérités bien senties et les renvoyait à leur morne vie après les avoir absoutes et éclairées, parfois titillées, voire outrées. Les textes qu'il sélectionnait concernaient souvent les péchés comme l'adultère, le désir sexuel, le concubinage, ou bien la guerre, le meurtre, la mutilation, le fratricide. Lors d'un sermon mémorable sur le péché d'Onan, une dizaine de fidèles étaient sortis, offusqués par la mention de la semence jetée à terre. Mais comme tout aboyeur de fête foraine, Malky savait bien que le stupre exerçait un attrait puissant, surtout quand on le recouvrait du vernis protecteur de la religiosité.

Brodie étouffa un bâillement. Malky n'en finissait plus de monologuer sur Nériya et son venimeux ingrat de fils, Sédécias. Il avait les yeux fixés sur la première rangée de prie-Dieu, réservée au gratin. Lady Dalcastle, fascinée, était là, vêtue de jaune citron et de vert olive, ainsi que les maires de Peebles, Innerliethen et Melrose et, lui avait-on dit, un membre du conseil des ministres du culte de l'Église d'Écosse, sans compter des avocats d'Édimbourg et leurs épouses respectives, des conseillers municipaux, des magistrats et les quelques mondains aventureux qui, ayant eu vent de cet ardent prédicateur des Borders, avaient décidé de se divertir un peu en cet ennuyeux dimanche.

Brodie porta son regard vers ses frères et sœurs assis à ses côtés, tête penchée, à contempler leurs mains croisées – Malky régnait en maître dans son église. Pour passer le temps, Brodie se mit à penser à Paris. Où logerait-il ? Peut-être d'abord dans un petit hôtel, puis il se trouverait un meublé ou une pension de famille près du magasin ; et il faudrait aussi qu'il prenne des cours de français. Soudain, du coin de l'oreille, il perçut un changement de ton dans la voix de son père.

D'ordinaire, Malky captivait naturellement son auditoire grâce à une belle voix de basse timbrée et puissante, toujours monocorde, sans modulations, fioritures ni trémolos, laissant le simple poids de son autorité marteler les mots. Mais là, elle se faisait soudain histrionique. Très inhabituel. Brodie leva les yeux vers la chaire.

« Mais voilà, je vous le dis, mes amis, mes chers amis, voilà la distinction fondamentale. "Nériya était un homme moral", nous dit le Livre de Baruch. Et son fils, Sédécias, quel homme était-il donc ? Sédécias était un homme moralisateur. Le qualificatif ne semble pas trop sévère, n'est-ce pas ? Que peut-il y avoir de mal dans une attitude moralisatrice ? Mais en vérité je vous le dis, mes frères, c'est la porte ouverte aux péchés les plus vils, la pente glissante vers la vanité, l'arrogance, l'intolérance. C'est le péché d'amour-propre ! martela-t-il presque en hurlant. Le péché de Narcisse, pourrions-nous dire. Être fasciné par sa propre personne, sa petite personne si merveilleuse, à l'exclusion du reste du monde. Moi ! Moi ! Moi ! Tel est le péché de l'homme moralisateur. Le péché de Sédécias, tombé dans les rets des prostituées ! »

À cet instant précis, Malky braqua son regard sur Brodie. Il aurait aussi bien pu me pointer du doigt, songea celui-ci, en proie à une sorte de panique lucide. Même Callum lui jeta un coup d'œil.

Malky était maintenant lancé sur son erre rhétorique.

« L'homme moral croit en la règle, en l'amour de Dieu, en l'honnêteté et la bonté fondamentales de ses frères humains. Le moralisateur, lui, ne croit qu'en lui-même. Toutes choses en ce monde n'existent que pour lui et pour sa plus grande gloire. Mais le péché du moralisateur est un cancer qui ronge tout ce qui est bon et noble. Le moralisateur est un homme creux. Le moralisateur est une coquille vide. Sans valeur. »

Brodie dut courber l'échine et laisser déferler sur lui les vitupérations. Ne pouvant ignorer qu'un duel de regards se déroulait, les gens s'étaient mis à tourner la tête pour repérer qui faisait l'objet du courroux et du mépris de leur révérend. Brodie comprenait à présent pourquoi Malky avait exigé qu'il vînt assister à son sermon. C'était là sa vengeance, sa fustigation publique de son fils errant, seul membre de sa famille à oser lui tenir tête, lui désobéir et tracer son propre chemin.

« Et quel sera le destin de ce moralisateur, de cet être à peine humain ? poursuivit Malky avec une véhémence intacte. Il sera damné, damné pour son narcissisme dépravé. Comme le dit le texte saint : "Il était un homme sans ombre, un rien-du-tout, moins qu'un grain de poussière." »

Brodie entendit des gens tourner les pages de leur bible en vain pour y trouver le texte, et il comprit soudain que ces dernières paroles n'étaient que des interpolations de Malky à partir du Livre de Baruch. Il releva les yeux vers la chaire, mais Malky avait disparu. Ses sorties étaient aussi soudaines que ses entrées : après ses sermons, il s'éclipsait comme par magie derrière les tentures cramoisies avant de redescendre l'escalier jusqu'à l'antichambre pour ne plus réapparaître. Brodie remarqua le silence éloquent des paroissiens, qui semblaient avoir perçu le sous-texte personnel dans la colère dont ils avaient été témoins. Il y avait des coups d'œil de droite et de gauche. Devaient-ils se compter au rang des bienheureux hommes moraux ou des affreux moralisateurs ? Brodie ferma les yeux et prit une profonde inspiration au moment où le chœur attaquait le prologue de *The Light of the World*, entraînant oratorio de Sullivan. Les murmures se firent plus prononcés dans l'assemblée.

Callum accepta une des Margarita de Brodie, qui la lui alluma ainsi que la sienne. Ils regardèrent les fidèles sortir en file de l'église entre deux murs d'enfants de chœur munis chacun d'une profonde bourse en velours pour la quête. C'était là l'objectif principal de l'exercice : l'argent. Une fois l'aumône collectée, les sacs étaient remisés dans un placard de la sacristie dont seul Malky avait la clef. C'est Alfie qui gérait la collecte. Callum lui avait un jour demandé combien ils récoltaient les jours de forte affluence, et Alfie lui avait répondu que le total dépassait en général les vingt livres et frôlait parfois les cinquante. Malky prononçait une quarantaine de prêches par an. Brodie fit le calcul : quarante fois vingt égale huit cents, soit plus ou moins mille livres par an, quand lui-même gagnait quatre cents livres par an en tant qu'accordeur expert. Il se rappela que Malky lui avait dit très sérieusement un jour : « La religion est un outil formidable pour s'élever dans ce monde. »

« Que penses-tu qu'il fasse de tout cet argent ? demanda-t-il à Callum.

– À tous les coups il paie un maître-chanteur. Je ne peux pas croire qu'il empoche tout pour lui.

– Du chantage ? Une simonie inversée, en quelque sorte. Supposons qu'il donne cent livres par an à cette personne en échange de son silence, pour permettre à son numéro de cirque de perdurer… Que fait-il de tout le reste ?

– Je me le demande. Mais l'argent ne s'est mis à affluer que depuis quelques années, quand sa notoriété lui a attiré de grosses foules et plus seulement les gens du coin. Voilà pourquoi il passe des annonces dans les journaux. »

Brodie regarda les fidèles partir en discutant, tout sourire, euphoriques, et monter dans les véhicules qui les attendaient comme un public un soir de première. En route pour le déjeuner dominical !

« C'est très malin, cette façon qu'il a de disparaître comme ça, remarqua-t-il. Il ne s'attarde pas pour se repaître des applaudissements. Il cultive son mystère.

– C'était quoi, ces conneries sur l'homme moralisateur ? »

Brodie se sentit traversé par une pointe de ressentiment. Il jeta sa cigarette sur une dalle et l'écrasa du pied.

« C'était son message spécifique à mon intention. Bon, maintenant, comment je fais pour partir, moi ? »

Trois jours plus tard, Brodie attendait sur un quai du port de Leith sous un crachin nocturne qui transperçait le halo luminescent des becs de gaz. Sa malle était à bord du vapeur pour Anvers et sa cabine réservée pour la traversée, mais il voulait passer ces derniers instants les deux pieds sur terre, pour ainsi dire. D'Anvers, il prendrait un train pour la gare du Nord, puis se rendrait chez Channon & Cie, avenue de l'Alma, où commencerait la nouvelle vie de l'homme moralisateur.

Il alluma une cigarette en repensant à son dernier dimanche à Liethen Manor. Il était parti sans revoir son père, en empruntant une carriole de l'auberge Howden pour se rendre à Peebles. La note qu'il avait posée sur la console de l'entrée suffirait comme au revoir. C'était certes un départ amer, mais toute l'amertume et le ressentiment venaient du côté paternel de l'équation. De toute façon, Malky Moncur pouvait bien aller au diable. Lui, Brodie Moncur, avait sa vie devant lui et ne devait rien à ce monstre calculateur, manipulateur et mythomane.

Il s'enjoignit de se calmer. Il avait bien tiré profit de ses trois jours. Il avait eu un entretien avec Ainsley Channon, qui lui avait expliqué divers objectifs financiers et confirmé son autorité sur certaines questions. Il avait réussi à voir Senga pour un nouvel adieu charnel. Il avait rendu visite à son opticien, M. Fairchild, pour acheter et tester de nouvelles lunettes bifocales, qu'il portait à cet instant même : deux verres épais de puissance différente fixés l'un au-dessus de l'autre dans la même armature métallique ovale, celui du haut pour la vision de loin, celui du bas pour la vision de près. Elles semblaient bien fonctionner, et il s'habituait peu à peu à la fine ligne où les deux verres se rencontraient dans le champ inférieur de sa vision – il ne la remarquait presque plus. Il sortit sa montre de gousset et utilisa le verre du bas pour consulter l'heure. Tous les symboles sur le cadran étaient admirablement nets et clairs. Plus que dix minutes avant le départ. Il sentit sa poitrine se gonfler d'anticipation enthousiaste.

Il pouvait s'estimer heureux de beaucoup de choses : un métier stable qui lui permettrait de voyager dans le monde entier si l'envie lui en prenait (du moins partout où il y avait des pianos), une santé robuste hormis sa vue et une bonne éducation grâce à la générosité de lady Dalcastle. Alors que devait-il à Malky Moncur ? Une vie entière de griefs, de tensions, d'exaspérations. Sans compter la mort de sa mère, peut-être… Non, vraiment, il était bien content de ne plus avoir affaire à lui, à St Mungo et à Liethen Manor. Dommage pour ses frères et sœurs (Callum allait lui manquer), mais c'était à eux de tracer leur propre chemin dans la vie, de faire leurs propres choix et de les assumer du mieux possible. Lui, il partait vers Paris et son avenir.

Le sifflet mugit pour signaler l'embarquement. Après avoir jeté sa cigarette dans l'eau noire et visqueuse, Brodie gravit la passerelle. Il resta sur le pont pour regarder les matelots larguer les amarres accrochées sur les bittes tandis que les moteurs s'animaient en rugissant et que le bateau s'éloignait du quai. De façon un peu empruntée (en homme moralisateur qu'il était), il fit silencieusement ses adieux formels à son pays natal. Pour la première fois, il avait la conviction profonde qu'il ne reverrait jamais l'Écosse.

DEUXIÈME PARTIE

Paris, Genève, Nice

1896-1898

1

« *Non, non, c'est beaucoup mieux, monsieur Moncur. Vous avancez vraiment bien. Vraiment. Impeccable**. »

M. Hippolyte Lorette, le professeur de français de Brodie, le gratifia de son habituel salut raide de la tête et le raccompagna à la porte de sa petite soupente de la rue Saint-Dominique. En tournant la tête vers le levant, étant donné la hauteur de l'immeuble, on avait une vue dégagée sur la nouvelle gare des Invalides. En conséquence, nombre de leurs échanges pédagogiques portaient sur les moyens de transport et les voyages en train, Brodie s'essayant à certains des temps les plus difficiles et aux locutions complexes de cette langue élégante qu'il essayait de maîtriser. M. Lorette était un vieux garçon, professeur au lycée Henri-IV à la retraite. Maigre, voûté, il avait une barbiche pointue grise sans moustache, omission que Brodie trouvait étrange et qui le portait à croire que M. Lorette était membre d'un culte étrange. Ses manières irréprochables et strictement formelles constituaient une façade imprenable qui empêchait Brodie de se faire une impression d'Hippolyte Lorette, l'homme. Il parlait un français parfait en articulant très lentement comme s'il s'adressait à un enfant. Brodie prenait des cours avec lui depuis de nombreux mois, mais ils restaient des étrangers complets.

Brodie se réjouissait néanmoins des progrès accomplis. Ils se retrouvaient trois fois par semaine à 8 heures du matin pour une heure de conversation, sauf en juillet et août, quand M. Lorette retournait dans sa famille à Reims. Après plus de dix-huit mois passés à Paris, Brodie pensait pouvoir légitimement affirmer qu'il parlait un français courant quoique émaillé d'erreurs. Le genre des noms et les accords le dépassaient toujours : était-ce *le* ou *la*, *un* ou *une* ? « *C'est normal chez les Anglais** », l'assurait hélas M. Lorette. Il se sentait toutefois à l'aise en français conversationnel, estimant ses capacités de compréhension à cent pour cent et d'expression aux environs de quatre-vingt-dix pour cent.

Il sortit rue Saint-Dominique et héla une victoria pour se faire conduire jusqu'au magasin Channon avenue de l'Alma, à deux pas des Champs-Élysées. Par cette froide journée de février au ciel plombé, il était content d'avoir mis sa vieille redingote en tweed et l'écharpe en laine fauve que Doreen lui avait tricotée. Il jeta au passage un coup d'œil à la tour Eiffel, dont le sommet était obscurci par des nuages stationnaires, et se demanda combien de temps il fallait avoir vécu à Paris pour ne plus la remarquer, pour qu'elle fasse partie du paysage comme Notre-Dame ou l'Arc de triomphe. Il trouvait dommage que cette construction fût vouée à la démolition sous quelques années, mais peut-être tenait-elle trop de la monstruosité pour qu'une ville l'acceptât. La plus haute structure construite par l'homme à la surface du globe ! *Incroyable ! Magnifique* ! Il était déjà monté deux fois au dernier étage.

Il chercha dans sa poche la lettre de Callum, heureux de s'accorder une petite distraction avant d'affronter les problèmes de la matinée. Il éprouvait une certaine appréhension.

Ainsley Channon était à Paris et ce lundi serait consacré à « un bilan d'étape ». Un restaurant avait été réservé dans le quartier. Depuis l'arrivée de Brodie, la firme avait connu des succès notables, tous à porter à son crédit, et des difficultés récurrentes apparemment insolubles, toutes attribuables à Calder Channon. La réunion promettait d'être désagréable.

Il sortit la lettre de son enveloppe.

Cher Brodie, mon mien frère, ô toi si sage,

C'est quoi l'expression ? Bonheur conjugal ? Tu l'avais prédit – à ceci près que tu avais plutôt vu une fille de Peebles, pas de Galashiels. Pourquoi n'étais-tu pas au mariage, bougre d'ingrat ! Sheila est impatiente de te rencontrer, puisque je lui parle tout le temps de toi. Nous venons d'emménager sur Venlaw Hill, dans une grande maison neuve nommée Edenbrae (merci, beau-papa !) et je suis ravi de t'annoncer qu'un petit ou une petite Callum Moncur est en préparation. N'est-ce pas incroyable que ce soit moi qui fournisse à Malky son premier petit-enfant ? L'arrivée imminente du bébé semble l'avoir troublé – ton horloge de vie égrène les heures, Malky Moncur ! Au fait, il parle toujours de toi en des termes aussi méchants et grossiers, toi l'émigré, le traître, le félon, le moins-que-rien. Je sais que tu m'as déjà posé la question, mais je n'ai toujours pas de réponse. Malky semble obsédé par toi pour des raisons perverses et que je ne...

Brodie replia la lettre. Toutes ces informations sur Malky n'amélioraient pas son humeur. Callum avait épousé une jeune femme du nom de Sheila Anstruther-Kerr, fille unique d'un marchand de laine de Galashiels. Malky avait célébré leurs noces à St Mungo en octobre 1894, quelques mois après le départ de Brodie, qui avait envisagé de rentrer pour l'occasion, mais c'était trop tôt. Il voulait laisser passer un certain temps avant de retourner à Liethen Manor. Et maintenant, un enfant en route. Peut-être ferait-il le voyage pour le baptême.

Il demanda au cocher de stopper la victoria, le paya et termina à pied pour rassembler ses pensées.

Channon & Cie était un impressionnant magasin doté de deux grandes vitrines sur rue de part et d'autre d'une *porte d'entrée** ornementale en forme d'arche à colonnes. Au-dessus de l'imposte vitrée en demi-sphère flottait sur un mât un drapeau écossais. Encore une idée à lui : afficher leurs racines écossaises, évoquer la Vieille Alliance. Il s'arrêta en face du magasin pour se préparer et imaginer l'effet produit sur Ainsley, dont c'était seulement la deuxième visite depuis l'arrivée de Brodie. Son patron serait satisfait de ce qu'il verrait. Dans la vitrine de gauche, Dimitri jouait sur un nouveau modèle de demi-queue ; dans celle de droite, sur une estrade inclinée, un Channon de concert à moitié éventré exhibait ses entrailles tel un cadavre sur une table de dissection : couvercle relevé, mécanique sortie, marteaux et cordes exposés à la vue du passant curieux. Des bristols imprimés en français et en anglais expliquaient certaines des caractéristiques les plus raffinées de ce bijou : le bois utilisé, le nombre de kilomètres de fil utilisés pour les cordes, leur tension incroyable de dix-sept tonnes, le coût de l'ivoire et de l'ébène pour les touches, etc. À la fois instructif et fascinant, avait soutenu Brodie en lançant cette suggestion. L'écorché attirait des badauds à longueur de journée, dont beaucoup s'aventuraient ensuite dans le magasin pour regarder les pianos en exposition. Le fils du patron, Calder Channon, s'était fermement opposé à l'idée en arguant du gâchis d'espace, comme à toutes les autres initiatives de Brodie. Chaque fois, Brodie écrivait pour se plaindre à Ainsley, qui, par retour, lui donnait raison, ce qui fait que les relations entre le directeur et le directeur adjoint du magasin parisien se dégradaient à vue d'œil – à l'heure actuelle, elles étaient sur « froid » les bons jours et sur « glacial » les mauvais.

Brodie se força à traverser la rue et à entrer dans le magasin. Sans s'arrêter à l'espace d'exposition, il se rendit à l'atelier. C'était là son domaine (Calder s'y aventurait rarement), où la partie accordage de la succursale parisienne de Channon florissait. Brodie avait auditionné, testé, puis embauché deux *accordeurs** accomplis, René Dujardin et Romain Lebeau, et formait actuellement deux apprentis pour les assister tant la demande augmentait. L'activité ne faiblissait pas, le carnet de rendez-vous était rempli et Brodie devait parfois leur prêter main-forte en période de surcharge. Il s'était même déplacé à Neuilly et Fontainebleau la veille tant le bouche-à-oreille fonctionnait. Toutes les recettes de la partie accordage étaient bien entendu reversées à la comptabilité générale de Channon & Cie, service géré par un curieux petit homme du nom de Thibault Dieulafoy, supervisé de près par Calder. Les accordeurs et l'atelier contribuaient pour une large part au chiffre d'affaires de la firme, mais Brodie ne disposait pas des montants exacts car Calder se refusait à révéler quoi que ce fût sur les questions financières.

Lorsque Brodie arriva, Romain était déjà parti et René s'apprêtait à faire de même. Comme aucun de ses accordeurs et apprentis ne parlait anglais, les leçons de M. Lorette s'étaient révélées cruciales. Ils se saluèrent et se serrèrent la main. Brodie prit des nouvelles de l'épouse de René, enceinte de huit mois, apprit qu'elle se portait à merveille, puis passa dans son petit bureau. Par les panneaux vitrés, il vit Murray Dodd (lui aussi débauché de la maison mère, pour diriger le petit atelier à l'arrière du magasin de l'Alma) montrer aux deux nouveaux apprentis comment réparer le pédalier d'un

Phoenix. Les réparations plus conséquentes nécessitaient que l'instrument fût mis en caisse et expédié à la manufacture d'Édimbourg. La dernière suggestion en date de Brodie était qu'ils acquièrent et équipent un entrepôt intermédiaire avec un atelier plus grand quelque part en banlieue parisienne, où les loyers étaient plus raisonnables et où des locaux de grande capacité se trouvaient facilement. Calder y avait mis son véto.

Au bout de dix minutes, le temps de vérifier que tout allait pour le mieux dans son petit monde, Brodie décida qu'il était temps d'affronter Calder Channon sans plus tergiverser. Il monta l'escalier de service jusqu'au premier et frappa à la porte de son bureau.

Calder Channon avait une dizaine d'années de plus que Brodie et faisait deux fois son poids. Pour un homme encore jeune, il était étonnamment corpulent, mais sa taille presque égale à celle de Brodie cachait la véritable étendue de son obésité croissante. Il avait les cheveux noirs et s'était laissé pousser une épaisse moustache morse qui lui recouvrait presque la lèvre inférieure et lui donnait en permanence un air triste, comme si son visage n'était capable d'aucune autre expression. Il avait pour épouse une jeune et timide Anglaise prénommée Matilda, que Brodie appréciait, et un fils, Ainsley junior, qui venait de fêter ses deux ans.

« Inutile de frapper si fort ! protesta Calder en faisant entrer Brodie.

– Je n'ai pas frappé fort.

– Je m'étonne que vous n'ayez pas les mains en sang.

– J'ai simplement toqué à votre porte, Calder. Ni plus ni moins.

– C'est quoi le dicton, déjà ? "Poigne forte, ami fourbe."

– Je ne connaissais pas, mais cela me paraît bien douteux.

– Pensez-y un peu, dit Calder d'un ton cinglant.

– "Poigne forte, voisin sourd" me paraîtrait plus logique.

– Asseyez-vous. Mon père ne saurait tarder. »

Avec ses trois grandes fenêtres sur l'avenue de l'Alma, la pièce aurait dû être lumineuse et aérée, mais elle était assombrie par des rideaux de velours noir en embrasse et un tapis persan à motifs foncés sur le parquet taché. Trônait au centre un énorme bureau très profond qui ressemblait plutôt à une table de salle à manger, près duquel un complexe système pneumatique permettait de faire passer des messages dans tout le magasin et les bureaux à l'arrière. Des lithographies de vues d'Édimbourg (le Royal Mile, le trône d'Arthur, St Andrews Square) décoraient les murs. Opulence, solidité, luxe : tel était l'effet produit par la décoration, qui donnait à penser que Channon & Cie prospérait.

Brodie offrit une cigarette à Calder, qui préféra allumer une petite pipe. Tous deux restèrent là en silence à fumer, Calder en étudiant des papiers sur son bureau le temps qu'Ainsley arrive.

« Vous savez ce dont il retourne, non ? finit par demander Calder.

– Un bilan d'étape, j'imagine.

– Quel optimisme radieux ! La question est plutôt de savoir si nous fermons le magasin parisien.

– Mais non, enfin ! Je pensais que les affaires marchaient bien.

– Nous sommes tout juste rentables. Tout juste.

– Nous avons vendu quatre-vingt-sept pianos au cours des six derniers mois et j'ai du mal à tenir le rythme pour les accordages. Je ne vois pas comment…

– Bien sûr que nous ne voyez pas comment, l'interrompit Calder, irrité, en soufflant une mince volute de fumée sur une gravure de George IV Bridge. Comment pourriez-vous avoir une vision d'ensemble ? Je suis le seul à voir le panorama entier.

– Si vous me laissiez parler à M. Dieulafoy, je le verrais peut-être aussi, le panorama entier.

– Ce n'est pas de votre ressort. Seul le directeur s'entretient avec M. Dieulafoy.

– C'est précisément ce que je vous dis. Nous sommes censés travailler en équipe.

– Cette conversation ne mène nulle part, Brodie.

– Parfait, parfait. Laissons donc les choses en suspens. »

Leur échange prit fin avec l'arrivée d'Ainsley Channon. Tel un gandin en goguette, il se pomponnait toujours pour ses séjours à Paris : gilets de soie colorée, souliers vernis, moustache soignée, cheveux huilés. Il salua Brodie d'une chaleureuse poignée de main à deux mains et d'une petite tape sur l'épaule.

« Faites-moi faire le tour du propriétaire, dit-il aux deux hommes. Nous parlerons affaires pendant le repas. »

Ils déjeunèrent au Laurent, avenue Gabriel, à cinq minutes à pied du magasin. La salle n'étant pas bondée, ils eurent droit à une table en vitrine avec une vue magnifique sur l'avenue. Brodie déplia sa serviette en regardant autour de lui, envahi par un sentiment familier de bien-être malgré la conversation à venir. Le Laurent était un excellent restaurant, il savait donc qu'ils mangeraient bien, boiraient bien et seraient bien servis. Le linge de table amidonné était d'un blanc éblouissant, l'argenterie scintillait du reflet des ampoules du lustre électrique, d'élégantes dames du dernier chic étaient installées à leur droite et à leur gauche. Paris, capitale mondiale de la gastronomie. Dommage que Brodie n'ait pas eu d'appétit.

Calder, si. Il engloutit deux petits pains avant son consommé aux œufs pochés, puis un ris de veau en sauce accompagné d'une purée de pommes de terre. Ainsley choisit une assiette de radis et un filet de brochet, Brodie picora une salade de concombres et un vol-au-vent aux huîtres. Calder commanda une bouteille de Château Gruaud Larose, mais Brodie se contenta d'un verre d'Apollinaris car il voulait garder les idées claires.

Après le plat, ils consultèrent de nouveau le menu. Calder commanda une deuxième bouteille de Gruaud Larose et une assiette de lentilles pour le faire tenir le temps de choisir son dessert. Brodie gratta la mie de son petit pain et la mâcha lentement.

Ainsley les regarda tous les deux et sourit.

« Eh bien, mes garçons, j'ai une bonne nouvelle et une mauvaise nouvelle. Calder, je reprendrais bien un peu de vin. »

Brodie sirota son eau. Calder alluma sa pipe. Sans raison particulière, le fait que le foyer en soit si petit irritait Brodie tout autant que la moustache ridiculement touffue. Quel intérêt ? Le foyer de cette pipe faisait la taille d'un dé à coudre et ne pouvait contenir qu'une pincée de tabac. Ainsley accepta la cigarette qu'il lui tendait.

« La bonne nouvelle, c'est que le chiffre d'affaires est en hausse de soixante pour cent. La mauvaise, c'est que les bénéfices n'excèdent pas cent livres. Que se passe-t-il ?

– Demandez-lui donc, Père, répondit Calder en pointant le tuyau de sa pipe vers Brodie. Quatre accordeurs, trois pianistes en roulement du lundi au samedi. Vous savez combien ça nous coûte ?

– Vous savez combien ça nous rapporte, l'accordage, du lundi au samedi ? répliqua posément Brodie. Quand on n'arrive pas à vendre un piano, on peut toujours en accorder.

– Quand on n'arrive pas à vendre un piano, on n'est pas obligé pour autant d'en jouer. Ces trois pianistes que vous avez engagés sont…

– Mes garçons, mes garçons, intervint Ainsley. Nous connaissons le problème. Essayons de trouver une solution. »

Ils commandèrent leurs desserts, *tarte du jour** pour Calder, assiettes de sorbets pour Ainsley et Brodie, et envisagèrent les possibilités qui s'offraient à eux. Brodie soumit son idée d'un entrepôt à Paris et non Édimbourg. Un véritable atelier de réparation leur permettrait d'économiser les frais de transport et d'augmenter les revenus, et avoir plus de stock à Paris ou en proche banlieue pourrait se révéler très profitable.

Tandis qu'ils pesaient le pour et le contre, Calder commanda en plus une *omelette au rhum**. Il exprima sa farouche opposition au projet : pourquoi mettre en place de nouveaux systèmes coûteux quand les anciens avaient fait la preuve de leur efficacité ? Sentant bien qu'Ainsley, lui, se laissait peu à peu gagner par son idée d'entrepôt parisien, Brodie garda un silence prudent pendant que père et fils débattaient. Il remarqua une bague ornée de pierres criardes à l'auriculaire gauche de Calder, sans doute neuve car il ne l'avait jamais vue auparavant. Tandis que Calder enfournait son omelette en constellant sa moustache de coulures d'œuf, la désagréable idée s'insinua dans l'esprit de Brodie que le fils était peut-être bien en train d'escroquer le père…

Quand ils quittèrent le Laurent après un café et un digestif sans rien avoir résolu, Calder troqua sa pipe pour un cigare et se laissa distancer de quelques pas. Brodie choisit ce moment pour demander à Ainsley s'il pouvait passer le voir à son hôtel.

« Je suis descendu à l'hôtel du Rhin, place Vendôme. Pourquoi souhaitez-vous me voir seul à seul ?

– J'ai une idée, monsieur. Une idée qui pourrait faire toute la différence. Mais je suis sûr que Calder va s'y opposer.

– Venez me voir demain à 9 heures. Et je n'en parlerai pas à Calder. »

Calder accompagna son père, qui cherchait un barbier, et Brodie retourna tranquillement au magasin en remâchant ses soupçons de fraude. S'il avait vu juste, cela expliquerait les mauvais résultats incompréhensibles de la firme. Mais comment le prouver ? Et que détournait au juste Calder, et comment ?

À son arrivée au magasin, le jeune pianiste russe rangeait ses partitions dans sa petite mallette avant de partir. Dimitri Kouvakine étudiait au Conservatoire de Paris. Brodie y avait fait passer une annonce en offrant dix francs de l'heure pour des démonstrations de piano dans la vitrine du magasin, et il avait reçu plus d'une vingtaine de candidatures. Il avait choisi Dimitri et deux étudiants français et avait mis au point un système de roulement tout simple qui permettait de faire en sorte qu'il y ait en permanence quelqu'un au piano pendant les heures d'ouverture du magasin. Une fois de plus, cette idée avait rencontré le succès et attiré du monde. Au fil des semaines s'était forgée une amitié entre Dimitri et lui. De deux ans le cadet de Brodie, Dimitri semblait doué d'un véritable talent qui lui permettait d'aspirer à une carrière de concertiste. C'était un jeune homme mince auquel de grands yeux donnaient en permanence l'air surpris. Passionné de Paris, qu'il connaissait comme sa poche, il emmenait Brodie faire le tour des restaurants, des théâtres et, quand l'envie leur en prenait, des *maisons de tolérance**.

« Que faites-vous samedi ? » demanda Dimitri.

Comme il parlait bien français et allemand, mais très peu anglais, leur langue de communication était le français. Brodie répondit qu'il n'avait rien de prévu.

« J'ai trouvé une nouvelle maison, annonça Dimitri en baissant la voix. Pas à Clichy, cette fois. Des filles correctes et pas chères.

– Correctes et pas chères ? Cela ne me paraît guère compatible.

– Ah, mais c'est parce qu'elles ne sont pas françaises. Elles sont espagnoles, c'est ça la différence. Venez donc voir par vous-même. »

Ils fixèrent un rendez-vous.

« C'est où ? demanda Brodie. À Montmartre ?

– Pas loin. Vous serez surpris. C'est une vraie découverte. »

Brodie se rasait dans sa chambre de la pension Berlinger. Au bout du couloir se trouvaient des toilettes et un lavabo raccordés aux égouts, mais il préférait l'intimité du pot de chambre et du broc. Comme à chaque rasage, il envisagea de ne pas passer sur sa lèvre supérieure et de se laisser pousser une moustache, mais il se disait toujours qu'être imberbe était plus « moderne », plus en phase avec le XXe siècle qui approchait à grands pas. En outre, la plupart des gens qu'il admirait avaient fait ce choix – du moins en était-il convaincu, sauf que, de façon agaçante, il n'arrivait pas à trouver le moindre nom d'idole glabre. Thomas Hardy ? Non. Randolph Churchill ? Non. Walt Whitman ? Non. David Livingstone ? Non. Peut-être devrait-il inverser la proposition : les gens qu'il n'admirait pas portaient souvent barbe ou moustache. Calder Channon, pour commencer. Le tsar de Russie. Le kaiser Guillaume avec son absurde moustache en W. Brodie rinça son rasoir et le rangea dans son étui en cuir. Il aurait toujours le temps de se laisser pousser une moustache si l'envie lui en prenait un jour.

À cent vingt francs par mois repas du soir inclus, la pension Berlinger, sise rue d'Uzès près de la Bourse, était très raisonnable. Il l'avait choisie en pensant y séjourner quelques semaines le temps de se trouver un meublé, mais il y était encore plus d'un an après, devenu un des *habitués** de Mme Berlinger. C'était idéal pour lui et, quand il dînait sur place, il trouvait la nourriture copieuse et goûteuse. Les autres pensionnaires étaient aussi discrets qu'amicaux, et en outre, il économisait de l'argent.

Il se coiffa, enfila une chemise propre et son costume bleu marine puis, sans prendre de petit déjeuner, décida de faire à pied le chemin jusqu'à l'hôtel du Rhin, place Vendôme, ce qui ne lui prendrait que vingt minutes.

Il trouva Ainsley Channon attablé dans la salle à manger, dégustant une assiette de hareng mariné avec un verre de vin du Rhin. Ce matin, il portait un gilet caramel à damiers brodés bleu roi. Il s'était également fait cirer la moustache. Comme si, une fois libéré d'Édimbourg et temporairement installé à Paris, un autre Ainsley Channon avait le droit de se faire jour timidement et de prospérer avant d'être renvoyé à la niche.

Brodie commanda un café au lait et patienta le temps qu'Ainsley mange un soufflé et divers petits gâteaux posés sur un présentoir au centre de la table.

« Je ne sais pas comment vous faites pour rester si maigre, Brodie, remarqua Ainsley en attrapant une dernière *chocolatine**. Il se passe quelque chose d'étrange avec la nourriture, à Paris. J'ai l'impression d'avoir une faim dévorante à longueur de journée. »

Il suggéra une petite promenade digestive. Ils sortirent donc sur la place Vendôme, prirent la rue Saint-Honoré et tournèrent à gauche vers le Palais-Royal. Retour aux affaires.

« Il faut que nous trouvions un plan, un système, commença Ainsley. Je n'arrive pas à comprendre pourquoi nous ne faisons pas de juteux bénéfices. Notre métier, c'est la vente de pianos, et Dieu m'en est témoin nous en vendons, des pianos, beaucoup de pianos, même. Mais… Que pensez-vous de ce Dieulafoy qui tient les comptes ?

– Je l'ai rencontré, dit prudemment Brodie. Mais je n'ai jamais accès aux comptes.

– Et pourquoi donc ?

– Calder aime garder les choses pour lui, voyez-vous. »

Ainsley poussa un grognement, puis fronça les sourcils.

« Alors, votre grande idée ?

– C'est très simple, osa Brodie après avoir compté jusqu'à trois. Il faudrait qu'un pianiste célèbre joue sur un Channon pour tous ses concerts et récitals. Nous ferions de la publicité autour du fait qu'il recommande le Channon. Mais nous aurions besoin de quelqu'un de tout premier plan, de tout tout premier plan.

– Comme qui ?

– Comme Pabst, ou Arenski, ou Sauter, répondit-il avant de marquer une pause pour trouver d'autres noms. Ou de Pachmann, ou Paderewski.

– Fichtre ! En effet, c'est du tout premier plan. Mais comment diable allons-nous inciter un concertiste de ce calibre à jouer sur nos pianos ?

– En le payant. »

Ainsley s'arrêta de marcher. De façon théâtrale, il prit appui contre un réverbère et porta la main à son front. Un homme sous le choc.

« Pourquoi les bonnes idées potentielles finissent-elles toujours par coûter de l'argent ? demanda-t-il d'un ton geignard.

Nous sommes en train d'essayer d'en gagner, Brodie, pas d'en dépenser.

– Attendez, je n'ai pas fini. Non seulement nous le payons pour qu'il choisisse un Channon, mais en outre nous lui fabriquons un Channon selon ses spécifications précises. Je peux superviser tout cela. Et nous expédions ce piano à nos frais chaque fois qu'il donne un concert, que ce soit en France, en Allemagne, en Autriche ou en Angleterre.

– Mais bien sûr. Et on lui offre l'hôtel, aussi ? ironisa Ainsley en secouant la tête avant de se remettre à marcher. Et combien devrions-nous payer ce maestro ?

– Cinquante livres par concert.

– Doux Jésus en croix !

– C'est stratégique, monsieur Channon, insista Brodie. C'est ainsi que nous atteindrons le niveau de Steinway ou de Bösendorfer. Si un grand virtuose joue sur un Channon, eh bien, d'autres suivront. Cela nous rendra célèbres.

– Avez-vous parlé de cette grande idée à Calder ?

– Non, il l'aurait rejetée. Comme vous le savez, il a rejeté toutes mes idées jusqu'à présent. Les accordeurs français, le piano écorché, les pianistes en vitrine, l'utilité d'un entrepôt parisien. C'est comme un réflexe, chez lui.

– Calder est un homme très prudent. C'est dans sa nature. Trop prudent, même. Voilà pourquoi je savais que j'avais besoin de vous ici, Brodie. Quelqu'un avec de l'initiative.

– Je vous garantis que cela marcherait, monsieur Channon. Imaginez un peu, si Liszt avait joué sur un Channon... Quel renom ! Quel *éclat** !

– Quel quoi ?

– C'est un mot français. Si nous obtenons d'un de ces géants qu'il joue sur un Channon, alors notre nom se répandra partout sans que nous ayons à lever le petit doigt. Il nous faut juste trouver le génie en question… »

Ils avaient atteint la place du Théâtre-Français. Perdu dans ses réflexions, Ainsley Channon posa la main sur l'épaule de Brodie et serra un peu.

« Vous tenez peut-être quelque chose, Brodie. Commencez à vous renseigner, et de mon côté je vais en toucher un mot à Calder. Et attention, pas plus de cinquante livres par concert. Même si c'est du vol. »

2

Pension Berlinger
23, rue d'Uzès
Paris

5 octobre 1896

Chère lady Dalcastle,

Je pensais à vous dimanche dernier en remontant les Champs-Élysées avant de prendre l'avenue du Bois-de-Boulogne. Ces nouveaux boulevards sont assurément les plus belles rues d'Europe. Quand les arbres auront atteint leur pleine maturité, elles...

Brodie s'interrompit, car son regard venait de tomber sur le récent télégramme d'Ernst Sauter rejetant sa proposition Channon. Il l'ajouta au dossier qui contenait déjà six refus (Arenski, Palomer et de Pachmann, notamment), sans compter ceux qui n'avaient pas daigné réagir. Même Constant de Villeneuve, un sexagénaire arrivant au terme de sa carrière, avait décliné l'offre, en personne ou via quelque sous-fifre. Quelle humiliation : des mois s'étaient écoulés depuis le jour où il avait présenté son idée à Ainsley Channon. Ces virtuoses prenaient une éternité pour répondre (c'est-à-dire des semaines, et jusqu'à trois mois pour de Pachmann). Brodie avait fait preuve de patience, partant du principe qu'il devait attendre la réponse de l'un, même négative, avant d'en contacter un autre. Une erreur, là aussi, comprenait-il maintenant avec amertume : il aurait dû envoyer toutes ses offres simultanément, jeter son pain Channon à la surface des eaux.

Il était assis à sa table dans la guérite vitrée qui lui tenait lieu de bureau à l'atelier. 1896 touchait à sa fin et il lui semblait que rien n'avait changé. Il logeait toujours à la pension Berlinger ; Channon & Cie générait toujours des bénéfices insignifiants malgré le succès croissant du service accordage. Il avait à présent quatre accordeurs à plein temps et deux nouveaux apprentis. Son nouvel entrepôt-atelier à Saint-Cloud permettait déjà des économies importantes. Les ventes de pianos étaient régulières, mais la marge bénéficiaire restait faible, pour ne pas dire infime. Toutefois, Brodie avait à présent la certitude que Calder et Dieulafoy se livraient à des malversations. C'était la seule explication possible à cette contre-performance continue. La beauté de leur arnaque résidait dans le maintien de bénéfices, si modestes fussent-ils, car s'il y avait eu plusieurs exercices déficitaires, Ainsley aurait certainement fermé le magasin. Calder et Dieulafoy siphonnaient l'essentiel des gains qui auraient dû être enregistrés, mais Brodie n'arrivait pas à comprendre comment.

Il alluma une cigarette et passa dans le magasin. Les nouveaux pianos à queue, demi-queue ou droits occupaient tout le parquet sous l'éclairage électrique, mécaniques de précision d'un noir luisant. En vitrine, Dimitri interprétait une pièce que Brodie connaissait alors qu'elle était récente – Debussy ou Fauré, peut-être. Il alla jeter un coup d'œil. La petite foule habituelle sur le trottoir s'émerveillait de ce concert gratuit.

Il ressentit une soudaine amertume en regardant Dimitri, écœuré que tous ses efforts aient été vains en raison de subtiles manœuvres illicites en haut lieu. Channon aurait dû rencontrer un succès triomphal à Paris, un succès amplifié par ses propres innovations pertinentes, mais la firme en était réduite à vivoter. Seuls Calder et son satrape engrangeaient les dividendes.

Il consulta sa montre. 18 heures, la fin de la journée pour Dimitri, qui plaqua dûment son dernier accord, se leva, salua le public, ferma le couvercle et l'abattant puis retourna dans le magasin, où il trouva Brodie qui l'observait. Ils se serrèrent la main et passèrent au bureau. Brodie ouvrit la caisse pour donner ses trente francs à Dimitri, qui les glissa dans son portefeuille.

« Tout va bien, Brodie ? Vous avez l'air un peu... abattu.

– J'ai eu une journée pénible. Très pénible.

– Alors nous devrions aller nous détendre au Numéro 7, qu'en dites-vous ? »

Le Numéro 7 était une *maison de tolérance** qu'ils fréquentaient au 7 rue des Ardennes, près du grand abattoir de la Villette. Brodie y allait environ une fois par mois, avec Dimitri ou seul. Il y en avait une autre près de la pension Berlinger, où se rendait parfois avec lui un des locataires de longue durée, un ingénieur belge du nom de Didier Neuchâtel. Mais le Numéro 7 était sa préférée et il y avait une préférée, Encarnacion, une ancienne danseuse, à l'en croire, originaire de Pampelune. L'idée lui parut bonne.

« Oui, allons-y, acquiesça-t-il avec un enthousiasme retrouvé. J'ai bien mérité un peu d'amusement. »

Encarnacion eut beau s'employer à le requinquer, elle ne perçut guère d'amélioration. Dans son français au fort accent, alors qu'il se rhabillait après leur rapide coït décevant, elle lui demanda : « *Toute la tristesse du monde ce soir, Brodie* ? »

Il lui répondit qu'il avait eu une journée difficile et elle lui rappela que toutes les journées étaient difficiles, quand on y pensait. Il reconnut la justesse de son propos.

Elle remit son petit boléro étriqué, noua son étole autour de sa taille et le raccompagna jusqu'au salon du rez-de-chaussée. Brodie lui donna son habituel pourboire de cinq francs, et elle s'éloigna pour rejoindre les autres filles qui attendaient là. Après avoir cherché en vain Dimitri des yeux, il commanda une absinthe au bar et prit un journal.

Le trait caractéristique du Numéro 7 était que les filles attendaient leurs clients dans le salon, nues ou à demi nues. Brodie remarqua que, si les plus rondes et les moins jolies choisissaient de ne rien porter, les autres avaient compris que la nudité partielle était plus excitante que la nudité totale. C'est ainsi qu'il avait été attiré par Encarnacion la première fois : ses mamelons bruns entraperçus sous son petit boléro déboutonné ; l'étole rouge nouée autour de sa taille, autre signe d'exotisme ibérique, qui mettait en valeur son abondante toison pubienne. Elle lui fit un signe de la main depuis la banquette où elle était assise et ouvrit son boléro pour lui montrer ses seins, sans doute histoire de lui remonter le moral.

Triste est omne animal post coitum, se dit-il, sentant revenir sa désolation et sa mélancolie. Où était donc passé Dimitri ? Qu'est-ce qui lui prenait si longtemps ? Brodie savait bien que son humeur n'était pas due à ses dix minutes frustrantes avec Encarnacion. C'était plus sombre, plus profond que cela. Il regarda autour de lui pour se distraire. En ce jour de paie au marché aux bestiaux voisin, le salon était bondé : crieurs, gérants, éleveurs et fermiers se bousculaient pour profiter de l'hospitalité parisienne. Il vit Encarnacion retourner au premier avec un nouveau client et ressentit l'habituel et illogique pincement de jalousie et de ressentiment à voir un autre inconnu jouir de ses faveurs.

Il ne trouvait aucune objection morale à fréquenter ces maisons et à payer des prostituées. Le Numéro 7 était un bordel autorisé par la ville de Paris, après tout. Et puis, il était un homme jeune et viril, comment aurait-il fait pour satisfaire ses pulsions et se purger de sa frustration ? Se donner du plaisir seul était bien joli, mais parfois on avait besoin de tenir dans ses bras un autre corps nu, chair contre chair, poitrine contre poitrine, cuisse contre cuisse. Voilà aussi pourquoi il aimait bien Encarnacion : elle le laissait l'embrasser pour un supplément de cinq francs. Lèvre contre lèvre. En général, le fait de l'embrasser agrémentait la nature strictement commerciale de leur transaction, mais pas ce soir.

Non, son humeur s'expliquait par son travail chez Channon, qui commençait à l'épuiser : la constante guerre d'usure avec Calder, l'impression de stagnation, l'échec de son grand projet. Même les beautés de Paris en venaient à perdre leur pouvoir d'inspiration et d'enchantement. Il se surprenait parfois à regretter l'austère et froide Édimbourg, avec son château noir sur son éperon pluvieux.

Dimitri fit enfin son retour et ils sortirent dans la nuit. La fille qu'il avait eue était japonaise, et il avait souhaité rester plus longtemps parce que tout était si différent, aussi avait-il bien volontiers payé une demi-heure de plus.

« Elle était très polie, expliqua-t-il. Très attentionnée. Pas comme les Françaises. Et les Anglaises, elles sont polies ? J'imagine.

– Je ne connais que les Écossaises, en fait. Elles sont assez polies la plupart du temps. Je n'ai jamais été avec une Anglaise, maintenant que vous m'y faites penser. »

Ils se dirigèrent au sud vers le parc des Buttes-Chaumont en privilégiant les rues éclairées, à la recherche d'un bistro encore ouvert. Ils en dénichèrent un rue Secrétan et se hâtèrent à l'intérieur, car la nuit froide et sombre était battue par une bruine persistante. Brodie commanda un grog, Dimitri un verre de vin rouge, et ils trouvèrent une table en coin près du poêle.

« Vous n'avez toujours pas l'air très heureux, remarqua Dimitri. C'est vendredi soir. Je pensais que vous aimiez bien Encarnacion. Nous sommes censés faire une virée en ville et nous amuser. »

Brodie s'excusa. Il commanda un deuxième grog et parla à Dimitri de son grand projet et des mois passés à essuyer des refus déprimants.

« J'en ai contacté sept, sept pianistes célèbres, dit-il avant d'énumérer leurs noms. Ils m'ont tous dit non.

– Même pour cinquante livres de plus par concert ?

– Vous pensez que ce n'est pas assez ?

– Vous connaissez John Kilbarron ? demanda Dimitri après un instant de réflexion.

– John Kilbarron ? Bien sûr, le “Liszt irlandais”. Et alors ?

– Il est venu donner un récital au conservatoire le mois dernier. C'était extraordinaire ! »

Et Dimitri de s'extasier sur la vitesse d'exécution, l'émotion, la maîtrise des morceaux les plus difficiles sans effort apparent.

Brodie y réfléchit sérieusement. John Kilbarron était peut-être sur le retour, mais dix ou vingt ans plus tôt il avait compté parmi les vrais *Klaviertiger* de la vieille école. Enfant prodige, il avait connu l'apogée de sa gloire dans les années 1870 et 1880. Peut-être était-il perçu aujourd'hui comme un peu passé de mode, mais sa réputation perdurait. Tout le monde connaissait le nom de John Kilbarron, extraordinaire virtuose du piano, d'où son surnom de « Liszt irlandais ».

« Ce n'est pas une mauvaise idée, concéda Brodie. Mais je croyais qu'il résidait à Vienne.

– Non, il habite Paris maintenant. »

Brodie poursuivit ses réflexions. Peut-être un virtuose irlandais aurait-il un a priori plus favorable concernant un fabricant de pianos écossais… Oui, cela pourrait valoir la peine de tenter une ultime sollicitation.

« Savez-vous où il réside ?

– Je peux me renseigner auprès du conservatoire. »

Brodie glana tous les détails dont il disposait. Dimitri l'informa que Kilbarron devait frôler la cinquantaine et qu'il jouait toujours avec un panache miraculeux.

« Il a interprété le *Rondeau fantastique* avec la même aisance qu'un exercice à un doigt. Je n'ai jamais vu personne jouer comme ça. Moi, je ne m'y attaquerais même pas, à ce morceau, j'en serais incapable. Je ne suis pas mauvais mais, comparé à Kilbarron, je ne suis qu'un novice.

– Mais non, Dimitri, vous êtes doué, très doué.

– Quand on voit Kilbarron jouer comme ça, on se demande pourquoi on se donne du mal. »

C'était au tour de Dimitri d'avoir le moral en berne alors que Brodie voyait son humeur s'améliorer à mesure qu'il réfléchissait. John Kilbarron, ici à Paris… Oui, peut-être était-ce là la bonne fortune qu'il méritait. Il lui écrirait, il rédigerait un chef-d'œuvre de lettre, sans compter l'avantage de pouvoir lui écrire en anglais. Il eut une illumination subite : « Kilbarron choisit Channon ». Un bon slogan. Et il imaginait déjà les annonces qu'il ferait passer dans les journaux. Tout allait changer.

3

Dimitri obtint l'adresse de Kilbarron par le secrétariat du conservatoire. Brodie lui écrivit son chef-d'œuvre de lettre pour lui soumettre sa proposition en laissant entendre que tous les termes en étaient négociables et la fit porter en main propre chez le maestro, qui occupait un appartement au rez-de-chaussée d'un *hôtel particulier** du boulevard Saint-Germain. Dimitri avait aussi appris à Brodie que Kilbarron participait à un concert deux semaines plus tard au théâtre de la République, une *soirée russe**, selon la publicité. Brodie acheta un billet à huit francs dans les *fauteuils d'orchestre**, au plus près de la scène, et attendit impatiemment le grand jour.

Brodie lisait l'affiche placardée devant le théâtre de la République. L'orchestre de l'Académie de musique, qui lui était inconnu, allait interpréter la *Symphonie n° 3* de Tchaïkovski et un poème symphonique de Panine avec en soliste une certaine Lydia Blum (soprano). Après l'entracte, John Kilbarron, « *le Liszt irlandais** », jouerait le *Concerto pour piano en ut dièse mineur* de Rimski-Korsakov, puis ses propres arrangements de variations et *fantaisies** sur des thèmes de Borodine. Tout cela était fort russe, hormis le Liszt irlandais, songea Brodie.

C'était une journée froide, grise, assombrie par des averses, et Brodie entra bien vite prendre sa place. Il se sentait anormalement nerveux. Il avait déposé à l'entrée des artistes sa carte de visite, au dos de laquelle il avait griffonné à l'attention de Kilbarron : « Ce serait un honneur de vous rencontrer et de discuter de nos intérêts mutuels. » Mais il commençait à se dire que cette possible rencontre n'était guère avisée. Kilbarron avait-il reçu sa lettre, qui lui avait été remise quinze jours plus tôt ? Si oui, pourquoi n'y avait-il pas répondu ? Et si non, comment interpréterait-il la note sur la carte de visite ? Pourquoi, après un récital épuisant, recevrait-il un parfait inconnu dans sa loge ? Assailli de questions, il restait assis là face à la scène, aux chaises vides et aux pupitres, essayant sans succès de distinguer la marque du piano installé d'un côté. Les *fauteuils d'orchestre** étant interdits aux femmes, puisque les rangées trop serrées les empêchaient d'atteindre dignement leur siège sans frôler personne au passage, il était entouré d'hommes, parmi lesquels les « *chevaliers du lustre** », une claque rémunérée. Il se demanda si Kilbarron avait mis la main à la poche pour s'acheter ce public à l'enthousiasme bruyant, car même une fois le concert commencé, ils continuèrent à parler assez fort entre eux sans s'intéresser à la partition de Tchaïkovski ni au poème symphonique.

La soprano, Lydia Blum, se trouvait juste à la limite entre les deux verres de ses lunettes à double foyer. Agacé, il avait beau bouger la tête et plisser les yeux, il n'arrivait pas à la distinguer nettement. Tout ce qu'il percevait de cette silhouette floue, c'est qu'elle était blonde et étonnamment grande. Elle avait une bonne voix, quoique un peu légère, sans doute presque inaudible pour le pigeonnier. Les applaudissements avant l'entracte, quand elle salua, furent polis. Tout le monde attendait le Liszt irlandais.

En émergeant de la salle, Brodie fut surpris de voir à quel point il faisait déjà sombre. Il noya sa fébrilité croissante dans un verre de vin au café voisin. Le mot « fébrilité » ne convenait pas, non. Il ressentait plutôt l'imminence d'un bouleversement, en bien ou en mal. Une « fébrimminence », s'il pouvait oser ce néologisme. Il sirota son vin en essayant d'ignorer sa fébrimminence. Il sentait bien que se profilait une chance, une occasion, si seulement il arrivait à gérer la situation avec assez de doigté. Il sentait, fébrimminemment, que ce qui allait se passer dans les deux heures à venir allait peut-être changer sa vie, pour le meilleur ou pour le pire.

Il retourna dans la salle, la bouche sèche. Le piano avait été déplacé au centre de la scène, où il n'y avait pas d'estrade pour un chef d'orchestre. Un Pate, remarqua-t-il avec satisfaction. Un bon piano, mais pour un salon, pas pour un théâtre. Pas de taille à rivaliser avec un Channon.

Les musiciens s'installèrent lentement et s'accordèrent, puis John Kilbarron entra soudain sur scène d'un pas étonnamment rapide, prenant tout le monde par surprise, y compris les *chevaliers du lustre**, qui se ressaisirent bien vite et bondirent sur leurs pieds en applaudissant avec énergie. Kilbarron n'accorda pas un regard à sa claque quand il fit un profond salut avant de s'installer au clavier.

Vu son placement sur la scène, Brodie put l'observer de près tandis qu'il attendait, impassible, la fin de ce déluge d'applaudissements : longs cheveux bruns coiffés à l'embusqué et coincés derrière les oreilles, traits d'une beauté quelque peu ravagée, rasé de près, taille moyenne, rides profondes sillonnant les joues. Avec sa queue-de-pie et sa grosse lavallière blanche, il cultivait un romantisme torturé. Brodie perçut en lui un homme froid, d'une arrogance presque menaçante, mais cette impression avait peut-être été soigneusement calculée pour la scène.

La foule fit silence, le public était prêt. Kilbarron indiqua la levée au premier violon et attaqua le concerto de Rimski-Korsakov. Brodie se carra dans son siège et ferma les yeux pour mieux écouter. Au bout d'environ cinq minutes, le piano commença à se désaccorder très légèrement, mais bien sûr Brodie fut le seul spectateur à le remarquer. Il doutait même que Kilbarron en fût conscient.

À ce détail près, la pièce de Rimski-Korsakov était belle, quoique étonnamment courte, que Kilbarron interpréta avec une maîtrise et un sentiment exemplaires. Mais c'est lorsqu'il se lança dans les variations sur un thème de Borodine qu'il révéla toute l'étendue de son génie. Brodie avait maintenant les yeux bien ouverts et ronds d'émerveillement. Une vitesse d'exécution et une dextérité stupéfiantes, une intense concentration, une formidable dramatisation – mouvements de tête, yeux fermés, expressions frappantes, bras levés, balancements sur le tabouret. L'une des variations exploitait la « technique à trois mains » popularisée par Thalberg dans les années 1830 : main gauche et main droite exécutaient des arpèges vertigineux et autres figures complexes, sauf les deux pouces, qui jouaient la mélodie dans le médium, d'où l'illusion que le pianiste avait plus de deux mains. C'était d'une difficulté phénoménale, mais Kilbarron en vint à bout sans même jeter un coup d'œil à ses doigts, sans écarter la mèche de cheveux qui lui tomba sur le front, sans essuyer la sueur qui perla bientôt sur visage. Il termina la troisième variation par une série de glissandos sur les touches noires d'un bout à l'autre du clavier. Quand il se leva pour saluer le public subjugué qui l'acclamait, Brodie vit quelques gouttes de sang tomber des ongles de sa main droite. Les spectateurs n'avaient nul besoin des encouragements de la claque pour l'ovationner debout, applaudir à tout rompre et lancer des fleurs sur la scène. Kilbarron ignora le tout et n'eut même pas un sourire de remerciement. Il s'essuya le visage à l'aide d'un mouchoir qu'il enroula ensuite autour de ses doigts aux ongles cassés, puis quitta la scène sans un regard en arrière.

Brodie en resta pantois. À Édimbourg, il avait assisté à nombre de concerts et récitals, entendu maints virtuoses, mais cette prestation-ci était… Il chercha le mot juste. Une tornade. Il se demanda si cette expérience inédite se rapprochait de l'effet produit par Liszt ou Thalberg en leur temps. On pouvait être un excellent et talentueux pianiste, comme Dimitri, mais des artistes comme Kilbarron atteignaient un niveau inaccessible, presque surhumain.

Brodie sortit du théâtre et alluma une cigarette. Concentre-toi, concentre-toi, se répétait-il. Maintenant, c'est à toi. Il longea le bâtiment en direction de l'entrée des artistes, où se pressait une foule d'une centaine de personnes. Il se fraya un chemin jusqu'au portier débordé et lui expliqua qu'il avait laissé sa carte un peu plus tôt et que le maestro l'attendait. Il eut le droit d'entrer et se retrouva à suivre dans un couloir une vingtaine d'enthousiastes qui cherchaient la loge de Kilbarron. Il s'arrêta. C'était absurde. Comment espérer se présenter dans les règles et au calme avec tous ces admirateurs dans les parages ? Il repéra un panneau *ARTISTES** au bas d'un escalier. Les aficionados avaient atteint le bout du couloir et revenaient sur leurs pas. Brodie y vit l'occasion de les coiffer au poteau et monta l'escalier quatre à quatre jusqu'au premier. Aucun nom sur les portes qui jalonnaient le couloir de part et d'autre, juste des numéros. Il avança au numéro 1 et frappa, heureux de son subterfuge. C'était forcément là que…

La porte s'ouvrit sur une jeune femme aux cheveux blonds frisés en bataille, vêtue d'un long peignoir japonais orné de dragons noirs et de larges fleurs roses. D'une main elle tenait une cigarette, de l'autre elle fermait son kimono au niveau du cou. Son intuition masculine lui souffla qu'elle était nue sous ce vêtement coloré qui lui descendait aux chevilles. Et cette certitude changeait tout.

« Oui ? Je peux vous aider ? demanda-t-elle en français avec un accent que Brodie ne put situer.

– Veuillez m'excuser, je cherche le maestro Kilbarron.

– À l'étage au-dessus », dit-elle en désignant l'escalier du bout de sa cigarette.

Quand elle leva la main, Brodie remarqua par réflexe le mouvement visible de ses petits seins sous la soie. Il en ressentit de l'excitation et dut avaler sa salive tant il avait la gorge sèche. Il s'excusa de nouveau tout en notant d'autres détails en succession rapide : de lourdes paupières assoupies, un menton pointu bien dessiné, et l'accent… un accent russe. C'était donc sans doute la soprano floue, Lydia Blum. Brodie restait planté là en cherchant autre chose à dire. Des yeux bleus. Des lèvres roses. Des lèvres roses charnues. La cigarette maintenant coincée entre les lèvres roses charnues. Longue inhalation. Tête légèrement tournée, mais sans le quitter des yeux. Puissante exhalaison à la commissure des lèvres. Petit brin de tabac retiré du bout de la langue.

« J'ai trouvé votre prestation remarquable, finit par dire Brodie.

– Merci. À l'étage du dessus. Suivez la foule. »

Et elle ferma la porte avant qu'il ait pu renouveler ses excuses pour le dérangement.

Troublé, il retourna vers l'escalier. Il avait une bulle d'air coincée dans l'œsophage, comme si un poing appuyait sur son torse. Alors c'était elle, Lydia Blum… Son sphincter se relâcha et la bulle d'air enfla pour lui remplir les poumons. Il expira et la tête lui tourna pendant une seconde. Que se passait-il donc ? Oublie Lydia Blum. Cherche Kilbarron.

Il dut attendre vingt minutes dans l'antichambre de Kilbarron que la foule présente se disperse. Un serveur se tenait à la porte avec un plateau chargé de verres de vin d'Alsace. Brodie en prit un, puis un deuxième, en regardant Kilbarron recevoir les louanges de ses admirateurs des deux sexes, tous fous d'enthousiasme.

C'était de fait un bel homme et il avait pris soin de se recoiffer, mais, maintenant que Brodie le voyait à quelques mètres, il remarqua les poches sous les yeux et la peau légèrement grêlée du visage très pâle, qui donnaient à sa beauté une allure plus fruste. Il accueillait les compliments extravagants qu'on lui adressait avec des hochements de tête et des sourires fugaces. Pendant un instant, il se retrouva seul après le départ d'un groupe, et Brodie saisit sa chance.

« Monsieur Kilbarron, je suis Brodie Moncur. Je vous ai envoyé un courrier professionnel.

– Un courrier ? fit Kilbarron avec un accent irlandais prononcé en posant les yeux sur lui.

– Une lettre qui vous a été remise en main propre. Une proposition commerciale. Je travaille chez Channon, les facteurs de pianos.

– Ah oui, cela me dit vaguement quelque chose. Que voulez-vous ?

– Pourrais-je solliciter un rendez-vous ? C'est une affaire importante et complexe, et le moment est sans doute mal choisi. Vous devez être épuisé. »

Le visage de Kilbarron exprima son ennui. Il prit un verre de vin sur le plateau du serveur et le but d'une traite.

« Cette proposition comporte un aspect financier non négligeable, insista Brodie d'un ton posé.

– Si vous m'avez fait porter une lettre, vous devez savoir où j'habite.

– En effet, monsieur.

– Passez me voir lundi matin à 11 heures.

– J'y serai.

– Pas plus tôt.

– 11 heures précises lundi matin.

– Vous venez d'où ?

– D'Écosse. D'Édimbourg.

– Tant que vous n'êtes pas anglais… »

Une douairière entra sur ces entrefaites et serra Kilbarron dans ses bras. Stupéfait d'avoir obtenu tout ce dont il aurait pu rêver, Brodie s'éclipsa. Lundi matin, 11 heures. Parfait. Mais pourquoi son esprit rebelle s'obstinait-il à se concentrer sur Lydia Blum et non sur John Kilbarron ?

4

Le lundi matin à 10 h 55, Brodie se présentait à l'appartement qu'occupait John Kilbarron dans un *hôtel particulier** du boulevard Saint-Germain. Il passa le guichet découpé dans un portail vert à double battant et se retrouva dans une grande cour gravillonnée. Deux lauriers plantés dans des pots en terre cuite flanquaient une porte d'entrée ouvragée au fronton orné d'une coquille. Une vigne vierge mourante qui s'accrochait aux murs de grès perdait ses dernières feuilles marron. Brodie frappa à la porte et fut accueilli par un majordome somnolent et mal rasé qui accrocha son pardessus à un portemanteau dans l'entrée et l'introduisit dans un salon de belle taille.

« J'ai rendez-vous avec M. Kilbarron.

– Pardon ? Vous en êtes sûr ?

– Oui, à 11 heures.

– Hmmm, oui, je vais le prévenir », dit le serviteur d'un ton hésitant avant de le laisser seul.

Un feu vivotait dans la cheminée, quelques flammes vacillant dans des braises orangées. Brodie se permit de le ranimer avec un tisonnier. Les épais rideaux de damas vert olive étaient fermés, une odeur de tabac froid flottait dans l'air, et des bouteilles et des verres traînaient sur les tables, certains remplis de vin. Brodie écarta les rideaux pour laisser entrer un peu de lumière et découvrit que les hautes fenêtres du salon donnaient sur un petit jardin d'ornement dont les allées de gravier et les haies de buis menaient à une fontaine entourée de deux bancs de pierre incurvés. Cupidon dans un bassin de plomb. Pas d'eau qui coulait.

En se retournant, Brodie repéra un piano à queue à l'autre bout de la pièce et alla l'inspecter. Intéressant : un Feurich et non un Pate. Il l'ouvrit et joua doucement un *la*, un *do* et un *ré* dièse sur trois octaves. Très mal accordé. Il commença à se poser des questions sur l'oreille de Kilbarron… Mais bon, peut-être n'avait-il jamais utilisé ce piano-ci.

Il s'assit sur un fauteuil en rotin qui grinça. Il fuma une cigarette. Dix minutes plus tard, il ouvrit les baies vitrées et fit plusieurs fois le tour du jardin en faisant crisser le gravier des allées. Il remarqua une bouteille de vin vide dans la fontaine au Cupidon. Il l'y laissa et retourna à l'intérieur car il avait un peu froid.

Un quart d'heure plus tard, il feuilletait les partitions qu'il avait trouvées dans le tabouret du piano (Brahms, Mozart et un certain John Field) quand Kilbarron fit son entrée. Il avait l'air malade, le visage blafard, les yeux rougis, une barbe de deux jours, les cheveux tout flasques.

« Bien le bonjour ! Qui êtes-vous donc, mon bon monsieur ?

– Brodie Moncur. Nous nous sommes rencontrés à votre récital au théâtre de la République. Je vous avais écrit concernant une proposition de la part des facteurs de pianos Channon.

– Excellents, ces pianos, vraiment excellents… »

Il se mit à arpenter la pièce comme s'il cherchait quelque chose. Il portait une longue robe de chambre anthracite brodée sur une chemise et un pantalon avec des chaussons de cuir dépareillés. Il finit par trouver ce qu'il cherchait : une carafe à moitié pleine de vin rouge. Il attrapa un verre vide et se servit.

« Puis-je vous en proposer ? Étonnamment, il a parfois meilleur goût le lendemain au réveil.

– Non, merci. »

Kilbarron éclusa son verre en deux gorgées et fit la grimace. Il se resservit et traversa la pièce pour s'approcher de Brodie, à présent apparemment concentré sur lui et sa mission.

« D'où venez-vous donc ? Votre accent, c'est quoi ?

– Je suis écossais. Je travaillais à Édimbourg avant de venir à Paris.

– Écossais, vraiment ? Il ne faut jamais se fier à un Écossais qui vous fait une proposition. C'est ce que me disait mon cher papa, puisse-t-il rôtir à jamais dans les flammes de l'enfer.

– Vous pouvez me faire confiance, monsieur.

– Rappelez-moi donc cette fameuse proposition. »

Brodie expliqua son projet, le piano neuf sur mesure expédié sur tous les concerts aux frais de Channon, l'indemnité supplémentaire de cinquante livres par concert ou récital, l'utilisation du nom de Kilbarron dans toutes les publicités et la renégociation du contrat par les deux parties au bout de six mois (une nouvelle clause que Brodie avait jugé prudent d'introduire). Kilbarron sirotait son vin en silence, plongé dans ses réflexions.

« Cinquante livres par concert en plus du cachet qu'on me paie déjà ?

– Oui… dans un premier temps.

– Quel est l'intérêt, pour Channon ?

– Il n'y a pas de meilleure publicité. Un parrainage en or. "Kilbarron choisit Channon." Et vous auriez un piano merveilleux, monsieur, adapté et réglé au plus juste pour votre style de jeu, j'y veillerais moi-même, précisa Brodie en ajoutant qu'il était l'accordeur en chef de Channon.

– Un accordeur ? Vous êtes accordeur ? Et c'est maintenant que vous me le dites ? Vous vous y connaissez ?

– Je suis également directeur adjoint du magasin parisien.

– Des directeurs adjoints, on en trouve à tous les coins de rue, mais un accordeur correct, c'est l'oiseau rare, commenta Kilbarron en remplissant son verre. Directeur adjoint, vous dites ? Pourquoi ne m'ont-ils pas envoyé le directeur ? Je suis offensé.

– Il n'est pas musicien.

– Alors que vous, si ?

– D'une certaine manière. Je suis un très bon accordeur, cela dit en toute modestie.

– "Sans aucune modestie", plutôt. Voilà bien une expression de vantardise en sous-main. Comme "à mon humble avis" – à mon tout-sauf-humble avis plein de prétention, oui... »

Brodie ne réagit pas. Kilbarron s'animait un peu plus à chaque instant, revivifié par son vin du lendemain.

« Et en toute modestie, êtes-vous un bon directeur adjoint ?

– Je fais de mon mieux pour la firme.

– Ah, l'employé modèle. Solide comme un roc. Aussi fiable que le jour est long. »

Il se détourna. Brodie perçut son mépris et se dit qu'il avait là une ouverture.

« Au fait, votre piano au théâtre de la République, votre Pate, il s'est désaccordé au bout de dix minutes.

– Je vous emmerde, monsieur l'Écossais, quel que soit votre nom ! lâcha Kilbarron en faisant volte-face.

– Et celui-ci, il est complètement désaccordé. »

Kilbarron s'avança vers lui et Brodie sentit les miasmes de vin, de sueur et de tabac qui lui collaient à la peau. Il se prépara au pire, et puis Kilbarron lui sourit de toutes ses dents. C'était étonnamment désarmant.

« Il me semblait bien qu'il y avait quelque chose qui clochait, avec ce piano, maintenant que vous me le dites. Nom d'un chien !

– Par exemple, ce dernier glissando sur les noires que vous avez joué… Je peux lester ou alléger les touches à votre demande. Vous n'auriez plus à saigner. Ce serait comme… Ce serait comme jouer sur des bulles de savon.

– Vraiment ? Fichtre ! Des bulles de savon ? »

Il montra à Brodie sa main droite aux ongles impeccables, sans blessure.

« Je vais vous révéler un secret, monsieur l'Écossais. Dans mon gilet, j'ai un gousset doublé de tissu imperméable. J'y mets une petite quantité de peinture rouge et personne ne remarque que j'y glisse le bout des doigts à la fin du concert. Le public aime à croire qu'on souffre au nom de l'art. Le sang qui coule. Goutte, goutte, goutte. Ça marche du feu de Dieu. À tous les coups. »

Il arpenta de nouveau la pièce, sa longue robe de chambre flottant dans le courant d'air qu'il créait ainsi. Il s'arrêta devant la cheminée et fourgonna les braises avec le tisonnier, faisant rejaillir les flammes.

« Cinquante livres par concert ou récital en plus de la rémunération du théâtre ?

– Oui, confirma Brodie. Garanties. »

Kilbarron se redressa et le gratifia d'un nouveau sourire.

« Eh bien, j'y ai réfléchi, jeune homme dont j'ai oublié le nom, et ma réponse est non. »

De retour dans l'entrée, Brodie enfila lentement son manteau. Avait-il commis un impair ? Avait-il été trop hardi, trop prétentieux ? Non, assurément non. Il sentit la dépression lui tomber sur les épaules telle une lourde cape. À qui le tour ? Francobelli ? Klinger ? Il en était réduit au deuxième niveau, toujours plus bas, un désastre. Personne ne ferait attention au piano sur lequel jouaient ces gens-là. Il lui fallait la *crème de la crème**, rien de moins.

« Excusez-moi ? »

Il se retourna.

Lydia Blum descendait l'escalier.

Elle portait un chemisier blanc avec un camée piqué dans le col montant à froufrou et une longue jupe cerise serrée à la taille par une grosse ceinture noire à boucle en strass. Ses cheveux blonds frisés étaient relevés en un chignon lâche maintenu par deux longues épingles en bois. Il remarqua tous ces détails en une fraction de seconde alors que les questions se bousculaient dans son esprit.

Elle posa le pied sur le dallage de marbre en damier. Il remarqua qu'elle était grande pour une femme, presque aussi grande que lui, presque dégingandée. Il sentit sa gorge se contracter et se demanda s'il allait arriver à parler. Elle le fixait de ses yeux bleus aux paupières lourdes.

« Puis-je vous aider ?

– Je… Euh… non, franchement. J'étais juste…

– Quoi ?

– Je sors juste d'un… euh… d'un rendez-vous avec M. Kilbarron. Je m'en vais. Merci. Je pars. Maintenant. »

Elle inclina la tête, intriguée. Elle avait les lèvres charnues, presque comme si elle faisait la moue. Et un menton pointu bien dessiné.

« Nous sommes-nous déjà rencontrés ? Votre visage ne m'est pas inconnu.

– J'ai frappé à la porte de votre loge au théâtre de la République voici quelques jours.

– Vous êtes anglais ?

– Écossais.

– Vous parlez un excellent français.

– Merci, c'est très gentil.

– Je me rappelle, à présent. Vous cherchiez John.

– En effet. »

Silence. Ils se dévisagèrent. Elle sourit.

« Eh bien, à l'évidence, vous l'avez trouvé. »

Brodie avait l'impression que ses organes internes étaient en fusion, comme s'il allait se désagréger en une flaque de magma bouillonnant par terre. Que se passait-il donc avec cette femme ? Comment une médiocre cantatrice russe d'une taille démesurée pouvait-elle produire cet effet sur lui ?

« Lika ! rugit Kilbarron depuis le salon. Tu es là ?

– Oui ! »

Ainsi donc, « Lika », diminutif de Lydia. Bien. Une information de plus. Lika Blum.

« Où sont mes cigares ?

– À leur place habituelle ! Dans l'humidificateur sur la bibliothèque.

– Quelqu'un les a changés de place.

– Veuillez m'excuser, dit-elle à Brodie avant d'enchaîner en anglais : *I wish you very good morning.* »

Puis elle passa au salon chercher les cigares de son amant.

5

Le mois de janvier 1897 parut à Brodie d'un froid exceptionnel, cruel, vicieux, à vous glacer les os, même si personne d'autre ne semblait partager son avis. C'était l'hiver, donc il faisait froid et humide comme en hiver, mais rien d'exceptionnel – telle était l'opinion générale. Brodie vit donc dans son hypersensibilité à ces températures un simple effet de son humeur noire.

En ce mercredi matin de la mi-janvier, il était allé au théâtre du Gymnase, boulevard de Bonne-Nouvelle, préparer un piano pour un opéra-comique adapté d'une pièce de Scribe. L'instrument étant dans un piètre état (il y avait un marteau défectueux et Brodie avait dû remplacer le feutre et repositionner les barres de repos), il lui avait fallu une matinée de travail entière pour le rendre de nouveau utilisable. Le directeur sortait de son bureau de temps à autre pour surveiller l'avancement des travaux et il s'agaçait de tous les efforts que déployait Brodie.

« Vous devriez investir dans un nouveau piano, lui conseilla ce dernier. Si vous passez au magasin, je suis certain que nous pourrons vous faire une petite remise. »

Il lui tendit l'un des dépliants imprimés (encore une de ses idées) qu'il avait toujours sur lui. Y figuraient de petites photogravures de différents modèles Channon à différents prix et les détails sur les facilités d'achat avec un acompte et des versements mensuels.

Intrigué, le directeur lui dit qu'il y songerait. Encore une vente potentielle, et moi, j'y gagne quoi ? songea Brodie en replaçant la mécanique. Il referma le couvercle et s'assit sur le tabouret un moment, son humeur s'assombrissant un peu plus. Il était impératif qu'il ne cède pas à l'amertume.

Il entendit appeler son nom et vit Benoît, le garçon de bureau chez Channon, qui arrivait par la salle entre deux rangées de sièges.

« Benoît ? Que faites-vous donc là ? Que se passe-t-il ?

– Un homme est venu vous voir au magasin, il a dit que c'était important. M. Dimitri m'a envoyé vous chercher.

– Qui était-ce ?

– Il s'appelle..., commença-t-il avant de consulter un bout de papier dans sa main. M. Kilbarron. »

Tout changea en un instant. C'était extraordinaire que cela puisse même arriver, songea Brodie en se levant, ragaillardi. Boulevard de Bonne-Nouvelle, le bien nommé ! Incroyable à quel point tout pouvait être chamboulé en un jour, une heure, une minute, une seconde. Jamais il ne l'oublierait, jamais il ne laisserait encore son pessimisme l'emporter. Il prit congé du directeur en réitérant son conseil d'achat et en lui promettant une remise de vingt pour cent tant il se sentait soudain d'humeur généreuse, puis il sauta avec Benoît dans un fiacre pour rentrer au plus vite avenue de l'Alma. Sur son bureau, une carte de visite au nom de John Kilbarron, au dos de laquelle était griffonné : « Veuillez vous présenter à mon appartement du bd Saint-Germain demain à 18 heures. K. »

Ce ne pouvait être qu'une bonne nouvelle, un revirement, estima Brodie. Le « non » initial avait été si définitif, si atrocement définitif. Mais l'offre de Channon était généreuse, avec beaucoup d'argent à la clef, donc Kilbarron avait dû y réfléchir à deux fois. Brodie traversa le magasin jusqu'à la vitrine et fit signe à Dimitri d'arrêter de jouer afin de pouvoir l'informer de cette merveilleuse aubaine : Kilbarron voulait le rencontrer de nouveau. Peut-être même Brodie aurait-il la possibilité de revoir Lika Blum…

Le lendemain soir à 18 heures précises, Brodie était de retour à l'appartement de Kilbarron dans l'*hôtel particulier**. Le majordome (moins assoupi, moins négligé) prit son chapeau et son manteau et le fit entrer dans le salon, bien mieux rangé que lors de sa dernière visite, sans trace visible de beuverie. Brodie se posta de dos devant le bon feu de cheminée dont la chaleur bienvenue se répandit sur ses cuisses et ses fesses.

« Monsieur Kilbarron », annonça le domestique.

Un homme à la peau mate entra dans la pièce. Beau malgré sa corpulence, sa charpente massive et des poches sous ses yeux marron perçants, il arborait un épais bouc noir strié de gris et portait un costume gorge-de-pigeon sur un gilet cramoisi dont les boutons peinaient à contenir une impressionnante bedaine.

« Malachi Kilbarron, se présenta-t-il d'une voix profonde et rauque avec un accent irlandais marqué qui ressortait sur sa prononciation de "Malakaï". Je suis le petit frère du grand homme. »

Après une poignée de main, il proposa un verre de porto à Brodie, les servit, alluma un cheroot long et fin (Brodie prit une de ses Margarita) et s'installa sur un siège.

« Ne parlez jamais affaires avec mon frère. Pour lui, l'argent, c'est un gros mot, même s'il y pense en permanence comme la plupart des *artistes**, expliqua-t-il en employant le mot français pour souligner la nature futile et prétentieuse de cette engeance. De toute façon, John a un esprit pervers qui salit et dégrade tout. »

Amusé par sa propre remarque, il gloussa en tirant sur son cheroot. Si les deux frères partageaient le même accent, leur ressemblance physique paraissait décalée, faussée. John avait la beauté hagarde du débauché ; Malachi, quoique bel homme aussi avec ses traits symétriques, présentait un air de débauche encore plus malsain sous ses rondeurs. John était mince, Malachi énorme, avec du muscle qui virait au gras ; John était rasé de près, Malachi barbu. Ce n'était peut-être pas si rare, deux frères à la fois similaires et différents, songea Brodie. Callum et lui ne se ressemblaient pas tant que cela, maintenant qu'il y pensait.

« Si John n'avait pas mentionné votre entretien en passant, je n'en aurais jamais rien su. La semaine dernière, il me dit tiens donc, il y a un jeune Écossais qui m'a proposé un piano tout neuf. Vraiment ? dis-je. Qu'en est-il ? Et il me raconte votre rencontre et me fait part de votre offre intéressante, que seul son côté tête de mule lui a fait refuser, croyez-moi. C'est toujours pareil. Moi, je passe derrière et je recolle les morceaux, se plaignit-il avant de les resservir en porto.

– Mais vous, vous trouvez cette offre intéressante, avança prudemment Brodie.

– Je la trouverais plus intéressante si elle était plus intéressante, comprenez-vous ?

– Je suis autorisé à aller jusqu'à soixante livres par concert ou récital, osa Brodie, sachant pertinemment qu'il ne l'était pas, mais sur des charbons ardents. Offre révisable tous les six mois, ajouta-t-il par prudence sans que Malachi ne relève, heureusement. Tout le reste est sur la table. Le Channon à queue tout neuf, les frais d'expédition pris en charge par l'entreprise. »

Malachi tira vigoureusement sur son cheroot et observa la fumée ainsi produite comme une apparition merveilleuse.

« Et si vous vendez mille pianos grâce au parrainage de John ?

– Ce serait notre retour sur investissement, étant donné la prise de risque. N'oubliez pas que nous allons avancer un capital important.

– Et si vous en vendez deux mille ? John et moi aurions l'air bien ballots.

– Qu'essayez-vous de me dire au juste ?

– Nous exigeons une redevance sur chaque piano vendu après le premier concert.

– C'est peut-être envisageable. Mais seulement sur les queues, pas sur les droits.

– Cela me semble raisonnable.

– Il faut que j'en réfère à M. Channon, bien évidemment.

– Disons vingt livres sur chaque piano à queue vendu.

– Une telle décision n'est pas de mon ressort, répéta Brodie en cachant son soulagement. Mais je peux vous assurer que M. Channon prendra tous les éléments en considération. »

Malachi se leva et remonta son pantalon, dont la taille avait glissé sous son ventre.

« Je suis sûr que vous ferez tout votre possible, monsieur Moncur. Ne laissons pas quelques livres à droite à gauche s'interposer entre nous et notre projet. »

Entretien terminé. Malachi le raccompagna à la porte.

« Référez-en à votre M. Channon, rédigez un contrat, et après nous nous reverrons pour lancer cette merveilleuse collaboration, dit-il en lui donnant une grande claque dans le dos. J'attends de vos nouvelles au plus vite. Nous sommes encore à Paris pour au moins un mois. »

Brodie remit son manteau dans l'entrée en éprouvant cette étrange sensation que la vie se répète – même situation, contexte radicalement différent. Il prit son chapeau melon. Si Lika Blum pouvait juste descendre l'escalier, tout serait parfait. Sauf que cela n'arriverait pas, évidemment. Brodie sortit dans la cour et retrouva l'hiver parisien, qui lui parut soudain nettement plus chaud.

6

Ainsley Channon revint à Paris pour signer en personne le contrat Kilbarron. La finalisation des termes s'était déroulée assez vite, par échange de lettres puis de télégrammes. À la surprise et au soulagement de Brodie, Ainsley avait eu tôt fait d'accepter l'augmentation de la rémunération par concert, mais il avait réduit la redevance sur les ventes à dix livres par piano à queue, avec un barème progressif en fonction des résultats, et maintenu la clause cruciale sur la période d'essai de six mois. Les Kilbarron semblaient ne pas en avoir cure alors que Calder, lui, fit montre pendant toutes les négociations d'un ressentiment boudeur, s'opposant par principe à toutes les propositions et contre-propositions. Il s'offusqua particulièrement de l'insistance de Malachi à pouvoir examiner les comptes de Channon & Cie pour vérifier le total exact des ventes. Ainsley resta imperturbable, affirmant qu'ils n'avaient rien à cacher et que si d'aventure ils vendaient mille pianos de plus grâce à l'idée brillante de Brodie, eh bien il ne voyait aucun mal à ce que les deux frères puissent le constater par eux-mêmes.

« Nous sommes des commerçants honnêtes, affirma-t-il. Nous n'essayons pas de les rouler. C'est une entreprise commune. Plus nous en profitons, plus ils en profitent et vice versa.

– C'est une question de principe, le rembarra Calder.

– Mais c'est quelque chose de complètement nouveau, donc les principes ne s'appliquent pas encore, n'est-ce pas, Brodie ?

– Tout à fait. John Kilbarron est notre poule aux œufs d'or. Nous ne voulons pas lui rogner les ailes.

– Bien dit ! s'exclama Ainsley, visiblement amusé par cette comparaison cocasse. Et encore moins le plumer ! »

John et Malachi se déplacèrent au magasin pour la signature. Une bouteille de champagne fut débouchée, et les Channon et les Kilbarron trinquèrent au succès de cette collaboration inédite.

« Bien, parlons un peu de mon nouveau piano, lança John Kilbarron. J'ai quelques demandes spécifiques.

– Je vous suggère de vous adresser au jeune Brodie ici présent, répondit Ainsley. Je vous laisse entre ses mains fort capables.

– Venez donc me voir demain matin pour que nous puissions nous y attaquer », proposa Kilbarron à Brodie.

Brodie était assis à côté de Kilbarron sur le tabouret du piano dans le salon de l'appartement du boulevard Saint-Germain. Les mains de Kilbarron étaient posées sur le clavier.

« Il y a trois choses indispensables pour devenir un pianiste de ma stature », annonça Kilbarron sans trace d'arrogance.

Il semblait aujourd'hui d'une humeur plus pensive, plus calme. Il appuya sur une touche du bout de son index comme pour ponctuer son affirmation.

« Sensibilité, virtuosité, vélocité. C'est seulement quand on maîtrise les trois que l'on peut prétendre devenir un vrai *Klaviertiger*, affirma-t-il avant de marquer une pause et de jouer une autre note. La sensibilité, facile. C'est juste de la comédie. Une larme, une grimace, un mouvement de tête, un balancé en arrière, dit-il en joignant chaque fois le geste à la parole. Ensuite, la virtuosité. Je peux tout jouer jusqu'aux morceaux les plus difficiles. Quant à la vélocité... J'étais tellement rapide, dans le temps, mais aujourd'hui j'ai une douleur dans la main, le bras et l'épaule », expliqua-t-il en pliant les doigts de sa main droite.

Il joua une série d'arpèges de la main droite en remontant tout le clavier à une telle vitesse que ses doigts en devenaient flous. Il regarda ensuite Brodie en faisant une grimace.

« C'est douloureux. Donc je dois ralentir. Et si je ralentis, du coup, c'est la virtuosité qui devient un problème. Voilà pourquoi j'écris mes propres arrangements à présent, des paraphrases, des variations, des fantaisies. Elles semblent difficiles, mais elles ne le sont pas... enfin, pas pour moi.

– Je peux résoudre ce problème, affirma bravement Brodie. Quand nous viendrons harmoniser et régler votre Channon, je pourrai y apporter des modifications qui feront une énorme différence.

– Vous pouvez modifier un piano de façon à ce que je ne ressente plus de douleur ? fit Kilbarron d'un ton sceptique.

– Je le pense, oui. Je peux rendre le jeu beaucoup plus facile, en tout cas. L'instrument sera différent de tous les autres. J'utilise de petits rubans de poids en plomb pour effectuer une lubrification à sec. Le contact vous semblera infime, et la pression à exercer en sera immensément réduite.

– Les bulles de savon...

– Exactement.

– Eh bien mon garçon, si vous y arrivez, vous deviendrez peut-être mon ange gardien attitré, déclara Kilbarron en lui faisant son sourire à pleines dents.

– Je pensais que c'était mon rôle à moi », intervint une voix.

Tous deux se retournèrent pour voir Malachi entrer dans la pièce.

« Eh bien, il sera ton ange gardien adjoint, dit John. Brodie va exercer sa magie sur notre nouveau piano, à l'en croire.

– Je vais vous laisser », s'excusa Brodie en se levant.

Malachi s'approcha et lui posa une main sur la joue avec une certaine violence.

« Serez-vous notre rédempteur, monsieur Moncur ?

– Eh bien, tout dépend de ce que vous entendez par là.

– Faites en sorte de l'être, rétorqua Malachi avec son étrange rire de hyène. Nous aimons les rédempteurs, pas vrai, John ?

– Oh ça oui, nous aimons tout ce qui nous facilite la vie. »

Les deux frères partagèrent un éclat de rire.

Brodie fut reconduit à la porte par le majordome somnolent et, comme par habitude, il leva les yeux vers l'escalier au cas où Lydia/Lika ferait une apparition. Mais non.

« Mlle Blum est-elle en ville ? demanda-t-il.

– Non, monsieur. Elle est à Dresde, où elle tient un rôle dans un opéra. »

Le nouvel entrepôt-atelier Channon se trouvait rue Gounod, dans le centre de Saint-Cloud. Brodie retrouva Kilbarron à la gare Saint-Lazare, où ils prirent un omnibus pour parcourir la quinzaine de kilomètres jusqu'à Saint-Cloud, puis finirent le trajet à pied en longeant la bordure nord de l'immense parc.

Kilbarron semblait quelque peu stupéfait de se retrouver dans un bâtiment renfermant plus d'une centaine d'instruments alignés en rangs serrés de part et d'autre d'étroites allées. Quand ils s'aventurèrent dans un labyrinthe de pianos droits, il regarda autour de lui avec un émerveillement non dissimulé.

« C'est un commerce, en fait, dit-il à Brodie. Nous avons tendance à l'oublier, nous autres concertistes. Une manufacture de pianos. Et partout dans le monde, il y en a d'autres qui en fabriquent également des centaines et des centaines. Vous pourriez aussi bien produire en masse des baquets en fer galvanisé.

– Je ne partage pas du tout cet avis. Considérez ces pianos comme des chronomètres suisses. Ce sont des mécaniques de précision conçues pour produire des sons mélodieux. Rien à voir avec des baquets, non. »

Ils étaient arrivés devant la rangée des pianos à queue. Brodie ôta prestement les bâches de protection. Une douzaine d'instruments trônaient là sur leurs trois solides pieds : volumineux, immaculés, luisants.

« Allons-nous choisir le dernier modèle ? demanda Kilbarron.

– Puis-je plutôt suggérer celui-ci ? »

Brodie alla poser la main sur un modèle plus ancien dont les pieds comportaient plusieurs rayures et dont le couvercle grinça quand il l'ouvrit.

« Ce piano de douze ans d'âge fut l'un des derniers à être dessinés, fabriqués et suivis d'un bout à l'autre de la chaîne de production par l'homme qui m'a appris tout ce que je sais : Findlay Lanhire, annonça Brodie avant de plaquer un accord de *do* majeur. C'est un instrument magnifique. Son chef-d'œuvre. Je vais juste me contenter de le modifier un peu pour vous, de le personnaliser. »

Kilbarron se plaça devant le clavier, se pencha en avant et joua quelques mesures de la *Sonate pour piano n° 9 en ré majeur* de Mozart.

« Les aigus… C'est là que la douleur se déclenche. La main gauche, tout va bien, dit-il avant de jouer un trille continu à cinq doigts dans le registre élevé. Tiens, je la sens déjà. La douleur commence à me remonter dans le bras, constata-t-il avant de s'interrompre pour plier et déplier les doigts et se masser la paume. Les gens croient qu'il suffit de s'asseoir sur le tabouret et de bouger les doigts pour que la musique sorte. Mais le moindre muscle de votre corps est en action. C'est très physique de jouer du piano à mon niveau. Le dos, les épaules, les cuisses, les pieds sur les pédales… Sans parler des nerfs et des tripes, ajouta-t-il, les yeux baissés vers les touches en se faisant craquer les doigts. Et je fais ça depuis que j'ai six ans. Chaque jour ou presque depuis des dizaines d'années… Il y a de l'usure. On en paie le prix.

– Je peux rendre ces touches légères comme des plumes, monsieur.

– Ah oui, les bulles de savon.

– Le duvet d'oie.

– La fleur de pissenlit.

– L'air que nous respirons. »

Kilbarron se pencha en avant et plaqua plusieurs accords qui résonnèrent jusqu'aux poutrelles en acier de l'entrepôt.

« Parfait, jeune Brodie. C'est celui qu'il me faut. Bon, un déjeuner correct est-il envisageable dans ce bled paumé ? »

Ils trouvèrent un restaurant sur la place d'Armes, Le Pavillon bleu. Kilbarron demanda une table au fond. Après avoir étudié le menu, il opta pour un simple *plat du jour**, alluma un petit cigare, commanda un cognac avec de l'eau glacée et tint à ce que Brodie trinque avec lui au nouveau piano.

Avec son costume de tweed gris foncé, sa chemise blanche à col montant empesé, sa cravate bleu cobalt, ses cheveux coiffés en arrière qui lui tombaient aux épaules, il avait l'air d'un grand personnage, d'un notable, même si on ne le reconnaissait pas. Brodie avait conscience que les autres clients le regardaient avec curiosité. Qui est donc cet homme ? Une dame s'approcha timidement pour demander si M. Kilbarron voulait bien signer son menu. Il posa son cigare et s'exécuta de bonne grâce.

Il toucha à peine ses rognons de veau, bien plus intéressé par le vin qu'il avait commandé, et Brodie mangea une raie au beurre noir. Quand Kilbarron commanda une deuxième bouteille, Brodie comprit que le maestro n'allait pas rester bien longtemps lucide et préféra lui demander des nouvelles de Mlle Blum tant qu'il avait encore tous ses esprits.

« Elle est à Dresde. Elle chante Inès dans *L'Africaine*.

– Elle a une voix… très pure, remarqua Brodie en choisissant soigneusement ses mots.

– Sa voix, ça va, ce n'est pas un problème. Le problème, c'est sa taille. Elle est trop grande.

– Trop grande ?

– Elle domine la plupart des ténors, et ils n'aiment pas ça. Quant à sa voix, elle est peut-être pure, mais personne ne l'entend au fond de la salle. »

Il enfourna une bouchée de rognon, la mastiqua et la fit descendre avec une gorgée de vin. Il remplit ensuite leurs verres à ras bord.

« Pour l'instant, j'arrive à lui décrocher des contrats, mais ça ne va pas durer, poursuivit Kilbarron en repoussant son assiette encore à moitié pleine. La loi des rendements décroissants va finir par s'imposer.

– Vraiment ? Je ne me rendais pas compte que…

– Pourquoi vous intéressez-vous autant à Mlle Blum, monsieur Moncur ?

– Moi ? Pas du tout, protesta Brodie, les joues en feu, en essayant de cacher son trouble. Je suis juste curieux, voyez-vous, puisque je l'ai entendue chanter.

– Soit, je vais choisir de vous croire pour l'instant. Êtes-vous marié, mon cher Brodie ? demanda Kilbarron avec un regard pénétrant.

– Non.

– Eh bien gardez-vous-en, voilà mon conseil gratuit. C'est une perte de temps, une perte de tout. Et à notre époque, en outre, c'est inutile.

– Je vous l'accorde. Mais si on éprouve de l'amour ?

– L'amour ? Qu'est-ce donc que l'amour ? Ça se mange ? Ça se boit ? Ça sert à quelque chose ? »

Brodie demanda l'addition et s'efforça de ramener la conversation sur le travail.

« Avez-vous déjà un programme de concerts prévus ? Quand commenceriez-vous ?

– C'est Malachi qui s'occupe de cet aspect des choses. Moi, j'apparais et je joue.

– Ce serait avec un orchestre ou en piano solo ?

– Je laisse Malachi en décider. Et les théâtres, aussi, car ils ont leurs idées à eux sur ce qui peut attirer le public.

– Parfait. J'attendrai qu'il me transmette les informations.

– Mais je peux vous dire une chose, jeune Brodie.

– Oui ? relança-t-il, craignant le pire.

– Je vous veux avec moi tout du long, votre merveilleux piano réglé pour moi et votre bonne personne.

– Je ne suis pas sûr de pouvoir…

– Oh moi si. Je veux que vous soyez toujours là pour ajuster ma machine complexe. »

7

Hôtel de l'Europe
Rue Auguste-Bottin
Genève
Suisse

15 mai 1897

Cher jeune marié, Ô Callumius Rex, Imperator,

Est-ce le bonheur ? Est-ce toujours le bonheur ? Le fameux bonheur conjugal ? Kilbarron, lui, pense que c'est un statut inutile à notre époque. Il a beau jeu de dire ça, lui qui a quarante belles dames qui se pâment dans sa loge après chaque concert. Quand tout se sera un peu calmé, je reviendrai à la maison rencontrer Mme Callum Moncur, sauf que, pour être honnête, je ne sais pas trop quand ce sera. Comme tu peux le voir à l'en-tête, je suis à Genève pour la dernière étape de notre tournée de six villes après Bruxelles, Berlin, Vienne, Milan et Rome. Les Kilbarron se font une petite fortune, mais nous aussi, du coup. Les nouvelles de Paris sont que les ventes de piano ont déjà doublé, si bien que le grand projet de Brodie Moncur semble couronné de succès. Je m'occupe essentiellement du transport du Channon à droite à gauche. Je dois louer une équipe de manutentionnaires et un véhicule pour le transporter à la gare et le charger sur un train. Ensuite, à l'arrivée, une autre équipe et un autre véhicule pour l'emporter au théâtre. Ensuite, je paie les machinistes du lieu pour le décharger et l'installer. Et évidemment, il faut que je le réaccorde. Mes journées étant bien remplies, je n'ai presque rien vu de ces superbes villes où nous sommes passés. Mais Kilbarron est ravi, il joue bien et attire un large public. La douleur dans sa main et son bras étant négligeable, il est d'humeur affable. Son frère, Malachi, est un compagnon de voyage moins agréable. Il trouve toujours à se plaindre : le compartiment, l'hôtel, la nourriture, le temps... Mais je m'oblige à ne pas trop m'en soucier.

Dernier concert ce soir. On remballe le piano, on l'expédie à Paris, et je pourrai faire un bilan. Malachi Kilbarron s'affaire à trouver d'autres dates pour une deuxième tournée pendant l'été. Je crois qu'il sait que l'horloge tourne, puisque nous renouvelons tous les termes du contrat au bout de six mois. J'ai le sentiment qu'Ainsley Channon y mettra fin s'il pense que nous en avons tiré le maximum (c'est-à-dire si nous avons gagné des monceaux d'argent).

Pose un baiser respectable de beau-frère sur le front de ton adorable épouse.

À jamais ton frangin affectueux,

Brodie le Nomade

Brodie scella l'enveloppe et la libella à l'adresse de Callum, pris d'une petite bouffée de nostalgie au moment d'écrire « *Écosse** ». Cela faisait presque trois ans qu'il était parti. Il n'aurait jamais cru avoir un jour envie de retrouver la vallée de la Liethen – peut-être étaient-ce tous ces voyages qui provoquaient en lui ce mal du pays passager. Il consulta sa montre : 17 h 30, l'heure de se mettre en route pour le théâtre afin d'accomplir les dernières vérifications. Il enfila son manteau, prit son chapeau et sa sacoche et alla toquer à la porte de la suite de Kilbarron.

« Entrez ! Non, une minute. »

Brodie patienta jusqu'à ce qu'une clef tourne dans la serrure et que Kilbarron le fasse entrer. Il avait ôté sa veste et roulé la manche gauche de sa chemise jusqu'au biceps. Sur le bureau, Brodie repéra une soucoupe, un garrot de cuir et une seringue hypodermique.

« Brodie, mon bon ami, que puis-je pour vous ?

– Vous allez bien ? s'inquiéta Brodie en désignant la seringue.

– C'est juste un analgésique. D'une efficacité remarquable. Bref, oui, je vais bien. Je vais même mieux que bien.

– La douleur est revenue ?

– Un peu. J'ai préféré agir tout de suite.

– Bien… Je suis en route pour le théâtre. Je vais vérifier que tout est en ordre.

– Je crois que Malachi veut vous dire un mot après le spectacle.

– Parfait. On se retrouve vers 18 h 30. »

Le théâtre des Ducs de Savoie se trouvait à dix minutes à pied de l'hôtel, et Brodie s'y rendit en passant par les petites rues. Le directeur l'accueillit et le conduisit sur scène, où le Channon de Findlay Lanhire l'attendait, ouvert, prêt.

Brodie aimait l'atmosphère des théâtres déserts. Il avait accordé le Channon le matin même mais, souhaitant procéder à une ultime vérification, il s'assit et joua pour les sièges vides la petite mélodie qu'il utilisait toujours pour tester la qualité de son travail, une chanson folklorique

que lui chantait sa mère et dont il avait adapté et embelli la mélodie de sorte que presque chaque note fût jouée sur chaque octave. Le Channon était parfaitement accordé, et Brodie put de nouveau constater le bon fonctionnement de ses petits artifices. Les touches dans l'aigu étaient d'une légèreté inouïe ; le plus infime contact faisait bien sonner la note. Il avait collé de petites lanières de plomb sous l'avant des touches, hors de vue, si bien que le poids ascendant avait été réduit à une quinzaine de grammes, soit un tiers de moins que la normale. Findlay Lanhire aurait été fier de lui. Il sortit la mécanique et, avec du papier de verre à grain très fin, ponça minutieusement les têtes de marteau des deux octaves du haut. Il rejoua son petit air sur ces notes aiguës puis, comme il s'agissait du dernier concert de la tournée et que tout s'était déroulé à merveille d'un point de vue musical, procéda une deuxième fois à ses ultimes contrôles. Il savait que Kilbarron allait conclure le récital du soir par un bis d'une difficulté féroce, « Mazeppa », une des *Études d'exécution transcendante* de Liszt. Brodie avait jeté un coup d'œil à la partition, surchargée de denses paquets de notes noires telles des grappes de raisin suspendues à la portée. Il avait essayé d'en jouer quelques mesures mais avait renoncé, conscient qu'il lui aurait fallu quatre mains pour simplement produire ces sons, sans même parler de les interpréter avec compétence ou talent. Il en vint à penser que si Kilbarron s'était administré l'analgésique, c'était peut-être parce qu'il n'ignorait pas à quel point le programme du jour serait physiquement exigeant.

Brodie resta pour écouter le concert, comme chaque soir depuis le début de la tournée. Kilbarron interpréta le *Concerto pour piano n° 3* de Beethoven, puis, après l'entracte, ses divertissements, comme il les appelait, les *fantaisies** et variations qu'il avait adaptées et arrangées lui-même pour mieux mettre en valeur sa technique ahurissante. Brodie ferma les yeux quand Kilbarron exécuta le morceau de Liszt. Impeccable, estima-t-il en notant au passage le son riche du Channon qui emplissait tout l'auditorium. Kilbarron fit un profond salut, reçut l'ovation debout de rigueur, remercia le chef d'orchestre, serra la main du premier violon et quitta la scène. Fin de la tournée.

Brodie s'empressa de rejoindre la loge et frappa à la porte. C'est Lika Blum qui ouvrit.

Silence. Consternation. Elle lui fit un sourire de bienvenue.

« Monsieur Moncur, quel plaisir de vous voir ! Entrez donc. »

Brodie sentit ses joues se couvrir d'une fine pellicule de sueur et son cerveau se vider. Il pénétra dans un petit salon lambrissé de chêne dont l'éclairage tamisé d'appliques électriques atténuait l'apparente vétusté. Une porte menait à la loge. Sur une table au centre, une bouteille de champagne dans un seau à glace et une demi-douzaine de verres. Aucun signe de Kilbarron. Parfois, après un concert, il allait s'assoupir sur un divan.

« Pourriez-vous l'ouvrir pour moi ? demanda Lika en lui tendant la bouteille. Je me suis cassé un ongle.

– J'ignorais que vous deviez venir, avoua Brodie, bien content de s'occuper avec une tâche simple. Je ne vous ai pas vue dans le public.

– J'avais une loge. Tout s'est fait à la dernière minute. J'étais à Nizza… enfin, Nice. Vous connaissez ? Beaucoup de Russes… et d'Anglais aussi, bien sûr. Mais j'ai décidé de venir ici et de rentrer avec John à Paris. J'ai entendu dire que le succès avait été au rendez-vous. »

Brodie confirma et lui résuma les événements de la tournée tout en leur servant du champagne. Ils trinquèrent.

« *Za vashe zdarovie !* dit-elle en russe.

– *Slangevar* », répondit-il en scots.

Elle était vêtue de noir de la tête aux pieds : une robe ornée de perles de jais qui scintillaient de mille feux, une petite étole de fourrure noire, un collier à cinq rangs de perles autour du cou et deux peignes d'ébène incrustés de strass pour lui retenir les cheveux. Ravissante dans un style vaguement espagnol, songea-t-il de façon inepte.

« Ah oui, il faut que je vous présente César ! »

Elle traversa la pièce pour aller prendre quelque chose dans son sac et en revint avec un petit chiot dans les bras. Le chien, blanc avec des taches marron, cligna des yeux en regardant Brodie et se lécha les babines. Il était tout petit, comme un bébé lapin.

« C'est John qui me l'a offert. N'est-il pas adorable ?

– C'est quel genre de chien ? demanda Brodie en feignant l'intérêt, car il n'y connaissait rien. Enfin, quelle race ?

– C'est un chien anglais, un "Jack Russell". Je l'ai prononcé correctement ?

– Ça se prononce "Reussel", pas "Roussel".

– Merci. J'ai décidé de l'appeler César, je ne sais pas trop pourquoi, ça m'est venu comme ça. Rien à voir avec César Franck, au passage. John ne supporte pas César Franck.

– C'est un joli nom… pour un chien », commenta piteusement Brodie.

Il fut soulagé de la voir remettre César dans son sac et reprendre son verre de champagne.

« Vous prévoyez une nouvelle tournée ? demanda-t-elle. Auriez-vous une cigarette ? »

Il sortit son étui de sa poche de veste. Elle en prit une et il la lui alluma.

« Nous envisageons en effet une nouvelle tournée, oui, pour cet été. M. Malachi tient à capitaliser sur le succès de celle-ci, dirai-je. »

Pourquoi donc parlait-il avec une componction si ridicule, comme un fonctionnaire lors d'un entretien de promotion ? C'était bien la preuve du trouble qu'il éprouvait – sans parler de l'indigestion, car le champagne lui donnait des brûlures d'estomac –, de l'effet que lui faisait un tête-à-tête avec Lika Blum.

Mais le tête-à-tête tourna bientôt court. On frappa à la porte et Malachi Kilbarron entra, torse bombé, joues rougeaudes, cigare aux lèvres.

« Quand on parle du loup, commenta Lika. Je vais aller voir si tout va bien pour John. »

Elle passa dans la loge et referma doucement la porte derrière elle.

« Alors comme ça, on parle de moi ? lança Malachi en se servant du champagne.

– Je disais juste à Mlle Blum à quel point la tournée s'était bien passée, et que vous souhaitiez en mettre une nouvelle sur pied.

– Ce qui tombe à pic, puisque je voulais vous en toucher un mot en privé, jeune Brodie. L'idée étant que vous puissiez murmurer ensuite à l'oreille de ce bougre retors d'Ainsley Channon avec confiance et clarté.

– Soit.

– Nous voulons en effet une nouvelle tournée, c'est vrai. Mais pas sur les mêmes termes. Ce sera cent guinées – j'ai bien dit guinées, et pas livres, attention. Par concert. »

Brodie savait qu'une telle augmentation signerait la fin de la collaboration entre Channon et Kilbarron mais se garda de le dire.

« Je transmettrai ces informations.

– Et justement, des informations, nous en avons, annonça Malachi en se rapprochant de lui. Nous savons que les ventes de pianos sont florissantes, d'où notre nouvelle position de négociation.

– Alors vous en savez plus que moi. Je ne suis pas *au fait** des ventes.

– Je m'en doute. Je voulais juste que vous puissiez faire savoir à ce vieux grigou d'Ainsley que nous, nous sommes *au fait**, comme vous dites. »

Il sourit et se détourna pour voir Kilbarron et Lika sortir de la loge.

« Ah, Brodie ! s'exclama John Kilbarron. J'ai trouvé que notre vieux Channon chantait d'une belle voix, ce soir. »

Il avait l'air fatigué. Heureusement que la tournée était terminée.

« D'une voix parfaite, en effet, répondit Brodie avant d'ajouter, sachant le goût de Kilbarron pour les louanges : Le “Mazeppa” était sublime. Je ne l'ai jamais entendu mieux joué. Jamais au grand jamais.

– Oui, acquiesça Kilbarron en hochant la tête d'un air pénétré. Vous avez pu discuter avec Malachi ?

– En effet. Je suis informé de tout.

– Très bien. Dernière tâche de la soirée : pourriez-vous raccompagner cette jeune personne à notre hôtel ? Malachi et moi avons d'autres affaires à régler. »

Malgré la fraîcheur de la nuit, Brodie et Lika décidèrent de rentrer à pied par le quai des Eaux-Vives. Les réverbères de la promenade projetaient leurs reflets dansants sur la calme étendue stagnante du lac. Brodie cherchait en vain des sujets de conversation appropriés, mais le son de leurs pas semblait suffire à combler le silence ambiant qu'imposait l'immensité infinie de la nuit en surplomb du lac enténébré. De toute façon, Lika se préoccupait de son chiot, auquel elle parlait en russe et qui finit par se coucher au fond de son sac. Elle prit alors le bras de Brodie, qui faillit en tomber à la renverse. Il trouva soudain l'inspiration.

« Au fait, comment s'est passée votre audition ? »

Il n'ignorait pas qu'elle avait brigué le rôle de Laura dans *Luisa Miller* au palais des Beaux-Arts de Monte-Carlo, d'où sa présence à Nice.

« De jolis compliments, mais je sais qu'il n'en sortira rien.

– Pourquoi donc ? »

Elle lui demanda une autre cigarette. Ils s'arrêtèrent de marcher et elle réarrangea sa bandoulière pour mieux bloquer son sac contre elle, mais c'est alors que le chien en tomba. Elle réussit à le rattraper, laissant échapper le sac, qui heurta lourdement le trottoir avec un son métallique.

« Oh mon Dieu, vous avez dû casser quelque chose, là-dedans », dit Brodie en le ramassant pour elle.

Lika en sortit une petite bourse en velours bordeaux qui renfermait un minuscule pistolet à deux canons courts superposés de moins dc huit centimètres et à poignée en nacre incurvée comme une corne de chevreau.

« C'est mon pistolet d'hôtel. Enfin, c'est John qui l'appelle ainsi. C'est lui qui me l'a donné. »

Elle lui tendit l'arme, qu'il trouva étonnamment lourde pour sa taille, son poids semblant en confirmer le potentiel meurtrier. Il la lui rendit et elle la rangea. Ils allumèrent enfin leur cigarette.

« Mais pourquoi donc vous a-t-il donné un pistolct ?

– Pour me protéger quand je suis seule en tournée, au cas où quelqu'un essaierait de me détrousser ou forcerait ma porte pour s'en prendre à moi.

– Il est chargé ?

– Bien sûr. Deux canons, deux balles, deux détentes. Ça s'appelle un Derringer. »

Elle coinça sa cigarette entre ses lèvres, réinstalla le chiot dans son sac, puis souffla de la fumée dans le ciel nocturne. Ils reprirent leur chemin.

« Je sais que cela ne se fait pas, pour une jeune dame, de fumer dans la rue, avoua-t-elle. Mais ce n'est pas comme si je risquais d'être reconnue, non plus.

– Vous disiez qu'il n'en sortirait rien, de l'audition ? relança Brodie en sentant la chaleur de sa paume dans le creux de son coude, avant d'ajouter galamment : Vous avez pourtant une voix merveilleuse.

– Je suis trop grande pour être chanteuse d'opéra, à ce qu'il paraît. Tous les ténors sont petits, et ils ne veulent pas d'une grande soprano debout à côté d'eux qui les fasse paraître encore plus petits.

– Mais c'est ridicule, mademoiselle Blum !

– Appelez-moi Lika. Mais seulement quand nous sommes seuls, Brodie, si cela ne vous dérange pas. Je pense que John n'apprécierait pas une telle familiarité.

– Merci… Lika, articula-t-il en jubilant de pouvoir prononcer tout haut son prénom. Je répète, Lika, c'est ridicule. Quel rapport entre la taille d'une personne et la qualité de sa voix ? C'est comme si on décrétait qu'aucun barbu n'a le droit de jouer du piano.

– Ah, mais c'est un homme de grande taille qui me dit ça, Brodie. Si vous étiez un ténor vaniteux et court sur pattes, vous ne seriez pas du même avis. Vous êtes plus grand que moi, donc vous ne voyez pas où est le problème. Le petit ténor, lui, il ne veut pas se trouver à côté de la géante russe. »

Ceci les fit rire tous les deux. Brodie se sentit atteindre un niveau de béatitude qu'il lui sembla ne jamais avoir connu auparavant. Marcher bras dessus, bras dessous près du lac de Genève avec cette femme magnifique et fascinante, cette grande femme, à parler d'égal à égal, en amis… Il en eut les larmes aux yeux.

« Si seulement vous étiez ténor, Brodie. Nous pourrions chanter ensemble. »

Une fois devant l'hôtel de l'Europe, Lika jeta sa cigarette à moitié consumée et lui lâcha le bras. Ils entrèrent ensemble dans l'hôtel et dirent bonsoir au portier, qui les salua en habitués d'un coup de chapeau.

Une heure plus tard, allongé sur son lit, lumières éteintes, Brodie pensait à Lydia Blum. Lika Blum. Lika. Pourquoi frayait-elle donc avec un homme comme Kilbarron ? Y voyait-elle un moyen d'aider sa carrière ? envisagea-t-il avec cruauté avant de se morigéner. Comment comprendre le pouvoir d'attraction d'une personne sur une autre ? C'était un mystère, quelque chose de tout à fait singulier et intime. Qu'avait pu voir sa mère en Malky Moncur ? Peut-être John Kilbarron possédait-il certains traits de caractère qui ne se révélaient qu'à une maîtresse. Le témoin ignorant en était réduit à des suppositions futiles et hasardeuses. L'amour, l'attraction réciproque, la passion charnelle étaient autant d'émanations des appétits et des besoins ancrés au plus profond de la nature irréductiblement intrinsèque d'un individu. Il aurait dû le savoir, lui qui désirait déjà tant Lika Blum alors qu'il ne l'avait rencontrée que trois fois…

Il l'imagina nue. Il s'imagina au lit avec elle, nue. Il s'imagina la pénétrer, baisser les yeux vers ce visage auréolé d'une cascade de cheveux blonds. Ces lèvres. Ces yeux aux paupières lourdes.

Il baissa la main et se toucha, s'empoigna. Il regarda le plafond, puis ferma les yeux et pensa à Lika.

8

Ainsley Channon avait beaucoup raccourci ses favoris, ce qui le rajeunissait de dix ans. Sans ces côtelettes grisonnantes pour lui manger le visage, ses traits se révélaient, ainsi que la ressemblance évidente avec son fils, rendue plus frappante encore dans la mesure où ils étaient assis côte à côte en face de Brodie derrière le large bureau de Calder.

« Nous tenons là un succès sans appel, pour ne pas dire fulgurant, se réjouissait Ainsley. Et nous n'oublierons pas que c'était votre idée, Brodie, non, non. La belle idée de Brodie, répéta-t-il avant de consulter les papiers étalés devant lui. Les ventes sont en hausse de deux cent soixante-dix-huit pour cent par rapport à l'an dernier. Nous envisageons même d'ouvrir une succursale à Vienne. Porter le fer au pays de Bösendorfer. Pourquoi pas ? Si on peut le faire à Paris…

– Nous y pensons seulement, l'interrompit Calder. Rien n'est encore décidé.

– Nous avons été approchés par Door, Julius ct d'autrcs, enchaîna Ainsley sans se laisser perturber. Ils veulent tous jouer sur des Channon.

– Oui-da, pour des tonnes d'argent ! persifla Calder.

– Tout a fonctionné à merveille, Brodie, fit Ainsley en ignorant de nouveau son fils. *Bravissimo.*

– Merci, monsieur. Je dois aussi vous annoncer que les Kilbarron envisagent de monter une nouvelle tournée au plus vite. Dix villes, peut-être une vingtaine de concerts. »

Calder émit un rire de crécelle incrédule, tandis qu'Ainsley hochait la tête d'un air judicieux.

« M. Kilbarron est libre de donner autant de concerts qu'il le souhaite dans toutes les villes qu'il souhaite, mais le fait est..., commença Ainsley avant de cligner plusieurs fois des yeux. Le fait incroyable est que si nous établissons des contrats avec Julius, Door, Stimmer et autres, les services de John Kilbarron ne seront plus vraiment requis. Il est plutôt... Comment disent les Français, déjà ?

– *Passé**, intervint Calder. *Fini**.

– Non. C'est "*vieux jeu**" que je cherchais. C'est cela. John Kilbarron, aujourd'hui, est plutôt vieux jeu. »

Brodie sentit le châle familier du pressentiment l'envelopper. Il croisa les doigts de ses deux mains et se pencha en avant, comme en prière, pour accentuer le sérieux de ses propos.

« Il se trouve que j'ai eu une conversation avec Malachi Kilbarron. Comme vous le savez, c'est lui l'imprésario et le gestionnaire. Ce qu'il dit compte plus que l'avis de John Kilbarron, et il est tout prêt à poursuivre le partenariat avec Channon à condition que la rémunération par concert soit augmentée.

– Ah oui, vraiment ? s'indigna Calder, ses grosses joues toutes rouges.

– Il réclame cent guinées. Il a bien dit "guinées".

– Eh bien, voilà ce qui s'appelle tuer la poule aux œufs d'or, déclara Ainsley avec un sourire désolé. Vous rappelez-vous que nous en avions parlé, Brodie ? Nous nous en inquiétions et voilà que c'est Kilbarron qui s'est mis le couteau sous la gorge. »

Il se leva pour aller chercher un carafon de cognac, leur en versa un verre à chacun et leva le sien à Brodie.

« C'était un coup de génie, Brodie. Bien joué. Coûteux, certes, mais le jeu en valait largement la chandelle. Regardez donc un peu les autres fabricants de piano, ils vont tous prendre le train en marche, dit-il avant de rester pensif un moment. Calder et moi tenons à vous récompenser de votre contribution. Nous voulons créer un nouveau service et vous en confier la direction. Vous poursuivrez vos efforts, vous recruterez des virtuoses qui joueront sur des Channon, vous dirigerez toute l'opération, vous superviserez les tournées, le transport, la logistique des voyages… et bien sûr toute la partie accordage. Et vous en bénéficierez financièrement, cela va de soi. »

Brodie lui rendit son sourire comme pour lui signifier son accord total tout en remarquant que le montant exact des gains liés à la gestion de ce nouveau service n'avait pas été mentionné. Il sentait que sa vie allait prendre un tour imprévu et ne savait trop si ce tour serait à son avantage.

« Que dois-je dire à Malachi Kilbarron ? » s'enquit-il nonchalamment.

Ainsley fronça les sourcils et gratta ses nouveaux favoris bien taillés le temps de réfléchir.

« C'est très simple : il peut continuer encore six mois, mais au même tarif, finit-il par assener. C'est à prendre ou à laisser. Il ne serait pas convenable de nous en débarrasser de façon trop abrupte. Et après, terminé.

– Et vous pouvez dire à Malachi Kilbarron de mettre ça dans sa poche avec un mouchoir par-dessus », renchérit Calder en tendant le bras vers le carafon.

* * *

Brodie évitait les Kilbarron depuis une semaine quand un message fut apporté au magasin Channon lui demandant de venir accorder le piano de l'appartement du boulevard Saint-Germain. Il aurait eu mauvaise grâce à refuser.

Ce fut John Kilbarron en personne qui lui ouvrit, un cigarillo à la main. L'air passablement négligé, même pour lui, il avait une petite croûte à la commissure des lèvres, il n'était pas rasé, mais il semblait content de voir Brodie et lui confirma qu'il n'y avait d'autre raison à sa visite que de faire correctement accorder ce satané piano.

« Je sais, je sais, cela fait des mois que vous me dites qu'il est atrocement désaccordé, mais maintenant j'en ai besoin. J'essaie d'écrire quelque chose d'ambitieux, nom d'un chien. Et j'entends bien à quel point il sonne faux. »

Il le fit passer au salon. Brodie posa sa sacoche, ouvrit le piano et se mit à l'ouvrage. À l'heure du déjeuner, le majordome asthénique vint lui dire qu'un repas était servi dans la salle à manger. Brodie s'y rendit pour trouver un seul couvert mis à table. Où était Lika ? Et où était Kilbarron, d'ailleurs ? On lui servit un potage au chou-fleur et une omelette aux champignons. Il refusa le vin.

Il lui fallut encore deux heures après le déjeuner pour terminer l'accordage. Il rentra la mécanique et joua son habituelle chanson folklorique écossaise dans différents tons, l'oreille aux aguets pour vérifier que les marteaux et les étouffoirs fonctionnaient correctement.

Il sentit alors le doux contact d'une main sur son épaule et se retourna pour découvrir Lika debout derrière lui, silencieuse, une larme roulant sur sa joue. Il se leva d'un bond.

« Lika ! Oh mon Dieu, est-ce que tout va bien ?

– C'est cette musique, cette mélodie… C'est quoi ? Je l'ai entendue depuis la porte et elle m'a fait pleurer, regardez, dit-elle avec un sourire interdit en séchant ses pleurs. C'est très étrange, on aurait dit un réflexe physique : je vous ai entendu jouer et aussitôt mes yeux se sont emplis de larmes.

– C'est une chanson traditionnelle écossaise. Ma mère me la chantait quand j'étais enfant. Je l'ai un peu modifiée, mais je l'utilise toujours quand j'accorde. À la fin, voyez-vous, juste pour voir si tout sonne bien, si le piano est prêt.

– Mais elle est magnifique ! Jouez-la encore, vous voulez bien ?

– Volontiers. »

Brodie se rassit et rejoua la chanson en entier, pendant deux minutes en tout.

« Quel en est le titre ?

– "My Bonny Boy", ce qui correspondrait à "*Mon beau garçon**". Il y a des paroles, mais juste sur trois couplets.

– C'est extraordinaire. Il y a un passage… une transition… c'est un changement de ton ? C'est ça qui me fait monter les larmes. Comment est-ce possible ? »

Ils entendirent la porte d'entrée s'ouvrir, et Kilbarron apparut après avoir laissé son chapeau et son manteau au domestique.

« Eh bien, bonjour tout le monde ! En avez-vous terminé, maître Brodie ? demanda-t-il avant de regarder Lika. Quelque chose ne va pas, ma douce ? »

Avec exaltation, Lika lui raconta l'effet qu'avait produit sur elle la chanson traditionnelle de Brodie. Un morceau de musique totalement inédit qui semblait attaquer de plein fouet ses conduits lacrymaux.

« Dieu du ciel ! Quelle est donc cette musique miraculeuse ?

– Juste une vieille chanson écossaise que j'ai un peu adaptée », expliqua de nouveau Brodie.

Intrigué, Kilbarron demanda à l'entendre. Brodie reprit une fois de plus sa place au piano et l'interpréta une fois de plus pour l'oreille attentive de Kilbarron.

« Tu vois ? Là ! s'exclama Lika. Cet instant précis, ces quelques mesures. Tu ne le sens pas ? Tant d'émotion.

– Si, plus ou moins, répondit Kilbarron avant de réclamer une nouvelle écoute, après laquelle il affirma : Eh oui, simple mais efficace. Une cadence interrompue sur une gamme montante, des notes de passage accentuées. Jouez-le encore une fois, mon vieux, demanda-t-il, et Brodie s'exécuta. On s'attend à la tonique, vous comprenez. Notre instinct nous dit où la musique va aller, mais cela reste en suspens, et c'est de là que naît l'émotion, dit-il comme à lui-même avec un sourire. Un vieux truc, mais les vieux trucs sont les meilleurs. »

Il écarta Brodie du piano et s'installa sur le tabouret pour illustrer son analyse.

« Tu vois, Lika ? Des septièmes ascendantes, des quartes descendantes, des suspensions, des notes de passage et là ! une sixte descendante et une neuvième ascendante, expliqua-t-il avant d'ôter les mains du clavier. *Sol* bémol majeur puis *ré* bémol majeur et ensuite – et c'est là qu'on se fait cueillir – *ré* bémol mineur neuvième. L'accord inattendu… »

Il enchaîna les trois et se fit soudain anormalement pensif.

« Une vieille chanson folklorique, dites-vous ? demanda-t-il en se levant pour s'éloigner du piano.

– C'est surtout un travail de mémoire. J'ai tellement joué avec au fil des ans que je dois bien en avoir inventé la moitié. J'avais besoin d'un registre plus étendu… Ma mère me la chantait, mais elle est morte quand j'avais quatorze ans, alors…

– En tout cas, c'est très efficace, répéta Kilbarron, les sourcils froncés, debout près de la cheminée. Une jolie petite mélodie, en plus. Ça, c'est la base, après, on peut jouer avec, comme vous dites. Vous connaissez le nom du compositeur ? s'enquit-il en ouvrant une boîte en argent pour y prendre un cigarillo, qu'il alluma.

– C'est un chant traditionnel, personne ne le sait. Quelqu'un a écrit des paroles sur cette vieille mélodie et elle est entrée dans le répertoire des chansons folkloriques. Je me souvenais de l'air, alors je l'ai prise pour la…

– Nous avons aussi ces chants en Irlande, l'interrompit Kilbarron. Tous ces chants celtes, ils utilisent les mêmes trucs. On s'attend à une résolution tonale, mais elle est retenue par plusieurs procédés, volontairement non résolue. L'accord inattendu…, répéta-t-il avant de pointer son cigarillo vers Lika. Mais cela t'a donné envie de pleurer. Incroyable. Tout cela est très viscéral, rien à voir avec l'intellect – et c'est là que les canaux lacrymaux entrent en jeu.

– En tout cas, il est accordé, annonça Brodie en donnant une petite tape sur le piano avant de le refermer. Et il était grand temps.

– Je vous en suis très reconnaissant, dit Kilbarron d'un ton détaché, apparemment concentré sur autre chose. Envoyez la facture à Channon *père et fils**.

9

Brodie entra dans l'atelier et accrocha son canotier à la patère de son bureau. Il se moucha pour la centième fois ce jour-là. Il faisait chaud, le soleil brillait et lui, il avait un rhume de poitrine inhabituellement tenace. Il revenait de l'entrepôt de Saint-Cloud, où il avait aidé Karl-Heinz Nagel à choisir un piano. Nagel était le troisième virtuose que Channon prenait sous contrat depuis Kilbarron, le deuxième ayant été Ernst Sauter après un revirement subit. D'autres se disaient intéressés, et le coup d'éclat Nagel allait sûrement les décider.

Petit quinquagénaire aux cheveux gris, charmant et réservé, Nagel avait semblé ravi du piano vers lequel Brodie l'avait orienté. Lui aussi avait insisté pour que Brodie l'accompagne sur ses tournées. Il avait un programme ambitieux : une ribambelle de villes en Allemagne et en Scandinavie en 1898, puis une série de concerts à Berlin pour le tournant du siècle. Brodie était resté très vague. Tous les pianistes sous contrat avec Channon voulaient que ce fût lui qui accorde leur piano, comme s'il constituait une sorte d'accessoire livré avec l'instrument, un tabouret ou un pupitre.

Il alluma une cigarette et songea que cette avalanche de travail emportait sa vie. La simple coordination de ces dizaines de concerts et récitals suffisait amplement à un seul homme, mais en plus il y avait la mise en caisse, le transport, la paperasse, la formation de nouveaux accordeurs selon ses critères exigeants... Ce ne serait pas possible, comprit-il. Et Ainsley qui l'avait augmenté de cinq livres par mois. Ce n'était pas assez. C'était même franchement...

Dimitri tapa sur le chambranle de la porte.

« Il y a quelqu'un à l'entrée qui demande à vous voir. »

Dimitri travaillait maintenant trois jours par semaine en tant que sous-directeur de Channon, lui aussi. Brodie écrasa sa cigarette et se dirigea vers le magasin.

Il y trouva Lika Blum qui examinait un Phoenix à marqueterie en écaille. Elle tenait son petit chien en laisse. Comment s'appelait-il, déjà ? Brodie sentit ses entrailles se contracter et son cœur enfler.

« Bonjour, Lika ! la salua-t-il avec un sourire niais. Quel plaisir de vous voir ! Que puis-je pour vous ?

– Brodie, y a-t-il un café ou un salon de thé dans les environs ? demanda-t-elle en s'approchant de lui avec son petit chien à la traîne. J'ai besoin de vos conseils. »

À cinquante mètres dans l'avenue de l'Alma, au croisement de la rue Pierre-Charron, se trouvait La Loge des dames légendaires, salon de thé à la décoration tout en verre : panneaux de verre fumé aux murs, plateaux de verre sur les tables en fer et, dominant la petite salle, un immense lustre en verre vénitien. L'endroit donnait ainsi une impression de fragilité, on y entrait sur la pointe des pieds en se sentant encombrant et gauche. La carte s'enorgueillissait d'une centaine de variétés de thés, tisanes et infusions.

Brodie et Lika trouvèrent une table avec vue sur la rue. Un enfant courait sur le trottoir en faisant rouler un cerceau de métal avec un bâton, produisant un bruit de frottement assez irritant. Brodie tira le voilage pour le cacher, puis se moucha.

« Pardonnez-moi, j'ai un rhume. Un thé chaud, c'est juste ce qu'il me faut. »

Ils commandèrent une infusion aux pétales de roses pour Lika, un darjeeling avec du miel pour Brodie et une assiette de pâtisseries. Lika portait un tailleur anthracite dont la jupe serrée lui descendait jusqu'aux bottines et dont la veste à parements vert bouteille s'ornait de nombreux boutons d'argent qui ajoutaient à l'austérité germanique toute militaire de l'ensemble. Dans le ruban de son chapeau de paille était plantée une plume verte assortie. Comme toujours, il la trouva d'une beauté presque insoutenable en l'écoutant parler avec animation. À l'évidence, quelque chose la préoccupait, et il était à la fois touché et ravi qu'elle fût venue lui demander conseil à lui.

Leur commande arriva. Lika mangea un minuscule éclair au chocolat de la taille de son petit doigt. S'excusant de son manque d'appétit, Brodie se contenta de siroter son thé au miel, dont la douce chaleur décongestionnante se répandit dans sa poitrine. Assis là, il se mit à éprouver un bien-être inhabituel, une perte de conscience de lui-même en tant que personne dotée de besoins, de fonctions physiologiques et d'un travail exigeant à accomplir. Il serait volontiers resté dans ce salon de thé avec Lika pour toujours.

« … parce que, voyez-vous, Brodie, je crois que vous pouvez m'aider, disait-elle.

– Pardon ? Euh, oui, tout ce que vous voudrez. »

Elle lui expliqua qu'elle allait passer une audition pour un oratorio en anglais, *The Triumph of Time and Truth* de Haendel. Elle briguait le rôle de Truth.

« Il s'agit plutôt d'une partie de mezzo-soprano, mais John estime qu'il est largement à ma portée. Et c'est vrai que je chante des rôles de mezzo tout le temps.

– Je ne crois pas connaître cette œuvre, avoua Brodie. *Le Messie*, bien sûr, *Le Festin d'Alexandre*, mais celle-là…

– Je me suis dit qu'il serait judicieux de chanter quelque chose en anglais pour l'audition.

– Excellente idée, oui.

– Et j'ai repensé à votre chanson traditionnelle écossaise.

– Ah, oui, ce pourrait être parfait. C'est très court, facile à apprendre.

– Tout juste, dit-elle avant d'ajouter en anglais : *For my English is not so good. Approximately.*

– C'est une chanson toute simple. Vous y arriverez sans difficulté.

– Vous connaissez les paroles ?

– Oui, je crois pouvoir les retrouver. Il y a trois couplets. Ma mère me la chantait tout le temps.

– Vous pourriez les écrire pour moi ?

– Bien sûr.

– Et après nous pourrions répéter ensemble jusqu'à ce que je maîtrise toutes les paroles. »

Brodie accepta les propositions l'une après l'autre. Lika fixa une date pour la répétition : jeudi après-midi.

« J'y serai.

– Et la musique ? Vous pourriez la transcrire, pour que je puisse donner une partition à l'accompagnateur ?

– Je vais m'en débrouiller. Nous verrons ça ensemble.

– Et si je pouvais les faire pleurer, Brodie, vous vous rendez compte ? Leur faire fondre le cœur. Ils seraient obligés de me donner ce rôle…

– Ah ha, très malin. J'ai compris votre plan. »

Ils continuèrent à deviser. Lika se plaignit des difficultés sans fin de son métier choisi par vocation et se demanda si elle pourrait trouver un moyen de dissimuler sa haute taille. Subjugué, Brodie se contentait d'une remarque ici ou là et la regardait argumenter avec de grands gestes face à lui. Étaient-ce les lèvres ou les yeux ? Ou bien une équation plus subtile ? L'écartement des yeux égal à la distance entre le nez et la lèvre supérieure. Ou bien le positionnement parfait des lèvres entre le nez et le menton… Comment naissait une telle fascination ? En un mois, chacun voyait, disons, un millier de visages de femme. Pourquoi l'œil, le cœur, les reins ne se laissaient-ils fasciner que par une seule ?

C'était une journée anormalement chaude, même pour un début d'été, jugea Brodie, qui regretta de ne pas avoir mis un costume plus léger. Il avait conscience de transpirer et craignait de sentir la sueur. Les rues de Paris empestaient le crottin de cheval en décomposition sous ce soleil radieux, et traverser une rue impliquait chaque fois de se frayer un chemin entre les mouches qui grouillaient par milliers. Il songea à ces chaleurs estivales dans toutes les grandes villes d'Europe avec leurs centaines de milliers de chevaux qui déféquaient dans les rues. Un océan de merde. Ce fut un soulagement d'entrer dans l'*hôtel** particulier de Kilbarron et de jouir du calme de la cour. En traversant le parterre de gravier, il vérifia pour la énième fois qu'il avait bien sa partition.

Lika lui ouvrit la porte, vision virginale de coton et de dentelle blancs : chemisier bouffant, châle en dentelle, jupe large de flanelle écrue, cheveux vaguement relevés. Pour la première fois, Brodie perçut véritablement la Russe en elle.

« Quelle chaleur ! dit-elle. J'ai préparé de la limonade. »

Ils passèrent au salon, où les portes-fenêtres ouvertes sur le jardin laissaient entendre les glouglous de la fontaine de Cupidon. Une carafe de limonade et une assiette de biscuits étaient posées sur une table ronde. Lika leur en versa un verre à chacun. Brodie demanda où était John Kilbarron.

« Il est allé à Dublin avec Malachi, une histoire de famille à propos d'une maison. Il revient la semaine prochaine. Ah oui, ils veulent tous les deux vous parler de la nouvelle tournée. Ils débordent d'idées. »

Brodie mâchonna un biscuit en réprimant un frisson d'angoisse. « Ils débordent d'idées. » Il ne savait toujours pas comment il allait faire face à John Kilbarron, et encore moins à sa brute épaisse de frère. Concentre-toi sur l'instant présent, se dit-il. Il sortit les paroles de la chanson et une partition de la ligne mélodique – assez simple pour être jouée à la main droite, mais assez riche pour qu'un pianiste digne de ce nom puisse improviser un accompagnement à la main gauche. Il tendit les paroles à Lika, qui les articula avec son fort accent russe. Brodie trouva sa lecture à la fois étrange et enchanteresse : la culture populaire de son pays d'origine transmise à travers le prisme d'une autre.

My Bonny Boy (chant traditionnel)
Arrangement : Brodie Moncur

My bonny boy has gone tae sleep
He dreams of worlds he cannae know,
I watch him and I want tae weep –
He has a journey far to go.

My bonny lad has gone tae sleep
Our bairns are sleeping too.

We live our lives and try to keep
Our bearings as we journey through.

My bonny man has gone tae sleep,
His journey o'er – he's heard the call.
Birth tae death is the shortest leap,
The grave is waiting for one and all.

Il lui expliqua les mots de dialecte écossais comme *bonny*, *tae*, *cannae*, *bairns*. Ses souvenirs de sa mère lui chantant la chanson étant flous, il avait transcrit les paroles de son mieux mais sans doute en y incorporant quelques passages de son cru, comme pour la mélodie. Le changement harmonique crucial, « l'accord inattendu » selon la formule de Kilbarron, survenait entre le troisième et le quatrième vers de chaque couplet. C'était cette modulation qui avait fait pleurer Lika.

« Voulez-vous essayer ? » proposa-t-il.

Elle se posta debout à son côté, une main sur le piano, l'autre tenant les paroles et ensemble, lentement, ils déchiffrèrent l'intégralité du morceau. Elle avait la voix très douce, remarqua-t-il une nouvelle fois, pure mais sans ampleur, parfaite pour un salon mais inadaptée pour un théâtre, si petit fût-il. Il se demanda si ces imprésarios qui la disaient trop grande pour une chanteuse d'opéra ne cherchaient pas en fait à la ménager.

Au bout de trois essais, elle sembla perdre confiance.

« Peut-être n'est-ce pas une si bonne idée… Mon anglais est trop mauvais… J'entends mon accent très fort, tellement *russki*.

– Mais non, enfin. Il faut juste répéter plus. Nous pouvons nous revoir quand vous le souhaitez. »

Elle s'assit près de lui sur le large tabouret et joua la mélodie à la main droite.

« Voilà, c'est ce passage-là, dit-elle. Cette modulation. Entre le troisième et le quatrième vers.

– Qu'a dit John, déjà ? Qu'on s'attend à une sorte d'affirmation…

– La tonique.

– Et qu'on se retrouve avec un autre accord. L'accord inattendu. *Ré* bémol mineur neuvième. »

Il plaqua un accord de *ré* bémol majeur, puis le *ré* bémol mineur neuvième.

« C'est ça qui donne de la tristesse, confirma-t-elle. C'est pour ça qu'on a les larmes aux yeux.

– Et l'histoire est triste aussi, mais vraie. Tristement vraie.

– La vie est triste, murmura-t-elle d'un ton pensif. Et compliquée. »

Il percevait de la chaleur sur sa gauche, où elle était assise à quelques centimètres de lui, comme si une force électrique ou magnétique émanait d'elle, similaire à ces rayons X dont il avait découvert l'existence dans le journal. Jamais il n'avait été si près d'elle si longtemps, hormis lors de cette promenade au bord du lac de Genève, quand elle lui avait pris le bras et qu'il avait senti la tiédeur de sa paume dans le creux de son coude.

« Enlevez vos lunettes, Brodie.

– Pardon ? Pourquoi ?

– Je veux voir votre visage sans vos lunettes. »

Il s'exécuta, la gorge nouée. Il avala sa salive.

« Vous êtes totalement floue.

– Fermez les yeux. »

Il lui obéit. Et il la sentit alors coller son visage au sien avec la douceur d'une caresse sur une joue – un geste plein de délicatesse, mais très calculé. Une union de deux visages. Elle avait le nez à gauche du sien, ses cils battaient contre les siens, son menton touchait le sien, ses lèvres frôlaient les siennes.

Il se figea et arrêta de respirer. Un simple contact, mais une proximité absolue. Et tout était possible, implicitement, dans cette proximité absolue. Ce moment tactile qui se déroulait semblait interminable, sublime.

Combien de temps restèrent-ils ainsi, visage contre visage, bouche contre bouche ? se demanda-t-il par la suite. Dix secondes ? Vingt ? Il l'entendait inspirer et expirer, calmement, posément, et bien sûr la douceur de ses lèvres charnues exerçait une petite pression constante sur les siennes. Puis elle avança légèrement les lèvres en les serrant, et il fit de même. La pression augmenta. Il prit une profonde inspiration. Puis il sentit le bout de la langue de Lika sur ses lèvres. Il ouvrit la bouche, et le baiser naquit et s'accomplit. Lika passa les bras autour de son cou, il glissa son bras libre autour de sa taille pour l'attirer à lui.

Puis ils s'écartèrent et il remit ses lunettes. Elle était de nouveau nette, souriante, adorable, les lèvres brillantes.

« Vous avez aimé ? demanda-t-elle.

– Oui, beaucoup.

– C'est mon invention. Je l'appelle le baiser Lika.

– Eh bien, c'est une invention fichtrement formidable, je dirais. Oui.

– Voulez-vous monter à l'étage ? » proposa-t-elle en se levant et en lui prenant la main.

Après trois heures passées au lit avec Lika Blum, Brodie décida de rentrer à pied. Le crépuscule pointait alors qu'il remontait le boulevard Saint-Germain pour traverser la Seine par le pont de Sully. Il marchait comme un automate, un léger sourire aux lèvres, abasourdi, extatique, stupéfait de ce qui s'était passé. Il s'arrêta au milieu du pont pour s'obliger à rassembler ses pensées, regardant vers l'aval en direction de Notre-Dame, puis vers l'amont en direction du pont d'Austerlitz et du Jardin des Plantes.

Mais il ne voyait rien de Paris, il ne voyait que Lika. Ses épais cheveux frisés dénoués et libres, ses petits seins lourds aux tétons roses presque invisibles, son long corps délié ondulant sous le sien, la façon dont elle avait attrapé ses genoux pour les rapprocher de sa poitrine et lui permettre de la pénétrer plus profondément, la façon dont elle s'était levée du lit et avait traversé la pièce pour aller chercher son étui à cigarettes et son briquet dans sa veste par terre et était restée là, debout, nue, déhanchée, à actionner le briquet récalcitrant, clic, clic, clic jusqu'à ce qu'il s'allume.

Ensuite, elle était descendue leur chercher une bouteille de vin, et ils avaient bu, fumé et discuté jusqu'à ce que l'excitation revienne. Lika lui avait mordu l'épaule assez fort quand il avait joui. Puis ils étaient restés allongés à regarder le soleil de l'après-midi s'insinuer entre les rideaux et faire grimper sur le mur près d'eux son faisceau d'or rectangulaire dans le sens des aiguilles d'une montre. Il n'avait posé aucune question. Où étaient les domestiques ? Avait-elle tout prémédité ? Depuis combien de temps savait-elle que Kilbarron serait en déplacement ? Garde en toi ces précieux moments, se disait-il, debout sur le pont alors que se densifiait le crépuscule au-dessus de la Seine. Enferme-les dans le coffre à trésors de ta mémoire, car il est fort possible qu'ils ne se reproduisent jamais.

10

« Voyez les choses ainsi, dit Brodie à Malachi Kilbarron du ton le plus convaincant possible. Vous êtes victime de votre propre succès. »

Ils étaient assis dans le bureau de Thibault Dieulafoy, le comptable de la firme, parti à Vichy rendre visite à sa vieille mère. Brodie occupait le siège de Dieulafoy derrière une surface de travail impeccablement rangée : trois coupe-papiers parallèles au bord de la table, un sous-main en cuir au buvard d'un blanc immaculé, des crayons à mine d'acier alignés comme des soldats à la parade, un encrier de verre, vide et luisant. Brodie n'osait toucher à quoi que ce fût.

Malachi digéra la dernière affirmation de Brodie et fronça les sourcils. Puis il se leva et se dirigea vers les trois meubles de classement contre le mur et en testa les tiroirs du haut de façon machinale. Tous fermés à clef.

« Voilà le problème, finit-il par dire de sa voix éraillée. Le problème, mon petit Brodie, c'est que je ne veux pas être victime de mon succès, je veux en être le bénéficiaire, sinon, quel intérêt ? Ainsi va le monde : on a du succès et on en tire profit.

– Non, le problème est que vous avez maintenant trop de succès pour nous, persista Brodie, qui se sentait flancher. Vous êtes au-dessus de nos moyens.

– Mais vous aussi, vous avez du succès. Vous en avez autant que nous. Vous avez vendu des centaines de pianos depuis le début de la tournée en février. Deux cent vingt-trois pianos à queue, pour être précis.

– Comment le savez-vous ?

– Il se trouve que je le sais, monsieur Moncur. Ce qui importe, c'est que nous souhaitons continuer cette… cette histoire à succès. Une nouvelle tournée, quarante concerts dans dix villes. Nous en sortirons tous gagnants, ne le comprenez-vous donc pas ?

– Il y a un autre problème, qui est une conséquence directe de votre succès. Nous avons signé avec trois autres pianistes. Ils jouent tous sur des Channon et ils ont tous de longues tournées prévues, mais sans vos exigences financières.

– Donc vous êtes en train de me dire que nous, les Kilbarron, les instigateurs de cet arrangement lucratif, devrions être pénalisés pour avoir fait gagner tout cet argent à Channon ?

– Une seule firme ne peut à elle seule supporter ce lourd fardeau.

– Je pourrais vous traîner en justice. »

Brodie ferma les yeux un instant. Cette rencontre se déroulait aussi mal qu'il l'avait redouté. Il sentait croître l'animosité de Malachi.

« Monsieur Kilbarron, nous parlons affaires. Nous avons un contrat. Je vous suggère de le lire attentivement. Il comporte une clause stipulant que tout est renouvelable, ou pas, au bout de six mois. Nous sommes dans notre bon droit. Une action en justice serait infondée, coûteuse et, au bout du compte, négative pour votre frère et vous. »

Malachi se rassit en face de lui et, sans y penser, attrapa l'un des coupe-papiers de M. Dieulafoy pour le tripoter entre ses doigts le temps de réfléchir. Il serait bien capable de me poignarder avec, songea Brodie.

« Nous vous prolongerons volontiers votre contrat pour six mois selon les termes initiaux. C'est le mieux que je puisse faire, déclara Brodie.

– C'est inacceptable.

– Eh bien, dans ce cas…

– Qu'êtes-vous en train de me dire ? demanda froidement Malachi.

– Si vous refusez, notre contrat prend fin. Vous avez été payé de la totalité. Et bien payé. Vous pouvez garder le piano. Gratuitement.

– Vous n'êtes qu'un sale enfoiré de bâtard écossais, fils de pute !

– Ceci n'est pas nécessaire, monsieur Kilbarron.

– Après tout ce que nous avons fait pour vous !

– C'était un accord commercial, pas une faveur.

– Vous avez voyagé avec nous, Moncur. Pendant des semaines, des mois. Nous formions une équipe. Nous comptions sur vous. Vous avez lu les critiques, vous avez vu la ferveur. Nous avons rendu Channon célèbre dans l'Europe entière.

– Vous comprendrez je l'espère que ceci n'est pas ma décision personnelle. »

Brodie fut soudain pris d'une forte envie de déféquer. Cette conversation prenait un tour inextricable.

« Vous allez le regretter, dit Malachi en reposant le coupe-papier. Vous et vos enfoirés d'usuriers écossais.

– Renouvelez l'ancien contrat, monsieur Kilbarron, plaida Brodie. Vous aurez six mois de plus. C'est une offre très généreuse, avec beaucoup d'argent à la clef.

– Plutôt crever en enfer, oui ! »

Et il cracha sur Brodie. Un glaviot heurta le revers gauche de sa veste où il se posa comme une cocarde. Et Malachi Kilbarron sortit.

Brodie arracha un morceau du buvard immaculé de M. Dieulafoy et essuya le cadeau d'adieu de Malachi. Il se sentait humilié, secoué, au bord des larmes.

La porte annexe du bureau s'ouvrit et Calder Channon apparut.

« Comment s'est passée la rencontre ? Il a quitté les lieux ou pas encore ? »

Assis dans la petite guérite vitrée qui lui tenait lieu de bureau dans l'atelier, lumière électrique éteinte, heureux de se retrouver dans la pénombre, Brodie fumait une Margarita pour se calmer. Il venait de passer la demi-heure la plus pénible de sa vie, et il sentait la colère monter en lui. Pourquoi n'était-ce pas Calder qui avait affronté Malachi Kilbarron ? Après tout, c'était lui, le directeur, et c'était son père à lui qui avait signé ce contrat, pas Brodie Moncur, le bouc émissaire de la firme.

D'autres préoccupations encombraient ses pensées, mais d'ordre personnel, celles-là. La rupture sanglante avec les frères Kilbarron rendrait peut-être impossible toute future rencontre avec Lika. Il ne l'avait pas revue depuis cet après-midi inoubliable… Il laissa tomber de la cendre dans le cendrier. Peut-être devrait-il lui écrire. Il fit l'effort mental de se remémorer son visage, de se remémorer les détails intimes de cet après-midi, de se remémorer tout ce qu'ils avaient dit et fait, de se remémorer son corps nu. Oui, il allait lui écrire pour lui expliquer la situation et lui dire qu'elle n'était pas de son fait. Il tira sur sa cigarette et fut pris d'une violente quinte de toux. Ce rhume n'en finissait plus. Il attrapa son porte-plume.

Par la suite, il assimila le moment où il avait senti sa gorge, puis sa bouche, s'emplir de fluides à une sorte de noyade. Il ouvrit les lèvres et sentit une giclée de vomi en sortir. Sauf que ce n'était pas du vomi, c'était du sang, foncé, qui macula son bureau et les livres alignés contre le mur d'en face comme une digue face à cette déferlante de sang. Une digue contre le sang…

Il se leva et fut pris de vertige. Le sang dégouttait de son menton par terre. Il en vit une flaque s'étaler sur son bureau et tomber du bord en éclaboussant. Il chancela et s'affala au sol, sentant monter une deuxième vague qui sortit en cascade de sa bouche, arrosant cette fois le parquet et le tapis posé dessus. Un flot énorme, incontrôlable. Il était à présent à quatre pattes, il crachait, la bouche infestée par le goût métallique et salé de son sang. Calme-toi, se dit-il. Une sorte de vomissement brutal, un ulcère, quelque chose qu'il avait mangé et qui l'empoisonnait, lui nécrosait les intestins. Il cracha de nouveau.

Nom de Dieu ! Bon sang… Il sentit que la crise était passée. Il se releva à grand-peine en prenant appui sur le dossier de son siège. Tant de sang ! Il respirait vite, comme un homme qui vient de courir un kilomètre. Il dégoulinait de sueur, il avait le visage humide, les aisselles trempées. Bon Dieu, qu'est-ce qui lui arrivait ? Il alla prendre un panier d'osier où ils stockaient des chutes de coton et jeta tout le tissu par terre et sur son bureau pour essayer d'éponger l'atroce rougeur luisante qui coagulait. Il avait le vertige, il était terrifié. Et si ça recommençait ? Il fallait qu'il consulte un médecin, qu'il prenne un ou deux jours de congé. Il était surmené, comme un chien, comme un esclave, sans compter la terrible tension liée à l'annulation du contrat Kilbarron. C'était injuste.

11

Le docteur Maisonfort, petit homme chauve affublé d'un pince-nez, fronça les sourcils en consultant les quelques pages de notes que renfermait le dossier de Brodie.

« Je suis désolé de devoir vous l'annoncer, mais c'est confirmé, vous avez la tuberculose. »

Assis en pyjama et robe de chambre face au médecin, Brodie sentit son corps se rabougrir comme s'il était soudain devenu un homme diminué.

« Vais-je mourir ?

– Nous allons tous mourir, monsieur Moncur, rétorqua le médecin avec un rire détaché. Nous ignorons juste où, quand et comment. Au passage, votre français est excellent et votre accent charmant.

– Merci. Je reformule ma question : vais-je mourir bientôt ?

– Non, absolument pas. Non, non, non. Nous disposons de nombreux traitements. »

Brodie eut l'impression de recouvrer sa taille normale. Son sphincter se détendit et il lâcha un vent silencieux.

« Ce fut un choc terrible, raconta-t-il. Tellement de sang ! On aurait dit une fontaine.

– Oui, nous appelons ce phénomène une hémoptysie. Cela peut être très spectaculaire. »

Le docteur Maisonfort lui fournit de plus amples explications, même si Brodie craignait parfois qu'il ne fût pas totalement certain de son propre diagnostic.

« Vous avez un ou plusieurs tubercules dans vos poumons. Imaginez un petit abcès qui grandit lentement et se remplit de cellules nécrotiques.

– Mais encore ?

– Des cellules mortes. Caséeuses est le terme exact. Petit à petit, elles…

– Caséeuses ?

– Similaires à du fromage, pour ainsi dire. Le tissu nécrosé ressemble à un genre de fromage blanc granuleux. La caséation atteint l'artère, la "consume", l'érode. D'où l'hémorragie dont vous avez été victime.

– J'ai un tubercule, alors ?

– Il est fort possible que vous en ayez plus d'un.

– C'est le cas ?

– Je le pense. Bref, ils se mettent à grignoter les tissus, votre capacité pulmonaire diminue, et c'est pour cela que l'on appelle aussi cette maladie la "consomption".

– Mais pourquoi tout ce sang ?

– Le tubercule a grossi et atteint une branche de l'artère pulmonaire, ou bien une veine dans le poumon. Quand elle se fend, l'hémorragie se produit et remplit la cavité. Il faut qu'elle en sorte, qu'elle déborde, si je puis dire. Cela peut être très traumatisant. Tout dépend de la grosseur de la veine ou de la branche, de celle de l'anévrisme qui s'est formé et de la pression sanguine, évidemment. Il a été démontré qu'une soudaine augmentation de la tension peut provoquer cette rupture. »

La rencontre avec Malachi, songea Brodie. La tension, la pression.

« Quelle en est l'origine ? De la tuberculose, je veux dire.

– Il y a de nouvelles théories. Nous pensons qu'il s'agit d'une bactérie, d'un microbe qui se loge dans les poumons ou d'autres parties du corps. L'intestin, la moelle épinière, le cerveau. Je pense qu'il vaut mieux pour vous que ce soit dans les poumons. »

Moyennement rassuré, Brodie ne l'écoutait que d'une oreille. Il avait vingt-sept ans et, malgré le choc provoqué par l'hémorragie, le fait que sa question cruciale sur sa mort prochaine ait obtenu réponse (« Non, absolument pas ») mettait pour lui un terme au problème. Ce diagnostic de tuberculose était un revers, un tracas, mais avec du temps et un traitement, il redeviendrait lui-même.

Un infirmier le reconduisit à sa chambre. Il séjournait à la Maison municipale de santé de la rue du Faubourg-Saint-Denis dans le troisième arrondissement. Sa crise remontait à dix jours. C'est Dimitri qui l'avait trouvé inconscient par terre dans son bureau aspergé de sang, d'où il avait été transporté en fiacre à l'hôpital. Pendant quelques jours, il s'était senti fiévreux, incroyablement faible, et on lui avait strictement ordonné de ne pas quitter son lit, bassins et pots de chambre fournis pour qu'il n'ait pas à bouger. Son régime se composait essentiellement de laitages : bouillie ou riz cuits dans du lait, poisson pochés dans du lait, entremets au lait, gelées au lait, blanc-manger. Il commençait à mourir d'envie de viande rouge, ce qu'il considérait comme un bon signe.

Il avait eu de nombreux visiteurs, dont tous ses pianistes du magasin (Dimitri venait chaque jour), et même Calder était passé pendant dix minutes en insistant lourdement sur le fait qu'ils avaient dû recourir à un service de nettoyage spécialisé pour éliminer les taches de sang du parquet de son bureau. Entre deux visites, Brodie restait allongé à lire les journaux. Il suivit les rebondissements hargneux de l'affaire Dreyfus, les festivités organisées pour célébrer le jubilée de diamant de la reine Victoria, les tribulations économiques qui attendaient le président McKinley et les réactions à un nouveau roman scandaleux qui s'intitulait *Dracula*. Il dormait beaucoup, mangeait ses trois repas lactés quotidiens et écrivait des lettres. Au bout d'une semaine, les visites s'espacèrent, même si Benoît, le factotum, passait chaque jour s'enquérir de ses besoins. Dimitri gérait sans lui toutes les questions liées aux tournées imminentes. Et à mesure que Brodie commença à se sentir mieux, plus fort, il se remit à penser à Lika.

Il confia à Benoît un message l'informant qu'il était à l'hôpital, assorti d'instructions précises : Benoît devait attendre devant l'*hôtel** particulier du boulevard Saint-Germain et remettre la missive à Lika en main propre et uniquement si elle était seule. Brodie lui fit répéter plusieurs fois ces consignes. Benoît protesta qu'il n'était pas stupide, monsieur, mais Brodie tenait à réduire au minimum le risque d'interception. Le lendemain, Benoît lui confirma la bonne réception de la lettre, et le fait que la demoiselle était absolument seule, hormis son petit chien. Brodie se détendit quelque peu. Au moins Lika savait-elle à présent où il se trouvait et ce qui s'était passé. Il se mit à rêver qu'elle vienne à son chevet. Peut-être passerait-elle la main sous le drap et…

Il n'en fut que plus choqué lorsque, trois jours après la remise de la lettre par Benoît, John Kilbarron se présenta impromptu à sa porte et entra d'un pas ample. Lika le suivit un instant plus tard, faisant des mimiques inquiètes et des gestes incompréhensibles derrière le dos de Kilbarron.

Des chaises pliantes en bois furent installées près du lit. Brodie reboutonna le col de son pyjama.

« Alors, que vous arrive-t-il donc ? lança gaiement Kilbarron.

– Les médecins pensent à un ulcère, une sorte de perforation, mentit Brodie car, sans trop savoir pourquoi, il préférait ne pas révéler à Kilbarron le véritable diagnostic – il en parlerait à Lika le moment venu.

– Vous avez craché du sang ?

– Oui, beaucoup de sang, c'était très éprouvant. »

Il jeta un coup d'œil à Lika parce qu'il entendait résonner dans sa tête un genre de signal d'alarme paniqué. C'était troublant de l'avoir là dans sa chambre en même temps que Kilbarron. Il n'arrivait pas à chasser de son esprit leur dernière rencontre.

« Vous êtes au courant que nous avons congédié Channon ? annonça Kilbarron. Nous ne voulons plus rien avoir à faire avec votre entreprise minable.

– Je l'ignorais. Je suis désolé de l'apprendre. Je trouvais que nous avions une très bonne…

– Nous sommes en train de négocier avec Pate et Bösendorfer pour la prochaine tournée.

– Comme je l'ai dit à votre frère…

– Il vous envoie ses meilleurs vœux de rétablissement, dit Kilbarron avant de se pencher en avant comme pour lui faire une confidence. Nous n'avons rien contre vous, jeune Brodie. Vous avez toujours été correct et honnête.

– Merci.

– Et il se pourrait que je fasse appel à vous, à titre personnel, pour des questions liées au piano. Vous pourriez m'accorder un Pate ou un Bösendorfer comme vous l'aviez fait pour le Channon ?

– Bien sûr. N'importe quel piano au monde.

– C'est un don si rare. Vous avez bien de la chance. A-t-on le droit de fumer, ici ?

– Oui. Prenez donc une des miennes. »

Kilbarron sortit l'étui de Brodie du tiroir de la table de chevet et en alluma une. Pendant ce temps, Brodie et Lika se regardaient en s'envoyant des messages muets. Lika fit une petite moue, lui envoya un baiser et Brodie se sentit défaillir.

« Vous connaissez tous mes petits faibles, voyez-vous, poursuivit Kilbarron en soufflant la fumée. Et ils resteront strictement entre nous, jeune Brodie, secret total, compris ? Nul besoin d'en informer ces enfoirés de Channon.

– Je comprends, monsieur Kilbarron. Je ferai tout mon possible pour vous aider.

– Allez, dépêchez-vous de vous remettre sur pied, lui ordonna Kilbarron en lui tapant sur l'épaule.

– Heureuse de vous voir sur le chemin du rétablissement, monsieur Moncur, lui dit Lika en se levant pour lui serrer la main.

– Merci, mademoiselle Blum. »

Il glissa sous son drap le bout de papier qu'elle lui avait fait passer. Elle sortit derrière Kilbarron et, au moment de quitter la pièce, se retourna pour faire un sourire à Brodie. Conspirateurs une fois de plus.

Mon cher Brodie,

Je pense à toi en permanence, mais si tu souhaites me contacter, sois très prudent. Écris-moi à la poste restante de Paris 6e, et surtout ne m'envoie pas d'autres messages à l'appartement du boulevard Saint-Germain. Nous nous retrouverons bientôt.

Avec toute mon affection,

Lika Blum

Brodie retomba sur ses oreillers, les yeux emplis de larmes. Des larmes de gratitude, se dit-il. Il était amoureux, et cet amour était réciproque. Peut-être était-ce suffisant ? Peut-être ne pouvait-on demander plus dans une vie. Le simple fait de savoir que Lika était de ce monde et qu'elle pensait tendrement à lui et souhaitait le revoir… Il replia soigneusement le message et le glissa entre les pages des *Poèmes et ballades* d'Algernon Swinburne, un cadeau de lady Dalcastle.

Le docteur Maisonfort l'observait à travers son pince-nez. Brodie était debout, vêtu de son costume, d'une chemise et d'une cravate, dans son cabinet de consultation. Le médecin quitta sa chaise et fit deux fois le tour de son patient.

« Vous savez que vous avez perdu plus de quatre kilos ? Vous avez l'air très amaigri.

– Je ne me sens pas trop mal.

– Et c'est bien là le danger, monsieur. Vous ne vous sentez "pas trop mal", vous pensez pouvoir retourner à votre ancienne vie, à vos anciennes habitudes. Non, non, non. Pas avec la tuberculose. Dans votre cas, je recommande au moins six mois de convalescence. Au moins. Vous êtes jeune, vous êtes solide. Si vous étiez un homme d'une quarantaine d'années, je recommanderais un an ou plus.

– Dont acte.

– Essayer de retrouver votre vie normale maintenant, après une telle hémorragie, serait très, très dangereux. Un vrai suicide.

– Peut-être une ou deux heures par jour, je veux dire à mon ancien travail, jusqu'à ce que je recouvre mes forces.

– Ce serait catastrophique, martela le docteur Maisonfort en s'asseyant pour écrire quelque chose sur une feuille de papier. J'ai parlé à vos employeurs et ils comprennent parfaitement.

– Vraiment ?

– Ils vous accordent un congé. Sans solde, bien sûr.

– Bien sûr. »

Il tendit à Brodie la feuille de papier, sur laquelle il avait écrit une adresse à Nice.

« J'y envoie tous mes phtisiques. C'est un établissement formidable, une pension médicalisée. La nourriture est correcte, il y a une surveillance infirmière et je reçois un rapport hebdomadaire sur votre état. Prenez-le comme un congé forcé, des vacances obligatoires, conseilla-t-il avec un sourire en ôtant son pince-nez. Vous mangez, vous vous reposez, vous ne faites rien. Il fait chaud, vous avez la Méditerranée à vos pieds. D'ici environ six mois, je vous assure que vous aurez le sentiment d'avoir mis cet épisode traumatisant derrière vous.

– J'imagine que la pension n'est pas gratuite.

– Votre employeur a proposé de contribuer à la moitié des dépenses. Avez-vous les moyens de couvrir ce qui reste ?

– Je crois, oui.

– Alors, bon voyage ! Vous connaissez Nice ?

– Seulement de réputation.

– C'est une ville charmante. La saison va bientôt démarrer, mais ce sera calme, beaucoup d'invalides et d'Anglais. Revenez me voir au printemps. »

Calder Channon avait l'air encore plus bougon que d'habitude, songea Brodie, sagement assis face à lui dans son bureau. Calder s'escrimait à allumer sa petite pipe. Il finit par y arriver, recula sur son siège et souffla une épaisse fumée par les narines sur sa moustache épaisse, où elle sembla momentanément piégée avant de s'en extirper pour être emportée par une puissante expiration. Brodie trouva le tout plutôt répugnant. Fumer la pipe, très peu pour lui.

« Ce n'était pas mon idée, je me dois de vous le dire, annonça Calder.

– Je m'en doutais.

– C'était l'idée de mon père. Pour une raison qui m'échappe, il semble avoir un faible pour vous.

– Eh bien, quelle qu'en soit la raison, je lui en suis reconnaissant.

– Nous ne vous verserons aucun salaire jusqu'à votre retour.

– Bien sûr. Cela paraît tout à fait raisonnable. »

Brodie ne se départit pas de son léger sourire tout en maudissant en son for intérieur, aussi grossièrement qu'il le pouvait, le manque de charité humaine dont faisait preuve Calder Channon. Saleté de gros porc répugnant de merde d'enflure à la tronche d'enfoiré de salopard.

« Je vous suis reconnaissant pour tout, répéta Brodie avec son demi-sourire accroché. Heureusement, j'ai quelques économies.

– Vous nous avez laissés dans une position délicate. La tournée de Sauter commence dans une semaine et celle de Julius dans un mois.

– Dimitri gère tout cela, il en est plus que capable. Et nous avons maintenant six accordeurs. En cas d'urgence, vous pouvez toujours m'envoyer une lettre ou un télégramme. Je ne pars pas à l'étranger, après tout, je ne suis pas à Tombouctou.

– Inutile d'adopter ce ton cynique.

– J'utilise le même ton que vous. Je n'adopte rien. »

Calder ne trouva pas de repartie. Il posa sa pipe dans le grand cendrier de verre sur son bureau et réfléchit quelques instants.

« Avez-vous revu les Kilbarron ?

– John Kilbarron m'a rendu visite à l'hôpital. Il est resté environ cinq minutes.

– J'ai eu un rendez-vous particulièrement désagréable avec Malachi Kilbarron. J'ai même cru que j'allais devoir appeler la police, à un moment.

– C'est un homme violent, me semble-t-il.

– Il a insisté pour que nous donnions deux cents guinées par concert à son frère. Je lui ai dit d'aller se faire voir.

– Apparemment, ils ont conclu un autre accord avec Pate.

– Grand bien leur fasse, à tous autant qu'ils sont. De toute façon, nous n'avons plus besoin de John Kilbarron. Qu'il crève. »

12

Pension Deladier
73, rue Dante
Nice, Alpes-Maritimes
France

19 février 1898

Chère lady Dalcastle,

Ayant passé ici quelques mois déjà, je trouve que je fais un Niçois acceptable tant j'ai appris à connaître mon environnement. Hier, je suis allé à un marché aux cochons* *dans un village au nord de la ville histoire de changer d'air – la mer et son horizon perdent de leur charme au fil des semaines.*

Je n'aurais pu rêver plus grand contraste. Sur la petite place jonchée de foin, les cochons se roulaient par terre en grognant tandis que les acheteurs potentiels déambulaient en costume noir. Un cochon est beaucoup plus gros qu'on ne le croit, et il y en avait plus de deux cents rassemblés, tout propres et roses, sans la moindre tache de boue. La plupart des paysans et paysannes venus vendre leurs cochons allaient pieds nus, certains portaient de lourds sabots de bois. Ils parlaient un patois incompréhensible que la très bonne maîtrise du français que j'ai acquise ne me permettait nullement de pénétrer. J'ai eu l'impression d'avoir voyagé dans le temps pour revenir au milieu du siècle, sinon avant. Bref, après cette aventure, j'étais bien content de reprendre la diligence pour Nice, une agréable petite ville de presque cent mille âmes dotée de tous les équipements modernes. De beaux hôtels et casinos, des musées, des thermes, des tramways et une population cosmopolite très chic pendant la saison, quand la promenade des Anglais, qui longe la baie des Anges, est envahie de touristes des plus riches et élégants. À l'inverse, les mois d'été, la ville est désertée. L'unique point décevant est l'étendue de « plage » qui se résume à quelques mètres de gros galets où l'on cherche en vain un grain de sable.

Je mène une vie tranquille quoique distrayante. J'ai noué quelques relations parmi mes compagnons de pension*. *Tous, hommes et femmes, nous souffrons d'une maladie quelconque, ce qui est parfois déprimant puisque toutes les conversations finissent par virer à une comparaison de nos symptômes. Je quitte la* pension* *après le petit déjeuner pour aller sur la promenade des Anglais lire mon journal, contempler la Méditerranée et regarder passer le monde jusqu'à l'heure du déjeuner. L'après-midi, sieste, puis je sors encore faire un tour en attendant le dîner, promptement servi à 18 heures. Un moment de lecture dans le salon confortable et bien éclairé de la* pension*, *et c'est l'heure d'aller se coucher sans tarder. J'ai l'impression d'avoir passé des années à dormir, mais ce programme fonctionne : je me sens réellement mieux, j'ai recouvré des forces et repris presque tout le poids que j'avais perdu. Si tout va bien, je rentrerai à Paris retrouver ma vie d'avant d'ici environ un mois. Mais seul le docteur Maisonfort peut m'autoriser à partir, car nous vivons ici dans une sorte d'emprisonnement bienveillant. Je vous écrirai de Paris quand j'y serai revenu.*

Avec mes sincères salutations et toute mon affection,

Brodie Moncur

De fait, Brodie appréciait en tout point la pension Deladier : emplacement, nourriture, service, chambre spacieuse. Les autres clients gardaient leurs distances (tous étaient en convalescence), sauf un Anglais. En règle générale, l'établissement était occupé par des patients français (surtout des phtisiques), mais M. Deladier s'était mis à faire paraître des annonces dans des journaux anglais tels l'*Illustrated London News*, l'*Athenaeum* ou *Bart's Weekly*, afin d'exploiter l'amour des Anglais pour Nice et la Côte d'Azur. Comme pour tourmenter Brodie, cette publicité avait attiré un certain Cuthbert Leache qui, inévitablement, gravita vers le seul autre anglophone de la clientèle. Quadragénaire, ancien géomètre dans les Royal Engineers, tuberculeux lui aussi, Leache semblait vivre du loyer de diverses propriétés familiales à Londres, à Birmingham et en Cornouailles. « Ce n'est pas un métier, insistait-il. Je me contente de gérer des propriétés que j'ai héritées. Ai-je le choix ? » Leache n'avait pas l'air souffrant. Il avait un visage carré avec un gros nez et un cou épais de taureau, d'abondants cheveux frisés grisonnants partagés par une raie au milieu qu'il passait son temps à palper du bout des doigts comme s'il portait une moumoute dont il craignait qu'elle eût glissé. Son autre manie était d'épeler son nom quand il se présentait. « Enchanté, je suis Cuthbert Leache, L, E, A, C, H, E. Ravi de faire votre connaissance. » On eût dit qu'il voulait au plus vite distinguer la famille Leache de son homophone anglais *leech*, qui signifie sangsue.

Brodie s'évertuait à l'esquiver mais, les semaines passant, les contacts se firent inévitables. Quand il se trouvait au salon à lire tranquillement le dernier numéro de *Hearth and Home* ou du *Savoy*, il entendait un toussotement poli et découvrait Leache qui lui demandait alors : « Puis-je me joindre à vous, très cher ? »

Les anecdotes de Leache prenaient généralement la forme suivante.

« Êtes-vous jamais allé à Manchester, Moncur ?

– Non.

– J'y vais régulièrement. Et je descends toujours au même hôtel. Le directeur est un type fascinant. Jack. Non, James. Non, Jimmie, qu'il s'appelle. Ou bien est-ce Johnnie ? Bref, appellons-le James. Donc, ce James est un vrai boute-en-train, et il m'a raconté une histoire sur la fois où il était allé à Stoke-on-Trent. Non, pas à Stoke-on-Trent, je crois que c'était Macclesfield. J'oublie où exactement, mais quoi qu'il en soit, il y va pour affaires et avant son voyage de retour à Manchester, il décide de s'acheter un… comment ça s'appelle, déjà ? Ah, ça me revient, c'était à Stockport, c'est ça. Il veut s'acheter quelque chose à manger. Ce n'est pas un sandwich, ce n'est pas une tourte. C'est dans de la pâte, oui, mais replié, en forme de croissant. Comment ça s'appelle, enfin ? Ça porte un nom local… Un *pastie* ? Non, ça c'est en Cornouailles. Ah, comme c'est beau, la Cornouailles ! Bref, il s'achète un casse-croûte pour le voyage. Il décide de prendre le train. Mais en regardant les horaires, il voit que cela lui reviendrait moins cher de changer à… Comment s'appelle cet endroit entre Manchester et Stockport, déjà ? Où ils font ces poteries, là… Doncaster ? Non. Derby. C'est Derby ? Bref, ça multipliait par deux son temps de trajet, mais ça divisait le prix par deux. Vous vous rendez compte ? Incroyable, non ? Quel type amusant, ce James ! Ah ça oui, très agréable à fréquenter, il avait toujours plein d'histoires comme ça à raconter. Vous l'aimeriez bien, Moncur. »

En conséquence, Brodie se mit à éviter le salon après le petit déjeuner et le déjeuner. Il graissa la patte des employés pour qu'ils le préviennent si M. Leache était dans les parages, auquel cas il se réfugiait dans sa chambre. Le matin, il emportait son livre ou son journal à la promenade des Anglais et se trouvait un banc face à la Méditerranée, où il s'asseyait pour lire en paix, levant les yeux à l'occasion pour regarder passer les foules. Nice était particulièrement animée pendant les mois d'hiver de la « saison », d'octobre à mars, et il y avait toujours des choses intéressantes à voir sur la promenade : des hommes vieux avec des femmes jeunes, des femmes vieilles avec des hommes jeunes, d'antiques créatures à peine vivantes en fauteuil roulant poussées par des serviteurs exotiques portant turban, tarbouche ou fez, des marins de plaisance déambulant avec leur casquette et leur blazer en quête de distractions charnelles, des dames peinturlurées en quête de marins de plaisance. La vie dans toute son étrange diversité passait ici sur la promenade, songeait Brodie, heureux d'avoir échappé à Cuthbert Leache.

Au bout d'une semaine environ, Brodie repéra un autre homme concentré sur son journal ou sa revue le matin, généralement assis sur un banc à quelques mètres du sien. Brodie trouvait fort étrange, étant donné les centaines de bancs disponibles sur la promenade des Anglais, que chacun cherche toujours à retrouver « son » banc. Les rares fois où « son » banc avait été occupé par d'autres, il s'était presque senti offensé.

La régularité coutumière de leurs quasi-rencontres au fil de ces nombreux matins de tranquillité – le soleil qui brillait juste assez pour ne pas être trop chaud, le mouvement des galets sur la plage étroite au gré des vaguelettes – fit qu'ils en vinrent à se saluer d'un sourire, d'un signe de tête, d'un doigt pointé sur le chapeau, d'une inclinaison du buste presque imperceptible qui signifiait oui, nous sommes encore là tous les deux, mais nous éprouvons un tel respect de la vie privée que cela n'ira pas plus loin que cette petite salutation. Brodie comprenait et appréciait cette règle tacite, et l'inconnu de même. Si seulement cet insupportable balourd de Leache avait eu une once de cette discrétion…

Un beau jour du mois de mars, l'homme posa son journal sur son banc, puis son chapeau sur son journal et descendit précipitamment les marches bétonnées qui menaient à la plage. Sans arriver à voir de quoi il retournait, Brodie supposa qu'il avait repéré une connaissance et était allé la saluer.

Soudain, une bourrasque fit rouler le chapeau du banc et le journal s'envola. Brodie courut le récupérer avant qu'il ne soit éparpillé aux quatre vents, en rassembla les pages et les replia en une liasse. C'était un journal russe, remarqua-t-il. Il ramassa aussi le chapeau, un feutre gris perle qui commençait à rouler le long de la promenade, et s'apprêtait à les replacer discrètement sur le banc lorsque l'homme revint de la plage.

« Veuillez m'excuser, mais le vent avait emporté votre chapeau et votre journal, dit Brodie en français. J'ai réussi à les rattraper à temps.

– Merci beaucoup. »

L'homme parlait français avec un accent russe beaucoup plus marqué que celui de Lika. Âgé d'une bonne trentaine ou d'une petite quarantaine d'années, assez grand, maigre, la barbe taillée en pointe, il était fort bien mis avec un costume sombre à veston long et une chemise à col dur. Ayant récupéré chapeau et journal, il proposa à Brodie de lui offrir un café en guise de remerciement pour ce sauvetage.

Ils traversèrent la promenade et se dirigèrent vers l'hôtel West-End, dont la façade s'agrémentait d'une vaste terrasse vitrée. Ils trouvèrent une table et commandèrent des cafés au lait. Brodie se présenta. Le Russe en fit autant, sauf que Brodie ne réussit pas à comprendre son nom précis tant son accent russe était prononcé, sans compter qu'il devait avoir inclus son patronyme pour produire un tel déluge de syllabes embrouillées. Brodie crut entendre « Archibald », mais à l'évidence cet homme ne s'appelait pas Archibald.

On leur servit leurs cafés et ils ajoutèrent lait et sucre.

« Êtes-vous ici en vacances ? demanda le Russe dans son français emprunté.

– Je suis en convalescence. Mon médecin a exigé que je prenne six mois de repos dans un endroit chaud.

– Je suis pareil. Puis-je savoir votre problème ?

– Tuberculose.

– J'ai le même, dit le Russe avec un sourire triste. Puis-je demander votre âge, monsieur ?

– Vingt-sept ans.

– Combien d'hémorragies ?

– Juste une, mais violente.

– J'ai eu ma première à l'âge de vingt-trois ans. Et j'en ai trente-huit aujourd'hui. Donc vous voyez, vous avez la longue vie devant vous. Puis-je demander votre profession ?

– Je suis accordeur de pianos, répondit-il avant de se fendre d'une explication car le Russe ne connaissait pas le mot *accordeur**.

– Fascinant ! Vous ne devez pas manquer d'anecdotes à raconter.

– C'est vrai, oui. Et vous, monsieur ?

– Je suis médecin. Je suis médecin et malade. Où êtes-vous descendu ?

– À la pension Deladier.

– J'en ai entendu beaucoup de bien. Moi, je suis à la Pension russe, évidemment. C'est plein de Russes. De Russes malades. De Russes ennuyeux. »

Ils discutèrent de leur maladie commune, et le médecin évoqua un traitement typiquement russe, un régime exclusif de *koumi*, du lait de jument fermenté. Il en avait goûté une fois et avait entendu parler de ses effets.

« On dirait du lait, mais avec un goût assez étrange. Le bon côté, c'est qu'on grossit beaucoup, apparemment. Et bien sûr, vous vous sentez mieux parce que vous vous dites que ça marche. Vous vous dites : comment pourrais-je mourir alors que je prends autant de poids ? Nous mourrons tous un jour. Qui peut dire quand ce jour adviendra ?

– C'est exactement ce que m'a dit mon médecin à Paris.

– Ah, vous habitez à Paris ? Un Anglais à Paris ?

– Un Écossais, monsieur.

– Écossais. J'aimerais beaucoup aller en Écosse. Mais je doute d'y arriver un jour. »

Ils parlèrent de Paris, où le médecin s'était rendu une fois, ce qui donna une idée à Brodie.

« Auriez-vous la gentillesse d'écrire quelque chose en russe pour moi ? »

Le médecin sortit de sa poche un stylo à plume et un petit calepin, dont il arracha une page.

« C'est assez personnel, mais pourriez-vous mettre : "Tu me manques et je t'aime" ? »

Le docteur écrivit la traduction et lui tendit la feuille.

« J'ai une très mauvaise main, mais j'ai tracé les caractères le plus lisiblement possible. »

Brodie regarda les lettres extraordinaires : Скучаю по тебе, люблю тебя.

« Sans être un fin limier, je suppose que ceci ne s'adresse pas à votre grand-mère, remarqua le médecin.

– Non, je…, commença Brodie avant de réfléchir, puis d'opter pour la candeur. Je suis tombé amoureux d'une jeune femme russe, voyez-vous, une chanteuse d'opéra.

– Oh mon Dieu ! Les actrices ! Les actrices russes, encore pire ! Évitez-les, je vous en conjure.

– Non, monsieur, c'est différent. C'est une véritable passion.

– Mais, oui, bien sûr. J'ai toujours dit la même chose, toujours. “Cette fois-ci, c'est différent.” Je l'ai dit au moins pour les dix premières actrices que j'ai fréquentées, et après j'ai arrêté de le dire.

– Je dois avouer qu'il y a des… complications.

– Évidemment, c'est une actrice. Des complications, tiens, tiens, commenta-t-il avec un rire amer avant de marquer une pause. J'ai toujours pensé qu'une vie sans complications n'est pas vraiment une vie, voyez-vous. Dans la vie, certaines choses tournent mal, rien n'est éternel, et nous n'en pouvons mais. Les amis vous trahissent, la famille vous tourmente, les maîtresses vous trompent. C'est la norme, oui ? lança-t-il avant de se sourire à lui-même, comme au souvenir de quelque chose de pertinent. Où irait le monde si jamais rien ne tournait mal, si chacun restait identique, si la vie suivait son chemin tracé, avec une famille adorable, des amis sincères, des maîtresses fidèles ? Je crois que je n'aimerais pas un tel monde. Nous sommes faits pour les complications, nous autres êtres humains. Et de toute façon, un monde aussi parfait ne pourrait pas exister… du moins pas sur notre petite planète. »

Peu coutumier du fait, Brodie eut le sentiment qu'il pouvait se confier à ce médecin amical, cynique et mélancolique aux yeux fatigués mais bons.

« J'aimerais avoir votre avis, monsieur. De nombreux obstacles se dressent entre cette jeune femme, cette jeune cantatrice, et moi. Suis-je en train de perdre mon temps ?

– Est-elle libre pour vous ?

– Ah… Elle vit avec un autre homme.

– Je pourrais vous donner une foule d'excellents conseils avisés en me basant sur ma longue expérience, dit le médecin en souriant avec un hochement de tête. Mais quel intérêt cela aurait-il ? Vous ferez exactement ce que vous avez envie de faire. Rien de ce que je pourrais dire n'y changerait quoi que ce soit. »

Ils se turent tous les deux et sirotèrent leur café. Brodie médita la brutale sagesse de cette affirmation. Oui, il avait besoin de Lika, elle était l'unique, pour lui. La femme de sa vie. Et au diable Kilbarron. À l'évidence, l'amour était mort entre eux deux.

« *S'il vous plaît, monsieur**. »

Brodie se retourna. Debout près de leur table, une jeune femme fixait le médecin des yeux. Elle était très jeune, assez jolie, avec un visage ovale au nez retroussé, vêtue d'une robe rose toute simple et d'un châle à franges d'un rose plus soutenu. *Gamine**, auraient dit les Français. Quel âge ? Dix-neuf ans ? Vingt ans ? Il remarqua que la robe était miteuse et le châle taché. Elle ressemblait à une femme de chambre pendant son jour de congé. Le médecin lui rendit son regard intense, presque en colère, et tira sur sa barbe de la main droite. La jeune fille avait les yeux rouges, comme si elle avait pleuré.

Se sentant obligé de réagir, Brodie se leva et se présenta. Mais avant que la jeune fille ait pu répondre, le médecin se leva lui aussi.

« Voici Margot. Et elle va nous laisser seuls. Maintenant. »

Il l'éloigna de quelques pas et Brodie le vit lui donner des instructions fermes, puis pêcher quelques billets et pièces dans sa poche pour les lui glisser dans le creux de la main. Elle fit une petite révérence à Brodie et se hâta de sortir du café. Le médecin se rassit.

« Quand on parle de complications, dit-il, un vague sourire aux lèvres. J'en ai ma part, et pas qu'un peu. Je suis un expert. »

Pension Deladier
73, rue Dante
Nice, Alpes-Maritimes
France

23 mars 1898

Frérot mien,

Bonjour* ! *Arpentes-tu encore le monde des vivants ? Tu noteras que c'est ma quatrième lettre et que les précédentes attendent toujours une réponse. Remue-toi, ô grand paresseux. Pense à ton pauvre frère qui se languit dans cette belle ville méditerranéenne baignée de soleil sans rien d'autre à faire que se promener sur la plage, lire son journal, manger un succulent déjeuner, boire du vin, faire une sieste, puis sortir en quête d'un café pour l'apéritif et rentrer déguster un excellent dîner. Que de tourments ! Tu vois bien comme je souffre, et pourtant jamais tu ne me réponds.*

La semaine dernière, je m'ennuyais tellement que je suis allé au casino de Monte-Carlo. J'ai loué un break dix francs (soit huit shillings) pour parcourir la Grande Corniche. Vue sublime sur la côte. Nous nous sommes arrêtés pour déjeuner à Beaulieu et avons atteint Monte-Carlo dans l'après-midi. Je me suis juste risqué à la roulette – tu me connais, toujours aussi nul à tous les jeux. J'ai utilisé une martingale toute simple : je doublais ma mise (de deux francs) quand je perdais et j'empochais mes gains quand je gagnais. Il faut s'en tenir à des deux contre un : rouge ou noir, pair ou impair. La loi des grands nombres fait qu'on finit toujours par gagner. La seule chose bizarre, quand on double sa mise chaque fois que l'on perd, est qu'il arrive qu'on parie quarante francs pour en gagner deux, si bien qu'il faut un bon capital de départ. Ce jour-là, j'avais échangé cinquante francs en jetons, mais je n'ai jamais eu besoin de plus de dix – un jour faste, donc. À ma grande surprise, au bout d'une heure et demie pendant laquelle j'ai circulé de table en table, j'avais remporté cent quatre-vingts francs, soit un peu plus de sept livres. J'ai soudain compris que je pourrais vivre ainsi dans un hôtel modeste au bord de la Méditerranée en jouant quelques heures par jour avec ma martingale. Selon mes calculs, si l'on s'y tient, on peut gagner peut-être vingt livres par semaine. Ne serait-ce qu'en jouant deux heures par jour, cinq jours par semaine (les casinos sont ouverts presque toute l'année), je devrais pouvoir empocher plus de deux cents livres. Ce n'est pas très excitant, car on n'a jamais le frisson d'un gros gain, juste une accumulation régulière de deux francs, mais ce serait un mode de vie indépendant et net d'impôts, avec un pourboire à l'occasion pour le croupier. À méditer. Je suis sorti du casino dans la douceur méditerranéenne en me sentant libéré. Je me suis offert un excellent repas aux Frères provinciaux, arrosé d'une bouteille de vin à deux livres. Et puis j'ai remporté le reste de mes gains à Nice en prenant le train en première classe.

Écris-moi, mon frère, sinon je te déshérite !

Affectueusement,

*Brodie (*le gagnant**)*

Assis torse nu dans le cabinet du docteur Roissansac, Brodie inspirait et expirait sur commande, sentant le cercle d'acier froid, puis moins froid, du stéthoscope se poser sur divers endroits de son dos pour l'auscultation. Le docteur Roissansac, jeune homme sérieux à la moustache droite, lui avait été recommandé par le docteur Maisonfort. Brodie soupçonnait un arrangement financier réciproque. Il se rhabilla pendant que le médecin consignait ses observations.

« Eh bien, vous avez repris le poids que vous aviez perdu, ce qui est bon signe. Il n'y a pas de congestion notable, pour autant que je puisse en juger.

– Je me sens en forme. Plein d'énergie.

– N'écoutez pas cette énergie. Il faut avancer très prudemment avec la tuberculose. Pas à pas, sans risques inutiles.

– Je sais, docteur. Je ferai attention.

– Dans ce cas, je pense que vous pouvez rentrer à Paris, monsieur Moncur. »

Le large sourire qu'il lui adressa releva un instant les poils de sa moustache, qui vinrent lui frôler le nez.

Brodie descendit la rue Halévy jusqu'à la grande Jetée-Promenade sur le front de mer, où se trouvait un petit casino. Il fut tenté d'entrer voir si la bonne fortune de sa santé pouvait s'étendre à une rapide séance de martingale, mais décida que le moment ne s'y prêtait pas. Il avança vers l'ouest. Quelques âmes courageuses se baignaient sous un soleil faiblard. Brodie se sentait heureux : je peux rentrer à la maison, rentrer à Paris, retrouver Lika. Il visualisa son visage comme si souvent, regrettant de ne pas avoir de photo d'elle. Que faisait-elle à cet instant ? Était-elle avec Kilbarron ? Dimitri lui avait écrit pour l'informer que la tournée de Julius continuait et qu'ils préparaient celle de Door. Les ventes ne faiblissaient pas. Les « récitals Channon » faisaient presque déjà figure d'institution dans les grandes villes d'Europe, comme s'ils remontaient à des années. Ainsley Channon avait autorisé une hausse des dépenses de publicité dans la presse. René s'occupait de Sauter ; Romain voyagerait avec Door. Tout allait plus que bien.

Si Brodie se réjouissait que ses mois d'absence n'aient pas freiné les Channon, il se vexait un peu de constater qu'il n'était clairement pas aussi indispensable qu'il l'avait cru. Au-delà de l'explosion de fureur de Malachi, pourquoi Kilbarron n'avait-il pas renouvelé son contrat avec Channon pour six mois comme on le lui avait proposé ? Refuser tant d'argent facile paraissait bien vaniteux… Au diable Kilbarron ! songea-t-il en montant dans le tram électrique qui le rapprocherait de la rue Dante. La seule personne au monde qui comptait à ses yeux était Lika.

Pension Deladier
73, rue Dante
Nice

28 mars 1898

Lika ma chérie,

J'espère que tu as reçu mes lettres et cartes postales. Je t'ai écrit à la poste restante au moins une fois par semaine. Rassure-toi, je sais à quel point cela doit être compliqué pour toi de me répondre.

La bonne nouvelle du jour est que mon état de santé est stable et que mon médecin niçois, le docteur Roissansac, m'a déclaré bon pour rentrer à la maison. Si tout va bien, je devrais être de retour à Paris la semaine prochaine et reprendre mon travail chez Channon. Il va de soi que je veux te voir au plus vite. Où et comment pouvons-nous nous rencontrer ? Nous devons trouver un moyen.

Скучаю по тебе, люблю тебя.

Un médecin russe que j'ai rencontré ici a écrit ça à ma demande. J'espère que je l'ai correctement recopié. Le message est absolument sincère. Je me languis de te voir et de te serrer dans mes bras.

Ton Brodie Moncur

Brodie envoya son ultime lettre à Lika depuis la poste centrale, place de la Liberté, comme si cela la ferait arriver plus vite. Il eut un léger vertige quand l'enveloppe glissa de sa main à la fente de la boîte aux lettres, foudroyé un instant par cette folle et sublime jubilation de l'amoureux qui le fit frissonner. L'amour était bien une espèce de folie qui défiait toute logique, songea-t-il, la chaude flamme de l'illogique, dont l'intensité des sentiments éprouvés était la seule justification nécessaire. Malgré ces longs mois sans la voir, il savait avec une certitude absolue non seulement qu'il était amoureux de Lika Blum, mais aussi que cet état de fait constituait l'unique élément intéressant de sa vie.

Il se souvint de quelques vers d'un poème d'Algernon Swinburne figurant dans le recueil que lady Dalcastle lui avait prêté et qui faisaient parfaitement écho à son humeur :

Des étoiles nous étions le feu, de la lune
Le grand orbe, d'un cœur parfait les hémisphères.
Deux âmes entrelacées. De notre amour gémellaire
Naquirent nos rêves d'une existence commune.

Il retourna d'un pas tranquille à la *pension** en se récitant ces vers comme une incantation votive. Les rues étaient animées, le soleil brillait, la saison niçoise touchait à son terme. Le dîner fut promptement servi à 18 heures – horaire dont la précocité avait toujours agacé Brodie, mais ce soir il se joignit avec plaisir aux autres convives (bien content de ne pas repérer Leache dans la salle à manger), parce que 1) il quittait Nice le lendemain pour rentrer à Paris et 2) il ne reverrait plus jamais Cuthbert Leache de sa vie. Leache serait encore là pour trois mois. Victime d'une petite hémorragie, il avait été transporté à la clinique Sturge, un établissement privé associé à la *pension**. De nouveau, Brodie flairait là des collusions suspectes – la mauvaise santé des uns faisait la bonne fortune des autres. Si désolé fût-il pour ce pauvre Leache, il s'estimait heureux de ne pas avoir à le côtoyer pour sa dernière soirée de convalescent.

Il mangea un filet de turbot sauce aux câpres puis une *île flottante**, le tout arrosé de plusieurs verres d'eau minérale (la pension ne servait pas d'alcool). Il attendait son café lorsque Mme Deladier traversa la salle à manger pour venir vers lui, ses sourcils froncés accentuant la sévérité coutumière de ses traits.

« Quelqu'un demande à vous voir, monsieur Moncur, annonça-t-elle d'un ton désapprobateur. Je dois vous transmettre le message que c'est à propos d'un “médecin russe”, pour autant que cela veuille dire quelque chose.

– Si, si, je vois », dit Brodie.

Il se rendit sans plus tarder dans le grand vestibule de la pension, où les visiteurs étaient accueillis. Il n'avait pas revu le médecin russe depuis leur café à l'hôtel West-End. Qu'est-ce qui pouvait bien l'amener à la pension Deladier ?

Or ce n'était pas le médecin russe qui l'attendait, mais la jeune fille française qui les avait abordés ce jour-là. Comment s'appelait-elle, déjà ? Marie ? Non, Margot. Intrigué, Brodie la salua. Elle avait changé. Elle avait teint ses cheveux blonds en un auburn soutenu et portait un tailleur noir à liserés dorés avec un bibi de paille crânement épinglé sur le côté de la tête. Tout en elle était d'une vulgarité clinquante, sans parler de son entêtant parfum farineux à dominante de nard et de musc qui se répandait dans tout le vestibule au point qu'on pouvait presque en goûter la saveur.

« Vous souvenez-vous de moi ? demanda-t-elle, très nerveuse.

– Oui, vous êtes Margot, c'est bien cela ? Je vous ai vue avec le médecin russe. Comment m'avez-vous retrouvé ?

– C'est lui qui m'a dit que vous logiez ici.

– Vraiment ? Bon. A-t-il besoin d'aide ?

– Non, c'est moi qui ai besoin d'aide. Ou plutôt, je me demandais si je pouvais vous être utile, monsieur. Je pourrais tenir votre foyer. Je suis bonne cuisinière, je sais m'occuper du linge et de la couture, et bien sûr..., ajouta-t-elle en baissant les yeux vers ses bottines en cuir fendillé. Je serais là... la nuit.

– Et votre ami médecin ? demanda Brodie, la bouche sèche.

– Il doit rentrer en Russie. Et il dit que je ne peux pas l'accompagner.

– Je vois.

– Alors il a pensé que peut-être vous pourriez...

– Quel âge avez-vous, Margot ?

– Dix-neuf ans.

– Et d'où venez-vous ? Vous êtes de Nice ?

– De Biarritz. Je suis venue ici de Biarritz avec le docteur quand il s'est installé à Nice.

– Je vous conseille de rentrer à Biarritz. Retournez dans votre famille.

– Ma famille ne veut pas de moi. Je ne peux pas faire ça, ajouta-t-elle d'un ton grave, comme s'il venait de lui demander de gravir le mont Blanc.

– Eh bien, je suis vraiment désolé, mais je ne peux pas vous aider. Je rentre à Paris demain. »

Les yeux de Margot s'arrondirent et elle se raidit sous l'effet d'une espèce de jubilation réprimée.

« Je rêve d'aller à Paris ! Je pourrais venir avec vous. Je pourrais m'occuper de vous, monsieur. »

Brodie fouilla dans ses poches et y trouva une pièce en or de vingt francs et une en argent de cinq. Il les lui donna.

« C'est impossible, Margot. Je suis fiancé. Je retourne à Paris épouser ma bien-aimée. »

Il la vit frémir à cette annonce (à ce mensonge) comme si c'était la plus cruelle au monde, il vit les larmes perler aux coins de ses yeux une fois ses maigres espoirs détruits. Elle serra les pièces dans son poing crispé.

« Je vous souhaite tout le bonheur du monde, à votre fiancée et vous, monsieur. Vous avez beaucoup de chance. »

13

C'était comme si les mois de convalescence à Nice n'avaient jamais existé. Brodie se sentait en bonne forme, ni excessivement fatigué ni apathique. Il reprit son travail chez Channon & Cie comme s'il n'en était parti que pour un week-end prolongé.

Dès son retour à Paris, il alla consulter le docteur Maisonfort. Quand il eut ôté tous ses vêtements hormis caleçon et maillot de corps, le docteur Maisonfort le pesa, lui demanda de toucher ses orteils, testa ses réflexes avec un marteau en caoutchouc et écouta son cœur et ses poumons au stéthoscope.

« Vous avez encore pris deux cents grammes, constata-t-il. C'est bien. Pas de perte de poids, c'est un bon signe. »

Brodie lui dit qu'il se sentait en pleine forme.

« Nous avons pris la meilleure décision pour vous. Repos immédiat, régime équilibré, chaleur, soleil, calme. Il a fait très froid ici à Paris pendant que vous étiez à Nice, vraiment très froid. Pas d'autre hémorragie ? Vous n'avez pas craché du sang ?

– Non.

– Excellent. Vous savez, j'ai un patient phtisique comme vous qui vient de souffler ses soixante-dix-huit bougies.

– Voilà qui est encourageant.

– Mais d'un autre côté, votre poète anglais… Kaytes ?

– Keats. John Keats.

– Lui est mort de la tuberculose à vingt-cinq ans. C'est imprévisible.

– En effet. Au moins, j'ai vécu plus longtemps que lui. »

Le docteur Maisonfort lui prescrivit une teinture de camphre à prendre diluée deux fois par jour. Il était vital d'éviter le surmenage et l'excès d'activité physique. Dix heures de sommeil par nuit, des siestes à la moindre occasion. Brodie promit de faire particulièrement attention. Le médecin lui fixa un nouveau rendez-vous un mois plus tard. Même s'il savait bien qu'il n'en était rien, Brodie se sentait guéri, d'une certaine manière. Sa vie pouvait reprendre.

Deux jours après cette consultation, il régla et accorda le piano pour le récital de Karl-Heinz Nagel au théâtre du Châtelet. Contrairement à la plupart des virtuoses, Nagel semblait prendre un réel intérêt à ce que Brodie faisait à son nouveau Channon, s'émerveillant presque de le voir poncer les têtes de marteaux avec du papier émeri.

« Vous n'enlevez même pas un demi-millimètre, constata-t-il. Cela va quand même faire une différence ?

– Vous allez en juger par vous-même à l'instant où vous commencerez à jouer. Ce que je fais aux marteaux, c'est mon truc à moi, en quelque sorte. Vous avez même de la chance que je vous laisse regarder. »

Il prit son aiguille et piqua le feutre, puis ponça encore un tout petit peu.

« Ce sont des passes de magie, en fait ? fit Nagel avec un gloussement.

– On peut dire ça, oui. »

Une fois l'opération terminée, Nagel proposa à Brodie de l'accompagner sur sa tournée en Scandinavie l'été suivant. Quoique flatté, Brodie répondit prudemment que cela dépendrait de M. Channon et du programme de la firme. Il avait en effet de nombreuses tournées annoncées à organiser et n'était pas sûr de pouvoir se libérer.

« Vous accordez toujours pour Kilbarron ?

– Ah, non, M. Kilbarron et Channon se sont séparés. Ils n'ont pas renouvelé leur contrat.

– Quel dommage, dit Nagel avec un sourire. Réfléchissez à ma proposition, monsieur Moncur. Je ferai en sorte qu'elle en vaille la peine pour vous. »

Brodie rentra au magasin en fiacre et convoqua Benoît.

« Alors ? » demanda-t-il d'un ton impatient à son arrivée.

Il l'avait envoyé à l'appartement du boulevard Saint-Germain sous un prétexte fallacieux.

« Personne à part les domestiques, répondit Benoît. Ils m'ont dit que M. Kilbarron était peut-être en Allemagne.

– Et Mlle Blum ?

– Je n'ai pas demandé. »

Lika n'avait pas répondu à sa dernière lettre, celle avec la déclaration d'amour en russe, et Brodie s'interrogeait, s'inquiétait d'être allé trop loin. Après la fermeture du magasin, il prit un tramway à chevaux jusqu'au boulevard Saint-Germain.

Le majordome asthénique lui ouvrit et le reconnut au bout d'une ou deux secondes à le dévisager d'un œil vide. Brodie lui expliqua que, lors de sa dernière visite quelques mois plus tôt, il avait laissé une partition dans une chemise verte, et il se demandait si elle avait été mise de côté car il en avait maintenant besoin. Le serviteur répondit qu'il ignorait tout d'une partition mise de côté et qu'aucune instruction spécifique ne lui avait été donnée.

« Vous comprendrez aisément, monsieur, que dans une maison telle que celle-ci, il y a des partitions partout.

– Peut-être Mlle Blum l'aurait-elle ?

– Elle est à Weimar. Elle joue dans *Le Roi d'Ys*. »

Il y eut un petit aboiement étouffé et un chiot déboula en trottinant dans l'entrée. Brodie le reconnut et en fut tout ragaillardi, car cela signifiait que Lika comptait rentrer à Paris après son contrat à Weimar. Il s'accroupit, se laissa renifler les doigts, le gratouilla derrière les oreilles, et l'animal se roula aussitôt sur le dos. Brodie se releva.

« C'est le chien de Mlle Blum, n'est-ce pas ?

– En effet, monsieur.

– Comment s'appelle-t-il ?

– César. C'est une brave bête.

– Ah oui, César. »

S'étant lui aussi relevé, César secouait à présent vigoureusement sa petite queue en crochet.

« Quand Mlle Blum revient-elle ?

– Je n'en sais rien, monsieur.

– Elle va bien ?

– Très bien.

– À son retour, transmettez-lui mes sincères salutations, voulez-vous ? Dites-lui que j'ai demandé de ses nouvelles.

– Certainement, monsieur. Quel nom dois-je donner ?

– M. Moncur. »

Le seul aspect inhabituel du retour chez Channon & Cie, songea Brodie, était qu'il n'y croisait presque jamais Calder. Il y avait bien eu une rencontre inopinée dans l'escalier un matin, suivie d'une brève poignée de main et d'un fort hypocrite

« Heureux de vous compter de nouveau parmi nous, Brodie », mais l'accueil n'était pas allé plus loin, si l'on excepte quelques passages furtifs de Calder dans le magasin. De là à croire qu'il l'évitait, il n'y avait qu'un pas.

Un jour en sortant de son bureau, Brodie repéra Calder qui descendait l'escalier et qui fit soudain demi-tour pour remonter au premier. Cela devient ridicule, songea-t-il. De quoi retourne-t-il donc ? Il alla frapper à la porte de Calder et, après un temps, fut invité à entrer. Calder semblait presque penaud, embarrassé. Il lui offrit un vermouth, que Brodie accepta, et le bombarda de questions : Comment se portait-il ? Comment avait-il trouvé Nice ? Le temps avait-il été agréable ? Avait-il un hôtel à lui recommander ? Brodie répondit à toutes jusqu'à ce que le flot se tarisse. Il y eut un silence. Brodie sirota son vermouth.

« Donc c'est fini, remarqua Calder. Votre maladie, je veux dire.

– Non. Hélas, il n'y a pas de “fin” à la tuberculose. On peut juste espérer une rémission grâce à tel ou tel moyen.

– Grand Dieu ! s'exclama-t-il, l'air sincèrement surpris. Quel fardeau à porter !

– Ce n'est pas comme se remettre d'une grippe. Ces capsules restent dans les poumons, elles grossissent très lentement et un beau jour l'une d'entre elles peut faire éclater une artère ou une veine, ou pas. C'est une loterie.

– Sale histoire, commenta vaguement Calder en attrapant son horrible petite pipe.

– Tout va bien, Calder ? demanda Brodie tout de go.

– Oui... Dimitri a donné satisfaction en votre absence. La tournée Nagel est montée, la tournée Sauter se déroule bien. Le registre des accordages est plein à craquer.

– Et les ventes ?

– Les ventes ont explosé.

– Pourquoi ai-je le sentiment que quelque chose ne va pas, alors ? osa Brodie. Pourquoi ai-je le sentiment que vous m'évitez ? »

Fuyant son regard, Calder se concentrait sur le bourrage de sa pipe.

« Mon père arrive après-demain. Il vous expliquera tout. »

Brodie n'alla pas au magasin le lendemain matin. Il fit porter un mot prétextant une rage de dent et une visite en urgence chez le dentiste. Il déjeuna seul à la *pension** puis, mû par une envie subite de quitter la ville pour la campagne, prit le train pour Saint-Denis. En s'éloignant un peu du village, il découvrit que les champs, les hameaux et les forêts des environs de Paris étaient dominés par de gros bastions en pierre renforcée avec emplacements pour canons et tours de guet : les forts détachés. Au fil de sa promenade, il tomba sur d'autres redoutes régulièrement espacées et comprit que Paris était ceinturée à la fois par de hauts remparts et par ces imposantes forteresses qui se dressaient là, l'air mauvais, chargées d'une certaine violence, avec leurs douves, leurs glacis, leurs escarpements et leurs cordons, détruites pendant la guerre de 1870 mais reconstruites depuis. Que Paris se préparât ainsi à de futurs conflits altéra quelque peu l'image qu'il avait de la ville lumière, capitale du plaisir, de la beauté, de l'art et du bien vivre. Sa virée à la campagne était tout sauf réjouissante. Et en plus, il se mit à pleuvoir.

Ce soir-là, il alla gare de l'Est se renseigner sur le prix d'un billet pour Weimar. Pendant quelques instants de folie, il caressa l'idée de prendre le train pour l'Allemagne, de trouver l'Opéra de Weimar et de surprendre Lika. Mais que se passerait-il si Kilbarron était avec elle ? Il retourna dans son quartier et abusa du cognac au Café américain, ses pensées retournant sans cesse vers Ainsley Channon. Que pouvait-il donc avoir à lui dire ? Qu'est-ce qui avait pu provoquer l'étrange attitude fuyante de Calder ? Son humeur s'assombrit à mesure qu'il spéculait. Quoi que ce fût, ce serait forcément désagréable. Il fit le chemin du retour en s'apitoyant sur son sort. La confrontation imminente avec Ainsley, l'absence et le silence de Lika, la permanence de son état tuberculeux l'abattaient. Que lui avait dit ce médecin russe, à Nice ? La vie ne serait pas la vie sans des complications.

Ainsley Channon avait encore changé depuis leur dernière rencontre. Les cheveux coupés *en brosse** comme un officier prussien, il avait rasé ses rouflaquettes et ciré sa moustache, plus large, pour former des pointes horizontales. Il portait un gilet cerise et des bottillons moutarde avec son habituel costume bleu sur chemise et cravate. Ses visites à Paris continuaient à l'évidence d'affecter son apparence.

Ils étaient assis dans le bureau de Calder, en l'absence de celui-ci. Ainsley avait apporté d'Édimbourg une bouteille de malt, dont il servit un petit verre à Brodie avant de prendre place sur le siège de Calder. Son attitude était calme et réfléchie, loin de son aimable jovialité coutumière. La conversation évoqua poliment la santé de Brodie, les plaisirs de Nice et de Monte-Carlo, les meilleurs hôtels de la région, mais les deux hommes savaient qu'ils ne faisaient que retarder le moment crucial.

Ainsley joignit alors le bout de ses doigts.

« La situation est très difficile pour moi, Brodie. J'espère que vous le savez.

– Je suis complètement dans le noir, monsieur.

– Vous oui, mais moi non. Je sais maintenant ce qui se passe. »

Il ouvrit un tiroir et en sortit une liasse de papiers où s'alignaient des colonnes de chiffres.

« Thibault Dieulafoy a percé à jour votre petite combine.

– Quelle combine ?

– Comment dirons-nous ? “Réparations conséquentes au fret” ? “Dégradation pendant l'expédition” ? “Dommages dus au transport” ? De multiples formules aussi vagues qu'innocentes ont été utilisées, précisa-t-il avant de consulter ses papiers. Sur les quatre cent quatre-vingt-trois pianos que nous avons expédiés et vendus depuis que Channon a ouvert à Paris, pas moins de deux cent soixante-trois réparations demandées en raison de “dommages dus au transport”, ou toute autre expression que vous souhaiterez employer.

– Malgré tout le respect que je vous dois, je ne comprends pas de quoi vous parlez, monsieur. Ceci est absolument… »

Ainsley leva la main pour lui imposer le silence et poursuivit.

« Parfois, cela s'élève à peine à quelques livres et quelques shillings – du vernis craquelé à retoucher, des roulettes en laiton à changer –, mais parfois c'est beaucoup plus : le remplacement de la table d'harmonie, ou de la lyre, ou de toutes les touches d'ébène, ou de toutes les cordes ! Des dizaines, des vingtaines, des trentaines voire des centaines de livres, pour un total de deux mille quatre cent trente-cinq livres ! assena-t-il en tapant du plat de la main sur les papiers. Voilà où sont passés tous nos jolis bénéfices : dans vos réparations chimériques de pianos mystérieusement endommagés !

– Mais quel rapport avec moi ? demanda Brodie, qui sentit la sueur perler sur tout son corps.

– Toutes ces réparations ont reçu votre aval ! répondit Ainsley d'une voix forte et sévère. Tous ces bordereaux de l'entrepôt de Saint-Cloud (que vous nous avez conseillé d'ouvrir) portent vos initiales, B.M.

– Qui est à l'origine de cette accusation ?

– Thibault Dieulafoy et Calder. Ils ont passé les comptes au crible pendant que vous étiez en congé maladie. Ils ont remarqué que pendant votre absence, oh surprise, aucun piano expédié n'avait subi de dommages et que l'entrepôt de Saint-Cloud n'avait pas émis un seul bordereau de réparation. C'est ce qui a éveillé leurs soupçons. C'était très malin, Brodie, de petites sommes par-ci par-là, rien qui suffise à attirer l'attention. Juste un détournement de fonds au compte-gouttes. Mais votre maladie vous a trahi, elle a révélé le coupable. Vous ne serez pas insensible à l'ironie de la chose. »

Brodie ferma les yeux, car il savait ce qui allait suivre.

« Ce sont des calomnies éhontées, protesta-t-il en essayant d'empêcher sa voix de trembler. Où sont les rentrées en regard pour les accordeurs et l'atelier ? Et le bilan des économies permises par l'ouverture de l'entrepôt de Saint-Cloud ? Combien de ventes ont-elles été réalisées grâce aux récitals Channon, une opération que j'ai lancée ? Je n'ai jamais volé d'argent à cette compagnie, monsieur, bien au contraire, je lui ai fait gagner des milliers de livres. Des milliers ! Et je suis bien sûr que vous le savez, au fond de vous-même. Quelqu'un d'autre a détourné de l'argent et s'est arrangé pour m'en attribuer la responsabilité. C'est un mensonge terrible, c'est de la diffamation !

– Baissez le ton, Brodie. J'ai les preuves sous les yeux.

– Vous avez les preuves, mais je ne suis pas le coupable. Le coupable est ailleurs.

– Le coupable est assis juste en face de moi, dit Ainsley avec un certain manque de conviction.

– Alors appelez la police, suggéra Brodie avec assurance. Convoquons des avocats, conduisons une enquête digne de ce nom. Je ne me soumettrai pas à ce tribunal inquisitorial. Je connais mes droits de personne accusée à tort.

– Inutile, lâcha Ainsley, qui se décomposa, l'air soudain démuni. Pour votre propre bien, je vais clore cette affaire. J'apprécie certaines des choses que vous avez accomplies pour cette firme, Brodie, et au plus haut point. C'est pour cette raison que cette… que cette malheureuse affaire ne sortira pas de cette pièce. Je serai muet comme la tombe, et j'espère que vous aussi, dit-il avant d'ouvrir de nouveau le tiroir pour en sortir une traite bancaire. Voici un an de salaire. Je vous le donne en lieu et place de préavis. Vous êtes renvoyé. »

Il poussa le document sur la table d'une main dont Brodie vit qu'elle tremblait. Pendant un instant, Brodie envisagea de le prendre, de le déchirer et d'en jeter les morceaux au visage d'Ainsley Channon, mais il savait bien que lui seul serait la victime d'un geste aussi théâtral et impulsif. Il prit le chèque de banque.

« Puis-je vous parler en toute franchise, monsieur Channon ?

– Bien sûr, Brodie, bien sûr.

– Personne ne nous écoute, j'espère ?

– Non, personne.

– Dans ce cas… Vous savez aussi bien que moi qui est le voleur. Ou plutôt, qui sont les voleurs. Calder et Dieulafoy. Ce sont eux qui ont pioché dans la caisse, pas moi. »

Il y eut un silence. Ainsley inspira et expira bruyamment. Il regarda ses mains, il regarda le plafond, il regarda Brodie d'un air désolé, contrit. Il garda le silence encore quelques secondes, sourcils froncés, comme s'il pesait les conséquences de ce qu'il s'apprêtait à dire. Il poussa un soupir et afficha un sourire d'excuse.

« Oui, vous avez parfaitement raison. Calder se remplit les poches depuis le jour où je l'ai envoyé ici.

– Dans ce cas, pourquoi suis-je licencié ? L'injustice est…

– Brodie, Brodie, vous n'êtes pas licencié, vous “présentez votre démission”.

– Ah oui ? Très aimable à vous.

– Pensez-y… Calder est mon fils unique. C'est le père du petit Ainsley, mon seul petit-fils. Qu'aurais-je dû faire, dans ces épouvantables circonstances ? Il vient me présenter des “preuves” incontestables de votre culpabilité. Il jure sur la tête de son fils qu'il n'y est pour rien, que c'est vous qui avez tout fait, vous, Brodie Moncur, le voleur machiavélique, et il me remet une liasse de bordereaux portant vos initiales.

– J'arguerai que des initiales ne sont pas très difficiles à imiter.

– Je ne suis pas stupide, Brodie. Comme je flairais une entourloupe, j'ai demandé à George McIver, de notre banque à Édimbourg, de venir ici. C'était pendant que vous étiez à Nice. Avant même qu'il ait pu se mettre au travail, Calder a dégainé ses “preuves” ! expliqua-t-il en brandissant ses papiers. Un père ne peut pas traiter son fils de sale menteur et de pauvre type sans que la relation père-fils ne se termine à tout jamais. Vous comprenez mon point de vue ? demanda-t-il en ouvrant les mains en un geste d'impuissance. Il fallait que l'un de vous deux parte. La décision fut simple, quoique injuste et désolante. En tout cas, Calder n'est pas près de me soutirer de nouveau de l'argent, dit-il avec un sourire amer. Et je ferai prendre la porte à Thibault Dieulafoy sous peu. Mais j'imagine que ce n'est pas une consolation pour l'homme qui doit porter le chapeau.

– Non, ce n'est pas une consolation, loin de là. J'aime mon travail. J'aime être ici à Paris.

– Ah, mais ce qu'il y a de bien dans votre métier, Brodie, c'est que vous pouvez l'exercer partout. Vous avez un an de salaire, vous pouvez vous installer où vous voulez. Tout ira très bien, j'en suis sûr.

– Merci de votre confiance. »

Brodie se leva. L'entretien était terminé. Ainsley le raccompagna à la porte en lui passant le bras autour des épaules.

« Vous avez été comme un fils pour moi, Brodie. Toutes ces années passées dans l'entreprise, votre travail acharné, vos idées brillantes. Mais cela ne change rien au fait que vous n'êtes pas mon fils. Vous êtes mon employé modèle que je dois sacrifier au nom de mon pitoyable fils. Je suis vraiment désolé que nous en arrivions là. Mais d'ici deux ans, passez donc me voir discrètement. Nous ferons le point à ce moment-là.

– Merci, monsieur Channon. »

Ainsley lui serra vigoureusement la main, puis referma la porte derrière lui. La période Channon était finie pour lui.

14

Pension Berlinger
Paris

2 mai 1898

Très chère Lika,

Es-tu rentrée ? Es-tu à Paris ? Je dois absolument te voir. J'ai été renvoyé par Channon sur des accusations fabriquées, mais je ne peux rien y faire. C'est un scandale, car le véritable coupable est un membre de la famille, donc il est protégé et je suis le bouc émissaire. On m'a donné un an de salaire, ce qui me permet au moins de mener une vie indépendante pendant un certain temps. Je suis revenu à mon ancienne adresse indiquée ci-dessus, ou bien tu peux me contacter via Channon, en demandant à Dimitri ou Benoît, si cela te paraît plus discret. J'espère de tout cœur que tu as bien reçu ma lettre de Nice. Je t'en prie, écris-moi et dis-moi quels sont tes projets.

Je baise ta main superbe,

Brodie

Brodie succomba peu à peu à un certain abattement. Il se sentait indolent, il s'ennuyait, il ne trouvait plaisir à rien. Même cette année de salaire qui lui rapportait des intérêts à la banque lui semblait négligeable au regard de l'immense injustice subie. Il caressa l'idée d'attendre Calder devant chez lui et de l'accoster un matin où il se rendrait au travail pour essayer de le mortifier, pour le faire avouer, mais il comprit bien vite qu'un tel plan finirait forcément mal. Et puis il y avait Dieulafoy, le complice, l'homme de l'ombre, qui avait, nul doute, fourni les documents compromettants falsifiés, les bordereaux et les bons de réparation. Pouvait-il être confondu d'une manière ou d'une autre ? Existait-il une corporation de comptables, une ligue, un syndicat, qui pourrait être contactée en vue d'une plainte pour faute professionnelle visant à le radier ? Mais tous ces plans et ces interrogations s'engluèrent dans les sables mouvants de l'inertie. Ses tentatives pour redresser le tort qui lui avait été fait n'auraient sans doute pour seul résultat que lui attirer encore plus d'ennuis. Peut-être le fait d'avoir accepté la traite bancaire d'Ainsley serait-il interprété comme une preuve de sa culpabilité. Peut-être aurait-il dû la refuser, tourner les talons, organiser une campagne pour se venger de la firme sans que son intégrité soit compromise… Mais comment aurait-il fait, autrement ? Comment aurait-il vécu ? Et il y avait toujours la préoccupation majeure de Lika. Lika et Brodie. Brodie et Lika.

Malgré son moral en berne, il réussissait à occuper ses journées. Comme un touriste, il prenait des omnibus ou des tramways, s'asseyait sur l'impériale et se laissait transporter à la Madeleine, à la Bastille, au jardin du Luxembourg, au Panthéon. Un jour, il effectua une grande virée sur les « nouveaux » boulevards, conçus et réalisés par Haussmann à peine cinquante ans plus tôt : Strasbourg, Sébastopol, Saint-Michel,

Magenta, Voltaire – mais il évita Saint-Germain. Quand la circulation devenait impossible, il lui arrivait de descendre pour aller boire un *petit café** dans l'un des établissements sis sur les avenues qui bifurquaient à partir des boulevards plus larges. Puis il repartait à pied prendre un autre omnibus et poursuivre ses pérégrinations. Il arrivait ainsi à remplir ses journées, même si son moral ne s'améliorait pas.

Une dizaine de jours après sa « démission » (lui-même avait l'impression qu'un mois s'était écoulé), Benoît se présenta à la *pension**, porteur d'un message. Brodie lui donna deux francs et décacheta l'enveloppe. Le message n'était pas signé :

> *Va au Grand Hôtel des Étrangers, rue Racine dans le 6e, lundi et réserve une chambre au nom de Beaufils. Prends une valise. Je te rejoindrai le soir.*

Ainsi donc, M. Beaufils réserva une chambre au Grand Hôtel des Étrangers, rue Racine, qui en comptait douze réparties sur quatre niveaux étroits. Il dut se contenter de la seule encore vacante, au dernier étage sous les toits. Le lit était un peu affaissé au milieu, mais les draps semblaient propres. Il rangea sa valise vide derrière la porte, posa sa flasque de cognac sur la table de chevet et s'installa pour lire *Sur l'eau*, de Guy de Maupassant, récit de voyage le long du littoral méditerranéen.

À 18 heures, un coup sec résonna à la porte. Le réceptionniste fit entrer Lika, elle aussi munie d'une valise vide. Elle avança d'un pas assuré dans la chambre, grande et mince, et Brodie, subjugué, se leva, l'estomac noué.

« Voici votre Mme Beaufils, annonça le réceptionniste en refrénant à grand-peine son sourire.

– Bonjour, ma chérie ! Ton train a eu du retard ? »

Le réceptionniste referma la porte, et ils restèrent tous les deux figés quelques instants à se regarder. Étant donné tous les événements survenus depuis la dernière fois qu'ils s'étaient retrouvés seuls, Brodie se sentit submergé par les émotions : une envie de pleurer, la poitrine qui se serre avant d'enfler, une sensation de force surhumaine qui se mue en une faiblesse intense. Il redressa le dos, carra les épaules, s'avança vers elle et la prit dans ses bras. Elle rajusta minutieusement sa cravate et examina son visage.

« Tu n'as pas l'air malade, remarqua-t-elle. Je suis étonnée.

– Je ne suis plus malade. Je suis guéri. »

Elle portait un boléro en panne de velours chamois sur une longue jupe portefeuille noire avec des bottines blanches à lacets et un élégant képi à visière de cuir noir, qu'elle ôta pour le jeter sur le lit, libérant une lourde mèche de cheveux blonds. Brodie défaillit de désir.

« Me ferais-tu le baiser Lika ? demanda-t-il en retirant ses lunettes. J'en rêve depuis des mois.

– Mais bien sûr, mon chéri. »

Elle colla son visage au sien, nez contre nez, lèvres contre lèvres, menton contre menton et resta ainsi immobile jusqu'à ce que sa langue commence sa douce exploration.

Enlacés sur le lit, nus, bien au chaud. Brodie posa la main sur un sein et pencha la tête pour en lécher activement le mamelon. Elle lui embrassa le front, il lui embrassa le cou, émerveillé de se retrouver ici avec elle après tant de mois… Tous les doutes lancinants qui l'avaient harcelé sans relâche (il ne serait plus jamais seul avec elle, leur histoire d'amour s'éteindrait sans aboutir) s'évanouirent. Il baissa la main vers son pubis et caressa l'épaisse fourrure blonde puis posa la main à plat dessus. Il se sentait de nouveau très excité, extrêmement dur. Il…

« Brodie ?

– Oui ?

– Quand je mourrai, tu viendras à mes funérailles ? Si je meurs avant toi, évidemment.

– Mais tu ne vas pas mourir ! Tu es jeune, pleine de vie.

– Si ça arrivait, tu viendrais ?

– Je ne répondrai pas à cette question.

– Cela me ferait plaisir de savoir que tu serais là.

– Ne dis pas ce genre de choses, Lika.

– Tu prononcerais quelques mots d'éloge ?

– Il n'est pas question de funérailles.

– Moi je viendrais à tes obsèques si tu mourais. Et si on me le permettait, je dirais quelques mots sur toi.

– Lika, je t'en prie, arrête ! »

Il se redressa en position assise et versa un peu de cognac de sa flasque dans un verre à dents. Il en but une gorgée et le lui tendit.

« Qu'est-ce qui t'a fait choisir cet hôtel ? demanda-t-il, désireux de changer de sujet et à présent détumescent.

– C'est là que je suis descendue quand je suis arrivée à Paris. J'aimais le nom. C'était plein d'étrangers, or les gens n'arrivent pas à nous distinguer donc c'est très discret. Russes, Allemands, Suisses, Italiens, on se ressemble tous, pour eux. J'avais la nostalgie de cet hôtel.

– Je vois.

– Sans compter que John Kilbarron ne mettra jamais les pieds au Quartier latin, donc nous sommes en sécurité.

– Que fait-il en ce moment ? Où est-il ?

– En Russie avec Malachi. Je crois qu'ils négocient une tournée avec un imprésario.

– Pourquoi la Russie ? demanda Brodie après réflexion. Et où, en Russie ?

– Il ne m'a pas dit. Ils sont partis en train il y a deux jours. C'est un long voyage. Je l'ai fait moi-même de nombreuses fois.

– Mais… la Russie ? Ça ne rime à rien. L'argent n'est pas là-bas, il est ici, en Allemagne, en Autriche.

– Oh non, détrompe-toi. Il y a beaucoup d'argent en Russie. Et il a besoin d'argent.

– Vraiment ?

– Oui. Les temps sont très durs. Je crois que nous allons devoir quitter le boulevard Saint-Germain.

– Il aurait dû renouveler son contrat Channon pour six mois. Il se serait fait une fortune. »

Lika tendit le bras pour attraper son étui à cigarettes sur la table de chevet, laissant pendre ses seins au-dessus de lui un instant. Il prit son briquet et lui alluma sa cigarette. Soudain pudique, elle remonta le drap jusqu'à son menton.

« Il le sait bien, qu'il aurait dû signer, poursuivit-elle. Et cela le rend fou. Je crois qu'il t'en veut.

– Pourquoi ? Je lui ai conseillé de signer, moi.

– Il faut bien qu'il en veuille à quelqu'un.

– À Malachi, alors. C'est lui qui a refusé l'offre.

– Non. Il ne reprochera jamais rien à Malachi.

– Pourquoi ? Malachi peut être stupide, des fois.

– Je n'en sais rien. Un secret d'enfance. Peut-être un pacte entre eux. Ils sont très proches, extrêmement proches, même pour des frères. C'est étrange.

– Je n'ai pas envie de parler de John Kilbarron, déclara-t-il en lui prenant sa cigarette des doigts pour l'écraser dans le cendrier. Et même, je n'ai plus envie de parler du tout, là maintenant. »

Il se rapprocha d'elle et ils s'embrassèrent.

* * *

Brodie vécut les semaines qui suivirent au rythme des messages de Lika, qui lui parvenaient directement à la pension Berlinger, et organisa son temps autour de leurs rencontres au Grand Hôtel des Étrangers. Tous deux arrivaient toujours avec leur valise vide sous le prétexte futile qu'ils essayaient de prendre quelques heures de sommeil avant d'attraper un train. Le directeur, les réceptionnistes et les portiers semblaient apprécier leurs fariboles et se mirent à les accueillir chaleureusement : Monsieur et madame Beaufils, quel plaisir de vous revoir chez nous ! Vous avez fait bon voyage ? En deux occasions ils passèrent la nuit entière tous les deux. Puis John Kilbarron rentra de Russie et les rendez-vous cessèrent pendant un temps. Brodie reprit ses longues promenades dans Paris et ses environs. Il nageait dans un océan de béatitude. Il n'avait pas de travail, mais il était amoureux et se consacrait à sa liaison secrète avec la femme qu'il adorait. Pendant les heures qu'ils arrivaient à voler ensemble, ils faisaient régulièrement l'amour avec un enthousiasme partagé. Il se sentait béni des dieux tout en sachant que cela ne serait pas éternel. Quelque chose arriverait, il le sentait, et ensuite tout changerait – peut-être pour le mieux. Avec un peu de chance, cela lui permettrait même de passer plus de temps avec Lika. Il prit conscience avec une certaine stupéfaction que c'était tout ce qui comptait pour lui dans la vie.

Puis, après une longue période creuse, un message arriva : « BEAUFILS. 10 juillet. »

Brodie prit un tram jusqu'au Quartier latin et se rendit au Grand Hôtel.

« Monsieur Beaufils, ravi de vous revoir. Cela fait un certain temps, mais je suis heureux de pouvoir vous dire que nous avons votre chambre habituelle pour vous.

– Parfait.

– Et Mme Beaufils, comment se porte-t-elle ?

– Très bien, merci.

– Vous rejoindra-t-elle plus tard ?

– Oui, elle arrive en train de... Poitiers, dit-il au hasard.

– Une très belle ville.

– Il paraît, oui. Elle a une cousine là-bas », improvisa-t-il.

Il paya d'avance, prit sa clef, refusa qu'on lui porte sa valise et monta l'escalier jusqu'à « leur » chambre.

Cette valise n'était d'ailleurs plus un simple accessoire, mais renfermait de la nourriture et de la boisson dans l'éventualité d'un séjour prolongé. Il en sortit une bouteille de vin rouge, deux verres, un torchon, un *saucisson sec**, un couteau pliant, un petit pot de cornichons et une baguette fraîche. Il disposa le tout sur le torchon.

Une demi-heure plus tard, Lika arriva. Ils s'embrassèrent, puis elle s'assit sur le lit et rompit le pain.

« Je suis affamée, annonça-t-elle alors que Brodie coupait le saucisson. Mais je ne peux rester qu'une heure. Maintenant que John est revenu, c'est compliqué. Il croit que je suis partie passer une audition. »

Brodie commença à se déshabiller. Il jeta ses bottes à travers la chambre, puis aida Lika à ôter sa veste et se mit à déboutonner sa jupe à l'arrière.

« Ah au fait, reprit-elle, la bouche pleine. Il a dit qu'il voulait te voir.

– Qui ça ?

– John. »

Brodie s'interrompit et se redressa, alarmé. Lika enleva sa jupe.

« Ne prends pas cet air accablé. Il n'y a aucune raison de s'inquiéter.

– Pourquoi veut-il me voir ?

– Je n'en sais rien. Il est allé chez Channon pour te trouver, et on lui a dit que tu n'y travaillais plus.

– Il ne peut pas avoir de soupçons nous concernant ?

– Non, non. J'ai dit que je t'avais croisé par hasard dans la rue un jour et que tu m'avais donné ta carte de visite.

– Il n'a rien subodoré ?

– Brodie, je te connais, et il sait que je te connais. C'était une coïncidence. Dans une grande ville, on croise souvent des gens qu'on connaît.

– Mais ce n'était pas une coïncidence, justement.

– Lui pense que si. J'imagine que tu auras une lettre qui t'attendra à la *pension**. »

Elle était à présent nue. Elle passa les doigts sous ses seins et essuya la sueur sur la couverture.

« Pfiou, qu'il fait chaud sous les toits ! Dépêche-toi de te déshabiller. »

John Kilbarron lui servit un verre de champagne.

« À quoi buvons-nous ? demanda Brodie, sur ses gardes, debout face à lui dans le salon de l'appartement du boulevard Saint-Germain.

– À la solution à tous nos problèmes, du moins je l'espère ! » répondit Kilbarron en trinquant avec lui.

Il semblait de fort belle humeur. Les rides sur ses joues semblaient plus creusées, plus visibles, comme les plis dans sa chemise en lin sale. Une expression française résumait parfaitement son apparence, songea Brodie : *visage buriné**.

« J'ai appris que vous aviez quitté Channon.

– En effet. C'était un… malentendu. Mais il m'était impossible de rester. Ils se sont montrés très généreux.

– C'est lié à ce gros crétin fainéant de Calder, je parie.

– Oui.

– Eh bien, tant mieux pour moi. Et pour vous, jeune Brodie. Votre jour de chance est arrivé ! »

Il alla chercher un de ses cigarillos et des allumettes. Brodie se sentait fort mal à l'aise, très conscient de son hypocrisie, de son double jeu, et il priait pour que Lika ne fasse pas irruption. Kilbarron revint en soufflant de la fumée.

« Asseyez-vous donc. Je vais vous raconter les dernières nouvelles. »

Brodie s'assit tandis que Kilbarron arpentait la pièce en fumant et en buvant. Il avait un nouveau mécène, lui apprit-il, une Russe fabuleusement riche, une philanthrope qui voulait l'installer à Saint-Pétersbourg comme virtuose-compositeur-chef d'orchestre de son propre théâtre privé.

« Elle a des monceaux d'argent. Des granges entières pleines de billets. Elle ne sait même plus quoi en faire. Mais, Dieu la bénisse, elle est mélomane. Elle veut donc œuvrer pour la musique russe et je suis son homme.

– Félicitations.

– Je suis censé donner quelques concerts, composer quelques chefs-d'œuvre, programmer une ou deux saisons de grande musique russe pour les bonnes gens de Saint-Pétersbourg, et elle paiera les frais de tout le monde. Y compris de mon entourage. Malachi, Lika et, si vous avez une once de raison dans votre grand corps tout maigre, vous.

– Saint-Pétersbourg, répéta Brodie pour gagner du temps.

– Nous devrons tous aller y vivre un an ou deux, le temps de lancer l'affaire. Qu'en dites-vous, Brodie, mon garçon ?

– Qui est cette femme ?

– Elle s'appelle Elizaveta Quelquechosovna Vadimova. Feu son époux, aujourd'hui assis à la droite du Seigneur tout-puissant, était le quatrième homme le plus riche de Russie, me dit-on. Ou le troisième, peu importe. Aussi riche que le tsar, à ce qu'on raconte. Fer, navires, charbon, tout, il en a profité à fond. Et maintenant, c'est la vieille Mme Vadimova qui contrôle la fortune familiale, et comme elle adore la musique, elle a décidé de devenir mécène. Elle a construit son propre théâtre et recruté son propre orchestre. Il ne lui manque plus qu'une vedette renommée du circuit européen, ajouta Kilbarron en faisant un petit salut. Juste pour ajouter la touche finale à sa crédibilité.

– Et à quel titre figurerais-je dans votre entourage ? »

Kilbarron tendit la main droite. Elle tremblait.

« Cela ne s'arrange pas, voyez-vous. J'ai besoin que vous enchantiez les pianos sur lesquels je devrai jouer grâce à la magie Moncur. J'ai insisté sur le fait que vous faisiez partie de l'*équipe**. Eh oui jeune Brodie, j'ai insisté. Sinon, je n'arrive plus à jouer plus de vingt minutes d'affilée. La douleur se fait… intense, et c'est un maudit cauchemar », conclut-il en pliant les doigts, ses yeux s'étrécissant au souvenir de la souffrance.

Il se détourna et alla remplir son verre à champagne de cognac. Ce fut seulement à cet instant que Brodie comprit que Kilbarron était passablement saoul.

« Mais le Channon était parfait pour vous, protesta Brodie. Je l'avais réglé si précisément. Du sur-mesure.

– Hélas, trois fois hélas, j'ai dû revendre le Channon. C'est bien dommage, mais vous serez heureux d'apprendre que j'en ai tiré un très bon prix. Je traversais quelques difficultés financières, dirons-nous. C'était moi ou le piano, si vous me suivez. Alors, vous êtes partant ? demanda-t-il en revenant vers lui et en attrapant la bouteille de champagne au passage.

– Eh bien, je suis disponible, mais…

– Quoi qu'ils vous paient chez Channon, je vous paierai le double – ou plutôt, c'est Mme Vadimova qui vous paiera le double. Et logé gratis, au fait. Tout le monde est rémunéré, Malachi, Lika. Et en plus, il y a les cachets pour les concerts. C'est la poule aux œufs d'or, Brodie, croyez-moi. »

Il resservit Brodie, qui avait remarqué que son accent irlandais se renforçait à mesure qu'il s'imbibait. La poule aux œufs d'or, encore… Brodie s'interrogea sur la récurrence de cette fable dans sa vie. Toutes ces histoires de poules aux œufs d'or n'auguraient rien de bon. En même temps, la décision s'imposait d'elle-même : si Kilbarron partait pour Saint-Pétersbourg, Lika l'accompagnerait, or Brodie ne pouvait que la suivre, c'était aussi simple que cela.

« Vous pouvez compter sur moi, monsieur Kilbarron. Je vous suis très reconnaissant de votre proposition. »

Comme sur un signal, Lika fit son entrée dans la pièce. Elle portait une de ces robes d'après-midi à la mode depuis peu, une robe longue, vaporeuse, froufroutante, couleur pêche et brodée de fleurs écarlates.

Brodie se leva, tendu.

« Mademoiselle Blum, quel plaisir de vous revoir !

– Monsieur Moncur, tout le plaisir est pour moi. »

Ils se serrèrent la main. Brodie serra très fort. Il se sentit rougir de la nuque aux joues, comme si sa trahison de Kilbarron s'inscrivait sur son front. Quand il repensait à son dernier rendez-vous avec Lika, à ce qu'elle lui avait fait, à ce qu'elle lui avait demandé de lui faire… Et elle était là en face de lui dans sa robe d'après-midi, à accepter calmement un verre de champagne.

« Brodie va venir avec nous à Saint-Pétersbourg, annonça Kilbarron. J'ai réussi à le persuader.

– Excellente nouvelle ! se réjouit-elle en levant son verre. À notre future vie à Piter ! »

Elle passa derrière Kilbarron et se désigna du doigt comme pour indiquer qu'elle était à l'origine de la proposition, puis articula en silence les mots *mon idée**.

Brodie se détourna et s'obligea à écouter ce que disait Kilbarron. Il se plaignait car il lui faudrait composer, et pas simplement jouer. Mme Vadimova voulait une « première mondiale », une symphonie ou un concerto. Quelle barbe ! Brodie hocha la tête d'un air qu'il espérait compatissant, mais tout ce qui occupait son esprit était qu'il allait se retrouver à Saint-Pétersbourg avec Lika, que leur aventure secrète continuerait en Russie d'une manière ou d'une autre, quoi qu'il arrive. Mais alors que tous trois se trouvaient là dans cet appartement du boulevard Saint-Germain, le cocu, l'amant et la maîtresse, à boire et se réjouir, il eut soudain le sombre pressentiment que la vie à Saint-Pétersbourg risquait de se révéler plus dangereuse qu'à Paris.

TROISIÈME PARTIE

Saint-Pétersbourg
1899

1

Appartement 4b
Malaïa Morskaïa, 57
Saint-Pétersbourg
Russie

17 mai 1899

Chère lady Dalcastle,

Veuillez excuser mon silence épistolaire, mais les tribulations picaresques de Don Brodie Moncur se poursuivent. J'ai démissionné de Channon (relativement à l'amiable – je vous épargne les détails) et quitté Paris car j'ai été engagé comme « secrétaire » du maestro John Kilbarron, le célèbre pianiste, qui a accepté un engagement à Saint-Pétersbourg pour une durée d'environ cinq ans. Donc me voici en Russie, et pour un certain temps.

Les mécènes de Kilbarron sont une mère et sa fille, les Vadimova, héritières d'une immense fortune qui ont construit leur propre théâtre sur une île de la baie de Saint-Pétersbourg (« Piter », comme disent les locaux). Elles parrainent une saison de concerts de musique russe sur une programmation de John

Kilbarron, qui sera très souvent l'interprète lui-même. C'est à lui que revient le choix du répertoire, et la ville bruisse déjà d'anticipation. De grandes choses sont attendues. Mon rôle est de lui prodiguer des conseils (à peine utiles) et de régler et d'accorder son piano (très important). Oserai-je avouer que je suis scandaleusement bien rémunéré ?

La bonté russe étant sans limite, j'ai en outre le libre usage d'un grand appartement que possède la famille Vadimov dans une rue adjacente à la perspective Voznessenski, une des grandes artères de la ville. Imaginez notre Princes Street édimbourgeoise, déplacez-la en Russie et doublez-en la largeur. Des boutiques, des immeubles d'habitation, des hôtels de luxe, et il n'y a pas moins de trois de ces grands boulevards qui rayonnent à partir du complexe de l'Amirauté sur la rive sud de la Neva. Si je vous dis « Champs-Élysées de Saint-Pétersbourg », vous visualiserez peut-être mieux l'échelle immense de ces rues. Mon appartement compte sept pièces. Un couple de domestiques, Nicanor et Fyolka, cuisine pour moi et répond globalement à tous mes besoins. Je dois voyager avec John Kilbarron quand il donne des concerts en Russie ou à l'étranger. En quelques mois depuis mon arrivée, je suis allé à Stockholm, Moscou, Kiev, Berlin et Prague. Mais pour l'essentiel, je réside ici et ce sera mon adresse pour la durée de mon séjour.

Saint-Pétersbourg est une ville incroyable, traversée par un grand fleuve qui la divise encore au bout en une sorte de delta rempli d'îles reliées par d'innombrables ponts. Mon guide touristique indique que les bâtiments (très vastes) sont d'une architecture quelque peu « monotone », mais je ne suis pas de cet avis. Ils sont peints de couleurs vives, jaune, rose, tilleul, azur, ocre, brique. Imaginez Édimbourg (ou Peebles !) ainsi peinturlurée – cela changerait tout.

C'est une grande ville qui compte plus de deux millions d'habitants, dont dix mille Allemands et, étonnamment, deux mille Anglais. La langue française permet d'évoluer facilement dans la plupart des cercles bourgeois ou intellectuels. Les autochtones parlent parfois quelques mots d'allemand ou de français, mais jamais l'anglais. En conséquence, j'essaie d'apprendre quelques rudiments de russe pour communiquer avec Nicanor et Fyolka mais, entre l'alphabet cyrillique de trente-trois caractères et les déclinaisons comme en latin, c'est une langue sacrément difficile et je progresse lentement. Dieu merci, je parle français.

Au fait, mieux vaut m'écrire aux bons soins de ma banque : Banque anglo-russe, Nevski, 28, St-P.

En vous souhaitant une bonne santé, la richesse et le bonheur (comme on dit ici),

Affectueusement,

Brodie Moncur

Brodie passa dans la salle à manger, vêtu de sa robe de chambre, avec un foulard autour du cou. En se rasant, il avait ressenti les premiers symptômes d'un refroidissement : picotements dans la gorge, poitrine un peu congestionnée, et bien sûr ce genre de symptômes l'inquiétait toujours. Il avait survécu à un hiver russe à Saint-Pétersbourg sans le moindre rhume ni nez bouché, et encore moins une hémorragie. Le froid était propre à vous engourdir le visage, à vous piquer les yeux, à vous congeler la morve, à un point qu'il n'avait jamais connu, même dans les vallées écossaises les plus reculées. Un froid mordant, cinglant, presque sonore, comme si le retentissement d'un énorme gong de glace avait congelé toute la Terre. Brodie ayant réussi à faire comprendre à Nicanor qu'il devait impérativement rester au chaud, ce dernier avait eu l'obligeance d'allumer les poêles dans toutes les pièces de l'appartement et de le transformer ainsi en un sauna étouffant dont Fyolka entretenait assidûment la chaleur à longueur de journée au point que Brodie avait souvent dû rester en manches de chemise pour un meilleur confort. Jamais la question des frais de chauffage induits ne fut soulevée – la largesse des Vadimova semblait sans limite. Mais maintenant que l'été approchait, les poêles restaient éteints, et c'est peut-être la fraîcheur inhabituelle qui avait provoqué cette petite toux d'irritation. Brodie remarquait aussi pour la première fois l'humidité. L'appartement était ancien, et sans doute inoccupé depuis de longues années – en tout cas, Nicanor et Fyolka semblaient ravis d'avoir enfin quelqu'un à chouchouter.

Brodie ouvrit donc la porte de la salle à manger et constata que son couvert avait été mis au bout de l'immense table, assez longue pour vingt convives. Dans le coin opposé de la pièce, Kirill lisait un journal, installé sur un fauteuil en bois. Sexagénaire au visage étroit toujours souriant, bien rasé, presque chauve, élégamment vêtu d'un costume élimé, d'une chemise blanche propre et d'une cravate, il parlait un peu français et s'était révélé un interprète utile. Brodie ignorait totalement qui il était et quelle fonction il remplissait, mais il semblait habiter là, quelque part dans les quartiers de Nicanor et de Fyolka. Brodie tombait régulièrement sur lui dans les diverses pièces, occupé à lire ou à faire une réussite élaborée à deux jeux de cartes, présence totalement bénigne et inoffensive comme une plante en pot qu'on déplacerait de pièce en pièce.

« Bonjour, monsieur Kirill, lança Brodie en s'asseyant.

– Bonjour, monsieur Moncur », répondit Kirill avant de reprendre sa lecture.

Fyolka émergea de la cuisine avec un plateau, s'adressa à Brodie dans un russe volubile, posa devant lui un verre de lait et une assiette de hareng froid puis s'éclipsa. Pourquoi du lait aujourd'hui alors qu'elle lui servait toujours du thé au petit déjeuner ? Il ne voulait pas de lait, il avait besoin d'une boisson chaude pour sa gorge.

« Fyolka ? appela-t-il par la petite porte qui menait à la cuisine et aux quartiers des domestiques, porte qu'il n'avait jamais franchie. *Du thé* ?* »

Arrivée de sa cuisine, Fyolka lui répondit quelque chose en russe. Même si Kirill avait assuré à Brodie qu'elle comprenait quelques mots de français et d'allemand, à l'évidence elle n'entendait pas le mot *thé**. Il chercha Kirill des yeux pour lui demander de l'aide, mais l'homme avait discrètement quitté la pièce. Comment disait-on « thé », en allemand ? Il avait laissé dans sa chambre son petit dictionnaire anglais-russe translittéré et voulait s'épargner la peine de retourner le chercher. Il se rappela soudain le mot allemand.

« *Eine Tasse Tee, bitte.* »

Aucune réaction. Mais où était-il donc passé, ce Kirill, maintenant qu'il avait besoin de lui ? Il mima le geste de verser du thé d'une théière puis de touiller sa tasse avant d'en boire. Fyolka disparut et revint une minute plus tard avec du café. Au moins, c'était chaud. Brodie demanda du pain et de la confiture en français et en allemand et lui rendit le hareng froid. Elle lui rapporta un petit pain grisâtre et de la gelée de groseilles à maquereau. Bon, c'était un progrès. Il dégusta son petit déjeuner, puis regagna sa chambre (croisant Kirill au passage qui retournait dans la salle à manger récupérer son journal), s'habilla et sortit dans Saint-Pétersbourg.

Déambuler dans les rues de Piter pour aller au travail ne manquait jamais de le revigorer tant c'était excitant : il n'arrivait toujours pas à croire que c'était bien lui, Brodie Moncur de Liethen Manor, qui marchait sur les larges quais de la Neva peu après le dégel, lui qui passait devant les à-pics des façades colorées de ces immenses bâtiments ornés de flèches, de coupoles et d'innombrables drapeaux battant au vent, lui qui fendait ces foules de passants dont les deux tiers semblaient en uniforme. Certains étaient soldats ou marins, mais Brodie avait l'impression que tous les Russes rêvaient de détenir un emploi qui imposait le port d'un uniforme. Et presque tout le monde arborait le même genre de couvre-chef, une sorte de képi en feutre avec une petite visière en cuir. Il avait pleinement conscience de son allure typique d'étranger : ses vêtements, ses chaussures, son chapeau et son manteau semblaient hurler « Je ne suis pas russe ! » et il repérait les autres étrangers à leur passage (et inversement) comme s'il se créait entre eux une curieuse espèce de solidarité. Réputée être la ville la plus européenne de Russie, Saint-Pétersbourg restait éminemment russe aux yeux de Brodie. À Paris, il avait fini par se sentir chez lui, par investir la ville et se l'approprier comme un Parisien sans même y penser, mais il doutait de jamais vivre une expérience similaire à Piter.

Il traversa le pont Nikolaïevski puis le pont Toutchkov avant d'arriver à ce qu'on appelait Petrogradskaïa Storona, « le côté de Petrograd ». Il prit sur sa gauche et marcha jusqu'aux abords du parc Petrovski, où se trouvait le théâtre Nouvelle Russie, qui abritait son bureau. Construite à peine deux ans plus tôt, la salle de cinq cents places à un orchestre et deux balcons, toute de bois peint en blanc, jouissait de l'électricité. Son bureau, en revanche, se résumait à une toute petite mansarde avec lucarne, équipée d'une table, d'une chaise et d'une armoire de classement en pin totalement vide. Son nom était inscrit sur la porte en anglais et en russe. Il supposait que ce modeste local lui avait été fourni suite aux négociations de Kilbarron avec les Vadimova. De fait, il n'était nullement le secrétaire de Kilbarron, juste son accordeur et réparateur de pianos, mais pour avoir l'air d'un secrétaire et ainsi justifier son salaire, il lui fallait bien l'équipement minimal.

Comme nombre de riches mélomanes pétersbourgeois tels le comte Cheremetiev, Boris Liskov ou Mikhaïl Berkech, Elizaveta Ivanovna Vadimova disposait de son propre théâtre et de son propre orchestre. À ce titre, elle avait la capacité de dicter les goûts et de favoriser les réputations, le tout au nom de la promotion du génie de la musique russe. Brodie savait maintenant qu'elle avait découvert Kilbarron lors de la *soirée russe** au théâtre de la République. Subjuguée par son interprétation du concerto de Rimski-Korsakov et de ses variations sur des thèmes de Borodine, elle avait vu en lui l'homme idéal pour devenir le compositeur, chef d'orchestre et interprète invité de son théâtre Nouvelle Russie du parc Petrovski à Saint-Pétersbourg malgré le fait qu'il fût irlandais et plutôt sur le déclin. L'argent étant le cadet de ses soucis, toutes les exigences de Kilbarron obtenaient instantanément satisfaction. Brodie se demanda si c'était parce qu'il y avait des négociations en cours avec les Vadimova que Kilbarron s'était montré si intraitable avec Ainsley Channon. Lui réclamer deux cents guinées par concert, à prendre ou à laisser, était d'autant plus facile qu'il savait Elizaveta Vadimova prête à accéder à tous ses désirs.

Brodie ferma la porte et alla s'asseoir à son bureau. Il ôta ses lunettes pour en nettoyer les verres, puis les remit et sortit de son tiroir le roman qu'il était en train de lire : *Le Maître de Ballantrae*, de Robert Louis Stevenson. Il avait beaucoup lu depuis son arrivée à Saint-Pétersbourg parce qu'il n'avait pratiquement rien d'autre à faire entre deux concerts. Le piano du Nouvelle Russie était un Zollmeyer de trois ans d'âge. Même si cette marque ne figurait pas à son panthéon, Brodie l'avait réglé et accordé pour Kilbarron exactement comme le

Channon, en lestant soigneusement les notes aiguës afin de ménager sa main droite souffrante. Cette mission accomplie, il n'avait rien d'autre à faire qu'attendre une convocation de Kilbarron à Kiev, Prague, Berlin ou ailleurs, un concert ici, un récital là, pendant qu'il préparait en parallèle la saison inaugurale du Nouvelle Russie. En toute autre circonstance, au bout de quelques mois, Brodie aurait démissionné tant cette existence le lassait, mais il ne pouvait pas, puisque c'est seulement en restant à Saint-Pétersbourg qu'il avait une chance de voir Lika. Donc il restait, malgré l'ennui de ses journées. Jamais il ne la quitterait.

Lika habitait avec Kilbarron (et Malachi) dans une sorte de palais sur la perspective Nevski. La demeure comportait des écuries et des cuisines au rez-de-chaussée, et un escalier monumental dans une entrée séparée menait aux salles de réception et aux quartiers de vie répartis sur les quatre étages. Malachi disposait d'une suite au troisième. Le *piano nobile* comptait deux salons (un petit, un grand), une salle de billard, une salle à manger pouvant accueillir jusqu'à quarante convives et une petite salle de bal dotée d'une tribune pour musiciens. Au deuxième se trouvaient les spacieux appartements de Lika et John Kilbarron (deux chambres avec dressing-room, un boudoir, une salle de bains). Les domestiques étaient nombreux : portiers, femmes de chambre, un cocher et des palefreniers, un majordome, une cuisinière et plusieurs filles de cuisine, le tout aux frais d'Elizaveta Vadimova. Kilbarron se complaisait dans tout ce luxe ostentatoire. Le problème pour Brodie, c'est qu'il n'arrivait presque jamais à se retrouver seul avec Lika.

Ils étaient arrivés à Saint-Pétersbourg en septembre de l'année précédente, leur départ de Paris ayant été inévitablement retardé par les nombreux voyages que les frères Kilbarron avaient effectués pour rencontrer les Vadimova mère et fille afin de négocier jusqu'au moindre détail de cet engagement hors norme. Pendant ces déplacements, Brodie et Lika jouissaient de toute leur liberté au Grand Hôtel des Étrangers. Cela avait nul doute été la période la plus heureuse de leur relation, sans aucune peur d'être découverts. Une semaine, ils avaient même passé trois jours entiers ensemble. Mais maintenant à Saint-Pétersbourg, tout était redevenu très compliqué. Brodie tenait les comptes : entre septembre 1898 et mai 1899, pas une seule relation sexuelle avec Lika. Ils avaient parfois pu voler un baiser ou une étreinte dans les couloirs ou les loges d'un théâtre, mais rien de plus, d'autant que Brodie accompagnait souvent Kilbarron en tournée. La frustration ne cessait d'empirer car Brodie, quand il était en ville, voyait Lika plusieurs fois par semaine, mais toujours en présence de Kilbarron. La masturbation ne lui apportait que le plus éphémère des réconforts. Il savait bien qu'ils finiraient par trouver un moyen, mais Saint-Pétersbourg n'était pas Paris. Tout était différent, plus compliqué.

Il lui avait fait passer un message, une fois : « Retrouve-moi à l'hôtel d'Angleterre demain, chambre 113. J'y serai toute la journée. » Il avait attendu, il y avait passé la nuit, mais Lika ne s'était pas montrée. Pendant les rares moments où ils pouvaient échanger quelques murmures, elle lui disait : sois patient, on va y arriver, j'y pense, je planifie. C'était une maigre consolation de savoir qu'il lui manquait à elle aussi. Mais chaque fois que Kilbarron quittait Saint-Pétersbourg, Brodie devait l'accompagner et Lika restait sur place. Horripilant casse-tête. Ce qui lui était apparu comme une solution idéale (être en permanence près d'elle à Saint-Pétersbourg) se révélait incroyablement décourageant.

À midi, il abandonna son roman et sortit déjeuner.

Le restaurant français Dominique avait au moins de français un maître d'hôtel, et Brodie aimait y aller ne fût-ce que pour parler français et boire du bon vin français avec son brochet à la juive, son anguille farcie ou sa dorade au raifort (le Dominique proposait des spécialités de poisson). Le temps se faisant plus clément, des tables avaient été installées dans le petit jardin à l'arrière. Le maître d'hôtel, Zéphyr Dommecq, l'accueillit en habitué et lui annonça qu'il venait de recevoir un excellent chablis. Sans même s'enquérir du prix, Brodie en commanda une bouteille. À l'aune de son train de vie habituel, il était plus riche que jamais : il gagnait deux fois son ancien salaire et n'avait plus de frais de logement ni guère d'autres dépenses. Si, à Paris, les nuits passées au Grand Hôtel des Étrangers avaient sérieusement entamé ses économies, il disposait ici de plusieurs centaines de livres sur son compte à la Banque anglo-russe.

Il s'assit à l'extérieur et alluma une cigarette en regardant autour de lui. Deux autres tables étaient occupées par des Allemands. Le soleil de mai lui réchauffait la cuisse, le chablis était idéalement frappé. Ainsi donc Brodie Moncur se trouvait à Saint-Pétersbourg, attablé pour un coûteux déjeuner avec une bouteille entière de vin pour lui tout seul. La vie lui souriait, sauf que… Alors qu'il attendait son entrée, une soupe de cerises au sarrasin, il prit conscience de toute la capricieuse fragilité du bonheur. Il aurait dû nager dans le bonheur, et pourtant il se sentait malheureux parce qu'il ne pouvait pas être avec Lika, la femme qu'il aimait au-delà de toute raison. Mais quitter Piter en l'abandonnant là l'eût rendu encore plus malheureux, désespérément malheureux. Donc, se dit-il, autant être moins malheureux, même si cela le rendait profondément malheureux. Il était pris au piège d'un cycle insupportable de malheur étrange. Il mangea sa soupe, puis Zéphyr lui apporta promptement sa carpe bouillie au vin rouge avant de remplir son verre de chablis.

« Pour le dessert, je vous recommande la tourte à la crème aigre, conseilla-t-il. C'est un délice absolu. »

En retournant au théâtre après le déjeuner, Brodie se sentait gavé et un peu éméché. Il avait beau être légèrement malheureux, la bouteille entière de chablis avait peut-être été de trop.

Il entra par l'entrée des artistes pour trouver le foyer rempli de jeunes femmes toutes menues. Le corps de ballet venu répéter fit aussitôt silence et s'écarta pour laisser passer cet étrange géant. Dès qu'il fut parti, il les entendit glousser et babiller gaiement comme une nuée d'oiseaux chanteurs. La saison des ballets commençait au Nouvelle Russie, si bien que, pour lui, les affaires étaient encore plus calmes que d'ordinaire. Du temps en plus pour lire Stevenson.

Or dans son bureau, il trouva deux messages qui l'attendaient : l'un de son médecin lui rappelant son rendez-vous et l'autre de Malachi Kilbarron lui annonçant une rencontre à la demeure de la perspective Nevski à 18 heures ce même soir. L'humeur de Brodie s'ensoleilla : sa journée se trouvait soudain remplie et en outre, il allait sans doute croiser Lika.

2

Le docteur Varia Alexandrovna Sampsonievskaïa s'assit à son bureau en lui disant qu'il pouvait remettre sa chemise. Elle approchait la quarantaine, supposait Brodie (c'était seulement leur troisième rendez-vous), et elle avait un beau visage osseux avec un nez assez crochu. Mais c'était un visage sévère, sans sourire, comme si le docteur Sampson, ainsi que l'appelait Brodie, n'avait guère de plaisirs dans la vie. Peut-être était-elle aussi légèrement malheureuse que lui. Elle parlait un français excellent car elle avait étudié un an à Paris sous l'égide de Théophile Roguin. Vêtue d'une blouse en coton blanc qui lui descendait aux genoux par-dessus son tailleur, elle avait les cheveux relevés en un chignon lâche fixé par de nombreuses pinces.

« Votre poumon droit est un peu congestionné, annonça-t-elle. À mon avis, c'est juste un refroidissement. Je vais vous prescrire une inhalation de camphre pour nettoyer votre gorge et votre nez. Restez au chaud, dit-elle en écrivant sur un bloc avant de se carrer sur son siège pour le regarder boutonner sa chemise. Donc vous n'avez pas eu de problèmes de santé cet hiver ?

– Non, je me sentais bien. Et maintenant que c'est le printemps, me voilà souffrant.

– Vous avez beaucoup de chance. L'hiver prochain, je vous recommande de ne pas rester à Piter. Allez dans le sud de l'Europe, ou même en Afrique du Nord. Lisbonne, Séville, Marrakech, Alger, Biarritz, Nice… Et attendez le dégel de la Neva pour revenir.

– Je suis déjà allé à Nice, sur la recommandation de mon médecin français.

– Eh bien si vous connaissez un hôtel agréable, je vous conseillerais de réserver une chambre de décembre à mai.

– Je vois mal mon employeur m'autoriser une si longue absence.

– Alors vous devrez *trust to luck*, dit-elle avec un haussement d'épaules. C'est l'expression correcte en anglais ?

– En effet. Mais nous en remettre à la chance, n'est-ce pas ce que la vie nous impose à tous ?

– On peut toujours lui donner un coup de main, à la chance. »

Elle sortit d'un tiroir un étui à cigarettes qu'elle ouvrit pour lui en offrir une. Il vit qu'il s'agissait de cigarettes russes, papier jaune et très long filtre en carton.

« Si cela ne vous dérange pas, je préfère une des miennes, s'excusa Brodie.

– Que fumez-vous ?

– Des Margarita. Elles sont importées des États-Unis d'Amérique.

– Puis-je essayer ? »

Docteur et patient allumèrent chacun leur Margarita et savourèrent le mélange américain. Brodie sentit l'atmosphère changer subtilement, passant de la rectitude professionnelle à une sorte de curiosité aimable.

« C’est la première fois que je fume du tabac américain.

– C’est ce qui se fait de mieux.

– Vous vous plaisez ici, à Piter ? Vous aimez la ville ? demanda-t-elle en enlevant un brin de tabac du bout de sa langue.

– Oui, beaucoup. Il y a quelques soucis, mais c’est partout pareil.

– Et vous êtes musicien ?

– Je suis le secrétaire d’un grand pianiste, John Kilbarron.

– John Kilbarron, oui ! J’ai entendu parler de lui. Le “Liszt irlandais”.

– C’est cela, confirma Brodie avant de raconter leur déménagement de Paris à Saint-Pétersbourg. Vous aimez la musique ?

– Évidemment. Je suis russe.

– Alors je dois vous donner une invitation pour un des récitals de Kilbarron. Il est extraordinaire. Les premiers auront lieu à la fin de l’été.

– Merci beaucoup, c’est très gentil. Je serai ravie de venir. »

Son visage fut un instant transformé par le vrai sourire qu’elle s’autorisa.

Il y avait quelque chose d’étrangement attirant chez le docteur Sampson, songea Brodie alors qu’elle le raccompagnait. Dans une autre vie, une vie sans Lika, il aurait pu se laisser séduire par la beauté de sa réserve et de sa mélancolie et apprécier le défi d’essayer de les surmonter. Elle le laissa au dispensaire, où lui serait remise sa poudre de camphre, et le remercia encore pour son invitation.

Sergueï, le majordome, l’escorta jusqu’au grand salon du premier étage de la demeure de la perspective Nevski, que Kilbarron avait redécoré en un camaïeu de rouges : rideaux de velours garance, tapis bordeaux, canapés Chesterfield écarlates. Il avait accroché aux murs une belle collection d'antiques armes exotiques : épées et sabres, fauchons et cimeterres, claymores et haches, boucliers et hallebardes, piques et lances, fléaux et morning stars, sans compter les heaumes et bassinets exposés sur des consoles. Ce n'était pas une pièce agréable, se disait chaque fois Brodie. Cet assortiment d'armes aux lames briquées symbolisait une colère mal contenue, et les nuances de rouge affectaient étrangement l'humeur, provoquaient une certaine tension. Il n'y avait ni piano, ni tableaux. On se serait cru dans un musée militaire. Brodie n'avait jamais trouvé le temps de demander à Lika ce qu'elle en pensait.

Malachi Kilbarron l'accueillit. Brodie, qui ne l'avait pas vu depuis plusieurs semaines, le trouva nettement plus corpulent. Ce n'était pas tant une question d'embonpoint, mais il semblait juste charrier plus de poids et occuper plus d'espace que la plupart des hommes – un bloc de chair massif. Il offrit une vodka à Brodie, qui refusa, toujours sous l'effet de son chablis du déjeuner.

« C'est merveilleux, la vodka, déclara Malachi en s'en versant un petit verre. On peut en boire à toute heure du jour.

– C'est ce qu'on dit aussi du whisky », commenta Brodie, car lorsqu'on avait ce penchant, on pouvait justifier de boire n'importe quoi à n'importe quel moment.

John Kilbarron entra sur ces entrefaites, et Brodie vit au premier coup d'œil qu'il était tout sauf sobre. Il traversa la pièce d'un pas assuré, mais il y avait quelque chose de flou dans son regard, comme si ce qui se passait dans sa tête était plus intéressant que ce que pouvait offrir cette pièce.

Il serra chaleureusement la main de Brodie, à deux mains, puis lui donna une claque sur l'épaule et accepta le verre en cristal rempli de vodka que lui proposait Malachi. Il s'assit en douceur. Brodie remarqua des taches de nourriture sur le devant de sa veste.

« Nous partons en voyage, annonça-t-il. Demain. Elizaveta Vadimova m'a donné une datcha.

– T'a prêté une datcha, rectifia Malachi.

– Nous allons être des *datchniki* ! jubila Kilbarron en criant presque. Pourquoi ne buvez-vous donc pas, Brodie ? Sers-lui une vodka, Malachi. Dans cette maison, on n'a pas le droit de dire non. »

Malachi tendit un fond de vodka à Brodie, soudain acquis à cette idée tant l'atmosphère était tendue. Il but une gorgée et ses lèvres lui brûlèrent.

« Vous aurez une chambre pour vous tout seul, Brodie ! beugla Kilbarron. L'été arrive, et nous allons avoir notre maison de campagne à nous ! Nous allons vivre en hobereaux ! »

Il se hissa sur ses pieds pour aller remplir son verre. Malachi s'approcha discrètement de Brodie tandis que son frère se mettait en quête de ses cigarillos.

« Nous devons parler du programme pour le Nouvelle Russie.

– Volontiers.

– John dit qu'il veut diriger, mais pas jouer.

– Il est obligé, pourtant. Tous les billets ont été vendus.

– Alors vous avez intérêt à exercer votre magie sur ce piano. John arrive à peine à tenir plus de cinq minutes. »

Brodie songea que Kilbarron ferait déjà bien de diminuer sa consommation d'alcool, voire d'arrêter ses injections d'« analgésique ». Mais de toute façon, il restait quelques mois avant le début de la saison des concerts. Peut-être la vie à la campagne serait-elle le remède : du calme, de la tranquillité, du temps pour répéter. Brodie s'obligea à ne plus y penser. Après tout, c'était le problème de Malachi, pas le sien.

Lika fit alors son entrée.

« Monsieur Moncur, quel plaisir de vous voir !

– Le plaisir est partagé, mademoiselle Blum. »

Ils échangèrent une poignée de main, Brodie serrant aussi fort qu'il l'osa. Il sentit son pouls s'emballer, son oxygène lui manquer. Les effets physiques que sa simple présence provoquait en lui ne cessaient de l'étonner.

« Puis-je vous demander un autre verre, Malachi ? Vous avez raison, c'est une boisson épatante.

– Nous partons tous demain pour la datcha, articula Kilbarron. 10 heures, gare de Varsovie. »

Lika tourna le dos à Kilbarron et Malachi et mima à Brodie le mot : « Viens ! » Puis elle se tourna de nouveau.

« Quelle joie ! s'exclama-t-elle. Notre maison de campagne à nous ! »

3

Il fallait seulement trente minutes de train depuis la gare de Varsovie pour rejoindre Doubetchnia, l'arrêt le plus proche de Nikolskoïe, domaine des Vadimov au sud de Saint-Pétersbourg.

Un voyage court, tant mieux ! songea Brodie. Après son exubérance de la veille, Kilbarron semblait taciturne, morose – et pas très frais. Brodie avait pris place en face de Lika dans le wagon, et de temps à autre il collait son pied au sien tout en veillant à regarder le paysage ou bien Malachi et son cheroot. Le compartiment fut bientôt rempli de fumée, car Kilbarron s'anima suffisamment pour allumer lui aussi un cigarillo. Brodie offrit une cigarette à Lika. Rien de tel que la fumée pour combattre la fumée.

Le train ralentit. À l'évidence, le trajet prendrait plus d'une demi-heure aujourd'hui. Brodie sortit son guide de son sac et lut la notice consacrée à Doubetchnia. La gare (troisième classe avec buffet) se trouvait à un peu plus d'une verste de la petite ville, qui comptait cinq hôtels (dont deux « très mauvais » et un géré par des Polonais, selon le guide), six églises, huit écoles, un couvent et une bibliothèque avec salle de lecture en accès libre. Quand ils arrivèrent avec vingt minutes de retard, il transpira qu'il faudrait encore une heure pour rejoindre Nikolskoïe en carriole. Ils furent accueillis par Filipp Filippovitch Lvov, l'intendant du domaine, un homme réservé arborant une barbe épaisse, qui les attendait avec une voiture à quatre chevaux. Une fois tous montés à bord et leurs bagages hissés sur le toit, ils furent bringuebalés à travers la ville sur la grand-rue non pavée, passant devant quelques bâtiments de pierre puis de nombreuses maisons de bois, puis un moulin à vapeur, un abattoir, une corderie, unc tannerie et de multiples entrepôts avant d'atteindre la campagne.

Ils cheminèrent assez confortablement entre des champs de seigle sur les routes de terre qui menaient à Maloïe Nikolskoïe (le « petit » Nikolskoïe), la datcha qu'Elizaveta Vadimova avait mise à la disposition de Kilbarron. Ce dernier finit par reprendre du poil de la bête pendant le trajet car Malachi fit passer une flasque de vodka. En cette journée ensoleillée de mai, une forte brise chaude balayait dans le ciel quelques rares baluchons de nuages et venait caresser Brodie par la fenêtre ouverte. De temps à autre, ses genoux heurtaient ceux de Lika, assise en face de lui, et ils se dévoraient du regard chaque fois que les frères Kilbarron discutaient ensemble. Les yeux de Brodie disaient : Je veux être nu avec toi dans un lit. Lika jouait avec ses cheveux de façon provocante et, à un moment, laissa son index sur ses lèvres pendant une bonne minute et sortit plusieurs fois la langue pour le lécher, rendant Brodie presque fou de désir, avec une érection comprimée en L derrière la barrière de sa braguette boutonnée.

« Où est César ? réussit-il à demander le plus innocemment possible.

– Je l'ai laissé à Piter. Il faut d'abord que je voie quel genre de chiens ils ont par ici. Je ne veux pas prendre le risque qu'il se fasse dévorer tout cru. Je les connais, ces chiens de ferme, ce sont de vrais monstres. »

Elle se tourna vers Filipp Lvov pour lui parler en russe.

« Oui, il me confirme qu'ils ont une demi-douzaine de chiens à la ferme, rapporta-t-elle. Un toutou de la ville comme César n'aurait aucune chance. »

Sous l'effet de la chaleur, Lika et Kilbarron finirent par piquer du nez. Brodie regarda dehors ; il se serait cru en train de voyager dans les Scottish Borders : champs de seigle, vallées, taillis, ponts de bois enjambant de petites rivières aux berges encombrées d'arbres et arbustes. Seuls les villages qu'ils traversaient redonnaient tout son exotisme russe au paysage, avec les cabanes en rondins à toit de chaume, les petits jardins à palissade en bois et parfois une église à bulbe aux murs stuqués. Alors il se rappelait qu'il se trouvait à des milliers de kilomètres de chez lui – mais à un mètre de la femme qu'il aimait. Il se rendit compte que Malachi lui parlait.

« Pardon, qu'avez-vous dit ?

– Que fumez-vous donc là, Brodie ? Cela fait longtemps que je veux vous poser la question. »

Brodie lui expliqua et lui offrit une de ses cigarettes, que Malachi accepta.

« Très agréable, très doux, commenta-t-il. Cela ne brûle pas la gorge. On pourrait en fumer à longueur de journée. »

Brodie lui parla de la boutique à Édimbourg : Hoskings, dans Grassmarket. M. Hoskings expédiait partout dans le monde à condition d'être réglé à la commande. Malachi sortit un calepin de sa poche, dévissa le capuchon de son stylo à plume et consigna ces détails.

« Vous êtes une mine de renseignements utiles, Brodie Moncur. Je vais passer commande auprès de M. Hoskings, annonça-t-il avant de jeter un coup d'œil par la fenêtre. Je pense que nous y sommes presque. Je n'aimerais pas faire cette route en hiver, en tout cas, ça je vous le garantis. »

Comme son nom ne l'indiquait pas, Maloïe Nikolskoïe était une maison assez grande, aux bardeaux peints en vert et au toit de tôle ondulée rouillé, avec une large véranda à quatre piliers dont l'avant-toit orné d'une bordure festonnée soutenait un demi-étage en surplomb aux boiseries tout aussi travaillées et surmonté d'une girouette disproportionnée. Filipp leur expliqua dans son français hésitant qu'il s'agissait du logement de l'ancien intendant du domaine, qui avait été rénové et redécoré. Derrière la datcha, cachée des regards par une haute palissade, se trouvait une grande cour de ferme bordée de plusieurs étables, celliers et écuries où étaient parqués les animaux et où logeaient les domestiques.

Ils descendirent de la voiture et leurs bagages furent transportés à l'intérieur par deux laquais que Filipp avait réquisitionnés à la grande maison. Brodie s'étira et avança jusqu'au bout de l'allée gravillonnée, où une petite rivière avait été bloquée par un barrage pour créer un vaste étang (presque un lac) de cinquante mètres de diamètre, équipé d'un hangar à bateaux et d'une jetée où était amarrée une barque. À travers un bosquet de bouleaux argentés sur la rive opposée, Brodie aperçut les toits des bâtiments d'un hameau distant de moins d'un kilomètre. En se tournant, il vit derrière la maison principale une forêt touffue d'où arrivait la rivière. Des chiens aboyaient, des coqs chantaient inutilement et des vaches meuglaient. Le soleil baignait les lieux. Étonnamment, Brodie se sentit comme chez lui. Autant il pouvait apprécier sa vie citadine, autant il restait un gamin de la campagne.

Près du lac, du côté du hangar à bateaux, se trouvait une cabane en bois à deux niveaux, également peinte en vert.

Filipp Lvov leur apprit que la « grande maison », Nikolskoïe, se situait à environ deux verstes à travers bois. Après ce petit tour du propriétaire, ils entrèrent.

Ils découvrirent des pièces austères mais spacieuses au mobilier rare. Des tapis sur des planchers vernis, des sofas et des fauteuils, des murs lambrissés nus à l'exception d'une petite icône dans un coin. L'essentiel, déclara Lika, c'est que c'était propre. Pas d'insectes, pas de cafards. Ils se virent chacun attribuer une chambre – du moins Malachi et lui, puisque Lika et Kilbarron, transpira-t-il, allaient dormir dans le chalet près du lac.

« Je suis en train de faire venir un piano, annonça Kilbarron à Brodie. Vous devrez le régler pour moi. J'ai un travail affolant à accomplir.

– Quel travail ? demanda Brodie sans réfléchir.

– Écrire une foutue symphonie en trois mois. C'est inscrit au contrat, vous vous rappelez ? rétorqua Kilbarron avec un sourire glacial. Pour moi, l'été sera studieux. »

Filipp leur présenta les domestiques : une gouvernante, une cuisinière et son assistante, deux femmes de chambre, deux laquais et le cocher qui les véhiculerait ici ou là. Dehors s'affairaient des jardiniers et des ouvriers agricoles. Maloïe Nikolskoïe avait tout ce qu'on pouvait désirer.

« Et maintenant le déjeuner est servi », annonça Filipp en ouvrant la porte de la salle à manger.

Brodie comprit bien vite que l'irruption de Maloïe Nikolskoïe dans la vie de John Kilbarron et de son entourage allait passablement lui compliquer la vie. Kilbarron décida de s'y installer à demeure avec Lika, plutôt qu'à Saint-Pétersbourg, pour la plus grande frustration de Brodie, qui était invité le week-end, avec Malachi et divers autres amis et relations, pour des parties de campagne de *datchniki* à la russe. Nourriture et boisson à profusion, jeux et sports (le domaine comptait un terrain de croquet et un court de tennis), promenades et baignades. Brodie avait espéré que ces réunions lui permettraient d'avoir du temps avec Lika, Kilbarron étant occupé ailleurs, mais se retrouver seul avec elle s'avéra atrocement compliqué, car il y avait toujours un invité à proximité ou susceptible d'ouvrir une porte. Leur crainte d'être découverts les rendait prudents à l'excès. Au-delà d'un baiser à pleine bouche de deux secondes ou d'un bref serrement de mains enfiévré, Brodie devait se contenter de la regarder dans une pièce remplie de gens et de conversations ou de la frôler sur le terrain de croquet. Il commençait à devenir fou. Et puis un jour, il eut une idée.

C'était leur troisième week-end à Maloïe Nikolskoïe – sauf que « week-end » était un terme impropre. Certes, ces réunions commençaient le vendredi après-midi quand les invités arrivaient de Piter via Doubetchnia, mais le séjour n'avait pas de durée prédéfinie et se prolongeait souvent jusqu'au mardi ou au mercredi, quand les derniers convives rentraient chez eux. De façon agaçante, Kilbarron, lui, ne semblait pas prêt à quitter les lieux, et il tenait à ce que Lika restât avec lui. Des semaines le séparaient encore de la saison de concerts au Nouvelle Russie, et jusque-là, disait-il, rien ne pourrait l'arracher à la campagne, où il trouvait son inspiration et moins de distractions.

L'idée de Brodie prit forme lorsque, par un vendredi après-midi étouffant, il repéra des cannes à pêche dans la « salle de jeux » de la datcha. Il prépara canne et moulinet, se munit de trois hameçons, trouva quelques vers dans le tas de fumier de la cour de ferme et longea la rivière sur un chemin envahi par les ronces, en quête d'un plan d'eau assez large pour pêcher, heureux de s'éloigner un peu de la maison et de ses invités bruyants.

Cette rivière peu profonde (il faudrait qu'il pense à s'enquérir de son nom) n'avait pas un fort débit, au contraire de la Liethen bouillonnante et rapide. Sitôt qu'il eut quitté les terres agricoles, la végétation s'épaissit autour du cours d'eau : trembles et bouleaux, hautes herbes et chardons poussaient dru sur les rives et rendaient la progression délicate. Malgré les mouches bourdonnant autour de lui et le soleil qui tapait fort, il se sentit pénétré par une sensation familière de bien-être. C'était là un monde qu'il connaissait et dans lequel il se trouvait en paix. Au bout d'une demi-heure environ, il arriva à un large méandre où s'était creusé un profond bassin. Le paresseux ruban brun de la rivière s'agitait ici en se déversant par-dessus des rochers dans une fosse ombragée. Pas de saule, mais un grand frêne qui projetait ses ombres bienvenues sur les eaux troubles et sombres. Brodie appâta ses petits hameçons. Une légère brise faisait ondoyer les paillettes de soleil à la surface. Il marcha jusqu'au bout du bassin, où l'eau vive se faisait plus profonde et moins rapide. Il jeta sa ligne, que le courant emporta vers l'aval. Tenant la canne en équilibre dans sa main, il donna beaucoup de mou et laissa la ligne flotter au gré du courant à l'ombre du frêne. Des libellules bleues voletaient au-dessus du cresson et des fougères qui bordaient le plan d'eau. Une touche ! Il tira fort sur la ligne, enroula son moulinet (il comprit aussitôt que ce n'était pas une grosse prise) et récupéra un petit goujon, du moins lui sembla-t-il. Il plongea les mains dans l'eau, décrocha le poisson et le rejeta.

Il posa sa canne et alluma une cigarette en se promenant dans les environs pour prendre ses repères. Les rives étaient encombrées de buissons et d'arbres de toutes tailles, mais sous le frêne s'étendait un carré d'herbe où l'on pourrait étaler une couverture pour pique-niquer. Ou pour faire l'amour…

Ce soir-là pendant le dîner, il fit discrètement passer à Lika un message avec un petit plan détaillant la route qu'il avait suivie le long de la rivière. Il avait souligné le plan d'eau et le frêne. « Je pars d'un côté. Trente minutes plus tard tu pars de l'autre. On se retrouve près de la mare au frêne. »

Le lendemain après le déjeuner, alors que les autres invités jouaient au croquet, lisaient dans des hamacs ou buvaient et fumaient sur la véranda, Brodie prit sa canne et son panier et annonça qu'il partait attraper leur dîner. Personne ne lui prêta la moindre attention. Imbibé de vin, Kilbarron s'était retiré dans son chalet pour une sieste postprandiale. Brodie s'imagina Lika partir nonchalamment pour une promenade une vingtaine de minutes plus tard avec César, maintenant autorisé à venir à Maloïe Nikolskoïe puisque les chiens de la ferme restaient confinés dans la cour la plupart du temps et semblaient de toute façon se désintéresser totalement du petit protégé de Lika.

Dans son panier de pêche, Brodie avait rangé une nappe en coton chipée dans le placard à linge. Quand il arriva à la mare au frêne, il l'étala sur le carré d'herbe ombragé et s'assit dessus pour attendre. Trente minutes plus tard, il vit Lika émerger d'un bosquet de bouleaux argentés, surpris de la voir arriver par l'aval. Il se leva alors qu'elle avançait dans les hautes herbes blondes. Elle portait des lunettes aux verres teintés de bleu pour se protéger du soleil, et en progressant vers lui elle laissait derrière elle un sillage de chardons dansants. Pour Brodie, debout près de la petite rivière dans ce coin de nature sauvage par une chaude journée de juin, la vision de la femme qu'il aimait cheminant vers lui entre les bouquets de chardons et de cardères, son chapeau de paille à la main, ses cheveux dénoués agités par de chaudes brises irrégulières, César tirant sur sa laisse, confinait au sublime.

« Bien le bonjour ! Quelle surprise de vous croiser ici ! »

Ils s'embrassèrent, le baiser Lika, puis s'attaquèrent à leurs vêtements. Lika releva sa jupe de coton, Brodie descendit son pantalon et son caleçon, laissant son érection se dresser librement, et ils passèrent à l'action sous l'œil stupéfait de César, qui se rafraîchissait à l'ombre du frêne, sa laisse attachée à une de ses branches basses.

Ensuite, ils se dénudèrent complètement pour nager dans la mare, puis déplacèrent la nappe au soleil pour s'y allonger et sécher jusqu'à ce que l'envie de faire l'amour les reprenne.

« Adam et Ève au jardin d'Eden, remarqua-t-il.

– Où est le serpent ?

– Dans un coma éthylique à cuver le vin qu'il a bu au déjeuner, ironisa-t-il avant de lui toucher le visage. Lika, tu te rends compte qu'on est vraiment seuls ?

– On pourrait venir chaque jour, chaque après-midi, répondit-elle en lui embrassant le bout des doigts.

– Non, surtout pas ! Il faut que nous soyons prudents. Je te dirai quand. Personne ne doit avoir de soupçons. Et tu ne peux pas sortir chaque jour sous prétexte d'une simple promenade avec César. Moi, je vais à la pêche. Toi, il faut que tu te trouves une activité. Des esquisses, des aquarelles, un herbier de fleurs sauvages…

– Tu as raison, Malachi va nous surveiller.

– Malachi ? Pourquoi donc ?

– Parce que… c'est dans sa nature. Il me surveille. »

Brodie étreignit son corps diaphane encore humide et lui embrassa les seins, excité au-delà de toute raison d'être nu sur cette berge avec elle. Cela lui semblait encore plus osé, plus émoustillant que dans une chambre d'hôtel de second rang. Elle se colla contre lui et baissa la main pour enserrer son pénis qui enflait.

« Je t'ai manqué, n'est-ce pas ? » souffla-t-elle.

Plus tard, en se rhabillant, ils élaborèrent des stratégies. Si Kilbarron était vraiment saoul, il n'y aurait aucun problème ; mais s'il était encore à table quand Brodie sortirait pour sa partie de pêche, il faudrait qu'ils prennent plus de précautions. Brodie partirait avec sa canne, puis Lika attendrait une heure avant de se mettre en route. Et il faudrait qu'ils rentrent séparément, avec là encore un long intervalle de temps.

Brodie lui fit un baiser d'adieu quand elle s'apprêta à repartir avec César. Lui pêcherait pendant encore une demi-heure, lui dit-il, et essaierait de rentrer avec des prises convaincantes.

« Au fait, je ne t'ai jamais demandé depuis tout ce temps ! s'exclama-t-il en y repensant seulement. Comment s'est passée ton audition ?

– Quelle audition ?

– Haendel. *The Triumph of Time and Truth*, là.

– Ah oui, un désastre. Je n'ai pas pu chanter.

– Même pas notre petite chanson ?

– J'ai tout raté tellement j'étais nerveuse.

– Peu importe. Nous sommes là, c'est tout ce qui compte.

– Je crois que j'étais trop terrifiée à l'idée de chanter en anglais, tu comprends.

– Tu as encore la musique ?

– Quelle musique ?

– La partition que j'avais transcrite pour toi.

– Non… Je l'ai laissée au théâtre. Je n'avais plus toute ma tête, vu mon état. Mais pourquoi me poses-tu la question maintenant, enfin ? Cela fait si longtemps.

– Je n'en sais rien, cela m'a juste traversé l'esprit. Bref, oublions. Je ne sais pas pourquoi je viens de m'en souvenir. Je peux retranscrire la chanson pour toi un jour, si tu veux.

– Je crois que ma carrière se meurt lentement. Mieux vaut ne pas essayer de ranimer le cadavre. »

Elle l'embrassa une dernière fois et lui toucha le bout du nez d'un doigt, puis repartit pour la datcha en se retournant deux fois avant de disparaître entre les bouleaux.

Brodie ramassa sa canne. Il regarda la rivière, au-dessus de laquelle des nuées de phryganes ondoyaient dans un rayon de soleil. Il frissonna en sentant le contentement se répandre dans tout son corps comme un alcool fort, comme si de l'ambroisie tonifiante et aphrodisiaque envahissait jusqu'à ses derniers vaisseaux sanguins et capillaires, sa peau frémissant d'un bien-être, d'un bonheur tactile insurpassable.

4

Comme tous les illégitimes aguerris, ils raffinèrent leurs subterfuges au fil de l'été. Lika revint d'un voyage à Piter avec des carnets de dessin et des aquarelles. Brodie paya Piotr, un valet de cuisine, cinquante kopeks pour placer quatre ou cinq poissons frais dans son panier chaque fois qu'il partait à la pêche de façon à ne jamais rentrer bredouille de leurs escapades. Dans sa chambre, Lika traçait de mémoire des esquisses de rivières et de bois, de fleurs et de fougères. Elle n'avait aucun don pour le dessin, et son inaptitude rendait toutes ses représentations uniformément moches. Kilbarron demanda à voir ses œuvres un jour où elle était rentrée comme prévu après Brodie, et eut ce commentaire : « C'est charmant, mais tu es encore loin du compte, ma chérie. » L'essentiel était que les parties de pêche et les esquisses *en plein air** semblent de bon aloi.

Juin laissa place à juillet. Ils réussissaient à se rendre à la mare au frêne au moins une fois par week-end, parfois deux, en se tenant scrupuleusement à leurs horaires et leurs artifices. Redevenus des amants réguliers, comme à l'époque du Grand Hôtel des Étrangers, ils redécouvraient toutes les subtilités de leur sexualité. Certains jours, Lika disait non, pas aujourd'hui. Elle avait une peur terrible de concevoir. Ses menstrues étant exceptionnellement régulières, elle savait quels jours exacts éviter. Ces jours-là, elle le masturbait avec un soin tout particulier, s'arrêtait, recommençait, faisait durer la séance plus de dix minutes (ou aussi longtemps que Brodie pouvait se contenir), nue avec lui sur la couverture qui avait remplacé leur nappe.

« Je pourrais me procurer des *capotes**, si tu préfères, proposa Brodie. Pour être tranquilles…

– Bonne idée. J'en ai. J'en apporterai une la prochaine fois. »

Elle en avait… Ceci donna à réfléchir à Brodie.

« Tu baises avec Kilbarron ?

– Non, plus maintenant. Cela fait plus ou moins deux ans que non. Il boit trop. Il essaie, mais il s'endort. Et en plus, maintenant, il s'injecte sa coca.

– Mais vous dormez dans le même lit.

– Nous avons un lit, oui, mais il y a une autre chambre. Il ronfle si fort que le plâtre tombe du plafond ! Donc je me couche avec lui, mais quand il s'endort je passe dans la chambre voisine. »

Voilà qui le consolait. Mais était-ce vrai ?

« Alors pourquoi restes-tu avec lui ? » demanda-t-il un jour avec une certaine cruauté.

Elle prit la question au sérieux et y réfléchit un moment.

« Au début, ce n'était pas trop mal. Et je dois reconnaître que sans John, les premiers temps, je n'aurais pas eu de carrière, tu comprends ? Il m'a été d'une aide précieuse, il m'a décroché tous mes premiers contrats. Malachi me l'avait bien dit : John fera toute la différence, tu vas voir.

– Malachi ?

– Oui, je l'ai connu avant de rencontrer John, vois-tu. C'est Malachi qui m'a présenté son frère. Je ne te l'avais jamais dit ? »

L'air soudain gênée d'évoquer ces souvenirs, elle changea le sujet de la conversation. Brodie n'insista pas, et nota que Malachi avait fait partie de la vie de Lika plus longtemps que Kilbarron – mais à quel titre ? Quel sens donner à cette information ? Comment était-ce advenu ?

Un jour où il longeait la rivière à travers les hautes herbes des prairies inondables qui redescendaient vers Maloïe Nikolskoïe, il repéra Malachi avec un fusil et deux des chiens de ferme qui couraient autour de lui pour essayer de rabattre des oiseaux.

Ils marchaient l'un vers l'autre. Malachi portait une longue gabardine fauve qui accentuait sa carrure et rendait son volume et sa présence encore plus palpables, comme s'il déplaçait plus d'air. Il cassa son fusil et en sortit les cartouches, qu'il glissa dans sa poche.

« J'espérais pouvoir tirer une bécassine ou une perdrix. Tu parles ! Et vous, ça a mordu ? demanda-t-il en tapotant le panier en osier accroché à l'épaule de Brodie, qui en défit les boucles pour lui montrer les quatre poissons luisants qui s'y trouvaient (grâce aux cinquante kopeks de Piotr). On dirait des tanches.

– Ce sont des goujons.

– Je vous crois sur parole.

– Ça mord toujours en aval. J'ai bien l'impression que personne ne pêche dans cette rivière à part moi, dit-il avec un sourire malgré sa gorge sèche, s'obligeant à saliver.

– Vous n'auriez pas vu Lika, par hasard ? demanda Malachi l'air de rien. J'ai eu l'impression qu'elle partait du même côté que vous pour aller faire ses dessins affreux.

– Ah non, je suis resté près de la rivière. »

Malachi le dévisagea.

« Que se passe-t-il ? s'inquiéta Brodie.

– Si vous avez un instant, passez donc voir John. Je crois qu'il veut vous dire un mot.

– Très bien. Je vais prendre le chemin du retour, alors.

– Je vous accompagne. Ces chiens ne valent rien. »

Ils retournèrent vers Maloïe Nokolskoïe à travers les prairies, les chiens bondissant partout autour d'eux dans les herbes hautes. Malachi semblait contrarié, pensif, et Brodie ne savait pas quoi lui dire. Il se rappela son retour à Liethen Manor avec Callum, ce dernier après-midi où ils étaient allés pêcher dans la Liethen : comme un autre monde, une autre vie, voici des siècles. Il ferma les yeux un instant, le temps de retrouver les souvenirs de ce jour-là, la paix qu'il avait ressentie. Malachi était en train de lui parler.

« Pardon ?

– Je me demandais… Comment trouvez-vous Lika ? En tant que personne, je veux dire.

– Je la trouve très gentille, répondit Brodie, soudain méfiant, et heureux d'avoir trouvé un adjectif aussi neutre. D'un contact très facile.

– C'est une personne hors du commun, rétorqua Malachi presque farouchement, comme si Brodie s'était montré critique. Elle est précieuse.

– Précieuse ?

– Pour John, je veux dire. John se repose plus sur elle qu'il ne s'en rend compte, à mon avis.

– Je vois.

– Elle lui donne confiance en lui.

– Je ne crois pas que ce soit ce dont John manque, commenta Brodie en réprimant un rire.

– Non, ce que je veux dire, c'est que, comme il l'a dans sa vie, il peut se concentrer sur son travail. Cela le rassure, si vous voyez ce que je veux dire. Sans Lika, il aurait perdu les pédales. Et s'il avait perdu les pédales, cela aurait été un désastre. Pour moi également. Je dois tout à John, tout.

– Je vois », répéta Brodie.

En fait, il ne voyait pas grand-chose. Il avait l'impression que Malachi poursuivait un débat intérieur en parallèle avec cette conversation décousue.

« Vous avez connu Lika avant qu'elle rencontre John, si j'ai bien compris, eut-il l'imprudence de lancer.

– Qui vous a raconté ça ? rétorqua Malachi en s'arrêtant de marcher.

– Eh bien, John a dû me le dire en passant.

– Je la connaissais vaguement, oui, a répondu Malachi en baissant les yeux vers ses pieds, sa voix soudain presque inaudible. Elle était très jeune, dix-huit ou dix-neuf ans. Et puis John l'a entendue chanter et a repéré son talent. C'est lui qui a décelé son… son potentiel.

– Elle a une très jolie voix », remarqua Brodie histoire de changer de sujet.

Malachi semblait en proie à une certaine agitation intérieure, et Brodie se demanda s'il avait des soupçons et tentait délibérément de lui faire faire une gaffe, de lui faire trahir un détail crucial.

« Ce soir au dîner, poisson ! dit-il faute de mieux.

– Pardon ? fit Malachi en relevant les yeux, soudain redevenu lui-même. Mais de quoi parlez-vous donc ?

– Pour le dîner, du poisson. J'ai pêché notre repas.

– Vous attrapez des poissons, vous accordez des pianos… Vous n'êtes pas totalement inutile, Moncur. »

Ils contournèrent un dernier bosquet et Maloïe Nikolskoïe se dressa devant eux.

Une fois entré, Brodie rangea sa canne et emporta ses poissons à la cuisine. Il se retira dans sa chambre pour se calmer en fumant une cigarette avant de se diriger vers le chalet de Kilbarron. Aucun signe de Lika, se réjouit-il de constater : elle était toujours en promenade artistique.

Kilbarron avait fait venir un piano à queue Bösendorfer et l'avait installé en plein milieu du salon modeste mais haut de plafond du chalet, qui comptait par ailleurs deux chambres et un petit bureau. Kilbarron répétait plus, maintenant que la date des concerts inauguraux approchait. On l'entendait jouer depuis la véranda de la maison principale.

Quand Brodie frappa puis poussa la porte, tout était calme.

« Monsieur Kilbarron ? Vous êtes là ? »

Il entra. Kilbarron était vautré dans un fauteuil, les pieds posés sur un tabouret, un verre de vodka sur la table près de lui.

« Le piano est désaccordé », annonça-t-il d'une voix rauque et pâteuse.

Brodie s'approcha de l'instrument, qu'il testa en jouant ses octaves habituelles : parfaitement accordé. Sur le pupitre, il remarqua des pages manuscrites où figurait un titre : *Der Tränensee*. Il ignorait ce que cela signifiait. Il faudrait qu'il demande à Lika.

« C'est votre composition pour les concerts ? demanda-t-il. Une sonate ? »

Kilbarron se redressa sur son siège et réfléchit un moment, recouvrant lentement ses esprits.

« C'est un poème symphonique. Je donne dans le moderne, répondit-il avant de se lever, de tituber jusqu'au piano et de retirer le manuscrit du pupitre d'un geste sec. C'est un travail en cours.

– Je reviendrai plus tard accorder le piano, promit Brodie en fin diplomate. Malachi m'a dit que vous souhaitiez me parler ?

– Nous retournons à Piter lundi, vous et moi. Nous devons installer le piano au Nouvelle Russie. Je me débarrasse du Zollmeyer. J'en veux un nouveau, et vous pourrez commencer à travailler dessus. Rien de moins que la perfection, attention ! La perfection absolue. Je crois que je connais mon programme, à présent. Et bien sûr, il faut que j'en fasse un grand spectacle, sauf que cette garce ne fait plus ce qu'on lui demande ! lâcha-t-il en ouvrant et en refermant une main droite tremblante.

– Je m'occuperai du piano, monsieur. N'y pensez plus.

– Des bulles de savon.

– Un lit de plumes.

– Des flocons de neige.

– Légers comme l'air. »

Kilbarron éclata de rire et passa le bras autour des épaules de Brodie.

« Ah, que ferais-je sans vous, Brodie, mon garçon ? »

Dans de rares moments comme celui-ci où s'exprimait l'affection que lui portait Kilbarron, Brodie prenait cruellement conscience de sa traîtrise. Il s'efforça de ne pas repenser à ce que Lika et lui avaient fait deux heures plus tôt.

« Bien, et maintenant, trinquez donc avec moi, Brodie, très cher ! lança Kilbarron en cherchant des yeux la bouteille de vodka. Ah, au fait, nous sommes tous attendus à la grande maison dimanche. Notre mécène nous y a convoqués. »

Le dimanche, une calèche emmena Kilbarron, Malachi, Lika et Brodie à Nikolskoïe, à environ un kilomètre et demi à travers les bois de hêtres et de bouleaux nimbés d'une riche lumière dorée en ce début de soirée. Au sortir d'un virage ils débouchèrent dans le parc, où se dressait la demeure sur son petit promontoire au-delà du miroir des eaux de son lac. Reflets de palais. Un haut portique de colonnes doriques de quatre mètres de diamètre soutenait un tympan encombré de personnages mythologiques en bas relief. De part et d'autre s'étiraient de longues ailes symétriques. Le stuc blanc de la façade était rehaussé par les embrasures en bois des fenêtres peintes en vert forêt. Le tout était à la fois imposant et irréel, comme un immense décor monté dans ces hectares de campagne défrichée et manucurée. Derrière la maison se trouvait un hameau entier composé des annexes habituelles, expliqua Malachi : écuries, cuisines, granges, quartiers des domestiques et, pour faire bonne mesure, un pavillon chinois, une grotte au pied d'une succession de cascades artificielles, une chapelle néogothique et le mausolée familial, plus grand que la chapelle.

À l'arrêt de la calèche, des laquais en livrée vinrent en ouvrir les portières. De hauts braséros jetaient leurs pâles feux au pied des vingt larges marches qui menaient jusqu'aux massives portes en cuivre du vestibule. Brodie eut l'impression de pénétrer dans une cathédrale et se sentit transporté dans le temps à l'époque de la Grande Catherine ou de Pierre le Grand alors même que Nikolskoïe ne datait que de cinquante ans. Cette demeure, son hameau de dépendances extravagantes, ses milliers d'hectares de forêts et de terres agricoles incarnaient le rêve d'un bourgeois devenu millionnaire qui voulait faire savoir au monde entier que Nikolaï Sergueïevitch Vadimov avait réussi.

Brodie suivit les autres dans le hall d'entrée majestueux, haut de l'équivalent de deux étages avec un plafond en dôme. Du marbre partout, blanc, noir, beige et rose, veiné ou pur

– on avait dû vider des carrières entières. Il regarda à droite et à gauche et vit une enfilade de pièces qui disparaissait dans ses propres perspectives.

D'autres domestiques en livrée les précédèrent dans l'escalier incurvé de marbre blanc pour les amener au grand salon. Devant la porte, des serviteurs tenaient des plateaux chargés de coupes de champagne. Une vingtaine d'autres invités se trouvaient déjà dans le salon : des voisins, des propriétaires locaux, un peintre connu, des avocats et des banquiers de Piter accompagnés de madame. Kilbarron, l'invité d'honneur, fut salué à son entrée par une petite salve d'applaudissements. Engoncé dans son col dur et sa cravate, Brodie resta un peu en retrait et chercha Lika dans l'espoir d'un petit échange de regards complices, mais elle avait déjà été entraînée par quelqu'un qu'elle semblait connaître dans une conversation animée. Il la trouva magnifique, dans une nouvelle variation sur son style « vision en blanc ». Les cheveux retenus par des épingles ornées de bijoux, la taille pincée, le décolleté en parfait équilibre sur la frontière entre le charme et l'élégance.

Voyant que certains invités fumaient, Brodie sortit son étui et alluma une Margarita. Il éclusa sa coupe de champagne et chercha un serviteur du regard. Peut-être la réponse à cette soirée serait-elle de se saouler tranquillement et obstinément.

« Puis-je s'il vous plaît vous faire la demande d'une cigarette ? »

La question lui avait été posée en anglais avec un accent russe prononcé.

Brodie se tourna pour découvrir une jeune femme à lunettes, petite et mince, vêtue d'un strict ensemble bleu nuit. Il lui tendit son étui et lui raconta l'histoire de ses cigarettes étrangères.

« Parlez-vous français ? » demanda-t-elle.

Il répéta son explication en français avant d'allumer la cigarette pour elle.

« Je m'appelle Varvara Nikolaïevna Vadimova. Vous devez être le secrétaire de M. Kilbarron.

– En effet. Brodie Moncur. »

Ils se serrèrent la main. Elle avait de petits yeux rapprochés qui contrastaient étrangement avec ses lèvres pleines rehaussées de rouge, et une attitude sérieuse et austère, trouva-t-il, qui envoyait le message : ne me prenez pas à la légère malgré mes lèvres peintes, car je suis assez extraordinaire. De grosses émeraudes pendaient à ses oreilles. Argent et intellect.

« Venez, dit-elle. Je vais vous amener auprès de ma mère. »

Brodie la suivit à travers la pièce jusqu'à une petite dame replète d'une cinquantaine d'années dont la chevelure bleu-noir s'ornait d'une spectaculaire mèche blanche de blaireau. C'était Elizaveta Ivanovna Vadimova, la mécène qui payait tout. Brodie s'inclina avec un sourire quand Varvara le présenta. Mme Vadimova se montra polie mais se détourna bien vite – elle ne trouvait guère d'intérêt aux employés.

« Vous n'êtes pas assez important, voyez-vous, affirma Varvara tout de go. Pourquoi parlerait-elle au secrétaire de Kilbarron quand elle peut parler à Kilbarron en personne ?

– C'est de bonne guerre, reconnut Brodie, qui n'en prenait d'ailleurs nullement ombrage.

– Vous pourrez au moins dire que vous l'avez rencontrée.

– Une belle histoire à raconter à mes petits-enfants.

– Moi, je préfère vous parler à vous, avoua Varvara avec un sourire. Je trouve les “grands” hommes très décevants, dans l'ensemble, trop prévisibles. Avez-vous jamais croisé Tolstoï ?

– Pas encore, non.

– Vous n'avez rien raté, croyez-moi. Non, je suis beaucoup plus intéressée par les gens que ces parangons choisissent pour composer leur entourage. C'est plus révélateur. Au fait, vous serez assis près de moi au dîner. Nous pourrons discuter. »

Elle lui agita son index sous le nez, puis sourit et s'éloigna pour parler à un autre invité. Brodie prit une coupe de champagne sur un plateau qui passait et y déposa son verre vide. Oui, une alcoolisation opiniâtre était la seule option.

Le dîner se déroula dans une pièce voûtée toute en longueur, éclairée par de nombreux lustres et dont les murs exposaient des portraits de Vadimov mythiques des siècles passés. Au plafond, des putti s'égaillaient au milieu de nuages aux tons roses. Ils dégustèrent plusieurs mets, pirojkis farcis au poisson fumé, queues d'écrevisse en aspic, bécassine frite, rôti de chevreuil, salade de cresson et plombières en dessert. En plus du vin furent servies des vodkas parfumées au clou de girofle, à l'anis, à la cannelle, au carvi. Brodie goûta de tout et se mit à apprécier la soirée alors qu'il essayait de suivre la conversation assez intense de Varvara.

« Vous savez que c'est mon grand-père qui a construit cette maison, expliqua-t-elle. Elle n'est pas vieille du tout.

– Oui, je l'avais entendu dire.

– C'était dans les années 1850. Je trouve cela prétentieux.

– Eh bien, je pense que lorsqu'on a une telle…

– Il n'était guère qu'un ingénieur, un ingénieur très doué, qui concevait des ponts. C'était sa spécialité. Il a construit plus de quatre cents ponts dans toute la Russie. Grâce à l'avancée du chemin de fer, comprenez-vous.

– Bonté divine !

– Il a gagné beaucoup d'argent. Alors il a acheté des mines de charbon et il a gagné encore plus d'argent. Alors il a acheté ce domaine. Il a fait raser l'ancienne maison et a érigé Nikolskoïe.

– Un monument à sa réussite, pourrait-on dire.

– Ensuite il a acheté des navires, et il est devenu encore plus riche.

– Incroyable !

– Avant l'émancipation des serfs, cette maison comptait deux mille serviteurs. Deux mille "âmes". Il a construit un théâtre où l'on montait des pièces. C'est étonnant, n'est-ce pas ? De songer que la vie pouvait se mener ainsi voici à peine quarante ans.

– Rien n'est immuable.

– Maintenant, nous en sommes réduites à deux cents serviteurs. »

La vodka à la cannelle aidant, Brodie eut aussitôt en tête cinq reparties fort spirituelles, mais il était encore assez sobre pour se limiter à un commentaire neutre.

« Vous avez néanmoins conservé tout l'apparat. C'est extraordinaire, je dois dire que…

– Avez-vous travaillé avec de nombreux virtuoses comme Kilbarron ?

– Eh bien, oui, répondit Brodie avant de mentionner quelques noms, parmi lesquels Firmin, Sauter et Nagel.

– C'est fascinant. Seriez-vous d'accord pour venir faire une petite causerie dans mon salon ? Vous comprenez, c'est cela qui me fascine : le décalage, la vue de biais et non de face. Pas la vision que le monde croit voir ou que l'on nous présente comme officielle. La vision "officielle" sur quoi que ce soit ne m'intéresse pas.

– Dont acte.

– L'oblique est beaucoup plus révélatrice, peut-on dire. Mes invités trouveront cela fascinant. »

Il aurait aimé qu'elle cesse d'utiliser ce terme. La fascination ne faisait pas vraiment partie de son répertoire.

« Je n'ai jamais fait de causerie dans un salon. Je ne suis pas sûr que je...

– C'est très informel. Vous vous présentez, et les gens, des gens bienveillants et intelligents, vous posent des questions. En français, cela va de soi. Et d'ailleurs, vous parlez un excellent français, permettez-moi de vous en féliciter. Imaginez qu'il s'agit d'une conversation. D'une conversation avec un sujet unique : vous, dit-elle en posant la main sur son bras un instant. Nous nous retrouvons dans mon appartement de Piter. Une fois l'été terminé, bien sûr. C'est très convivial.

– J'en serai ravi, confirma Brodie, peu convaincu.

– Je vous contacterai.

– Laissez-moi vous donner ma carte de visite.

– J'ai tous les renseignements, monsieur Moncur, ne vous inquiétez pas, le rassura-t-elle en lui serrant l'avant-bras. J'ai hâte de pouvoir consolider notre amitié naissante. »

5

Trois jours plus tard, Filipp Filippovitch Lvov emmenait Brodie à la gare de Doubetchnia. Brodie ressentait encore les effets secondaires du dîner à Nikolskoïe et de la gueule de bois monumentale qu'il lui avait occasionnée. Après le repas, les invités étaient passés dans un salon plus petit où le café avait été servi, ainsi que d'autres vodkas parfumées (dont une de Crimée), du genièvre, du cognac et de l'arak. Brodie avait tout goûté et l'avait payé cher. Encore aujourd'hui, il avait la bouche sèche et souffrait de photophobie : le soleil voilé lui semblait anormalement brillant. Il retournait à Saint-Pétersbourg pour régler le nouveau piano arrivé au théâtre, un Steingraeber, afin qu'il soit prêt pour Kilbarron et sa saison. Lors de leurs adieux formels (ils n'avaient pas eu l'occasion de se retrouver une dernière fois à la mare au frêne), Lika lui avait glissé un message dans la main, que Brodie ouvrit seulement quand Filipp fit sortir la calèche de l'allée de Maloïe Nikolskoïe. C'était écrit en russe. « Как я хочу, чтоб ты всунул в меня твой большой хуй. »

« Vous pouvez traduire ça pour moi, Filipp ? » demanda Brodie en lui tendant le papier.

Filipp, qui parlait raisonnablement français, y jeta un coup d'œil, détourna le regard, relut le message et rougit sous sa barbe.

« Quelqu'un vous fait une farce, monsieur.

– Non, je vous en prie, veuillez simplement traduire.

– C'est très osé, monsieur.

– C'est une phrase qu'on a copiée pour moi à partir d'un livre, improvisa Brodie. On m'a dit que c'était un vieux proverbe russe.

– Oh non, je ne crois pas. C'est très… explicite. C'est forcément une farce.

– Nous sommes entre hommes, Filipp. Qu'est-ce qui pourrait bien nous gêner ?

– Très bien, monsieur, si vous insistez. Ça dit… »

Il se concentra. Il toussa deux fois.

« Ça dit : "Je brûle de sentir ton énorme pénis en moi bientôt." »

Il toussa de nouveau et leva les yeux vers le ciel.

Brodie lui reprit le bout de papier et le glissa dans sa poche de veste. Ils firent le reste du chemin en silence. Brodie ne put s'empêcher de sourire de temps à autre. Lika Blum, l'indomptable. Voilà pourquoi il l'aimait tant.

Une fois à la gare, Brodie apprit que le train pour Saint-Pétersbourg avait pris deux heures de retard en raison de travaux sur la ligne. Il décida alors de parcourir les huit cents mètres le séparant de Doubetchnia pour découvrir le bourg.

Il déambula dans la grand-rue. Des maisons basses, certaines coiffées d'une petite mansarde percée de lucarnes, étaient séparées de la rue par des jardins ceints de palissades blanches ajourées ou non, de haies d'osier ou de saule, ou de treillages de rondins posés en diagonale entre deux pieux – étonnante variété de clôtures pour une si petite ville russe.

Des peupliers et des lilas étaient plantés sur le bas-côté de la route, un simple chemin de terre devenu dur comme pierre sous le soleil estival. Brodie ne regrettait pas d'avoir pris son chapeau de paille. À l'approche du carrefour qui formait la petite place centrale de la ville, un pavage en bois recouvrait la route, d'épaisses planches de chêne posées à même le sol qui brimbalaient sous les roues des véhicules.

Sur le carrefour se dressaient une petite église en bois peinte en blanc avec une coupole bleu pâle, la mairie et le meilleur hôtel (il y avait aussi une auberge, « acceptable » d'après son guide, en lisière de la ville près de la route qui partait au nord vers Piter). Brodie en déchiffra lentement le nom écrit en cyrillique : hôtel de la Société évangélique. Malgré ses récents et tardifs progrès en russe, il doutait que ce nom fût le bon. De l'extérieur, il le trouva bien entretenu, avec des jardinières de lin vivace à fleurs bleues accrochées au premier étage, mais l'intérieur se révéla moins plaisant. Flottait dans l'air une odeur tenace de graisse de cuisine et tout était marron : murs marron, tapis marron sur des planchers marron tachés, jusqu'à l'énorme ours empaillé près de la réception, même si la pelade du temps le transformait en animal bicolore.

Brodie passa dans la salle à manger attenante au hall d'entrée marron. Une demi-douzaine d'autochtones, coiffés de chapeaux en tous genres, buvaient, discutaient et jouaient aux dominos. Brodie trouva une table près d'une fenêtre et demanda au garçon une vodka, du pain et des cornichons. Il regarda autour de lui. Un énorme samovar trônait sur une desserte, devant un petit ensemble d'icônes. Des bouquets de fleurs séchées pendaient à la corniche peinte en noir pour trancher sur le marron omniprésent. Sa commande arriva étonnamment vite, accompagnée d'une petite assiette de biscottes et de biscuits salés. Peut-être cet hôtel valait-il mieux que sa première impression. Tandis qu'il mâchonnait un biscuit en sirotant sa vodka, une idée prit forme dans sa tête. Il retourna à la réception, derrière laquelle pendaient des clefs lestées par de gros poids piriformes. Six chambres, compta-t-il. Il doit au moins y en avoir une correcte. Il s'adressa en français à l'employé qui arriva, mais en vain. Il tenta son allemand rudimentaire : « *Das beste Zimmer, bitte.* » Il fut compris.

Le réceptionniste le précéda dans l'escalier grinçant et le fit entrer dans une grande chambre à trois fenêtres au premier étage (celle aux jardinières de lin). Un grand lit en bois couvert d'un gros édredon moelleux, des murs de pin brut peints en marron, des tapis tatars sur le plancher. La chambre semblait raisonnablement propre. Son plan prenait forme. Il commençait à voir en l'hôtel de la Société évangélique de Doubetchnia l'équivalent russe du Grand Hôtel des Étrangers à Paris...

Il retourna au bar, termina sa vodka et ses cornichons et paya sous l'emprise d'une certaine jubilation. Il ne doutait pas que Lika approuverait cette idée. Argument crucial : c'était plus sûr, plus discret, plus loin de Kilbarron et Malachi. Tout se mettait en place.

Brodie traversa le pont Dvortsoviy pour rejoindre la perspective Nevski, où habitait Varvara Vadimova. Ayant été retenu au théâtre, il était légèrement en retard. Aussi, lorsqu'il vit une foule compacte massée devant l'Amirauté, il obliqua vers le canal pour emprunter les quais de la Moïka. L'appartement de Varvara se situait à peu près à mi-hauteur de la perspective. Il y serait dans dix minutes.

Il se heurta à un cordon de policiers qui barrait le passage. Il y avait eu un incident. Par-dessus la tête des curieux, il aperçut un drojki renversé avec une roue brisée et un cheval gisant par terre. Une étrange odeur de fumée flottait dans l'air, comme du tissu qui brûle, et des femmes gémissaient non loin.

Il trouva un officiel en uniforme et chapeau haut de forme qui parlait français et s'entendit expliquer qu'une bombe avait été jetée au passage d'un ministre qui venait de quitter le ministère des Finances. L'homme était apparemment vivant mais grièvement blessé, ainsi que quelques passants innocents. Le terroriste avait été arrêté.

Brodie fit demi-tour, traversa la place Mikhailovskaïa et continua jusqu'au canal Fontanka, d'où il put enfin rejoindre la perspective Nevski. Les véhicules circulaient lentement sur le large boulevard comme si rien ne s'était passé. À chaque jour sa bombe… Brodie chercha le numéro de l'immeuble de Varvara, qu'il trouva en face de la Bibliothèque publique impériale. Il reprit son souffle et sonna à la porte. Il n'avait pas la moindre idée de ce qui l'attendait.

Varvara l'accueillit et confia son pardessus à un laquais. Elle avait l'air très différente : cheveux dénoués d'un auburn soyeux, chemisier jaune vif sur une jupe noire, chaussures rouges à hauts talons qui la grandissaient nettement. Son chemisier en satin était aussi collant qu'une seconde peau, et Brodie eut honte de sentir son regard instantanément attiré par la forme de ses seins. Il s'empressa de la regarder dans les yeux et de sourire.

« Désolé d'être en retard. Il y avait un problème près de l'Amirauté. Une bombe a explosé.

– Vous n'êtes pas en retard puisque ce soir, c'est vous qui êtes le gardien du temps, répondit-elle avant d'ajouter en anglais : Tout le monde est là, monsieur Moncur. Tout le monde boit, mange et passe un merveilleux moment. »

Elle l'entraîna le long d'un couloir sombre jusqu'à un grand salon qui contenait une trentaine de convives, surtout des femmes, remarqua Brodie, et jeunes pour la plupart, la vingtaine ou la trentaine. Il repéra bien un vieux monsieur avec une tignasse blanche qui fumait la pipe.

« Votre mère est-elle là ?

– Non, non ! Elle n'approuve pas mes soirées. Elle les trouve décadentes. »

Décadentes ? s'interrogea Brodie alors que Varvara le prenait par le coude pour l'entraîner vers une table où trônait un bol de punch, dont un domestique en veste blanche lui servit un verre. Il en but une gorgée et se tourna pour constater avec une soudaine consternation qu'une chaise avait été placée sur une estrade à l'autre bout du salon, près d'un guéridon où étaient posés une carafe d'eau et un verre. Les canapés et les fauteuils avaient été poussés contre le mur, et un demi-cercle de chaises en bois faisait face à l'estrade. Varvara le présenta à plusieurs personnes enthousiastes et souriantes (tout le monde semblait parler français), mais il ne retint aucun nom car il succombait à une légère panique et s'efforçait d'ignorer les augures d'échec et d'humiliation qui se faisaient entendre en lui, se maudissant d'avoir accepté de se soumettre à cette épreuve.

Il vida son verre de punch, le reposa et s'empressa de fumer une Margarita tout en dispensant force amabilités, sourires et hochements de tête à ces gens qui semblaient anormalement désireux de le rencontrer. Il devait avoir déjà serré une bonne dizaine de mains quand Varvara l'abandonna pour monter sur l'estrade et taper dans ses mains afin d'obtenir le silence. Ensuite, elle parla en russe une ou deux minutes, si vite que Brodie n'y comprit rien sinon la mention de son nom et de celui de Kilbarron. Puis elle se tourna vers lui et tendit le bras.

« *Je vous présente M. Brodie Moncur !** »

Brodie s'avança sur l'estrade sous un tonnerre d'applaudissements et prit place sur le siège. Il invoqua les dieux de l'improvisation et, sur un signal de Varvara, se mit à expliquer au demi-cercle d'auditeurs subjugués ce que c'était que de travailler pour un génie indiscutable comme John Kilbarron. Au bout d'environ cinq minutes, il sentit son inspiration se tarir, donc il embraya sur l'art mystérieux de l'accordage de piano, évoqua son apprentissage puis sa carrière et mentionna le nom de tous les virtuoses pour lesquels il avait œuvré à Édimbourg et à Paris.

Une main se leva dans l'assistance. Le soulagement de Brodie fut intense : il n'était plus l'unique centre d'attention.

Une jeune femme aux cheveux blonds presque blancs lui demanda ce qu'il faisait au juste quand il accordait pour quelqu'un comme Kilbarron ou Karl-Heinz Nagel. Sois bénie, adorable blonde, songea-t-il en se lançant dans une description simplifiée de son métier.

Ensuite les questions fusèrent, et il commença à se détendre. Les spectateurs se mirent aussi à débattre entre eux, particulièrement intrigués par tout ce qu'il taisait.

« Vous avez des pouvoirs magiques, alors, le taquina la blonde.

– Disons que j'ai quelques *astuces** spéciales que je suis le seul à connaître. Si je vous les révélais, tout le monde me copierait et je me retrouverais sans travail. »

Ceci lui valut des rires et, alors qu'il se détendait, ce fut aussi le cas de l'atmosphère générale, comme si le contenu intellectuel sérieux de la soirée était épuisé et que les gens pouvaient maintenant s'employer à se distraire. Après quelques dernières questions, Varvara tapa de nouveau dans ses mains pour imposer le silence et remercia Brodie pour sa présentation des plus fascinantes. Encore ce mot…

Il quitta son estrade sous les applaudissements, sentant sa chemise moite lui coller au dos, et se dirigea droit vers le bol de punch, près duquel étaient apparus un assortiment de vodkas et des canapés de caviar sur blinis. Il recevait des compliments de toutes parts. Il but une vodka parfumée à l'orange et fuma une autre cigarette, Varvara debout à ses côtés comme si elle en était la propriétaire. Il eut conscience du fait qu'elle aussi recevait des compliments.

« Monsieur Moncur, c'était idéalement détendu, informel et plein d'informations passionnantes, lui dit-elle en aparté. Voilà qui nous change. C'était intime, personnel. La plupart de ces soirées sont sérieuses, intimidantes.

– J'espère ne pas avoir fait baisser le niveau », s'excusa Brodie.

Ce faisant, il perçut un changement de température dans l'assistance à présent que la partie sérieuse de la soirée était terminée. « Intime » était le mot juste, oui. Il lui sembla soudain compter plus d'hommes dans la pièce (des arrivées tardives ?), et le niveau sonore augmenta, ainsi que les rires. Des rires d'un type particulier très reconnaissable, licencieux, exubérants, on ne pouvait s'y tromper. Il vit des mains se tenir, des mains se faire embrasser, des mains se poser sur des tailles, des hommes murmurer à l'oreille de femmes. Une véritable épidémie.

Varvara l'abandonna un instant et il posa les yeux sur un tableau accroché au mur derrière lui : un cours d'eau en hiver, les berges inondées, des arbres dénudés se dessinant en ombre chinoise dans la lumière argentée. Le paysage lui rappela Maloïe Nikolskoïe, la rivière où il pêchait et près de laquelle il baisait avec Lika. Peut-être ressemblait-elle à cela en hiver… Le frêne dépouillé de ses feuilles. Lika lui manqua soudain de façon douloureuse, physique. Comment pourrait-il se débrouiller pour retourner à Maloïe Nikolskoïe ? Ils devaient mettre leur plan en application.

Varvara était de retour.

« Vous aimez ce tableau ? demanda-t-elle.

– Beaucoup.

– C'est un Levitan. Ce peintre est un génie. J'en ai un encore plus beau dans mon bureau. Souhaiteriez-vous le voir ?

– Eh bien, sans vouloir vous déranger.

– Suivez-moi. »

Varvara lui fit fendre la foule des invités pour remonter le couloir sombre et entrer dans une pièce attenante à l'entrée. Belle bibliothèque vitrée, table de travail, divan, nombreux tableaux sur les murs tapissés d'un papier couleur crème. Varvara lui en montra un dont il s'approcha : dans une vaste étendue de steppe, un petit sentier crayeux disparaissait à l'horizon sous de gros nuages bleu-noir lourds de pluie. Au-dessus des prairies jaunes volaient en rase-mottes des corbeaux dont on entendait presque les cris rauques.

« Très impressionnant, commenta-t-il.

– Il s'intitule *L'orage menace*.

– Fichtre ! C'est un très beau tableau. Je dois… »

Varvara s'était jetée sur lui. Elle lui avait attrapé le visage à deux mains et écrasait ses lèvres sur les siennes, forçait sa langue entre ses dents pour chercher la sienne, leurs lunettes respectives s'entrechoquant si violemment que celles de Brodie valsèrent. Ils s'embrassèrent fougueusement ainsi pendant une bonne minute, puis se séparèrent, haletants. Varvara n'était plus qu'une forme floue de satin jaune.

« Mes lunettes, dit Brodie. Je n'y vois goutte, désolé. »

Varvara les retrouva pour lui et les lui tendit. La netteté revint. La tension arriva.

« Vous allez me juger, déclara Varvara avec un sourire candide, sans gêne apparente.

– Écoutez… C'est… Il y a des moments où… parfois…

– Êtes-vous fiancé ?

– Oui, répondit-il du tac au tac, pris d'une inspiration subite. J'ai quelqu'un. En Écosse.

– Alors peu importe. Vous êtes ici en Russie. C'est tellement loin. Elle pourrait aussi bien être sur la Lune. »

Elle se rapprocha en le regardant droit dans les yeux, lui prit les deux mains, les posa sur sa poitrine et les y maintint. Brodie sentit les seins se tendre sous le satin jaune.

« Revenez demain, murmura-t-elle. À 20 heures. Nous dînerons ici, juste nous deux.

– Mademoiselle Vadimova, je me dois de vous dire…

– Appelez-moi Varvara.

– Varvara, je suis malade. J'ai la tuberculose. »

Cette révélation la prit de court et elle lui lâcha les mains. Il saisit bravement sa chance.

« Je suis suivi ici à Piter. Les spécialistes ont bon espoir, heureusement. Je suis sous traitement.

– Je connais les meilleurs médecins. Nous en parlerons. Je peux vous aider. »

Mais l'ambiance avait changé du tout au tout. Varvara le regardait intensément, différemment.

« Il y a une ligne sur vos verres de lunettes.

– Ce sont des bifocales. Deux verres de forces différentes. L'un pour la vision de près, l'autre pour voir de loin.

– Très intéressant. Je pense que cela pourrait m'être utile, dit-elle en se dirigeant vers la porte. Encore un peu de vodka ? Et nous pourrons parler optique.

– Ce serait une excellente idée. »

Ils reprirent en silence le long couloir en direction du raffut qui émanait du salon et enflait au point d'en devenir presque strident. Il semblait y avoir encore plus d'invités. D'où étaient-ils donc sortis ? Brodie pressentait que la causerie et le salon n'étaient guère qu'un prétexte pour lancer une soirée d'un tout autre genre. Avec un regard triste, Varvara lui posa la main sur le bras puis s'éloigna pour parler à d'autres gens. Brodie se sentit soudain épuisé. Si seulement Lika était là, si seulement il avait pu la faire se matérialiser ici depuis Maloïe Nikolskoïe. Il s'obligea à oublier ce qui venait de se passer et joua des coudes à travers la foule en direction du punch.

« Votre présentation était particulièrement intéressante », le complimenta-t-on en anglais.

Brodie se retourna pour découvrir un grand jeune homme dégingandé au crâne dégarni et au menton fuyant, avec une moustache blonde bien taillée et des yeux pétillant d'humour.

« George Vere, se présenta-t-il en tendant la main. Je travaille à l'ambassade ici à Piter. Je suis un vieil ami, c'est-à-dire un nouvel ami, de l'impulsive Varvara, précisa-t-il alors qu'ils se serraient la main. Elle vous a sauté dessus, aussi ?

– Non, pas du tout.

– Quelle chance ! J'ai dû lui dire que j'étais marié et père de quatre enfants en Angleterre.

– Et c'est le cas ?

– Grand Dieu non ! Je suis un célibataire endurci, pour ne rien vous cacher. Mais vous savez, dans les moments de crise, la nécessité est la mère de l'invention, comme on dit.

– C'est un salon assez étonnant, si on peut appeler cela comme ça.

– Bien vu. En tout cas, vous avez admirablement lancé la soirée. En règle générale, c'est ennuyeux à mourir. Mais regardez comme tout le monde s'amuse ce soir. Puis-je vous inviter à déjeuner un de ces jours ? Nous pourrions aller à l'Imperial Yacht Club, si cela ne vous dérange pas d'être entouré de diplomates. Ils ont un chef français.

– Merci, j'en serai ravi. »

Vere sortit une carte de visite d'un étui en argent fin et plat et la tendit à Brodie.

« Vous pouvez toujours me joindre à l'ambassade, sur la Dvortsovaïa. Sinon, ils sauront où me trouver. »

Perspective Nevski, 23 (1a)
Saint-Pétersbourg

Cher monsieur Brodie,

Veuillez excuser mon anglais d'horreur. Merci pour hier soir. Vous étiez, sans le moindre douter, notre parleur le plus apprécié en deux années de mon salon. Et j'ai aimé notre baiser. Vous aussi ne l'avez-vous pas ? « Et où nous mène un baiser pouvons-nous suivre ? » Je crois que c'est un dicton anglais. Veuillez venir dîner à mon appartement le dimanche 16. Il y aura six ou huit invités. Sehr gemütlich.

Affectueusement,

V.N. Vadimova

Brodie esquiva par retour : sa présence était requise à Maloïe Nikolskoïe auprès de Kilbarron, mes plus plates excuses. Et de fait, juillet avançant, Kilbarron semblait réticent à quitter le domaine. Il répétait chaque jour au moins quatre heures, comme s'il avait soudain pris conscience des exigences des concerts inauguraux de la saison Kilbarron à partir de septembre. Quand Brodie passait devant le chalet, il entendait des pièces de Rimski-Korsakov, Balakirev, Moussorgski, Borodine, Tchaïkovski. Il était parfois demandé pour accorder ou harmoniser le piano. La main droite affaiblie de Kilbarron se révélait un vrai handicap. « Heureusement que j'ai mes antalgiques », disait-il en fermant les yeux.

Un après-midi, Filipp Lvov revint de Doubetchnia porteur d'un paquet pour Kilbarron. Brodie se trouvait seul sur la véranda, et il n'y avait pas trace de Malachi. Il savait qu'il s'agissait de partitions commandées à Piter, car Kilbarron, malgré ses dénégations, s'interrogeait toujours beaucoup sur le programme de son premier concert.

Brodie traversa la pelouse fatiguée jusqu'au chalet, dont n'émanait aucune note de musique. Kilbarron ayant bu tout son saoul au déjeuner, il cuvait sans doute. En jetant un coup d'œil à l'intérieur par la porte entrouverte, Brodie vit que le piano était fermé. Il poussa la porte, se glissa à l'intérieur pour poser le paquet de partitions sur le tabouret et fit demi-tour pour ressortir sur la pointe des pieds.

« Imbécile ! Jeune imbécile écervelée ! Pourquoi devrais-je faire quoi que ce soit pour une telle personne ? »

Il se figea, pensant que c'est à lui que l'on parlait, puis il entendit Lika répondre courageusement.

« Tu as toujours dit que j'étais une “imbécile”. Quelle différence maintenant ? »

Pétrifié, Brodie comprit que Kilbarron et Lika se disputaient dans la chambre. Il en eut la nausée.

« La différence, c'est que j'ai un travail à mener à bien, répondit Kilbarron. Une tâche immense, exigeante. Je ne peux pas me préoccuper de toi et de tes rêves chimériques.

– J'ai besoin de chanter quelque chose, n'importe quoi, je m'en fiche. Cela fait plus d'un an. J'ai besoin de…

– Et alors ? explosa Kilbarron. Tout le monde s'en tape, de toi ! Tu n'es qu'une choriste de troisième zone idéale pour un chœur de troisième zone. Va donc chanter dans un chœur d'église, si tu veux faire marcher tes cordes vocales. Je n'ai pas le temps de te trouver un contrat. Et pourquoi voudrais-tu un contrat, d'ailleurs ? Tu as déjà un salaire. Tu es mon assistante musicale, nom d'une pipe ! Et une assistante musicale grassement payée. Il y a des gens qui tueraient pour décrocher ce poste. Il y a des gens qui se couperaient la main droite pour pouvoir travailler avec moi, John Kilbarron. Mais non, c'est toujours moi, moi, moi, Lika ceci, Lika cela ! Jamais tu ne penses à ce que moi, j'ai à faire ? Jamais tu ne penses à mon statut dans ce pays, à mes responsabilités ? Non. Tu n'en as que pour toi et ta petite voix de crécelle. »

Brodie entendit Lika fondre en larmes. Craignant de défaillir, il avança vers la porte. Jamais il n'aurait dû s'arrêter pour écouter. Surprendre cette conversation avait été un choc – trop crue, trop débridée, trop privée, trop personnelle. Lentement il ouvrit la porte, qui grinça sur ses gonds et, consterné, entendit Kilbarron se mettre à plaider d'une voix geignarde et enfantine.

« Lika, ma chérie, ma chérie, ne pleure pas, mon amour. Je suis un homme horrible. Horrible, épouvantable. Un vieux saoulard monstrueux, sans scrupules. Je t'aime, ma Lika. Viens dans mes bras, mon adorable Lika ! Je suis désolé, je n'aurais jamais dû dire ça. Je te trouverai du travail, je te décrocherai un rôle, ce que tu veux, opéra, oratorio, on montera un récital juste pour toi, pour montrer au monde que tu es une belle personne avec une belle voix. Je vais m'occuper de toi, ma chérie. »

Brodie referma la porte derrière lui et s'éloigna à grands pas, parcouru par un frisson de dégoût. Il s'obligea à penser à Lika. Pauvre Lika, tout ce qu'elle devait endurer. Personne ne devrait avoir à souffrir une telle humiliation. Il sentit sa détermination se tremper : il allait trouver un moyen de libérer

Lika de John Kilbarron. Il fallait qu'ils s'enfuient tous les deux, d'une façon ou d'une autre.

Ce soir-là avant le dîner, il réussit à voler un moment seul avec elle. Elle avait les yeux rouges et le visage fripé d'avoir pleuré.

« Que se passe-t-il ? demanda-t-il dans un souffle. Qu'est-il arrivé ?

– Ma mère ne se porte pas bien. J'ai reçu une lettre. Cela m'a bouleversée, bêtement.

– Ah, réagit Brodie, comprenant que le secret était de mise.

– Tout ira bien, ce n'est pas grave. Je suis juste trop sensible.

– Tu en es sûre ? Il n'y a pas autre chose que…

– Nous ferions mieux de rentrer. »

Ils décidèrent d'un commun accord qu'il serait sage d'être encore plus prudents pour leurs rencontres près de la rivière, car Brodie soupçonnait Malachi de flairer un loup. Ainsi, certains jours, Brodie allait pêcher comme d'habitude et Lika restait à la maison, jouait au croquet ou lisait. D'autres fois, Lika partait dessiner et Brodie mettait un point d'honneur à se faire voir de Malachi alors qu'il flânait près du lac ou travaillait son lancer sur la pelouse. En tout état de cause, ils sentaient bien que leurs rencontres à la mare au frêne ne pouvaient plus guère durer, que leurs journées passées à faire l'amour au soleil se terminaient. Sans compter que le temps se dégradait avec l'avancée de l'été. Il leur arrivait d'essuyer de soudains orages suivis de quelques jours d'une fraîcheur peu estivale avant qu'un timide soleil réapparaisse.

Un épisode étrange conforta Brodie dans cette stratégie de prudence. Il rentrait du hangar à bateaux après avoir piqué une tête dans le lac quand il vit Malachi et Lika en pleine conversation au bout du verger. Lika portait au bras un panier rempli de fruits tombés. Tout en lui parlant avec animation, Malachi tendit soudain le bras pour attraper la main libre de Lika, qui la retira d'un geste brusque et lui dit quelques mots cassants. Malachi fit volte-face et retourna à la maison, le caquet rabattu, les yeux fixés droit devant lui, et Brodie entendit claquer la porte de sa chambre. Que s'était-il passé ? Qu'avait dit Malachi ? Pourquoi avait-il pris la main de Lika ? L'avait-il accusée d'un méfait, pour la mettre ainsi en colère ? Brodie devina que Lika ne répondrait pas à ses questions. Ce qui se tramait entre les frères Kilbarron et elle n'était pas quelque chose qu'elle semblait prête à lui confier.

Le nouveau plan de Brodie avait pris forme, et Lika avait été informée des détails. Il avait demandé au directeur du théâtre Nouvelle Russie de lui envoyer un télégramme un jour précis, une semaine plus tard, lui intimant de revenir en urgence changer les cordes du registre grave du nouveau piano. Le télégramme arriva dûment, et Brodie informa la maisonnée de Maloïe Nikolskoïe qu'il devait rentrer à Piter quelques jours. Le lendemain matin, il fut emmené dans une charrette tirée par un poney à la gare de Doubetchnia, d'où il se rendit à pied en ville. À l'hôtel de la Société évangélique, il fut conduit à la *beste Zimmer* au premier étage. Dans son allemand hésitant, il informa le directeur que son épouse le rejoindrait le lendemain.

Il disposait donc d'une soirée libre à Doubetchnia. Au crépuscule, il sortit se promener. Il passa devant un club qui résonnait du cliquetis des boules de billard, de rires et de musique, puis une boutique de modiste et un vendeur de bagels. Il se retrouva dans un parc fort bien entretenu, traversé par une petite rivière au débit rapide et planté de jeunes arbustes malingres tuteurés à de gros piquets de bois brut. Au bout du parc, un haut mur protégeait une demeure de pierre cossue – la résidence du gouverneur, lui apprit-on. Un camelot qui vendait balais et plumeaux voulut engager la conversation, sauf que la barrière de la langue les en empêcha. Brodie essaya d'entrer dans la plus grande église de Doubetchnia, la « cathédrale », mais elle était fermée. Devant la grande porte dormait un mendiant.

Brodie se détourna et emprunta d'instinct une autre rue dont il découvrit bientôt qu'elle l'amenait aux confins de la ville. Ici, le chemin de terre se creusait de profondes ornières. De part et d'autre s'élevaient des cabanes en bois miteuses au chaume affaissé, des masures au toit de planches et de tourbe percé d'un tuyau de poële fuligineux. Chiens, poules et cochons fouaillaient des tas d'immondices fumants, et les rares personnes qu'il croisa avaient l'air d'aborigènes, la peau brûlée par le soleil ou noircie par la crasse incrustée, emmitouflés dans des vêtements en cuir ou en feutre épais. Des enfants dépenaillés le dévisagèrent de leurs yeux tout blancs dans un visage bronze comme s'il était un visiteur de quelque lointaine planète, avec son costume cravate et ses souliers vernis. Il leva la main en un vague salut (après tout, c'étaient là des frères humains) et rebroussa vite chemin. Une vieille femme en haillons pliée en deux lui fit un sourire édenté et essaya de l'attraper par la manche. Il jeta quelques pièces par terre et s'éloigna, parvenant à retrouver son chemin jusqu'à l'hôtel, où il dîna de côtelettes d'agneau sauce carvi suivies d'un *kissel* aux pommes, délicieuse soupe de fruits épaissie avec de la fécule. Il se retira dans sa chambre et rêva de Lika.

Du côté de Lika, le subterfuge n'était censé commencer que vingt-quatre heures après pour que le départ de Brodie semble déjà loin et sans rapport avec le sien. Une vilaine rage de dents – il fallait absolument qu'elle consulte son dentiste à Piter. Elle aussi fut emmenée à Doubetchnia et déposée à la gare. Une fois le train pour Saint-Pétersbourg parti, elle se rendit en ville et rejoignit à l'hôtel de la Société évangélique son amant qui l'attendait avec impatience.

Brodie expliqua au concierge que son épouse ne se sentait pas très bien et lui demanda de faire monter un repas dans leur chambre. On leur servit un chapon rôti froid, du pain et une salade de haricots verts et blancs. Ils demandèrent du vin, mais il n'y avait que du champagne ukrainien. Ils mangèrent nus au lit en ayant étalé leur festin sur une serviette entre eux et trinquèrent à leur ingénieux subterfuge. Quel changement de pouvoir être dans un lit, dans un hôtel, comme à Paris, avec toute la nuit devant eux !

« Qu'allons-nous faire, Brodie ?

– Que veux-tu dire ?

– Que va-t-il advenir de nous ?

– Ne pensons à rien jusqu'à la fin de cette première saison de concerts. Kilbarron sait que je ne peux pas rester ici éternellement. Je n'ai presque rien à faire.

– Et donc ?

– Nous partirons. Nous irons à Paris, n'importe où. En Amérique, tiens. Tu pourrais chanter, et moi j'accorderais des pianos.

– Facile à dire pour toi, commenta-t-elle en attrapant la bouteille. Ce sera plus compliqué pour moi de partir.

– Dis-lui que c'est terminé, tout simplement. Cela arrive. L'amour n'est pas éternel, blablabla.

– Et puis ce sera un nouveau siècle, remarqua-t-elle en fronçant les sourcils, comme si cette idée la dérangeait.

– Quel rapport ? »

Elle évida un petit pain et en mâchonna la mie.

« Je me demande comment sera le XXe siècle. Allons-nous même nous en rendre compte ? Est-ce que rien ne changera, sinon la date dans le calendrier ?

– Les automobiles ! Je te parie qu'il n'y aura plus de chevaux d'ici quelques années, plus d'omnibus ni de fiacres hippomobiles. Nos enfants seront stupéfaits que nous ayons eu besoin de chevaux pour nos déplacements. Des millions de chevaux. Les rues des plus belles et plus riches villes qui empestaient le crottin. Cela leur paraîtra irréel.

– Et il n'y aura plus de guerres. Plus de maladies.

– Oh, j'en doute… Mais les gens parcourront le monde dans des ballons géants. Je l'ai lu dans un journal. »

Elle s'allongea en posant la tête sur le genou de Brodie, qui se pencha en avant pour déposer un baiser sur son front.

« En tout cas, il y a une chose dont je suis sûre qu'elle arrivera avec le prochain siècle, dit-elle d'une voix douce.

– Quoi donc ?

– Notre mort. Nous mourrons au XXe siècle, Brodie. Tu te rends compte ?

– Ne dis pas ce genre de choses, je t'en prie !

– Mais c'est vrai. Nous allons tous les deux mourir au XXe siècle.

– On meurt tous un jour. Tout a une fin : les arbres, les animaux, les étoiles… N'y pense pas, Lika, dit-il en prenant entre ses mains son doux visage soucieux. Pense à nous, ici dans cette chambre, maintenant. C'est notre monde à nous. Le temps s'est arrêté. Rien d'autre ne compte. »

Le lendemain matin, Lika lui fit une suggestion.

« Prenons une nuit de plus. Ne quittons pas cette chambre de la journée.

– C'est risqué, répondit Brodie après réflexion.

– Je peux envoyer un télégramme, dire que j'ai dû me faire arracher une dent.

– Et comment enverras-tu un télégramme de Doubetchnia à Doubetchnia ? »

Malgré sa réponse, Brodie se mit à gamberger. Il y avait peut-être une solution…

Il s'habilla et se rendit à la poste. Sur le formulaire du télégramme, il écrivit : « *Complications avec dent. Revenir demain. L.V. Blum**. » Il demanda au receveur s'il y avait un commissionnaire à Doubetchnia qui pourrait porter le pli à Maloïe Nikolskoïe. Le receveur, un homme maigrichon avec une énorme moustache, le regarda d'un œil triste.

« Nous ne sommes pas à Saint-Pétersbourg, monsieur. Nous n'avons pas de commissionnaires, ici.

– Je paierai un rouble pour que quelqu'un l'apporte à Maloïe Nikolskoïe.

– Il y a un gamin qui pourrait le faire. Je m'en occupe.

– Et, euh… pourriez-vous oblitérer le télégramme ? »

L'homme attrapa son tampon et l'abattit sur le formulaire. Brodie lui tendit un rouble, plia le télégramme et écrivit dessus « J. Kilbarron, Maloïe Nikolskoïe ». Puis il glissa un autre rouble au receveur, « en remerciement de vos efforts, monsieur ».

Il retourna à l'hôtel sans se presser en remâchant son subterfuge. Une deuxième nuit en sécurité, puis Lika rentrerait à Maloïe Nikolskoïe guérie de sa rage de dents. Lui attendrait encore un jour et demi avant de repartir. Pas de quoi éveiller les soupçons. Juste quelques allées et venues de plus parmi de constantes allées et venues. Et puis les invités arriveraient pour le week-end suivant. Il monta l'escalier quatre à quatre jusqu'à leur chambre.

Ils restèrent au chaud toute la journée, comme l'avait voulu Lika. Ils commandèrent un déjeuner de pirojki à la viande et une bouteille de vodka. Ils burent à l'excès et fumèrent des cigarettes. Ils firent l'amour quand l'envie les en prit. Ils chassèrent les mouches. Ils regardèrent par la fenêtre les bonnes gens de Doubetchnia et inventèrent des histoires à leur sujet. Au crépuscule, de nouveau tenaillés par la faim, ils commandèrent du champagne ukrainien, des blinis et du caviar pressé. Puis ils éteignirent les lampes à pétrole et restèrent allongés dans le noir, enlacés.

« Je n'oublierai jamais les heures que nous avons passées ici, déclara Brodie. Jamais.

– Moi non plus.

– Notre séjour à l'hôtel de la Société évangélique.

– C'était… un enchantement.

– Tu sais que je t'aime, Lika, murmura Brodie, se décidant enfin à faire sa déclaration.

– Oui, oui, mon chéri, je le sais.

– Je veux passer le restant de mes jours avec toi. Je ne peux plus vivre sans toi. Je ne peux même pas imaginer la vie sans toi. Nous devons trouver un moyen de…

– Arrête ! N'en dis pas plus, Brodie. Ma situation est très complexe, tu n'as même pas idée ! Notre situation à nous est également compliquée. Il y aura des moments où nous devrons être séparés. Tu le sais bien.

– Alors, simplifions-la, la situation. Ce sera dur. Il y aura du ressentiment, on ne nous pardonnera pas. Mais regarde comment c'était, ces deux derniers jours. Imagine un peu si c'était comme ça tout le temps. Plus besoin de se cacher, plus besoin de mentir. Juste toi et moi. Libres.

– C'est un joli rêve, Brodie. Laisse-moi y rêver. »

Ils dormirent dans les bras l'un de l'autre sous le doux édredon, face à face, genou contre genou, elle la tête posée sur son épaule.

À un moment de la nuit, Brodie eut froid et il tendit la main pour remonter l'édredon… qui avait disparu. Il ouvrit les yeux. Une chandelle brûlait, diffusant un halo de lumière orange derrière lequel se tenait Malachi Kilbarron.

Brodie savait qu'il ne rêvait pas. Il se redressa, se cachant le bas-ventre des mains. Malachi donna un coup de pied dans le lit pour réveiller Lika, qui poussa un petit cri et se couvrit les seins avec les bras.

« Tiens, tiens, tiens, les tourtereaux ! ironisa Malachi en dévisageant Lika, qui évita son regard. Toujours aussi jolie, ma douce. Et ces adorables nichons. »

Lika arracha le drap du dessous pour s'en envelopper. Malachi se tourna vers Brodie.

« Je vous attends en bas dans deux minutes, Moncur. Fourrez vos couilles et votre bite dans un pantalon. Un peu de décence. »

Et il quitta la pièce.

Lika n'arrivait même pas à parler tant elle était sous le choc. Elle se racla la gorge et toussa en s'habillant à la hâte. Ils s'enlacèrent, puis Brodie descendit affronter Malachi.

« Peut-être est-ce pour le mieux, dit-il doucement pour la calmer. Tout va devoir changer, maintenant.

– Non, répondit-elle d'une petite voix. Tu ne connais pas Malachi. Tout va empirer, au contraire. Tout va être horrible. »

Brodie l'embrassa et descendit se mesurer à Malachi Kilbarron.

6

Lika avait vu juste : tout empira, mais à des degrés divers. Parfois pendant une minute ou deux, rien ne semblait avoir changé, puis une remarque fusait dans une conversation, une affirmation était faite ou un regard évité, rappelant à Brodie à quel point la vie avait été meilleure avant l'épouvantable découverte.

Au bar de l'hôtel de la Société évangélique ce soir-là, Malachi avait énoncé ses conditions de façon étonnamment raisonnable – ses conditions pour garder le silence. Il buvait de la vodka mais n'en offrit pas à Brodie, qui découvrit que Filipp Lvov traînait dans l'entrée. Malachi déclara qu'il n'informerait pas son frère de cette trahison, car cela détruirait son pauvre John, surtout en cette période où il se préparait pour ses concerts inauguraux et le début de sa première saison, avec toutes ces distinctions à la clef – une telle révélation serait destructrice. Donc, condition numéro un : la « liaison » Brodie-Lika était terminée. Condition numéro deux : Brodie et Lika devraient observer toutes les consignes de Malachi. Aucune activité indépendante, aucune initiative personnelle, tout devrait passer par lui.

« Vous êtes mes créatures, compris ? annonça-t-il tout de go. Dorénavant, vous êtes mes créatures jusqu'à ce que je vous libère, et vous obéirez à mes ordres. C'est clair ? »

Brodie ne put que s'y engager. Malachi partit en laissant ses instructions : Lika rentrerait à Maloïe Nikolskoïe dès le lendemain matin, Brodie passerait la journée ici et ne repartirait que le soir. Brodie se sentit obligé de poser une question.

« Comment avez-vous su ? Comment nous avez-vous trouvés ?

– J'ai reconnu votre écriture sur le télégramme, répondit Malachi avec un sourire. Votre manière de tracer les C et les R. Je me suis dit : tiens, tiens, Brodie Moncur nous envoie un télégramme de Piter à propos des dents de Lika, comme c'est étrange. Et puis j'ai regardé le tampon : Doubetchnia. Après, il ne fut guère difficile de vous retrouver. »

L'évidence même, songea Brodie. Que n'avait-il demandé au receveur d'écrire le télégramme...

Ce qui changea, ce fut l'attitude de Kilbarron. Quoique Malachi se fût engagé à ne rien lui révéler, Brodie eut la nette impression qu'il lui battait soudain froid. À peine un signe de tête quand ils se croisaient, un certain quant-à-soi. En revanche, tout semblait normal entre Kilbarron et Lika : elle s'asseyait près de lui à table, elle dormait dans son lit la nuit (du moins Brodie le supposait-il). Il en déduisit que Malachi avait dû formuler une vague recommandation de méfiance envers lui qui expliquait la *froideur** ciblée de Kilbarron. Brodie survécut ainsi à la marge pendant quelques jours de plus alors que les invités allaient et venaient. Il y eut un autre dîner à la grande maison, mais lui n'y fut pas convié, contrairement à Kilbarron, Malachi et Lika.

En raison de cette pression permanente, il osa à peine quelques bribes de conversations avec Lika, qui semblait plus sereine que lui.

« Il ne sait rien, l'assura-t-elle. J'en suis absolument convaincue. Mais il est tendu, nerveux à cause des concerts. À vrai dire, il est même très gentil avec moi. »

Pour la première fois de leur histoire, Brodie regretta que Lika et lui dussent recourir à une langue seconde. Son français, même bon, ne lui permettait pas de véhiculer toutes les nuances de ses soupçons. Lika avait forcément perçu une différence, non ? A-t-il dit quoi que ce soit sur moi ? Non, répondit-elle, « *il est absolument comme d'habitude** ». Voilà qui était un peu court. Et ses assurances du contraire se distinguaient aussi par leur banalité. « Je l'ai déjà vu comme ça. C'est toujours pareil quand il se prépare pour de gros concerts. » Mais Brodie ne se tranquillisait pas. Leur langue commune trahissait leur désaccord.

Trois jours après la confrontation avec Malachi, Brodie passa devant le chalet et entendit Kilbarron répéter – du Brahms, reconnut-il, les *Variations sur un air de Paganini*. Une technique irréprochable, mais il repéra d'emblée que le piano était légèrement désaccordé. Aussi, quand ils se retrouvèrent dans la salle à manger pour le déjeuner, il le lui signala.

« Ce piano va très bien, il remplit son office, répondit Kilbarron. Cela ne me dérange pas, moi. »

Sous son regard inquisiteur, Brodie se demanda de nouveau ce que Malachi avait bien pu lui raconter, car il percevait une forme d'antipathie de commande.

« Vous allez bien, Brodie ? La santé est bonne, j'espère ? »

Il y avait quelque chose de provocateur et d'ironique dans cette demande, pas d'intérêt réel.

« Oui, très bien, merci.

– Parfait. Je veux que vous retourniez à Piter demain. J'ai établi mon programme définitif. Je reviendrai bientôt pour les premières répétitions. La légèreté d'une plume dans les octaves aiguës. D'une plume, d'accord ?

– Certainement. Mais… demain ? Vous êtes sûr ?

– Oui, à la première heure. Je veux que tout soit fin prêt. »

Il tourna les talons et s'éloigna. Lika venait d'entrer dans la salle à manger. Kilbarron lui prit la main et la fit sortir. Les soupçons de Brodie se trouvaient confirmés : Malachi avait concocté pour son frère une histoire destinée à le déprécier. Brodie Moncur ne faisait plus partie du cercle des intimes. Il était banni de Maloïe Nikolskoïe.

Brodie ne trouva pas le sommeil ce soir-là, tiraillé entre l'indécision et l'appréhension. C'était sans doute sa dernière nuit à Maloïe Nikolskoïe. Son esprit bouillonnait d'hypothèses, de probabilités, l'avenir, que faire ? Où donc dans le monde Lika et lui pourraient-ils aller ? Il se leva à l'approche de l'aube, s'habilla et empaqueta ses rares possessions.

Il sortit. Pas même le personnel de cuisine n'était encore à l'œuvre, nulle fumée ne s'élevait de la cheminée en brique dans la cour de ferme. Il remonta le sentier près du lac sous une lumière nacrée, heureux d'avoir pris son chapeau et son pardessus. C'était ce chemin que Lika empruntait pour se rendre à la mare au frêne. Invisible depuis la maison, il faisait le tour des bâtiments de la ferme et s'enfonçait dans un bois de bouleaux argentés où l'obscurité feuillue étouffait les sons, comme si Brodie était la seule créature vivante alentour. Il émergea de la pénombre face à un champ de blé moissonné dont la dentelle de l'aube drapait les contours moutonnants. Sur un côté se trouvait unc moissoneuse-lieuse à deux chevaux, ses pales humides de rosée. Brodie en observa le barbotin, les roues et les chaînes, émerveillé par la massive solidité du métal à usage agricole. Miraculeusement, cette machine fauchait le blé et déposait derrière elle les épis noués en gerbes. Il en avait déjà vu fonctionner dans les grosses fermes de la vallée de la Liethen.

Il balaya le paysage du regard. Totalement seul dans l'aigrelette lumière de l'aube, il eut l'impression de se trouver dans un tableau de… Comment s'appelait-il déjà ? Ce peintre dont il avait vu une toile chez Varvara Vadimova. *L'Aube à Nikolskoïe*, hectares nus ondulant librement jusqu'à une frange arborée. Le blé avait été fauché, les gerbes moyettées, puis charroyées pour être vannées et les résidus entassés en meule quelque part. Le chaume scintillait sous la lumière rasante du petit matin, comme saupoudré de givre. Peut-être d'autres machines magiques seraient-elles amenées pour le sarclage. Le champ hersé serait laissé au repos, puis labouré avant que les gelées hivernales ne rendent la terre dure comme de la pierre et…

Brodie s'immobilisa.

À une centaine de mètres, un jeune cerf broutait les herbes qui poussaient entre les chaumes. Aux aguets, il mâchonnait délicatement pendant un moment puis, alarmé, levait d'un coup la tête pour surveiller ses arrières. Une fois rassuré, il reprenait son repas et répétait tout le processus. Soudain, l'animal redressa la tête et la tourna vers Brodie, qui ne bougea pas d'un pouce. S'il restait figé et muet, il serait considéré comme un des objets inanimés présents dans le paysage. Pendant de longues secondes, chacun campa sur sa position. Le cerf semblait avoir les yeux braqués droit sur Brodie, qui soutint son regard en demeurant pétrifié. Ce cerf lui sembla une perfection de la nature, vibrant de vie, à la fois fragile et athlétique sur ses gracieuses pattes élancées, son pelage caramel luisant sous les premiers rayons du soleil. Qui donc pourrait vouloir tuer une créature aussi belle ? se demanda Brodie. Un ramier roucoula dans le bois de bouleaux et soudain, peut-être alerté par une odeur d'homme portée par la brise, le cerf décampa à grands bonds jusqu'au couvert des arbres et disparut. Brodie se sentit étrangement ému par cette rencontre, mais aussi mortifié. Il était resté parfaitement immobile, or l'animal avait flairé quelque chose d'anormal et pris la fuite. Ce moment parut à Brodie lourd de symboles, sans qu'il en comprenne la signification. Un présage, peut-être. Un mauvais présage.

Il fit demi-tour et marcha d'un pas solennel jusqu'à la maison. Les domestiques s'affairaient, à présent. Dans la cuisine résonnaient les casseroles qui s'entrechoquaient et le bruit métallique d'une louche sur un pot ; dans la cour, des chiens aboyaient sur les coqs qui chantaient. Dans la salle à manger déserte, il demanda un café à une servante mal réveillée et se fit confirmer que le cabriolet qu'il avait réservé serait bien là dans une demi-heure pour l'amener à Doubetchnia, où il prendrait le train pour Saint-Pétersbourg. Submergé par le chagrin, il se rendit compte qu'il ne pourrait pas faire ses adieux à Lika.

7

Brodie suivit scrupuleusement les consignes de Kilbarron. Il passa une journée à œuvrer sur le nouveau piano de concert Steingraeber qui trônait au centre de la scène maintenant que la saison des ballets était terminée. Il l'accorda, puis s'occupa de chacune des têtes de marteau avec ses aiguilles et ses fers, et lesta les notes aiguës avec ses fines feuilles de plomb, opération d'une précision infinie visant à ce que la plus légère pression d'un frôlement de doigt suffise à produire une note juste et claire. À l'aide de son soufflet miniature en caoutchouc, il recouvrit les rouleaux et la pointe des bâtons d'échappement d'une fine couche de sa propre concoction de lubrifiant sec (talc, graphite et, le secret du chef, molybdénite finement pulvérisée en provenance de Norvège). Le piano était prêt, parfaitement adapté au toucher de Kilbarron. Ce n'était pas l'instrument idéal pour lui comme l'avait été le vieux Channon, mais pas loin ; Brodie espéra qu'il en serait heureux.

Alors qu'il partait, le directeur du théâtre lui montra l'épreuve de l'affiche de la Saison Kilbarron, qui annonçait le détail du concert inaugural : d'abord la composition de Kilbarron,

Der Tränensee – Tondichtung für grosses Orchester, puis le *Concerto pour piano n° 3* de Tchaïkovski et enfin l'*Islamey* de Balakirev. Un gros programme pour Kilbarron, avec des morceaux de bravoure épuisants, mais qui ferait nul doute une soirée mémorable. Brodie devrait peut-être réaccorder pendant l'entracte. Kilbarron avait demandé trois jours pleins de répétitions avec l'orchestre vu l'importance des enjeux.

Brodie déjeuna avec George Vere à l'Imperial Yacht Club, aux murs surchargés de photographies de bateaux et de plaisanciers, de trophées et de fanions. Le restaurant, bondé, cultivait le style français : nappage blanc impeccable, service exagérément soigné par des serveurs en queue-de-pie. Pendant le déjeuner, Brodie en vint à se dire qu'il aimait bien ce Vere, son sourire franc et sa posture toute britannique d'autodépréciation et de nonchalance qui n'arrivait pas tout à fait à masquer un intellect affûté et observateur.

« Allez-vous bien, Moncur ? s'inquiéta Vere après l'entrée. Ne seriez-vous pas un peu souffrant ? »

Sans pouvoir se l'expliquer, Brodie ressentit le besoin de s'ouvrir de ses problèmes.

« Une affaire de cœur, répondit-il. Je suis amoureux et cela ne se passe pas bien.

– Je connais la jeune personne ? Vous n'êtes pas obligé de me le dire, si vous ne le souhaitez pas.

– Ce n'est pas Varvara Vadimova, si c'est ce que vous vous demandez.

– Tant mieux ! Mais je ne vais pas vous être très utile, là-dessus.

– J'ai le pressentiment d'une catastrophe imminente, une terrible conviction croissante que tout va très mal tourner et je ne sais pas quoi y faire.

– Amusant, c'est exactement mon état d'esprit quand je me réveille chaque matin. »

Brodie ne put s'empêcher de rire.

« Je suppose qu'elle est mariée, avança Vere.

– Non. Mais il y a bien un autre homme dans le tableau.

– Trêve de plaisanterie, si je peux vous aider en quoi que ce soit, proposa Vere avec une gentillesse sincère. Si ça tourne vraiment mal, n'hésitez pas à me faire signe. »

Il y eut un petit coup frappé à la porte de sa chambre. Brodie lisait le recueil de poèmes de Swinburne que lui avait offert lady Dalcastle et en jugeait les vers quelque peu ampoulés et verbeux – peut-être une lecture trop exigeante pour son humeur du jour. Il referma le volume, cria « Entrez ! » et vit apparaître le visage souriant de Kirill.

« Un gamin a apporté un message, monsieur. »

Brodie le lui prit des mains. Il venait de Lika : « Nous rentrons. Écris-moi en poste restante au bureau central, case 43. » Pas de signature.

« Avez-vous une réponse à confier au garçon ? » demanda Kirill.

Brodie attrapa quelques kopeks dans sa poche et les lui confia.

« Sauf votre respect, c'est trop généreux, monsieur. Dix kopeks sont largement suffisants pour un enfant.

– À vous de voir, Kirill. Payez-vous un verre avec le reste.

– Vous êtes bien bon, monsieur, dit-il avant d'ajouter, alors qu'il était sur le point de se retirer : Nous apprécions de vous avoir ici, monsieur.

– Merci, Kirill. »

Brodie écrivit aussitôt à Lika.

Malaïa Morskaïa, 57

23 août 1899

Ma Lika chérie,

Sans doute est-il trop risqué d'essayer de nous voir en ce moment, mais réfléchissons à un plan pour quitter Piter au plus vite – peut-être après le premier concert. J'ai de belles économies que je retirerai de la banque pour nos frais de voyage. Nous pouvons aller où nous voulons : Paris, Buenos Aires, New York. Dis-moi ce que tu préfères et j'organiserai tout. Une fois ce concert passé, quand l'argent commencera à entrer dans les caisses, Kilbarron ne se souciera plus de nous.

Je t'aime, ma chérie.

Ton Brodie

Le lundi suivant, en se rendant à son bureau au théâtre comme à l'accoutumée, il vit l'orchestre arriver pour la première répétition. Était-il possible que Kilbarron fût déjà de retour ? Brodie estima le nombre de ces musiciens professionnels engagés sous contrat pour l'« Orchestre symphonique du théâtre Nouvelle Russie », selon les termes de l'annonce, à plus d'une centaine – à croire que Kilbarron recherchait un gros son. Mais aucun signe du maestro lui-même, dont Brodie supposa qu'il traînait quelque part dans le bâtiment. Une heure plus tard, depuis son bureau, il entendit l'orchestre s'accorder. Kilbarron devait être arrivé et diriger depuis le piano. Quand il descendit pour faire un tour en coulisses, il trouva la porte de la salle fermée. Il en essaya une autre, également verrouillée. Il se mit en quête du directeur, un brave type du nom d'Ardeïev, et s'étonna que tous les accès fussent clos. L'homme eut l'air penaud.

« Ce sont les instructions du maestro Kilbarron, monsieur.

– Je comprends bien, mais je travaille pour lui. Il aura besoin de moi pour le piano.

– Je crois qu'il a engagé un nouvel accordeur, monsieur. »

Brodie accusa le coup. Cet ostracisme devenait total.

« Quoi qu'il en soit, je voudrais entendre la répétition », insista Brodie.

Ardeïev baissa les yeux. Ses doigts tremblaient sous l'effet de la gêne.

« Je suis désolé, mais vous n'en avez pas le droit, monsieur. Si les portes sont fermées, c'est pour que vous ne puissiez pas entrer. C'est une demande spécifique. »

Brodie retourna à son bureau, attendit une dizaine de minutes puis sortit calmement, emprunta un couloir, monta une volée de marches étroites et se courba en deux pour passer une petite porte non verrouillée qui menait aux cintres en contre-haut de la scène et qu'il prit soin de refermer derrière lui. Le pont de service était mal éclairé, car la seule lumière provenait du plateau et tous les décors de la saison de ballet suspendus là tels d'immenses rideaux ajoutaient à la pénombre. Il laissa ses yeux s'accoutumer à l'obscurité. Des réseaux de gros chanvres fixés à des sauterelles guindaient les toiles de fond comme autant de vêtements dans une gigantesque armoire. Devant lui, il distinguait à présent l'étroite passerelle qui s'étirait à travers le gril, jonché de battants de bois inutilisés.

À mesure de sa lente progression sur la passerelle, il découvrit l'orchestre et la scène en contrebas. Assis au piano, Kilbarron communiquait par l'intermédiaire d'un interprète, mais Brodie n'arrivait pas à entendre ses paroles. L'odeur des chanvres était entêtante – il eut l'impression d'être haut dans les mâts d'un bateau à regarder le pont en bas.

Arrivé à la moitié de la passerelle, il s'agenouilla. Kilbarron donna le tempo à l'orchestre depuis son piano et la musique s'éleva jusqu'aux cintres, prodigieuse, palpable, riche, romantique. Brodie ne reconnut pas le morceau et supposa donc qu'il s'agissait du poème symphonique composé par Kilbarron. Y décelant certains échos de Richard Strauss, voire de Wagner, il se rappela l'aveu du maestro : « Je ne suis pas un compositeur. Je suis un arrangeur. »

Arriva le thème principal, joué uniquement par les cordes et les cors.

C'était « My Bonny Boy ».

Les cordes continuèrent seules, bientôt rejointes par le piano, qui reprit la mélodie au moment crucial. Brodie sentit les larmes perler au coin de ses yeux. Des larmes de stupeur face à cette injustice, cette trahison ultime. Il sentit le fiel du dégoût monter dans sa gorge. Il voulut cracher, tout en sachant qu'il ne pouvait pas. Il ferma les yeux et ravala sa bile.

Il resta une quarantaine de minutes dans les cintres à écouter Kilbarron diriger, s'interrompre, reprendre, repartir du début, travailler certains passages. Force était de reconnaître que cette adaptation magistrale, cette réinvention, appuyait sur tous les boutons émotionnels, avec dans les dernières minutes un diminuendo marqué qui amenait à une ultime reprise de la mélodie toute simple de la ballade par le piano, les cordes et les cors pour s'achever sur la séquence clef interprétée au piano solo. *Sol* bémol majeur, puis *ré* bémol majeur et la surprise du *ré* bémol mineur neuvième. Triste, émouvant, bouleversant. Il était à parier que tous les auditeurs pleureraient…

Kilbarron mit un terme à la répétition et quitta la scène. Brodie comprit que ce serait son unique chance d'une confrontation. De retour dans son bureau, il rassembla ses quelques affaires, son sous-main, le papier à lettres du théâtre, son stylo à plume, son roman, les rangea dans la sacoche qui contenait ses outils et accessoires d'accordage et descendit à l'étage des loges. Il se sentait étonnamment calme, même s'il savait bien que cette impression n'était peut-être que très passagère.

« *Oui, entrez* !* » cria Kilbarron en réponse à son coup sur la porte.

Il ouvrit et découvrit Kilbarron étendu sur son divan, une bouteille de cognac posée sur la table près de lui.

« Que faites-vous donc là, Moncur ? se récria-t-il en se redressant, l'air très surpris. Je n'ai pas de temps à vous consacrer.

– Cela ne prendra pas longtemps. Je viens juste d'entendre votre poème symphonique, malgré tous vos efforts pour m'en empêcher.

– Ah oui ? Qu'en avez-vous pensé ? demanda-t-il, impassible.

– Félicitations, c'est magnifique. Mais il y a un problème. Un gros problème.

– Lequel ?

– Vous me l'avez volé !

– Ne soyez pas ridicule.

– C'est ma chanson. "My Bonny Boy". Vous m'avez entendu la jouer à Paris. Vous étiez assis à votre piano et vous l'avez jouée vous-même.

– Je n'en ai aucun souvenir, désolé.

– J'ai même écrit sur une partition la mélodie et les paroles pour Lika. »

La mention de Lika sembla l'agacer.

« Eh bien, peut-être ai-je entendu Lika la chanter ! lança-t-il avant de se rendre compte qu'il aurait mieux fait de ne pas l'avouer. Ou pas. Il se trouve que c'est inspiré d'une vieille chanson traditionnelle irlandaise, si vous voulez tout savoir,

"Cailín fionn". Je n'ai nul besoin de voler quoi que ce soit à des gens de votre acabit, Moncur. »

Il regarda Brodie, le visage déformé par sa colère de s'être fait démasquer. Il se leva.

« Moncur. Mon cœur ? Mon cul, oui ! Cul de plomb ! Culterreux ! Comment osez-vous, sale faux-cul ? Sortez d'ici, trou du cul !

– Vous êtes incapable de jouer sans moi, assena Brodie d'une voix tremblante. Vous en avez besoin, de votre faux-cul, sinon, d'ici un mois, vous serez un pianiste manchot.

– Vous n'êtes qu'un petit accordeur, Moncur. On en ramasse à la pelle. J'en ai un nouveau, un Russe. Il a accompli un travail exceptionnel sur le piano. Vous avez l'air d'un apprenti, à côté.

– Désolé, mais c'est impossible. Personne n'est meilleur accordeur que moi. Personne.

– Cette morgue ! cria Kilbarron. Espèce de petit crétin prétentieux ! Le monde grouille d'accordeurs de piano, mais il n'y a qu'un John Kilbarron ! dit-il en s'approchant de lui, l'haleine chargée de cognac. Disparaissez de ma vie, sale chien, sale insecte ! Tirez-vous et allez crever quelque part dans la misère ! »

Brodie ferma les yeux, puis les rouvrit.

« Quand vous reviendrez vers moi en rampant avec votre main folle et que vous me supplierez, je dis bien supplierez, d'accorder et de régler votre piano pour vous, vous savez ce que je ferai, Kilbarron ? Je vous cracherai au visage.

– Ha, je m'en contrefiche, puisque j'arrête de jouer après ce concert pour me consacrer à la direction d'orchestre, bougre d'idiot ! hurla-t-il, triomphant, avec les gestes grotesques d'un homme devant une fanfare. Et un et deux et trois et quatre ! Eh oui, je vais battre la mesure, comme Mahler, Weingartner et Bülow. Le premier imbécile venu peut le faire et gagner une fortune. Ce concert sera mon dernier, et vous n'êtes pas invité ! »

Il tendit le bras pour colleter Brodie, qui recula d'un pas. Kilbarron chancela avant de retrouver l'équilibre. Brodie sortit en claquant la porte derrière lui. Il quitta le théâtre Nouvelle Russie sous une pluie fine, conscient qu'il n'y remettrait jamais les pieds.

8

Dans tous ses états, Brodie décida de rentrer à pied pour s'éclaircir les idées. La partition qu'il avait transcrite pour Lika avait-elle été volée par Kilbarron ? Était-ce là la raison de sa disparition ? Il repensa à cet après-midi dans l'appartement du boulevard Saint-Germain, où Kilbarron, intrigué par la chanson, en avait brillamment analysé les effets. « Je suis un arrangeur, pas un compositeur », disait-il toujours. En entendant cet air, il en avait perçu le potentiel. À son insu, Brodie lui avait fourni la matière de son poème symphonique. *Der Tränensee*... Cela lui revint soudain : « Le lac aux larmes ». Bien sûr, la preuve était là, dans le titre. Brodie avait l'affreux pressentiment que ce morceau allait rendre Kilbarron célèbre.

Il traversa la Neva par le pont Nikolaïevski. Pour une fin août, l'air était frais. L'automne s'annonçait, talonné par l'hiver. Brodie s'arrêta au milieu du pont, pris d'un léger tremblement de tout son corps. Le choc, supposa-t-il, l'émotion brute de la rencontre, les insultes, les menaces. Il regarda sur l'autre rive les larges quais du magnifique front de fleuve, l'Amirauté, le palais d'Hiver, l'Ermitage, alors que la lumière se parait de bronze à l'approche du soir. Puis il repéra au loin un chevron d'une douzaine d'oies qui volaient dans sa direction en rase-mottes au-dessus des eaux grises agitées, leurs lourdes ailes battant l'air presque à l'unisson. La troupe s'éleva un peu aux abords du pont, qu'elle survola à toute vitesse, presque à portée de main de Brodie, le son de leurs ailes nettement audible, ffffrou, ffffrou, occupant l'air sans effort. Il se sentit ému, bouleversé, et se tourna pour les regarder disparaître dans le crépuscule cuivré en direction de l'île Vassilievski.

Il s'appuya sur le parapet, conscient du contact solide de la pierre sous ses coudes, et scruta les eaux sombres qui s'écoulaient en contrebas, pensant à son avenir si précaire, suspendu au gré de Lika.

Il sentit alors quelque chose bouger dans sa poitrine et monter jusqu'à sa gorge. Il eut le temps d'attraper son mouchoir avant d'être pris d'une violente quinte qui débloqua ses poumons. Il savait ce qu'il trouverait en ouvrant le mouchoir : une tache rouge vif. Un tubercule en croissance avait érodé une branche artérielle et ses poumons se remplissaient de sang. Il maudit John Kilbarron, ce sale voleur. Toute cette agitation, cette méchanceté, cette haine indignes avaient fait craquer son corps. Il cracha du sang dans la Neva, s'efforça de respirer calmement, régulièrement, puis jeta son mouchoir maculé et regarda le courant l'emporter. L'hémorragie était terminée. Elle avait été courte, Dieu merci ! Mieux valait rentrer, avaler un repas chaud et aller se coucher en pensant à partir, en pensant à quitter Saint-Pétersbourg avec Lika.

Malaïa Morskaïa, 57

28 août 1899

Ma Lika chérie,

J'ai rompu tout commerce avec Kilbarron. Nous avons eu une terrible dispute, très amère, très désagréable, et j'ai démissionné.

Le problème, c'est que je ne sais pas du tout combien de temps je peux rester dans cet appartement. Nul doute que Kilbarron me fera expulser par Elizaveta Vadimova à la seconde où il y pensera. La seule bonne nouvelle, c'est qu'il semble ne rien savoir pour nous deux. À l'évidence, Malachi ne lui a encore rien dit, mais je crains que cela ne dure pas.

Pars avec moi, mon amour. Quitte-le. Il est fou, il se détruit et il te détruira. J'ai retiré tout mon argent de la banque. Nous pouvons vivre confortablement pendant un an, voyager, être ensemble sans soucis. Libère-toi, ma chérie. Viens avec moi.

Je t'aime,

Ton Brodie

Fyolka posa devant lui des pieds de veau frits nappés de sauce brune.

« *Danke schön*, dit Brodie.

– *Das ist gut. Wunderbar. Magnifique**.

– *Merci infiniment**. »

Depuis son hémorragie, Fyolka se surpassait en cuisine et lui mitonnait chaque jour de nouveaux mets. Par l'intermédiaire de Kirill, il lui avait demandé des plats chauds roboratifs pour recouvrer ses forces. C'était presque comme si elle savait qu'il allait bientôt partir et qu'elle voulait lui laisser de bons souvenirs de sa cuisine russe.

Il entama ses pieds de veau, étonnamment goûteux grâce à la sauce aigre-douce, mais surtout très chauds, ce qui était l'essentiel. Il s'éclipsa pour aller dans sa chambre se servir un verre de vodka de la bouteille qu'il y conservait et revint à son repas. Un plat chaud et la brûlure de la vodka : il se sentait déjà mieux. Mais quelque chose le tracassait, quelque chose que Kilbarron avait dit pendant leur amère dispute.

« J'ai un nouvel accordeur, un Russe. Il a accompli un travail exceptionnel sur le piano. Vous avez l'air d'un apprenti, à côté… »

Qu'aurait pu faire un autre accordeur que lui-même n'ait déjà fait ? Qui était ce prodige russe ? Brodie savait tout le soin qu'il avait apporté au réglage du piano de Kilbarron en vue du concert inaugural. Le subtil grammage des minuscules poids sur les touches dans l'aigu, les lanières de plomb découpées pour s'adapter au dessous des touches et en réduire au maximum le poids descendant. Aucun piano existant n'avait une mécanique si légère. Ensuite, son positionnement précis des étouffoirs et la préparation élaborée des têtes de marteau, plus douces ou plus dures selon les exigences grâce à son piquoir et au fer d'étouffoir. Le lubrifiant sec. Que pouvait faire de plus un autre accordeur ? Quelle expertise pouvait dépasser la sienne ?

Le concert n'était que dans quelques jours, le vendredi à 16 heures. Cela lui laissait encore quelque temps pour percer le mystère.

Le jeudi soir, posté dans l'ombre en face du theâtre Nouvelle Russie, Brodie regardait les derniers musiciens et machinistes quitter les lieux. Il attendit encore une demi-heure sans voir personne d'autre sortir. Il traversa la rue et se dirigea vers l'entrée des artistes, sa sacoche dans une main et plusieurs mètres de cordes de piano enroulées dans l'autre. Il connaissait tous les gardiens qui se relayaient à l'accueil, Boris, Radislav, Mstislav. Quand il entra en brandissant son rouleau de corde, c'est Mstislav qui était de service.

« Un désastre, une véritable crise ! s'exclama-t-il en français, avant de répéter en allemand : *Katastrophe. Eine echte Krise !* »

Repérant le rouleau de corde, Mstislav, un homme simple et travailleur, en tira la conclusion voulue. Il le fit entrer en hâte et alluma les lumières de la salle. Brodie ouvrit le piano, sortit la mécanique et ouvrit sa sacoche en exposant ses outils comme un chirurgien sur le point d'opérer.

« Merci, Mstislav. J'en aurai pour une demi-heure. »

Mstislav partit et il fallut vingt secondes à Brodie pour constater que rien n'était différent. Personne n'avait touché à ce piano depuis qu'il l'avait réglé pour Kilbarron quelques jours plus tôt. Tout portait sa signature, aucune de ses petites *astuces** ne manquait à l'appel. Le graphite de la poudre lubrifiante sortie de son flacon luisait toujours sur le chariot et les leviers. Il joua quelques octaves, des notes à l'unisson : parfait. Il commença à soupçonner que le génie russe de l'accordage n'existait pas. C'était simplement un moyen de marquer un nouveau point de méchanceté, comme une vilaine claque au visage.

Brodie se sentit soudain pris de nausée, d'une nausée de ressentiment face à cette trahison, après tout ce qu'il avait fait pour Kilbarron : il avait prolongé, voire sauvé, sa carrière de pianiste virtuose de tout premier plan grâce à son expertise, à sa finesse d'accordeur. Tout autre pianiste aurait peut-être dû prendre sa retraite… Alors qu'il remettait la mécanique en place lui vint une idée : maintenant qu'il était là, seul avec le piano, ni vu ni connu, sans risque d'être interrompu… Il ressortit la mécanique.

Il se rappela ce que lui avait appris son ancien professeur et mentor, Findlay Lanhire : entre tous les merveilleux composants de cette machine complexe qu'est un piano moderne, le plus remarquable est le « mécanisme de répétition ». Inventé et breveté en 1821, ce système de leviers permettait à une note d'être répétée sans que la touche revienne à sa position de repos. Cette possibilité de faire résonner une note plusieurs fois en succession rapide et qu'elle sonne toujours juste et net avait révolutionné l'instrument. Des pianistes virtuoses tels Liszt, Thalberg ou Kilbarron pouvaient actionner une même note six fois en une fraction de seconde. Mais c'était le complexe assemblage de pivots, de vis et de bâtons sous le marteau, tous contrôlés par la tension du ressort de répétition, produisant ainsi le renvoi nécessaire, ainsi que le jeu infime des pièces qui permettaient à ces virtuoses de répéter la note apparemment sans effort et de faire étalage de brillance et de dextérité.

Avec le bout d'un petit tournevis, il tapota sur le pivot en cuivre du bâton du *ré* de la cinquième octave et le poussa pour qu'il déborde de deux millimètres, ainsi irrémédiablement sorti de son logement bien confortable, si bien qu'il frôlait la note adjacente. Puis il rentra la mécanique, testa la note plusieurs fois sans rien remarquer d'anormal et referma le piano.

Le pivot du bâton touchait à présent le levier adjacent de la note du dessus, le *mi*. Les vibrations provoquées par un fortissimo le bloqueraient contre le *mi* et toute pression alors exercée le tordrait, ce qui le ferait se coller à son voisin. En jouant un *ré*, on ferait résonner les deux notes, *ré* et *mi*, qui seraient ensuite couplées définitivement. Il serait impossible de continuer.

Il calcula que John Kilbarron devrait jouer quinze ou vingt minutes avant que la pression exercée sur cette minuscule pièce ne devienne assez intense pour faire dysfonctionner le piano de façon irréparable. La beauté de ce petit sabotage, se dit-il en outre, était qu'il n'y aurait aucune trace apparente de malveillance. Hélas, sous la pression extraordinaire des fortissimos pendant des prestations en concert, ce genre d'accident arrivait inévitablement de temps à autre. C'était une machinerie hautement complexe, et les machineries hautement complexes pouvaient dérailler. Pourquoi le pivot du bâton d'échappement du *ré* s'était-il tordu ? Qui pouvait le dire ? *Force majeure**, manque de chance total. Ou plutôt, un juste retour des choses.

« Merci, Mstislav, *alles ist in Ordnung* », affirma Brodie avec un sourire en repartant, s'épongeant le front du dos de la main en signe de soulagement.

9

Le lendemain après-midi, Brodie avait repris son poste d'observation en face du Nouvelle Russie. En ce jour venteux ponctué d'averses, il portait son imperméable et un feutre rabattu sur ses yeux. Il vit les calèches arriver et les dignitaires se presser à l'intérieur du théâtre. *Le Tout**-Piter se bousculait au concert inaugural de John Kilbarron, lancement de sa saison de musique classique russe, avec l'excitante première mondiale de sa propre composition, le poème symphonique *Der Tränensee*. Les rires et les conversations excitées parvenaient à Brodie depuis la file de fiacres, barouches et landaus qui s'étirait jusqu'au pont Toutchkov. Une fois tout le monde installé et le concert sur le point de commencer, Brodie rentra chez lui et termina de ranger ses affaires dans ses deux malles-cabines. Il n'avait pas reçu de réponse de Lika à sa dernière lettre, donc il lui en écrivit une autre, qu'il alla déposer dans la case 43 de la poste restante au bureau central. Sur le chemin du retour, il attendit une heure devant la maison de la perspective Nevski avant de se rendre compte que, bien évidemment, elle serait elle-même au théâtre Nouvelle Russie, nul doute avec Malachi, pour assister à l'apothéose de John Kilbarron.

Le lendemain, la *Gazette de Saint-Pétersbourg*, journal en français, publiait l'entrefilet suivant :

> Le concert inaugural Kilbarron fut interrompu au bout de dix minutes en raison d'un soudain dysfonctionnement technique du piano à queue de marque Steingraeber. Le concert est reprogrammé en intégralité dans une semaine. Tous les porteurs de billets sont cordialement invités à se présenter au guichet s'ils souhaitent un remboursement.

L'article précisait qu'au bout d'une dizaine de minutes de *Der Tränensee*, Kilbarron avait cessé tout net de jouer, s'était levé, avait fait un bref salut au public puis quitté la scène, laissant l'orchestre et le public médusés. Consternation générale. Un directeur était apparu pour faire une annonce : il était impossible de poursuivre pour des raisons techniques (un défaut dans le piano) et malheureusement le concert devait être reporté. Il y avait eu quelques huées, des programmes jetés en l'air, puis le public s'était dispersé de mauvaise grâce. Aucune déclaration de la part de John Kilbarron ni des mécènes de cette saison de concerts, Elizaveta et Varvara Vadimova.

À la lecture de l'article, Brodie ressentit à la fois un frisson de plaisir et un tiraillement d'inquiétude. Le cul de plomb, le cul-terreux, le faux-cul, Moncur, avait eu son moment. Mais Brodie savait bien que cela n'en resterait pas là. En toute autre circonstance, il aurait aussitôt quitté Piter, attrapé un train pour Paris, le soir même si possible, mais il ne pouvait pas partir sans revoir Lika. Tous ses projets incluaient Lika. Lika Blum le retenait à Saint-Pétersbourg jusqu'à nouvel ordre.

Le lendemain matin, il se rendit à son rendez-vous avec le docteur Sampsonievskaïa. Tous deux allumèrent une cigarette en discutant de son cas et de sa récente hémorragie.

« C'était plutôt un gros caillot de sang que l'hémorragie massive de l'autre fois, précisa-t-il. Comme si je crachais du sang, mais venu de loin en bas, vous comprenez ?

– Je suis désolée, mais je crains fort que cela ne se reproduise, dit le docteur Sampson avec un sourire triste. Et l'hiver arrive. Je pense qu'il est temps de migrer vers le sud, au soleil. Monsieur Moncur, je vais vous le dire en toute honnêteté, le seul remède, le seul remède en lequel je crois vraiment, même si j'en prescris de nombreux, divers et variés, c'est la chaleur et le repos. Considérant que vous avez commencé à cracher du sang, Piter est le dernier endroit où vous avez intérêt à vous trouver. Vous m'aviez dit avoir séjourné à Nice ?

– Oui, j'y ai passé plusieurs mois.

– Retournez à Nice passer l'hiver. Ou à Biarritz. Vous connaissez Biarritz ?

– Non.

– Très populaire auprès des Russes fortunés et de la famille royale anglaise. J'ai un confrère à Biarritz que je peux vous recommander, dit-elle en écrivant son nom et son adresse sur un morceau de papier qu'elle lui tendit. Revenez à Piter l'été prochain, nous nous reverrons. »

Ils échangèrent une poignée de main et Brodie eut ce triste pressentiment que créent les adieux : ce serait leur dernière rencontre. Étrangement, il eut du mal à mettre un terme à l'instant, hésitant à dire son dernier au revoir à cette femme médecin aussi austère que chaleureuse.

Elle sourit, le raccompagna à la porte et lui donna une petite tape rassurante dans le dos.

« Bonne chance, lui dit-elle. Tout ira bien. »

Brodie rentra à pied, démoralisé car l'optimisme du docteur Sampson n'avait pas suffi à le convaincre. Elle lui avait annoncé qu'il cracherait encore du sang et, malgré ses paroles réconfortantes et ses sourires, laissé l'impression d'être convaincue de l'aggravation inexorable de sa maladie. Combien de temps me reste-t-il ? Un an ? Deux ans ? Dix ans ? Un quart de siècle ? Ce questionnement était trop déprimant, il rendait tout fragile, l'avenir se réduisait à une vague possibilité – les probabilités et les certitudes avaient disparu de sa vie. Mais en y réfléchissant plus avant, il songea que les probabilités et les certitudes n'avaient jamais fait partie de la condition humaine…

Alors qu'il arrivait à l'appartement, il entendit un chien japper. Étrange. Plutôt un glapissement. Ouah, ouah. Il entra dans le salon et découvrit Lika, accompagnée de César qui aboya joyeusement à sa vue. Nicanor servait du thé.

« Bonjour, articula Brodie, comme si voir Lika dans son salon était une occurrence quotidienne. Je ne peux pas te dire à quel point je suis heureux que tu aies pu passer. »

Nicanor quitta la pièce et ils s'embrassèrent. Il la serra contre lui. Soudain tout allait bien, de nouveau. C'était miraculeux que…

« Il m'a jetée à la rue », annonça Lika, les cils humides de larmes qui se mirent à couler.

Il vit qu'elle était dans tous ses états, fébrile, paniquée.

« Kilbarron ? Pourquoi ?

– Malachi lui a raconté qu'il nous avait trouvés à l'hôtel à Doubetchnia.

– Mais pourquoi ? s'offusqua-t-il, même si une partie de lui exultait. Pourquoi diable a-t-il fait cela maintenant ?

– Tu sais, je crois que c'était pour le distraire du fiasco du concert, pour le faire penser à autre chose. Quoi qu'il en soit, John a été affreux, il m'a traitée de tous les noms. Et bien sûr, il n'a pas dessaoulé depuis vingt-quatre heures.

– Mon Dieu ! s'écria Brodie, tout en réfléchissant.

– Mes bagages sont dans ta chambre. J'ai laissé tellement de choses là-bas, mais il ne m'a pas donné de temps. Ton domestique (Nicanor, c'est ça ?) a été tout à fait serviable. Je devais venir auprès de toi, Brodie. Je ne pouvais pas rester, je ne pouvais pas les raisonner.

– C'est la meilleure chose qui pouvait arriver, affirma posément Brodie. La meilleure. Nous sommes libres, Lika, ma chérie. Plus de fil à la patte, c'est fini. Il est parti. Nous allons abandonner Kilbarron à son destin misérable et partir faire notre vie à nous.

– Sauf que… Il veut te voir. Il y tient. C'est le dernier message qu'il m'a donné. Tu dois aller le voir ce soir, tu es obligé.

– Il n'en est pas question. Qu'il aille au diable !

– Sinon il ira à la police pour te faire arrêter.

– Sur quel motif, enfin ?

– Je n'en sais rien. Il n'arrêtait pas de parler de la police. Tu ferais mieux d'y aller », répéta-t-elle en lui prenant la main.

Brodie patientait, mal à l'aise, dans le salon rouge décoré de son arsenal d'armes anciennes. Il avait refusé le verre que lui proposait le majordome et fumait goulûment une cigarette en inspirant loin dans les poumons. Il s'attendait à tout : insultes, larmes, coups. Il espérait que ce serait la dernière fois de sa vie qu'il verrait John Kilbarron. Il n'était venu que pour rassurer Lika, pour faire un rapide adieu à son amant.

Mais ce fut Malachi qui entra, souriant, presque bravache, comme à la parade avec un gilet émeraude criard, prêt pour un bal costumé. Il avait l'air plus soigné, les cheveux et la barbe bien taillés, sans doute à l'occasion du concert. Il ne lui tendit pas la main.

« Eh bien, je me sens presque obligé de vous applaudir, Moncur. Je ne pensais pas que vous auriez le cran, mais vous nous avez bien fichus dans la mouise, et jusqu'au cou, sacré voyou ! »

Brodie ne se laissa pas abuser par le ton faussement jovial, que sous-tendait une agressivité virulente.

« Je ne vois pas de quoi vous voulez parler.

– Nous savons tout. Mstislav, le portier, nous l'a confirmé. Votre petite intervention en urgence.

– Je vérifiais juste que tout était en ordre. Cet homme doit se tromper, il parle à peine allemand.

– Ben tiens ! Et votre main a glissé, peut-être ?

– Pourquoi ne posez-vous pas la question à votre nouvel accordeur, le génie russe, là ? Il vous confirmera que ce genre d'accident arrive même avec les meilleurs pianos. L'usure…

– Parce qu'il n'y a pas de nouvel accordeur, bougre d'andouille ! dit un John Kilbarron fin saoul en entrant d'un pas chancelant. Je voulais juste vous faire suer en disant ça, imbécile ! Et j'y suis arrivé. Et comment !

– Écoutez, vous savez très bien ce que vous avez fait, osa rétorquer froidement Brodie. Vous savez ce que vous m'avez volé. Nous avons tous les deux, comment dire ?, des griefs l'un envers l'autre. Alors vous auriez mauvaise grâce…

– Des griefs ! explosa Kilbarron. Parlons-en, de nos griefs ! Commençons par les miens, si vous le permettez. En voici un, déjà : vous avez troussé Lika Blum derrière mon dos, misérable fils de putain. Je suppose qu'elle a couru se réfugier chez vous ? Vous pouvez la garder.

– Laissez Lika en dehors de tout ça. C'est une question personnelle…

– Je peux aller à la police, imbécile ! l'interrompit Kilbarron en traversant la pièce d'un pas incertain dans sa direction. C'est du sabotage délibéré. J'ai des témoins, une relation de cause à effet, des preuves ! martela-t-il en s'arrêtant près de Malachi pour se stabiliser en lui posant une main sur l'épaule. Vous savez combien votre petite vengeance nous a coûté ? Mme Vadimova est très mécontente. Le parfait scandale pétersbourgeois. Tout le monde en parle, tout le monde rit sous cape, ce qui est le contraire de ce qu'elle recherchait.

– Dites ce que vous avez à dire et je vous laisserai tranquille, déclama Brodie quelque peu pompeusement. Je ne crois pas que Mme Vadimova apprécierait d'être informée de votre plagiat. Cela risquerait d'entacher la réputation de son merveilleux maestro Kilbarron. La première mondiale de son poème symphonique. »

Kilbarron était à présent face à lui, son visage pâle aux traits tirés couvert de sueur. Il avait l'air malade. La rosée de la maladie.

Il donna une gifle à Brodie. Une gifle puissante, cuisante.

« Voilà mon défi, raclure d'Écossais ! J'exige réparation. Dites à vos témoins de consulter Malachi. Vous avez vingt-quatre heures. Sinon, je vais voir la police et je vous fais poursuivre pour le sabotage de mon concert. »

Il sortit en titubant de la pièce, heurtant au passage l'encadrement de la porte.

« Mais qu'est-ce qu'il raconte ? demanda Brodie en massant sa joue douloureuse. Son défi ? Mes témoins ? Il est devenu fou, ou bien est-ce l'alcool qui parle ?

– Il vient de vous provoquer en duel, lui expliqua Malachi. Et ce n'est pas une plaisanterie. »

10

« C'est parfaitement absurde ! s'exclama Brodie. Nous sommes à quatre mois du XXᵉ siècle, et il me provoque en duel ? C'est insensé.

– Son frère m'a raconté que Kilbarron a déjà pris part à deux duels, un en Irlande et un en Allemagne, lui répondit George Vere avec une moue en haussant les épaules. Et il a déjà lancé le gant plus d'une dizaine de fois au fil des ans. Il est un peu obsédé par tout le rituel, vous savez : réputation entachée, dette d'honneur remboursée, acte viril. *Un vrai bretteur**, comme disent les Français.

– Mais sérieusement, je ne peux pas me prêter à cela ! »

Brodie avait demandé à George Vere d'être son témoin. Il avait craint que sa démarche fût jugée présomptueuse puisqu'ils se connaissaient à peine, mais Vere avait répondu qu'il en serait ravi, très reconnaissant. Il semblait même enthousiaste à cette perspective.

« Je crois que vous pouvez vous détendre, Moncur. Son frère… Comment s'appelle-t-il, déjà ?

– Malachi.

– Voilà. Malachi m'a dit qu'il vous suffisait de participer à cette mascarade. C'est un duel moderne. Il y a deux solutions : soit vous faites la paix “au pied du mur”, comme on dit, c'est-à-dire que vous vous serrez la main à la dernière minute et vous repartez chacun de votre côté ; soit vous tirez mais vous faites exprès de rater – apparemment, c'est ce qui s'est passé lors des précédents duels de Kilbarron. Vous tirez tous les deux en l'air et vous repartez chacun de votre côté. Un geste symbolique, donc. »

Vere arpentait le salon de la rue Morskaïa. Brodie le sentit excité à l'idée de cet absurde affrontement arrangé.

« À ce que j'ai compris, vous acceptez ce duel, si ridicule puisse-t-il vous paraître, ou bien il va voir la police. Au fait, ne me dites rien. Tout ce que je sais, c'est qu'il vous accuse de sabotage, d'avoir gâché un concert. Honte et humiliation à tous les étages, commenta-t-il avant de s'interrompre pour allumer une cigarette. Ce règlement de comptes ritualisé semble être la réponse. Tout cela est follement russe, en fait.

– Or aucun de nous deux n'est russe, en l'occurrence. Un Écossais et un Irlandais qui se battent en duel. C'est inepte.

– Qui se battent en duel en Russie, néanmoins. Nous y vivons, nous sommes tous sous l'influence du pays. »

Brodie rumina ses pensées. Rien n'était clair : pas de solution, pas d'alternative.

« L'autre problème, comme M. Malachi Kilbarron me l'a posément fait remarquer, c'est Mme Vadimova, enchaîna Vere. C'est une femme très puissante, très influente. Si vous deviez vous retrouver aux mains des autorités, de la police, arrêté, disons, voire accusé, poursuivi en justice, elle pourrait rendre les choses très délicates et difficiles pour vous. Entrez dans son jeu, Moncur. Accordez-lui son fantasme de duel.

Cela devrait mettre un terme à cette histoire. Kilbarron, enfin, Malachi, m'a assuré que personne ne veut de blessés.

– Comment les choses sont-elles censées se dérouler ? Si j'entre dans son jeu, comme vous dites.

– Nous nous retrouvons à l'aube demain dans le parc Elaguinski. Je viendrai vous chercher ici à 5 h 30. Il nous faut une demi-heure pour y aller.

– Je n'ai pas besoin de deux témoins ?

– J'amènerai quelqu'un de l'ambassade. Il y aura aussi un arbitre, un colonel. Tout se fait dans le strict respect des règles. Je crois que c'est en partie ce qui lui plaît. »

Vere devait prendre congé et Brodie le raccompagna jusqu'à la porte d'entrée, où ils se serrèrent la main.

« Prenez-le comme une aventure improbable, dit Vere d'un ton rassurant. Une anecdote à raconter à vos petits-enfants. "Je me suis battu en duel dans le parc Elaguinski de Saint-Pétersbourg en 1899." Si je pouvais, je prendrais votre place. »

Vere partit, et Brodie retourna dans sa chambre, où se trouvait Lika, qui fumait, crispée par l'attente, César assis à ses pieds. Le chien courut vers Brodie quand il entra, et celui-ci le prit dans les bras sans y réfléchir.

« Ce chien t'aime bien, constata Lika. Je ne comprends pas pourquoi, d'ailleurs, tu ne lui accordes presque aucune attention.

– Peut-être que je sens bon.

– Tu aimes les chiens ?

– Je n'y ai jamais vraiment pensé. J'imagine, oui. »

Il lui raconta ce qui allait se passer, la parodie de duel qui allait se dérouler à l'aube dans le parc Elaguinski.

« Brodie, enfuyons-nous.

– Il irait à la police et je me ferais arrêter, sinon pire. C'est du donnant-donnant, c'est la seule manière dont nous pouvons être libres, débarrassés de lui.

– Mais je n'aime pas ça. Cela m'inquiète.

– Malachi a assuré mon témoin – qui est de l'ambassade britannique, au fait – que ce n'est qu'un geste. Une manie de Kilbarron, ou plutôt une pulsion perverse. »

Il s'assit près d'elle et l'embrassa dans le cou. Il tirait déjà les bénéfices de tout ce *Sturm und Drang* : Lika et lui étaient réunis. Elle vivait avec lui, et non plus avec Kilbarron.

« Tes domestiques ont préparé un lit pour moi dans la chambre de l'autre côté du couloir.

– C'est parfait. Je viendrai discrètement te rejoindre plus tard.

– Qui est ce vieux monsieur toujours assis dans un coin de la pièce où qu'on aille ?

– Il s'appelle Kirill. J'ignore à quel titre il réside ici. »

Lika se retira dans sa chambre avec César. Brodie attendit une demi-heure et sortit de la sienne.

« Bonsoir, monsieur, lui dit Kirill, qui avançait dans le couloir, son journal à la main.

– Bonsoir, Kirill Denissovitch. Je vais juste voir si Mlle Blum a tout ce qu'il lui faut.

– Une jeune femme délicieuse. Je vous souhaite une bonne nuit, monsieur. »

Allongé au lit avec Lika, Brodie sentait bien que quelque chose la tourmentait.

« À quoi penses-tu ? demanda-t-il doucement. Qu'est-ce qui ne va pas ?

– Je pense à John Kilbarron et à demain matin.

– Ce n'est que de la comédie, une arlequinade pour le satisfaire. Après, nous pourrons partir et commencer notre vie à deux.

– Non, dit-elle en se collant à lui pour le serrer fort dans ses bras. Je pense qu'il veut réellement te tuer. »

11

Brodie attendait devant l'immeuble de la rue Morskaïa. L'air étant frisquet, il portait son chapeau et son pardessus et regrettait de ne pas avoir pris d'écharpe. Il était 5 heures du matin et il n'avait pas fermé l'œil. Il faisait encore sombre, hormis un croissant de lune terni dans le ciel et les réverbères qui brillaient gaiement. Personne en vue. Sa nervosité l'avait tenu éveillé toute la nuit, et maintenant qu'il aurait dû être parfaitement alerte, il se sentait fatigué. Il entendit le claquement des sabots de chevaux et repéra un landau à l'approche, qui s'arrêta devant lui. Vere en sortit d'un bond, suivi par un autre homme.

« Voici votre second témoin, annonça Vere. Michael Rubenstein, un collègue de l'ambassade. »

Brodie serra la main de Rubenstein et le remercia d'être venu. Ils montèrent tous dans le landau et partirent.

Brodie se sentait anxieux, crispé, mais Vere et Rubenstein étaient de belle humeur.

« Cela rappelle le duel chez Tolstoï, dans *Guerre et Paix*, lança Rubenstein.

– Chez Dostoïevski aussi… Et chez Lermontov et Tourgueniev, d'ailleurs, renchérit Vere. Et il y a une nouvelle de Tchekhov qui s'appelle "Le Duel". Sans oublier ce pauvre Pouchkine, évidemment, fit-il avec un sourire triste à Brodie.

– Il se trouve qu'il y a un duel dans le roman que je suis en train de lire, remarqua celui-ci.

– Quel roman ? »

Brodie mentionna *Le Maître de Ballantrae*, de Stevenson. Il lui vint la pensée troublante qu'il pourrait bien ne jamais le finir.

« Un duel au pistolet ? demanda Vere.

– À l'épée.

– Au moins, on vous aura épargné cela, commenta Rubenstein. C'est une bénédiction.

– Voyons les choses ainsi : disons que vous êtes en train de vivre une incroyable expérience littéraire russe, avança Vere.

– Voyons les choses autrement : disons que je suis un crétin fini de me plier à cette bêtise. Que suis-je en train de faire ? À quel jeu suis-je en train de jouer ?

– Prenez cela comme un point final à l'histoire, conseilla Vere. Kilbarron a ses jeux du cirque, et la police et les procès disparaissent du paysage.

– Je pourrais moi-même poursuivre Kilbarron en justice pour plagiat, s'emporta soudain Brodie.

– Comment cela ? Qu'a-t-il donc volé ?

– Peu importe, esquiva Brodie en s'affalant dans son siège. Toute cette histoire est une farce. Je veux juste que cela se termine. »

Il regarda par la fenêtre du landau, qui traversa la Neva par le pont Nikolaïevski puis par le pont Toutchkov vers l'île Elaguine et son « parc » – pour ce qu'il pouvait en voir, il s'agissait d'une vaste étendue de nature sauvage. L'aube ourlait d'argent le paysage quand ils atteignirent la lisière de la ville et ici, pas de réverbères au bord de la chaussée en bois sur laquelle ils bringuebalaient. Vere parla au cocher dans un russe excellent pour lui confirmer l'itinéraire, et bientôt le landau quitta la route pour un chemin de terre. Ils s'arrêtèrent à l'orée d'une clairière herbue cernée de bois de hêtres et de bouleaux argentés de belle taille. Au-delà de la prairie, un lac étroit, puis une forêt sans aucun signe visible d'habitation humaine. Ils auraient aussi bien pu se trouver dans les vastes steppes de Russie, songea Brodie, qui se sentait malade, en descendant du landau. Il boutonna soigneusement son pardessus, car il semblait faire plus froid ici, plus froid et plus humide.

Vere avait repéré les autres debout autour d'une table à tréteaux à l'ombre d'immenses pins. Rubenstein et lui allèrent à leur rencontre. Brodie les suivit d'un pas lent, ôta ses lunettes pour les nettoyer et se dit pour la millième fois que c'était sans doute là l'acte le plus ridicule que quiconque pût accomplir au cours de sa vie. Qu'y gagnerait Kilbarron, quelle satisfaction obtiendrait-il en se livrant à ce simulacre ? Il se répétait en boucle : dans une demi-heure, ce sera fini ; Lika et toi serez libres ; tu seras avec Lika, la femme que tu aimes ; tu pourras vivre avec elle où tu voudras ; tu as de l'argent, tu as ton métier, tu as vingt-neuf ans, tu as ta vie devant toi. Ses incantations semblèrent produire leur effet. Il rechaussa ses lunettes et se sentit revigoré. Allez, finissons-en avec cette bêtise, se dit-il en allant rejoindre le petit groupe à l'orée de la clairière.

Brodie repéra Kilbarron, Malachi et un inconnu, sans doute le second témoin. On lui présenta l'arbitre, un moustachu en costume sombre, le colonel Vladimir Vladimirovitch Ilyitchov.

Celui-ci les amena devant la table, où étaient exposées trois paires de pistolets de duel à long canon unique, bien calés sur leur écrin de velours dans des coffres en châtaigner. Kilbarron les scrutait d'un regard intense. Malachi fumait un cigare dont l'odeur âcre et puissante empestait l'air pur de l'aube.

« Choisissez votre arme », murmura Vere à Brodie.

Au hasard, Brodie en désigna une du doigt. Vere l'attrapa pour vérifier qu'elle était chargée et l'amorce bien en place, puis confirma à Malachi qu'il ne voyait rien à y redire. Il passa le pistolet à Rubenstein, qui y jeta un coup d'œil et le tendit à Brodie. Ensuite, ce fut à Kilbarron.

Muni de deux sabres, le colonel Ilyitchov s'avança dans l'herbe qui lui montait aux genoux, vérifia la direction du soleil levant pour qu'il n'aveugle personne, enfonça un sabre en terre, fit quinze pas et planta le second.

Il appela les duellistes et s'adressa à eux dans un français au fort accent russe.

« Vous serez à une distance de quinze pas. Vous aurez chacun droit à un tir quand je lâcherai mon mouchoir. Compris, messieurs ? »

La tête lourde, Brodie acquiesça malgré sa mystification face au formalisme absurde de ce jeu auquel Kilbarron avait choisi de jouer. Était-ce la théâtralité de l'acte qu'il aimait ? Se nourrissait-il des tensions et animosités croissantes qui se concentraient dans ce rituel archaïque ? Quand on pense que les querelles et les affronts ont été réglés ainsi pendant des siècles, songea-t-il. Cela défiait l'entendement, et pourtant il était là, à se prêter à cette comédie burlesque. Il lui vint à l'esprit que pour Kilbarron, le simple fait de l'avoir coincé là, de lui imposer cette mise en scène ridicule, de soumettre Brodie Moncur, son ennemi, à ses consignes perverses, suffisait peut-être à lui donner l'impression d'avoir gagné.

Brodie s'obligea à arrêter de réfléchir et de se poser des questions, à devenir une machine. D'ici quelques instants tout serait fini, ils remonteraient dans le landau et rentreraient rue Morskaïa, il embrasserait Lika, ils iraient à la gare de Varsovie et leur nouvelle vie commencerait.

« Messieurs, à vos positions ! » ordonna Ilyitchov.

Brodie marcha jusqu'à son sabre comme dans un rêve. C'était un vieux sabre à la lame piquée de rouille et à la poignée revêtue d'un cuir usé et moisi. Il vit Kilbarron atteindre le sien à quinze pas de distance. Le soleil levant se refléta sur la garde et projeta un éclair lumineux qui fit cligner Brodie des yeux.

Les témoins se consultèrent pour la dernière fois. Vere et Rubenstein vinrent lui parler en confidence.

« Quand le colonel lâchera son mouchoir, levez votre pistolet et tirez juste en l'air, annonça Vere. Kilbarron en fera autant. Vous vous serrerez la main, enfin, ce n'est pas une obligation, et nous pourrons aller nous régaler d'un petit déjeuner à l'hôtel Astoria. J'ai réservé une table. Tout ira bien, conclut Vere avec un clin d'œil.

– Absolument », confirma Rubenstein.

Les deux hommes s'éloignèrent et laissèrent Brodie seul près de son sabre, qui avait commencé à gîter un peu. Il sentit le poids de l'arme dans sa main. Ridicule, pathétique, honteux.

Le colonel Ilyitchov s'avança, un mouchoir blanc dans sa main levée.

« Je vais compter jusqu'à trois ! annonça-t-il. Un, deux, trois. »

Et il lâcha son mouchoir.

Brodie leva le bras à la verticale et tira une balle dans l'immensité bleu pâle de l'aube pétersbourgeoise. Le recul lui fit vibrer le coude et l'épaule.

Il regarda Kilbarron, qui tenait encore son pistolet le long de sa jambe. Puis il le leva et le pointa droit sur le visage de Brodie.

« Non, monsieur ! C'est inacceptable ! » s'insurgea Vere une fraction de seconde avant que Kilbarron tire.

Brodie sentit quelque chose lui déchirer l'oreille gauche et tourna sur lui-même par réflexe en plaquant la main sur sa tempe. Du sang ! Il avait la main poisseuse. Il sentait le sang couler de son oreille déchirée comme d'un robinet ouvert pour éclabousser les herbes blondes et sèches de l'été. La tête lui tourna et il tomba à genoux, puis à quatre pattes. Il entendit des cris et des bruits de lutte : Malachi et l'autre témoin retenaient physiquement Vere et Rubenstein. Le colonel Ilyitchov criait en russe, furieux. Brodie secoua la tête, faisant gicler plus de sang, et regarda autour de lui. Kilbarron s'approcha, se pencha au-dessus de lui, jeta son pistolet et plongea la main dans sa redingote pour en sortir un autre déjà armé. Brodie sentit le bout du canon contre sa nuque. Le froid pendant une seconde. Il essaya de se retourner.

« Ne faites pas ça, dit-il à Kilbarron par-dessus son épaule.

– Je vais d'abord m'occuper de toi, sale bâtard d'Écossais, et après je règlerai son compte à ta traînée », menaça Kilbarron avec un sourire carnassier.

Il n'y avait plus le choix. Brodie se retourna vivement et tira une balle en plein dans le torse de Kilbarron avec le pistolet d'hôtel de Lika, son petit Derringer à deux canons.

QUATRIÈME PARTIE

Biarritz, Édimbourg, Nice

1900-1902

1

« *Bonsoir, monsieur Balfour. À demain**. »

Brodie salua Mme Grosjean et l'entendit fermer à clef derrière lui la porte de la boutique. Il traversa la place de la Liberté et se dirigea vers la poste centrale de Biarritz. En ce début mai, il constata que des manœuvres décrochaient enfin les décorations accrochées aux réverbères, derniers vestiges des célébrations du centenaire. Mai 1900, songea-t-il, trouvant toujours aussi étrange de vivre dans un nouveau siècle. Il avait cru que les choses lui sembleraient différentes, mais à tort. Il se sentait toujours enfermé dans le XIXe siècle, curieusement. Ce siècle ne le lâchait pas.

Il se présenta au guichet, donna son nom et récupéra le petit paquet enveloppé dans du papier kraft qu'il attendait, mais aussi, surprise, une lettre. Son humeur changea du tout au tout, car il savait ce que contenait le colis : une livre de tabac Margarita expédiée par Hoskings d'Édimbourg. Il n'en avait plus depuis quelques semaines et s'était surpris malgré lui à racler les plis de ses poches de vestes et de pantalons dans l'espoir d'y récupérer assez de brins tombés là pour obtenir une cigarette roulée ultrafine – et il avait réussi. Certes, il fumait d'autres cigarettes et utilisait d'autres tabacs, mais son cœur appartenait au Margarita.

La lettre, elle, le surprit. Quand on parle du XIXe siècle, songea-t-il en regardant les timbres russes… Le voilà qui le rattrapait. Le destinataire en était « M. B. Balfour, poste restante, Biarritz, Pyrénées-Atlantiques, France ». Brodie se rendit au Café Terminus-Olympia, en centre-ville près de la gare, trouva une table à l'ombre, commanda une anisette, roula une cigarette, l'alluma et décacheta la lettre, qui venait de George Vere.

Saint-Pétersbourg

27 mars 1900

Cher Balfour,

J'ai été ravi d'avoir de vos nouvelles après ces quelques mois. Veuillez excuser mes nombreuses fautes de frappe sur cette machine à écrire et l'absence de signature à la fin. Je sais que vous comprendrez ma discrétion.

Comme vous me l'avez demandé, voici mon récit de ce qui s'est passé après les événements dans la clairière de l'île Elaguine. Quand vous êtes parti avec Rubenstein pour vous faire soigner, j'ai rappelé à Malachi Kilbarron et à l'autre témoin que toutes les personnes impliquées dans cet incident regrettable étaient des ressortissants britanniques et que, à Saint-Pétersbourg, j'étais leur représentant sur Terre. Ils avaient donc tout intérêt à faire ce que je leur disais. Pour autant que j'avais pu le voir, leur dis-je, il s'agissait là d'un cas évident de légitime défense qui tiendrait devant toute cour de justice. Rubenstein, le colonel Ilyitchov et moi-même étions prêts à témoigner en ce sens. En outre, le défunt JK était coupable d'une tentative d'assassinat avec préméditation. Là aussi, nous étions tous prêts à en témoigner. Je donnai à Malachi vingt-quatre heures pour inventer une explication au décès de son frère, sinon, je me rendrais à la police. L'autre second et lui seraient très certainement arrêtés en tant que complices de la tentative d'assassinat, puisqu'il s'agissait à l'évidence d'un plan fomenté pour tuer M. Brodie Moncur. Ils semblèrent prendre acte de toute la force de mon message, même si Malachi restait en état de choc, avec le corps de JK gisant à trois mètres de lui, recouvert de sa redingote. Le colonel Ilyitchov appuya mes propos, quoique je pense qu'il s'offusquait plus de la violation des antiques codes du duel que de la perte d'une vie. Il était outré, incrédule.

Au bout d'un moment, Malachi et l'autre témoin emportèrent le corps de JK jusqu'à leur calèche et partirent. Je ne sais trop par quel moyen, la dépouille fut ensuite transportée jusqu'au domaine de Maloïe Nikolskoïe, à environ quatre-vingts verstes. Et c'est de là, deux jours plus tard, que la mort de JK d'une crise cardiaque fut annoncée au monde. On en parla beaucoup à Piter et à Moscou, mais pas dans les journaux britanniques, me semble-t-il. J'imagine donc que vous n'êtes pas au fait de cette « cause du décès » officielle, qui servait l'intérêt de tous. Dans la société pétersbourgeoise, tout n'est que tristesse et deuil, aucun parfum de scandale, pas de suspicion d'entourloupe. JK est mort avant l'âge, c'est désolant, mais si fréquent. En ce qui vous concerne, vous pouvez donc partir du principe que cette affaire est close.

Ironie de l'histoire (que vous n'allez guère apprécier), deux mois après la mort du compositeur fut organisé un concert in memoriam *au théâtre Nouvelle Russie, avec au programme* Der Tränensee. *Ce fut un succès monumental, bientôt suivi d'autres représentations, et les ventes de partitions se sont envolées. La rumeur court à travers l'Europe que d'autres concerts sont prévus. La vie est parfois fort étrange...*

Je pense que Mme Balfour et vous-même pouvez vous considérer en sécurité. L'affaire a été complètement étouffée. Veuillez rester en contact. Je me ferai un plaisir de vous rendre service si besoin.

En vous souhaitant la meilleure des fortunes,

Votre serviteur dévoué,

G

Brodie se roula une autre cigarette et repensa à ce terrible matin où il avait tué John Kilbarron. L'horreur rétrospective le refroidit, et sa main se porta par réflexe à son oreille déchirée. Tuer ou être tué, se répéta-t-il gravement, même s'il remarqua que la flamme de son briquet tremblait quand il le tint devant le bout de sa cigarette.

Il se força à y repenser.

Après le double impact des balles dans son torse, le visage de Kilbarron resta suffisamment animé pour afficher le choc ressenti. Bouche bée, il tituba, lâcha son arme, tomba à genoux puis s'affaissa lentement sur le côté, apparemment mort. Brodie se hissa sur ses pieds et vit le colonel Ilyitchov, Vere, Rubenstein et le quatrième témoin retenir Malachi, qui hurlait des propos incohérents, mais se calma sitôt que Vere lui eut sifflé deux mots à l'oreille et se laissa entraîner à quelques pas de là par son second. Vere, Rubenstein et Ilyitchov s'approchèrent de Brodie pour évaluer son état. Son col de chemise et son plastron dégoulinaient de sang. Ils lui donnèrent deux mouchoirs, qu'il maintint sur sa blessure pour arrêter l'écoulement. Il ne ressentait presque pas de douleur. Il lui vint cette pensée absurde : qui aurait deviné qu'une oreille humaine puisse autant saigner ?

Avec leur aide, il marcha d'un pas chancelant jusqu'au landau. Ils lui demandèrent le nom de son médecin, et Rubenstein, laissant Vere régler les derniers détails sur place, l'accompagna au cabinet du docteur Sampson.

« Alors, dites-moi ce qui s'est passé, demanda celle-ci d'un ton neutre en nettoyant la plaie.

– J'ai… Euh… Oui. Un accident de chasse. Une erreur stupide, une négligence. Je chassais le lapin, à l'aube parce que c'est le meilleur moment. J'ai trébuché, je suis tombé, le coup est parti.

– Hmm, vraiment ? fit-elle d'un ton ouvertement sceptique. Vous avez eu de la chance.

– En effet, oui. »

Elle recousit son oreille gauche, dont le lobe avait été réduit en charpie, et enroula un bandage autour de sa tête, puis recula d'un pas pour admirer son œuvre.

« Vous avez une allure d'un romantisme fou ! dit-elle en lui rendant ses lunettes avant de l'aider à remettre sa veste. Et moi qui pensais ne plus vous revoir.

– On ne peut jamais savoir, dans la vie. Des choses étranges peuvent arriver. »

Pendant cette consultation, Rubenstein était aller informer Lika. Quand Brodie arriva à l'appartement, elle en pleurait encore de soulagement. Elle se plaqua contre son torse comme si elle voulait se fondre en lui.

« Il est vraiment mort ? demanda-t-elle dans un souffle.

– Oui.

– Je te l'avais bien dit. Je savais qu'il voulait te tuer.

– Heureusement que tu m'as donné ton arme. Il était sur le point de me tirer une balle dans la nuque comme à un animal.

– Tu vois, je le savais, je le sentais. »

Elle se détourna pour écraser ses larmes du plat de la main. Brodie se demanda ce qu'elle pouvait bien ressentir. Kilbarron mort, tué par son amant. Terrible nouvelle.

« Et Malachi ? demanda-t-elle sans se retourner.

– Eh bien ?

– Il est mort aussi ?

– Mais non, bien sûr que non. Il était son témoin. »

Elle recula d'un pas et se tourna vers lui, le visage mi-grimaçant, mi-souriant.

« Tu aurais dû le tuer, lui aussi.

– Mais comment aurais-je pu ?

– Nous devons partir ! s'écria-t-elle, soudain galvanisée. Nous devons quitter cette ville immédiatement.

– Pour aller où ? Pourquoi ?

– Parce que Malachi va venir nous chercher. Nous devons quitter Piter maintenant. »

Brodie ne discuta pas. Ils firent rapidement leurs bagages, Lika avec une étrange détermination.

« Où allons-nous ? demanda Brodie.

– À Narva. De là, nous pourrons prendre un train pour Riga, Varsovie et Berlin.

– Pourquoi Narva ?

– Parce qu'il va nous chercher ici à Piter et qu'il ne nous trouvera pas à Narva.

– Qui ça ?

– Malachi ! Crois-moi, Brodie. Il faut fuir.

– Lika, ma chérie, écoute-moi. Il n'y a pas d'urgence. Vere m'en a assuré. Tout est sous contrôle. »

Elle ferma les yeux comme si elle parlait à un demeuré.

« Nous devons nous rendre dans un commissariat. Tu as bien ton passeport ? Ton certificat de résidence ?

– Bien sûr.

– Alors allons-y. Nous payons pour obtenir un tampon, nous attendons dans le commissariat et après, direction Narva. Écoute-moi, je sais ce que je fais. »

Le plus clair de la journée passa dans les démarches, le tamponnage des passeports, le remplissage des formulaires, le paiement du permis de voyage de l'étranger (cinq roubles, cinquante kopeks). En tant que citoyen britannique, il lui parut étrange de devoir demander l'autorisation officielle de quitter Saint-Pétersbourg pour rentrer au pays, mais il avait bien conscience que c'était la Russie.

Une fois les papiers en ordre, ils retournèrent rue Morskaïa, et Lika envoya Nicanor trouver une troïka qui les emmènerait à Narva, soit trois heures de route. Quand ce fut fait, Nicanor, Kirill et Fyolka les aidèrent à charger leurs malles et valises à l'arrière, où le cocher les fixa à l'aide de cordes.

Le sentiment que quelque chose n'allait pas, que quelque chose de grave s'était produit, sous-tendait leurs au revoir en apparence joyeux. Kirill avait presque les larmes aux yeux et Fyolka s'inquiétait du bandage autour de la tête de Brodie.

« Dis-leur que nous allons à Riga et que nous serons de retour dans un mois, murmura Brodie.

– Bonne idée », convint Lika.

Ses explications en russe détendirent un peu l'atmosphère, et le dernier échange de poignées de main sembla normaliser les adieux, même si le fait que Brodie ait déposé un baiser sur la joue de Fyolka fit aboyer César, que Lika ramena au silence par une petite tape.

Ils montèrent dans la troïka, le cocher fit claquer son fouet et ils partirent avec un cahot pour le début de ce long périple à travers toute l'Europe jusqu'à Biarritz.

Biarritz… Brodie paya son anisette et consulta sa montre. Comme Lika ne serait pas de retour avant une heure, il marcha jusqu'à la Grande Plage. À marée basse, le parfait petit croissant de sable atteignait sa largeur maximale. Brodie descendit vers la rangée de cabines de bain installées devant les thermes salins à l'exotique architecture mauresque. Il y avait une jolie foule sur la terrasse et des drapeaux tricolores flottaient à tous les mâts. *La Belle France**, songea-t-il, rassuré par la lettre de Vere. Peut-être le XIXe siècle lâchait-il enfin prise sur lui.

Le fracas des lourdes vagues produisit lui aussi un effet apaisant sur Brodie quand il avança jusqu'à l'océan sur le sable qui cédait doucement sous ses pas. Peu à peu se forgeait en lui la conviction qu'il fallait accueillir en pleine conscience ces moments de calme et de sécurité absolus dans sa vie, quel que fût le nombre d'années qu'elle compterait. Maintenant qu'ils avaient fui la Russie et les Kilbarron, maintenant que Lika et lui, sans être mariés, vivaient comme mari et femme, il se rendait compte qu'il n'avait jamais été aussi heureux.

Il retraversa la plage en direction du casino sur son promontoire, source de revenus bien utile pour eux deux et idéalement situé à moins de dix minutes à pied de leur appartement. Il monta les marches vers le Grand Hôtel et traîna un peu. Repenser au duel lui avait rappelé qu'il avait une course à faire, et il obliqua donc vers une boutique de la rue Broquedis, près de St Andrew, l'église anglicane. Le magasin s'appelait « *Rochefoucauld. Chasse-Pêche** ».

À l'intérieur s'alignaient des vitrines remplies de fusils, et à intervalles réguliers, des trophées de chasse et de pêche : la tête d'un sanglier sauvage à côté d'un requin-pèlerin de deux mètres de long ; une carapace de tortue bien polie près des bois d'un dix-cors ; une mâchoire de baleine d'un blanc de craie posée sur le comptoir telle une étrange sculpture.

Content de le voir, M. Rochefoucauld lui rappela que sa commande était arrivée depuis plus de deux mois. Brodie s'excusa, lui paya son dû (il trouva le prix assez élevé), et M. Rochefoucauld, un grand homme sinistre à la barbe grise bien taillée, déroula le tissu qui contenait le Derringer, nettoyé et huilé, puis sortit une petite boîte en carton d'un tiroir et la lui tendit. Brodie lut l'étiquette en anglais : «*.41 Short Rimfire. Oilless non-Mercuric Cartridge. Navy Arms Company* ».

« Combien y en a-t-il dans la boîte ? »

Sans un mot, M. Rochefoucauld désigna du doigt le chiffre cinquante entouré dans chaque coin.

« Je n'en ai pas besoin d'autant. Pourriez-vous m'en vendre dix ?

– *Hélas**, non. Vous devez régler la commande dans son intégralité. Que pourrais-je bien faire de quarante balles pour un pistolet de manchon ? » demanda-t-il avec un haussement d'épaules.

Après avoir empoché ses emplettes, Brodie rentra par la rue Gambetta en s'arrêtant pour regarder les vitrines, puis longea le marché couvert jusqu'au coin de leur rue, la rue Duler. Ils avaient loué deux étages au-dessus d'une mercerie : une petite cuisine, des toilettes reliées au tout-à-l'égout, une salle de bains et au-dessus, un salon et une chambre. Lika avait décoré les pièces avec des rideaux de futaine jaune banane et des pots de fleurs ou de plantes vertes sur les rebords de fenêtres et les guéridons. Brodie se réjouissait d'être devenu un stéréotype de petit-bourgeois.

Tout excité, César poussa son jappement de bienvenue en entendant la clef dans la serrure. Brodie ouvrit la porte et le prit dans ses bras pour le gratouiller derrière les oreilles. César essaya de lui lécher le visage. Lika ne tarderait pas à rentrer, car ses leçons se terminaient généralement à 17 heures. Il reposa César, remua les boulets de charbon dans la petite cuisinière et mit la cafetière à chauffer. Peut-être iraient-ils au casino ce soir après le dîner pour gagner quelques francs. Il entendit les pas de Lika dans l'escalier qui montait du magasin et alla lui ouvrir la porte.

2

17 bis, rue Duler
Biarritz
Pyrénées-Atlantiques
France

15 janvier 1900

Cher Callum, frère mutique, lamentable correspondant,

J'ai jugé bon de t'informer que j'ai quitté Saint-Pétersbourg et la Russie et que je suis maintenant de retour en France, sur la côte atlantique, pas loin de la frontière espagnole, dans une ville qui s'appelle Biarritz. Sors ton atlas ! J'ai un emploi dans un magasin de pianos, et bien sûr j'accorde, aussi, pour une clientèle croissante. Écris-moi à la poste restante, Biarritz, Pyrénées-Atlantiques, France, mais surtout adresse ta lettre à « M. BALFOUR ». C'est le nom sous lequel je vis actuellement. Il serait trop long et compliqué de te raconter toute l'histoire, mais il n'y a aucune inquiétude à avoir, c'est une simple précaution.

Je suis amoureux d'une Russe, avec laquelle je vis en ménage. Par égard pour les conventions et par souci de tranquillité, nous nous prétendons mari et femme. M. et Mme Brodie Balfour, je te prie. Elle est adorable, tu l'aimerais beaucoup et tu me féliciterais avec envie. Un jour, nous nous marierons, mais, hélas, certains éléments de son passé rendent pour l'instant cette union impossible.

Je suis impatient d'avoir de tes nouvelles. Si, si. Transmets mes affectueuses pensée à toute la famille (à l'exclusion de Malky).

Ton frère qui t'aime,

Brodie

Mme Grosjean força un petit sourire quand Brodie lui dit au revoir et à demain, *comme d'habitude**. Veuve depuis deux ans, cette femme au visage buriné et sévère passait plus de temps que nécessaire à rappeler à tout le monde que son mari était décédé. Elle portait toujours du noir, et l'amertume provoquée par la mort de son mari Norbert à soixante-sept ans avait façonné ses traits, comme si ce départ avait constitué une provocation personnelle. Elle souriait rarement et se cantonnait à une expression de souffrance stoïque. Brodie n'ayant pas connu M. Grosjean, il n'aurait pu mesurer l'ampleur de cette perte. L'unique fils des Grosjean, Fabrice, établi comme pharmacien à Rennes, n'avait aucun désir de reprendre l'affaire familiale de vente et réparation de pianos.

Brodie avait remarqué le magasin place de la Liberté en se promenant dans Biarritz à leur arrivée début octobre 1899, coincé entre un tailleur appelé « Henry », avec un panneau dans la vitrine qui disait juste « *English* », et un photographe. Au-dessus de ce petit alignement de magasins (il y avait aussi une pâtisserie et un *tabac**) courait la terrasse du Café Terminus-Olympia, qui disposait aussi d'une entrée face à la gare à l'arrière. La place de la Liberté, récemment plantée de platanes, était un rectangle plein de vie et d'activité, avec une vue sur les rues descendant vers les vagues écumeuses de l'Atlantique qui ajoutait à son charme particulier.

En entrant dans le magasin, il avait demandé le propriétaire et Mme Grosjean l'avait aussitôt informé que son mari était décédé deux ans plus tôt. Il lui avait présenté ses condoléances, puis expliqué qu'il était un accordeur et réparateur de pianos qualifié ayant travaillé chez Channon à Édimbourg. Y aurait-il des ouvertures pour lui ? Mme Grosjean lui avait demandé de patienter dix minutes. Il était monté à la terrasse du Terminus boire un café. À son retour, Mme Grosjean lui avait annoncé qu'il pouvait commencer le lendemain. Il y avait un atelier dans une cour à l'arrière et une liste de vingt-quatre pianos en attente d'accordage à Biarritz et dans les environs. Brodie se demanda ce qui s'était passé dans les dix minutes de battement pour encourager Mme Grosjean à prendre cette décision impulsive. Avait-elle renvoyé au pied levé l'homme qu'il allait remplacer ? (Les locaux semblaient avoir été libérés à la hâte.) Ou bien avait-elle communié avec l'esprit de Norbert Grosjean ?

Quoi qu'il en fût, il ne se plaignait pas. Il avait un emploi rémunéré sur la base de cent francs par semaine et, en quelques mois, il avait bâti sa réputation. Il se félicita une nouvelle fois de l'universalité de sa profession : là où il y avait des pianos, il pouvait toujours trouver du travail.

Lika, pour sa part, s'était introduite dans l'importante diaspora russe de Biarritz. Elle s'était fait imprimer une carte de visite en russe et en français qui proposait les services de Mme L. V. Balfour pour des cours de français et de chant. Elle avait affiché une petite annonce sur le panneau de l'église orthodoxe russe et dans le hall du Club franco-russe, et l'avait aussi insérée dans l'hebdomadaire en langue russe de Biarritz, le *Russkiy Bioulleten Biarritsa*, une lettre d'information de quatre pages qui circulait pendant la saison. Presque aussitôt, elle avait été sollicitée par une princesse Marie Petrovna Stolypina pour enseigner le français à ses deux enfants deux heures par jour du lundi au vendredi. La connexion aristocratique lui avait ensuite rapporté d'autres leçons.

À eux deux, ils gagnaient un revenu modeste, agrémenté par les soirées de jeu avec la martingale au casino de Biarritz. La principale ressource de leur mode de vie petit-bourgeois restait le salaire de Brodie chez Piano-Grosjean. Il savait à quel point il était utile à Mme Grosjean, car chaque semaine lui incombaient de nouvelles responsabilités. Il se demandait quand viendrait le moment opportun pour réclamer une augmentation.

Il quitta la boutique, acheta un numéro du *Times* vieux d'une semaine et monta sur la terrasse du Café Terminus-Olympia, où il trouva une table près de la balustrade avec vue sur la Grande Plage et le promontoire de l'hôtel du Palais. Dans cette ville sur plusieurs niveaux où les rues en lacet formaient parfois des épingles à cheveux, on se laissait souvent surprendre par les grandes perspectives plongeantes pourtant courantes. Il commanda un Dubonnet, alluma une cigarette et ouvrit son journal. Un anarchiste avait tiré sur le prince de Galles en Belgique et l'avait raté, les Jeux olympiques allaient s'ouvrir à Paris et l'Automobile Club de Grande-Bretagne avait réussi une course d'essai de mille six cents kilomètres de Londres à Édimbourg et retour. Sur les soixante-cinq automobiles alignées, cinquante et une étaient arrivées à Édimbourg. La Panhard de M. Rolls avait atteint la vitesse de soixante kilomètres-heure.

Brodie repensa à Édimbourg, à Channon, à sa vie d'avant. Il repensa à Liethen Manor et à sa famille, sans nostalgie ni mélancolie. Sa nouvelle vie avec Lika lui donnait la certitude qu'il ne retournerait jamais à la maison, ni même en Écosse. Il éprouva un moment de tristesse en songeant à ses frères et sœurs et à leur vie étriquée. Lui était là, sur la terrasse d'un café dans le sud-ouest de la France à regarder les rouleaux de l'Atlantique. S'échapper, fuir, vivre libre – telle était l'unique option. Peut-être leur écrirait-il en leur conseillant de partir.

Il termina son verre et rentra chez lui en composant sa lettre. Il l'adresserait à Callum, décida-t-il, et ensuite Callum pourrait la passer aux autres. Peut-être était-ce là ce dont ils avaient besoin. Un électrochoc, un catalyseur, la perspective de nouveaux horizons.

Quand il arriva à l'appartement, Lika était déjà rentrée. Il vit au premier coup d'œil que quelque chose n'allait pas. Le visage dur, le menton légèrement crispé, elle essayait de maîtriser ses émotions.

« Que se passe-t-il ? » demanda-t-il en lui prenant la main et en s'asseyant près d'elle à la table de la cuisine.

Elle poussa un journal vers lui. C'était l'hebdomadaire russe, le *Russkiy Bioulleten Biarritsa*. Elle désigna du doigt une annonce au bas de la première page.

« Je vais traduire pour toi, dit-elle en passant le doigt sous le titre. "Gros héritage ! Nous cherchons à localiser Mlle Lydia V. Blum, légataire d'un bienfaiteur. Nous offrons une récompense de vingt mille roubles à quiconque pourra nous indiquer l'adresse actuelle de Mlle Blum. Veuillez contacter M. Kilbarron, 33 boulevard Beaumarchais, Paris 3e."

– Malachi Kilbarron… »

Brodie se leva, pris de nausée. Il alla à l'évier et fit couler de l'eau, qu'il but à même sa main.

« Comment a-t-il su que nous étions à Biarritz ? demanda-t-il.

– Je l'ignore. Nous avons été tellement prudents. Peut-être fait-il passer des annonces partout. Partout où il y a des Russes. »

Elle se leva pour arpenter la pièce, les poings serrés. Puis elle agita les doigts, comme s'ils la faisaient souffrir.

« Je savais qu'il nous retrouverait, lâcha-t-elle. Je te l'avais dit. Je t'avais dit que tu aurais dû le tuer, lui aussi.

– Mais comment nous a-t-il retrouvés ? répéta Brodie en ignorant sa remarque. Dans toute l'Europe, comment ?

– Il y a des agences. D'anciens policiers qui cherchent les personnes disparues. Peut-être en a-t-il engagé un.

– Mais c'est insensé. Nous n'avons laissé aucune trace. Nous n'avons pas besoin de passeport, en France. Nous ne sommes même pas enregistrés auprès de la préfecture…

– Peu importe, dit-elle en fermant les yeux et en arquant le dos. Nous devons partir. Nous devons partir loin. Il est après nous, il nous traque comme un chien courant de l'enfer. Et s'il nous retrouve… »

Elle s'approcha de lui et il la prit dans ses bras.

« Il veut nous tuer, Brodie, murmura-t-elle. Il ne renoncera pas. »

3

Par la fenêtre du train, Brodie contempla le paysage pluvieux des Scottish Borders qui lui parut monotone, humide, stérile. Ils traversaient une étendue de lande kaki sans arbres, sans haies, sans murs, au-delà de laquelle des collines sans moutons grimpaient jusqu'à l'immense flannelle grise du ciel. L'Écosse dans ce qu'elle a de plus extrême. Il se sentait faible, impuissant, comme si un Brodie Moncur veule et sans défense parasitait son corps et son esprit. Allons, se répétait-il. Ce n'est que ta famille, rien de plus. Des gens que tu peux quitter et oublier si l'envie t'en prend.

« C'est encore loin ? demanda Lika, qui mangeait le dernier des trois petits pains sucrés qu'elle avait achetés à la gare de Waverley.

– Une demi-heure, peut-être moins. Mais après il nous faut encore arriver au village. »

Elle enfourna la dernière bouchée et lécha ses doigts collants. Cela faisait cinq mois qu'ils vivaient à Édimbourg, et Brodie constatait le changement physique en elle : elle avait pris du poids. La grande fille élancée devenait replète. Cela ne le dérangeait pas. Elle était toujours belle, voire encore plus voluptueuse et séduisante dans cette incarnation plus charnue. Et il savait pourquoi elle mangeait tant : la peur, l'inquiétude, l'incertitude.

« Es-tu heureuse, ma chérie ? demanda-t-il en lui attrapant les mains, maintenant qu'elle avait fini son en-cas.

– Bien sûr que je suis heureuse. Je suis avec toi.

– Cela ne te dérange pas que je t'aie amenée ici ?

– Au contraire, je voulais venir. Je veux rencontrer ta famille. Ton père, tes frères et sœurs.

– Nous ne resterons qu'une nuit ou deux.

– Reste aussi longtemps que tu le souhaiteras, mon amour. Ces gens sont ta famille et tu ne les as pas vus depuis des années. »

Oui, songea-t-il, et c'est bien là le problème. « Ces gens » expliquaient qui il était, expliquaient sa vie. Il regarda par la fenêtre la lande détrempée, uniformément beige et grise, ponctuée de quelques sureaux rabougris courbés par le vent dominant. Comment appelait-on cela, déjà ? Ah oui, l'« anthropomorphisme ». Ce paysage sinistre et morose reflétait parfaitement son humeur.

Ils avaient quitté Biarritz pour Édimbourg en septembre. Brodie avait donné son préavis à Mme Grosjean en la priant d'excuser cette précipitation et en lui servant une histoire sur l'héritage de son épouse, qui les obligeait à rentrer en Russie. La ferme conviction de Mme Grosjean que le monde était injuste se renforça d'un ou deux crans. Lika dit également à sa princesse Stolypina qu'elle retournait en Russie, dans l'espoir que la rumeur se répandrait. Brodie éprouva un soulagement rétrospectif d'avoir adopté le pseudonyme de Balfour. Tous ces subterfuges feraient perdre leur trace à Malachi Kilbarron si jamais ses agents ou lui venaient à Biarritz mener l'enquête.

Ils prirent le train pour Le Havre, puis un ferry jusqu'à Harwich et un autre train pour Édimbourg. Ils passèrent deux nuits au North British Hotel, au bout de Princes Street, le temps que Brodie déniche un meublé acceptable au sous-sol d'une maison du quartier de Dean Village, qu'ils louèrent sous le nom de M. et Mme Moncur – Brodie connaissant trop de gens dans cette ville, un pseudonyme n'aurait fait qu'attirer l'attention. Il trouvait fort étrange de revenir à Édimbourg et le vivait un peu comme une défaite, ce retour malgré lui symbolisant la manière dont les événements peuvent si facilement mal tourner dans la vie, la destinée aveugle et impénétrable qui vous ballotte à droite à gauche au mépris de vos petits projets, de vos doux rêves d'une autre vie. Il essaya de garder ses sentiments pour lui, car Lika elle-même souffrait de neurasthénie. Au fil des semaines, quand le rythme de leur nouvelle vie s'installa et que la peur de la traque de Malachi s'estompa, leurs journées se firent plus calmes. Une espèce de bonheur prudent revint.

À Dean Village, leur appartement en sous-sol se composait d'un vaste salon avec cheminée, d'une petite cuisine, d'une salle d'eau sans baignoire et d'une chambre humide qui donnait sur une cour sombre où de petites fougères poussaient dans les fissures du pavage. Ils s'étaient attaché les services d'une bonne trois jours par semaine, une fille empotée avec une vilaine peau mais une heureuse nature du nom de Joyce McGillivray. La cour, où se trouvait un abri à charbon et des toilettes, servait aussi à César pour sortir *faire pipi** à la demande mais, mystérieusement, il n'aimait pas s'y trouver et se mettait à grogner, à hérisser le poil et à gratter à la porte de service pour rentrer. Brodie supposa que le chien d'un précédent occupant avait utilisé les lieux et laissé son marquage répugnant imprégner les briques et le mortier.

Ainsi installés dans l'anonymat (car Brodie n'avait pas renoué avec sa famille ni avec ses anciens amis ou connaissances), ils reprirent une version écossaise au petit pied de leur vie à Biarritz, le casino en moins. Brodie chercha un emploi à temps partiel comme accordeur, réparateur et même professeur dc piano. Il fut recruté un jour par semaine dans une petite école primaire privée de Corstorphine.

Lika rejoignit une chorale, essentiellement pour améliorer son anglais, car il semblait n'y avoir guère de demande à Édimbourg pour des cours de français ou de russe. Elle interpréta le rôle-titre dans une production amateur de *La Belle Hélène* d'Offenbach et reçut une bonne critique dans le *Scotsman* : « Remarquable dans le rôle d'Hélène, Mme Lydia Moncur fait preuve d'un don lyrique rare dans nos productions locales d'opéra contemporain. » Brodie avait de quoi s'occuper (sa profession lui permettait toujours de gagner sa vie), mais il remarqua que Lika se retrouvait souvent seule à la maison avec César et s'ennuyait. Malgré tous ses efforts, elle avait du mal à apprendre l'anglais. Quand Brodie suggéra qu'ils parlent anglais à la maison, ils arrivèrent péniblement à tenir cinq minutes avant de repasser au français. Elle s'occupa en leur préparant de copieux dîners, ragoûts, tourtes, compotes, entremets, et se mit aussi à la pâtisserie, tartes, gâteaux, biscuits. Quand il rentrait après sa journée de travail, Brodie avait l'impression que son premier devoir était de manger.

« Es-tu heureuse, ma chérie ? lui demandait-il souvent.

– Arrête de me poser cette question ! Je me sens en sécurité. J'aime Édimbourg, et j'aime être Mme Moncur.

– Alors pourquoi ne veux-tu pas m'épouser ?

– Pourquoi nous marier quand tout le monde pense que je suis déjà ton épouse ?

– Eh bien, cela cimenterait notre union. Je t'aime. Je veux que tu deviennes ma femme, mon épouse légitime.

– Notre union n'a pas besoin de ciment, Brodie. Je n'ai pas besoin d'un acte de mariage. Cette petite bague en cuivre que je porte est parfaite. »

Il cessa de soulever la question, se disant qu'ils se marieraient le jour venu, quand ils auraient enfin décidé de l'endroit où ils voulaient vivre et se sentiraient tout à fait en sécurité. Ils se préparèrent donc à un hiver édimbourgeois. À la nouvelle année, Brodie écrivit à Callum.

15, Danube Street
Stockbridge
Édimbourg

15 janvier 1901

Cher Callum Moncur,

N'auriez-vous pas un frère prénommé Brodie ? Si tel est le cas, il souhaite vous informer qu'il réside dorénavant à Édimbourg, à l'adresse ci-dessus, avec son épouse. Il se propose de rendre visite à sa famille dans un avenir proche pour présenter ladite épouse à ses frères et sœurs et à son horrible père, Malky. Merci de bien vouloir répondre si vous trouvez que c'est une bonne idée... ou pas.

Sincèrement vôtre,

Votre frère affectueux,

M. Moncur (Brodie)

À la gare de Peebles, Brodie fut stupéfait de repérer une automobile garée près des diligences et carrioles qui servaient normalement de taxis locaux. Un panneau posé contre une roue arrière indiquait : « Dix fois plus rapide pour le même prix ». Brodie et Lika montèrent à bord sous les huées des autres chauffeurs et demandèrent à être conduits à Liethen Manor. En réponse à sa question sur le nom du véhicule, Brodie apprit qu'il s'agissait d'un modèle Vis-à-vis de De Dion-Bouton. Il était assis à côté du chauffeur et Lika face à eux, dos à la route, sur une petite banquette. Le véhicule se conduisait en actionnant un genre de colonne centrale avec une poignée en cuivre. Le chauffeur, un jeune homme à l'accent de Glasgow très prononcé qui portait une casquette de tweed à l'envers et des lunettes de conduite, dit s'appeler Jamesie. Il mit le moteur en marche à l'aide d'une manivelle à l'arrière, sauta à bord, passa une vitesse et les fit sortir de la gare au son d'un ronflement dont le volume restait tolérable. Dans la grand-rue, il prit de la vitesse, et en moins d'une minute ils avaient quitté la ville, conformément à la promesse du panneau.

« Je vais vous donner ma carte ! cria Jamesie. Vous avez un téléphone, dans votre maison ?

– Je ne crois pas, répondit Brodie.

– Si vous pouvez trouver un téléphone, appelez juste la gare, monsieur. Le chef de gare me connaît. Je peux être chez vous en une heure ou moins.

– Quelle langue parle-t-il ? demanda Lika en français.

– Vous êtes étrangers ? s'étonna Jamesie.

– Oui, en effet », confirma Brodie.

Son moral au plus bas réussit à baisser encore d'un cran quand ils arrivèrent à Liethen Manor, où l'auberge Howden était fermée, fenêtres condamnées, et où une vieille femme en tablier cria au passage de la De Dion-Bouton en levant le poing. Le bourg semblait désert.

« Cet endroit me rappelle la Russie, déclara Lika, fascinée par ce qu'elle voyait autour d'elle.

– Vraiment ?

– Oui, j'ai l'impression de traverser un village russe. C'est tellement isolé, tu vois ? L'atmosphère, le paysage, les petites maisons basses, la pauvreté. C'est différent, bien sûr, mais je me sens un peu comme au pays. »

Brodie n'insista pas, car il ne percevait pas ce qui provoquait cette réaction en elle. Peut-être était-il tellement habitué à Liethen Manor qu'il ne se rendait pas compte de sa nature unique, visible au premier coup d'œil par d'autres. Son lieu d'origine, c'est un endroit qu'on ne connaît jamais vraiment, rumina-t-il alors que la De Dion-Bouton entrait dans l'allée du presbytère. Brodie eut l'impression de revenir dans quelque habitation abandonnée, l'arène inoccupée d'une vie vécue par un autre.

« Combien de frères et sœurs as-tu, rappelle-moi ? demanda Lika.

– Six sœurs et deux frères.

– Tu vois, c'est tellement russe.

– C'est tellement écossais, oui. »

Ils descendirent de l'automobile, payèrent Jamesie et prirent congé. Brodie regarda autour de lui. Cela faisait des années qu'il n'était pas revenu, et les lieux n'avaient pas changé, seulement la saison et le temps. On ne pouvait pas en dire autant de lui, songea-t-il en repensant à tout ce qui s'était passé dans sa vie depuis son dernier échange fielleux avec Malky, ici dans cette allée. Peut-être le jardin était-il moins bien entretenu : sous les conifères et les araucarias, la pelouse touffue se hérissait de mauvaises herbes. Maintenant qu'il était là, les souvenirs déferlèrent, comme si sa dernière visite remontait à la semaine précédente et non à six ans. On peut quitter son foyer, mais le foyer ne vous quitte jamais, se dit-il, morose.

La porte d'entrée s'ouvrit sur Doreen, élégamment vêtue, les cheveux presque gris. Elle embrassa Brodie puis Lika et les fit entrer pour les amener auprès du reste de la famille.

Brodie sentait bien que Lika était très nerveuse. Qui ne l'eût été à sa place ? Ils s'étaient réunis dans le salon avant le dîner, et Brodie devinait que son envie presque désespérée du réconfort d'une cigarette était partagée par Lika. Ils attendaient tous Malky. Doreen, Ernestine, Aileen, Edith, Alfie, Isabella et Electra. Seuls Callum, son épouse et leur enfant étaient absents. Brodie fut frappé de découvrir que, à bientôt vingt ans, Electra était jolie, avec un visage rond et expressif, et que, comme lui, elle avait une taille plus haute et des cheveux plus foncés que les autres. Si elle ne quittait pas bientôt le presbytère, elle serait perdue, comme les trois « Eens », vieilles avant l'âge, vieilles filles promises à Malky Moncur, ce potentat domestique. Il regarda autour de lui : pas de sherry ni de madère à disposition, et l'office était fermé à clef.

« Puis-je offrir une cigarette à quelqu'un ? demanda-t-il nonchalamment. Je viens juste de récupérer une nouvelle livraison de Margarita, vous savez, mon tabac habituel. »

Toute la famille accepta bien volontiers quand il fit passer son étui, et chacun alluma sa cigarette tour à tour. Lika lui jeta un regard de reconnaissance éplorée.

« Nous sommes chez nous, déclara Doreen en allant chercher des cendriers qu'elle répartit dans la pièce. C'est nous qui établissons les règles, ajouta-t-elle comme si elle répondait à une critique.

– En quoi fumer pose-t-il un problème ? dit Electra.

– En rien, du moment que ce n'est pas en public.

– Sinon, on te prendra pour une traînée, lâcha Alfie. C'est un excellent tabac, Brodie.

– Alfie ! protesta Ernestine.

– Toutes les traînées ne fument pas, affirma Electra. Et toutes les femmes qui fument dans la rue ne sont pas des traînées.

– Pourrions-nous changer de sujet, je vous prie ? suggéra Doreen. Que va donc penser Lika de cette conversation ?

– Je ne comprends pas ce mot », dit Lika en anglais avec son fort accent russe.

Sa voix qui s'élevait dans cette pièce paraissait incroyablement exotique, songea Brodie, admiratif. Comme une brise rafraîchissante par une chaude journée.

« Tant mieux, déclara Aileen. On peut toujours compter sur Alfie pour faire baisser le niveau.

– Ah au fait, nous avons une lettre pour toi, Brodie, annonça Ernestine. Elle est arrivée il y a quelques semaines. »

Elle sortit en trombe de la pièce pour y revenir quelques instants plus tard avec une petite enveloppe que Brodie fourra dans sa poche.

« Pourquoi Callum n'est-il pas là ? » demanda-t-il.

Callum et lui s'étaient vus brièvement dans un pub à Édimbourg deux semaines plus tôt pour organiser ce séjour. Callum avait attribué sa mine maladive à la grippe et bu trois verres de rhum chaud. Ils avaient décidé d'un commun accord que sa présence était souhaitable, ne serait-ce que pour diluer l'effet Malky.

« Il a laissé un message. Vous êtes invités à dîner chez lui demain soir.

– Il a la folie des grandeurs depuis qu'il est marié, persifla Electra sans que personne ne la contredise. Mme Moncur nous trouve un peu bas de gamme, au presbytère. »

Le tabac ayant détendu l'atmosphère, Edith et Ernestine engagèrent la conversation avec Lika, et Alfie se rapprocha de Brodie pour lui demander son avis sur Paris, bientôt rejoint par Electra.

« Pourquoi donc avez-vous quitté Saint-Pétersbourg ? demanda-t-elle. Moi je serais capable de tuer quelqu'un pour aller vivre à Saint-Pétersbourg. »

Brodie avala sa salivc, puis toussa.

« Raisons professionnelles, répondit-il.

– Callum nous donne de tes nouvelles, quand nous le voyons, dit Alfie. Nous suivons ton périple européen.

– Emmène-moi avec toi, Brodie, demanda doucement Electra. Je t'en supplie. »

Il y eut des coups sur le plafond.

« Ah, c'est Papa qui est prêt à descendre, déclara Doreen. Je vais le chercher. »

Brodie se réjouit de constater que tout le monde continuait à fumer. Il traversa la pièce pour se poster au côté de Lika et lui prit la main derrière son dos. La porte s'ouvrit, et le révérend Malcolm Moncur fit son entrée.

Brodie ressentit un choc. Son père, qui se déplaçait à l'aide de deux cannes, était décharné, deux fois plus maigre qu'avant, et des replis de peau pendouillaient de chaque côté de sa moustache élimée devenue gris souris. Son corps amaigri rendait sa tête plus grosse, semblable à celle d'une gargouille. Il regarda sa famille réunie en demi-cercle face à lui, battant des paupières comme sous l'effet de la surprise, puis ses yeux chassieux se posèrent sur Brodie.

« Alors, tu es revenu après toutes ces années, sale bâtard moricaud ?

– C'est un plaisir de vous revoir, Père. Puis-je vous présenter mon épouse, Lydia ? »

Malky avança vers eux d'un pas traînant.

« T'es toujours aussi noir que le péché, toi, dit-il avant de s'adresser à Lika : Madame, cet homme n'est pas mon fils.

– Tout le monde l'appelle Lika.

– Pourquoi avez-vous épousé cet octavon, ma bonne dame ? Il n'y avait donc personne d'autre en Russie que ce chien basané ?

– Père, il suffit, dit Brodie en se plaçant entre lui et Lika.

– Oui, renchérit Doreen en prenant le bras de Malky pour l'entraîner vers la salle à manger. Venez donc dîner.

– Bienvenue dans notre joyeuse famille, Lika », commenta Electra.

Ils suivirent tous Malky et Doreen en file indienne.

« Je suis désolé, murmura Brodie à Lika. Mais je t'avais prévenue.

– J'ai l'impression d'être revenue à la maison. Si étonnant que cela puisse paraître, je suis très heureuse d'être ici. Et j'ai le sentiment de mieux te connaître, maintenant », ajouta-t-elle avec un sourire.

Doreen plaça Brodie et Lika à l'opposé de la table par rapport à Malky. Il arrivait à se nourrir seul, mais Doreen lui coupa sa tranche de gigot et lui versa la sauce. Tout en mâchonnant laborieusement, il se marmonnait des choses. Il envoya Ernestine chercher du cognac et de l'eau pour faire descendre son repas.

« Que lui est-il arrivé ? demanda Brodie à Electra, assise à sa gauche.

– Voici deux ans, il a fait une mauvaise chute et il s'est assommé. Nous l'avons retrouvé inconscient sur le palier du premier. »

Elle raconta rapidement la suite de l'histoire : Malky avait été transporté dans son lit, un médecin avait été appelé, mais Malky était revenu à lui avant son arrivée.

« Il a dit qu'il avait trébuché, mais nous pensons qu'il a fait une sorte d'attaque. Il n'a jamais été le même depuis.

– Plus de sermons, alors ?

– Non, dit-elle avant de baisser la voix : Et je crois que nous rencontrons des difficultés financières. Mais Doreen ne nous dit rien.

– Il avait pourtant fait fortune, avec ses sermons.

– Tu devrais demander à Doreen, c'est elle qui gère les finances, suggéra-t-elle avant de se pencher vers lui. Emmène-moi avec toi, Brodie. J'aime bien Lika, elle est très belle. Je pourrais être votre gouvernante, votre secrétaire. Tout ce qu'il me faut, c'est le gîte et le couvert.

– Je dirais oui avec plaisir, mais j'ai mes propres soucis, financiers et professionnels. Je n'ai même pas d'emploi stable, je ne travaille qu'à temps partiel.

– Les noirauds, là-bas, c'est quoi, ces messes basses ? beugla Malky, furieux. Je ne tolérerai pas de messes basses dans ma maison ! »

Silence général.

« Nous parlons de..., commença Brodie, hésitant, avant d'improviser. Nous parlons de notre mère. De votre défunte épouse. »

Il savait que cela lui clouerait le bec. De fait, Malky retourna à son gigot, enfournant une fourchetée, les yeux fixés sur la salière devant lui. Tout le monde semblait abasourdi par l'audace de Brodie... et par son efficacité. Il eut soudain l'impression fort désagréable que les autres commençaient à voir en lui un chef de famille, comme si le relais avait été transmis maintenant que l'infirmité de Malky était si patente. Il but un peu d'eau pour se donner une contenance, puis demanda du cognac à Ernestine, qui alla en silence chercher la carafe. Malky le regarda couper son cognac d'eau mais ne dit rien. Une petite victoire. Le niveau sonore de la conversation augmenta. La carafe fit le tour de la table. Après le dessert, une tarte aux pommes, Doreen raccompagna Malky dans sa chambre. Il ne dit bonne nuit à personne.

Plus tard, allongé avec Lika dans son ancienne chambre alors que tombait dehors une douce pluie, Brodie repensa à ce dîner et y reconnut l'une des expériences les plus étranges et les plus importantes de sa vie.

« Tu ne sais pas ce que c'est d'avoir grandi dans cette maison sous la férule de cet homme, expliqua-t-il. Et pour moi, être ici, maintenant, marié avec toi, couché sur ce lit dans cette chambre avec toi. Et lui qui ne peut rien y redire, c'est merveilleux pour moi.

– N'oublie pas que nous ne sommes pas vraiment mariés, Brodie.

– Légalement, non, mais pour tout le reste… Et c'est même encore plus savoureux, en l'occurrence.

– Ton père est un homme apeuré. Je vois la peur en lui. C'est pour ça qu'il vous agresse tous.

– Ce n'est pas aussi simple. Il a besoin de nous, mais il nous en veut. Alors il essaie de nous dominer, de façonner nos vies, de prouver qu'il a du pouvoir sur nous.

– Mais pas sur toi.

– Non, pas sur moi. Et c'est pour cela qu'il me déteste, parce que je n'ai jamais fait ce qu'il voulait. Et aujourd'hui, il n'est plus qu'un vieillard malade et en colère. Il va mourir bientôt et il le sait. Et il sait aussi que plus personne n'a peur de lui. »

Quand Brodie s'habilla le lendemain matin, il se rappela la lettre qu'il avait glissée dans sa poche la veille au soir. Il la retrouva et l'ouvrit d'un geste. Elle venait d'Ainsley Channon.

Brodie comprit qu'il l'avait envoyée à Liethen Manor en raison du lien avec lady Dalcastle.

Channon & Co.
48, George Street
Édimbourg

5 janvier 1901

Mon cher Brodie,

La rumeur court dans le monde de l'accordage que vous êtes de retour à Édimbourg. Je suis outré que vous n'ayez pas encore trouvé le temps de passer me voir. Quoi qu'il en soit, je vous pardonnerai si votre distinguée personne se présente au magasin de George Street dès que vous en aurez la possibilité. Nous devons discuter d'un sujet important.

Bien cordialement,

Ainsley Channon

Brodie éprouva une certaine appréhension. « Nous devons discuter d'un sujet important. » Ils s'étaient quittés à Paris en des termes malheureux mais désolés. Là, le ton de la lettre était léger, jovial. N'avait-il donc aucune idée de combien Brodie s'était senti blessé par ce renvoi injuste ? Ou bien avait-il simplement oublié ?

Se demandant toujours comment répondre à cette invitation, Brodie descendit avec Lika pour le petit déjeuner. Seul Alfie était présent, puis Isabella arriva. Dans un chauffe-plat sur la desserte les attendait un curry de poisson, et ils mangèrent aussi des petits pains avec beurre et confiture, le tout arrosé de thé. Ensuite, Brodie passa voir Mme Daw dans la cuisine. Elle lui embrassa la joue, les larmes aux yeux.

« Je pensais ne jamais te revoir, Brodie, oh non, jamais ! Paraît que tu es allé épouser une Russe.

– Elle est adorable. Venez donc que je vous la présente.

– Oh non, ce n'est pas ma place, non, non, non. Mais je vous souhaite tout le bonheur du monde.

– Je vous avais dit que je reviendrais.

– Oui, mais pour combien de temps ? Tu n'es pas du genre à rester en place, Brodie. »

L'ayant assurée qu'il était de retour à Édimbourg pour de bon et qu'il viendrait régulièrement au presbytère, il alla rejoindre Lika. Ils mirent chapeaux et manteaux pour la petite marche jusqu'à Dalcastle Hall. Brodie ayant envoyé un message dès leur arrivée, lady Dalcastle les attendait.

« Pourquoi n'irais-tu pas tout seul ? suggéra Lika. Cela ne me dérange pas de patienter ici.

– Non, je tiens à ce que vous vous rencontriez. Cela compte beaucoup pour moi. »

Ils passèrent devant le pavillon du gardien, franchirent la grille et arrivèrent dans l'allée ombragée de hêtres nus, qui semblait plus érodée, jonchée de nids-de-poule et de flaques. Quand la demeure s'offrit à leur vue, Brodie remarqua que d'autres fenêtres étaient condamnées dans le donjon. Le tout avait presque un air de décrépitude. Des moutons broutaient en liberté sur la pelouse de devant.

La porte fut ouverte par un jeune homme maussade en tablier vert qui semblait incapable de fermer la bouche. Il les conduisit au premier dans le petit salon et partit quérir lady Dalcastle. Brodie repéra de petites flammes mourantes dans le feu qui n'avait pas été entretenu. Il se permit d'aller l'attiser, puis tous les deux restèrent assis en silence en attendant leur hôtesse.

« Tu ne trouves pas qu'on dirait la Russie ? demanda une nouvelle fois Lika. Cette maison qui tombe en ruine, ce jeune domestique ?

– Je ne sais pas. Je connais tellement bien les lieux que je ne peux pas les voir à travers tes yeux. »

Lady Dalcastle entra au bras de son serviteur. Semblable à un fétu qu'un petit coup de vent risquait d'emporter et de projeter contre le mur, elle portait comme toujours une tenue colorée, une veste en soie outremer avec un châle en tartan sur une robe en laine bordeaux. Elle serra le visage de Brodie entre ses deux mains osseuses et le dévisagea en répétant doucement son nom.

« Brodie, Brodie, Brodie Moncur, sur ma vie ! Je pensais ne jamais vous revoir, avoua-t-elle avant de poser sur Lika ses yeux vifs en cillant. Et qui est donc cette jeune personne ?

– Lady Dalcastle, je vous présente mon épouse Lydia, que nous appelons tous Lika. Lika Moncur, *ma femme**. »

Avec un sourire, Lika fit une petite révérence quand lady Dalcastle avança vers elle comme si elle voyait un fantôme.

« *Enchantée, enchantée* !* dit poliment lady Dalcastle dans son français teinté d'accent écossais. *C'est un très grand plaisir**. Où est donc passé ce benêt ? lança-t-elle en se retournant. C'est le petit-neveu du vieux Broderick. Appelez-le donc, Brodie, il se prénomme Lennox. »

Brodie sortit dans le couloir, où Lennox, assis sur un tabouret, se curait les ongles. Brodie lui demanda du thé et retourna dans le salon.

« *J'adore Paris, mais elle est dangereuse** », disait lady Dalcastle à Lika.

Lennox apporta le thé sur un plateau et le servit à peine chaud. À l'évidence, il avait été bien formé par son grand-oncle.

Brodie livra à lady Dalcastle une version expurgée de ses périples.

« Et où vous êtes-vous mariés, ma chère ?

– À Biarritz, intervint Brodie du tac au tac. Au consulat britannique.

– Comme c'est romantique ! »

Lady Dalcastle ponctua sa remarque d'un claquement de mains pour exprimer sa joie. Et le jeune Lennox apparut.

« Que voulez-vous ? s'irrita-t-elle.

– Je croyais que vous m'aviez appelé, madame.

– Eh bien, puisque vous êtes là, apportez-nous du gâteau.

– Il n'y a pas de gâteau, madame.

– Eh bien, des biscuits, alors.

– Des biscuits ? Ce n'est guère approprié, madame.

– Nous n'avons pas faim, déclara Brodie. Nous venons de prendre notre petit déjeuner. »

Ils restèrent encore vingt minutes. Le thé refroidissait dans les tasses. Lady Dalcastle évoqua ses souvenirs de Paris en compagnie de son défunt époux, Hugo.

« Et c'était au siècle dernier, précisa-t-elle à Lika. Je n'aurais jamais pensé vivre assez longtemps pour prononcer cette phrase. Non, jamais. »

Alors qu'ils prenaient congé, lady Dalcastle, aussi légère qu'une plume au bras de Brodie, l'attira dans son bureau.

« *J'ai une commission à faire** », expliqua-t-elle à Lika.

Dans la pièce s'alignaient des bibliothèques vitrées vides. Ici et là, de petits animaux empaillés montés sur une plaque en bois : un marmouset, un grand tétras, un écureuil roux. Sur son secrétaire s'empilaient des monceaux de papiers. Elle ouvrit un tiroir et en sortit un chéquier.

« J'ai vendu toute la collection de livres d'Hugo, expliqua-t-elle. J'en ai tiré une fort belle somme. Je n'en revenais pas.

J'ai fait appel à un marchand de livres anciens de Londres – je ne me serais pas fiée à un de ces escrocs d'Édimbourg. J'ai de quoi tenir deux ans, maintenant. Enfin, si je survis ! dit-elle en pouffant gaiement. Mon cher Hugo qui me fait enfin une faveur. Un homme aussi incapable et bêta, qui l'eût cru ? »

Elle s'assit et établit un chèque de cent livres au nom de Brodie.

« Vous savez bien que je ne peux pas l'accepter, dit-il.

– C'est votre cadeau de mariage. Encaissez-le vite, tant qu'il y a de l'argent à la banque. Les créanciers sont prêts à bondir. »

Alfie avait réussi à trouver un villageois propriétaire d'un beau cabriolet qui accepta de les emmener à Peebles pour un shilling et de les déposer chez Callum. Brodie et Lika firent leurs adieux aux sœurs dans une ambiance inhabituellement émotive : des larmes furent versées et très vite essuyées. Quand Brodie embrassa Electra, elle chuchota à son oreille : « Envoie-moi chercher, Brodie, je t'en supplie. » Il lui promit dans un murmure qu'il essaierait, mais perçut sa déception.

Lika et lui étaient sur le point de monter dans le cabriolet quand Brodie demanda soudain où était son père.

« Dans le jardin, répondit Doreen. Il fait une courte promenade quotidienne sur ordre de son médecin. Ne t'inquiète pas, je lui dirai au revoir de ta part. Son humeur n'est pas vraiment au beau.

– Cela ne m'a jamais retenu », rétorqua Brodie, qui pria Lika de l'attendre et se mit en quête de son père.

Il fit le tour du presbytère et s'aventura dans la pénombre du jardin, où les feuilles des persistants semblaient absorber le peu de lumière que prodiguait l'hiver. Les conifères ployaient sous la rosée nocturne qui dégouttait encore de leurs branches, dans une puissante odeur de mousse humide et de feuilles en décomposition. Il vit Malky avancer cahin-caha avec ses deux cannes sur une allée de gravier en marmottant. Il portait un vieux feutre et un manteau en tweed couleur rouille qui lui tombait presque aux chevilles.

« Père ! appela-t-il avant de traverser la pelouse en mouillant ses bottines. Nous partons. Je suis venu vous dire au revoir.

– Tu pars avec ta catin russe.

– C'est ma femme, et veuillez modérer votre langage, je vous prie.

– Ha, c'est autant ta femme que la mienne ! Tu me prends pour un imbécile ? Je connais la luxure. Je connais la fornication. Je connais les relents de la traînée.

– Normal, c'est le vieux fornicateur en vous qui parle.

– Comment oses-tu ? s'offusqua Malky en levant à moitié une canne pour le frapper avant de se raviser. Tu n'es plus le bienvenu dans cette maison, sale cochon noir. Prends ta putain peinturlurée et va au diable ! »

Brodie serra le poing et faillit frapper son père au visage, mais il se retint et lui sourit.

« Chassez le naturel, il revient au galop, dit-il posément alors que son cœur battait à tout rompre. Vous avez été un pauvre salopard toute votre vie, et vous mourrez en pauvre salopard. »

Puis il écarta d'un coup de pied une des deux cannes de Malky et le regarda s'effondrer lentement sur l'allée.

« J'espère que votre mort ne sera pas trop douloureuse », lâcha-t-il.

Malky l'insulta copieusement et jeta son autre canne dans sa direction, mais d'un geste vague qui l'envoya contre le tronc d'un sapin. Puis il roula sur le dos en essayant en vain de se relever.

« C'est la dernière fois que je vous vois vivant », annonça Brodie en se penchant au-dessus de lui.

Il s'éloigna alors que Malky appelait Doreen en beuglant. Il enregistra dans sa mémoire cette ultime vision de son père, vautré, furieux, impuissant, et ne jeta pas un regard en arrière.

Sur le chemin de Peebles, il raconta à Lika ce qui s'était passé, mot pour mot, minute par minute.

« Mon Dieu ! s'exclama-t-elle en hochant la tête après l'avoir écouté. Je n'arrête pas de te le dire : on se croirait en Russie. »

15, Danube Street
Stockbridge
Édimbourg

17 mars 1901

Cher Callum,

J'espère que tu ne prendras pas offense de cette lettre. Je suis ton frère aîné et ton meilleur ami. Tout ce que j'écris ici, je te le dirais aussi bien en face.

Tu ne peux pas imaginer à quel point j'étais impatient de te présenter Lika. Donc te trouver ivre à 2 heures de l'après-midi fut un premier choc désagréable. Le deuxième, ce fut ton apparence. Quand nous nous étions vus, tu m'avais dit avoir été souffrant. Je sais maintenant qu'il s'agissait de dipsomanie. Tu as pris vingt ans depuis que j'ai quitté l'Écosse.

J'ai trouvé ta Sheila adorable, et j'étais bien désolé que le petit Randolph souffre du croup. Quel enfant ravissant ! Mais pense un peu à ce qu'il est en train de se constituer comme souvenirs. Voir son père sale, pas rasé, titubant, se cognant dans les chaises, jurant comme un charretier. Nous avons grandi avec Malcolm Moncur, nous savons ce qu'est un monstre domestique et je crois que le plus triste pour moi, lors de notre visite à Edenbrae, fut de te voir marcher dans ses pas infâmes et de me dire, prémonition affreuse : tel père, tel fils.

En outre, comment oses-tu traiter Sheila ainsi en présence de tiers ? Comment peux-tu la houspiller comme une souillon en cuisine ? Et pourquoi ce langage constamment ordurier ? Merde à ci, putain à ça, enfoiré de ceci… Je sais bien que c'est l'alcool qui parle, mais cela n'excuse en rien le flot de grossièretés que nous avons dû subir. Et t'entendre t'adresser comme tu l'as fait à la petite servante nous a profondément choqués, Lika et moi. Lika croyait qu'elle allait rencontrer mon frère bien-aimé dont je lui ai chanté les louanges, le compagnon de mon âme, et toi, tu es resté là, fin saoul, un cigare allumé près de ton assiette, à te plaindre de la nourriture, à convoquer ta cuisinière pour la fustiger comme un tyran médiéval. C'est aussi bien que tu te sois retiré dans ton lit avec ta carafe. Sheila a été la gentillesse incarnée, à essayer de t'excuser, à s'excuser elle-même, à expliquer que tu avais perdu ton emploi de clerc de notaire et que chercher du travail te déprimait. Elle a fait tout ce qui était humainement possible pour essayer de justifier ton comportement. Callum, tu as une épouse adorable et dévouée. Telle est ta bonne fortune, alors ne t'en va pas la gâcher.

Et si tout cela ne suffisait pas, quand Lika est descendue pour le petit déjeuner, elle t'a trouvé en chemise de nuit dans l'escalier, toujours ivre, presque cul nu, en train de réclamer ton pot de chambre en beuglant et de maudire en des termes révoltants la petite bonne qui te l'a apporté.

Tu es en train de devenir un ivrogne despotique alors même que nous sommes les fils d'un ivrogne despotique. Regarde ce que cela a fait à notre pauvre mère, morte avant l'âge. Regarde la tyrannie qu'il inflige à nos pauvres sœurs martyres, ses propres filles. Nous avons toujours éprouvé du dégoût pour

Malky Moncur. Je ne voudrais pas en éprouver pour son fils Callum.

De nature, tu es une personne affectueuse, généreuse et drôle. Redeviens l'ancien Callum. Jette par la fenêtre cet affreux jumeau. Ce n'est pas toi, mon frère, et te voir ainsi m'a rendu malade.

Voilà, j'ai vidé mon sac. Je suis en paix avec ma conscience. Lis cette lettre comme une lettre d'amour envoyée par quelqu'un qui tient à toi. Écris-moi pour me dire que tu as entendu son message et que l'ancien Callum va revivre et prospérer.

Ton frère fidèle,

Brodie Moncur

Brodie et Lika se rendirent chez leur voisine, Mme Dalmire, qui avait accepté de garder César pendant leur court séjour à Peebles. Mme Dalmire lâcha la laisse du chien, qui se précipita vers Brodie et fit des bonds jusqu'à ce qu'il le prenne dans ses bras, puis se tortilla frénétiquement pour lui lécher le visage.

« Tu vois, il t'aime plus que moi ! » s'esclaffa Lika.

Pour la première fois depuis sa visite à Callum, Brodie se sentit de meilleure humeur.

« Je suis tellement désolé à propos de ma famille, dit-il alors qu'ils rentraient chez eux, avec César qui trottinait gaiement entre eux deux.

– Tu as bien dû t'excuser deux cents fois depuis que nous avons quitté Peebles.

– Mais je suis choqué, gêné. C'était vraiment horrible.

– Tes sœurs sont charmantes et Alfie est un jeune homme très bien.

– Peut-être, mais que s'est-il donc passé ? Que Malky soit répugnant et fier de l'être, soit, mais Callum ?

– Hélas, c'est la vie. J'ai un oncle qui s'est suicidé d'une balle dans la tête. Une femme dévouée, cinq enfants, un bon travail d'assesseur de collège seconde classe. Il a apporté la ruine et la misère à tout le monde. Ah, la famille ! Cela me peine de le dire, mais la tienne est plus normale que tu ne le crois. »

Ils descendirent les marches en pierre usées jusqu'à leur petit appartement. Bientôt un feu rougeoyait dans l'âtre et une odeur de soupe émanait de la cuisine. César sauta sur son fauteuil préféré et roula sur le dos en attendant qu'on lui gratouille le ventre.

« Nous sommes rentrés, dit Lika en apportant une soupière fumante, qu'elle posa sur la petite table. Tout va bien, maintenant.

– Je vais voir Ainsley Channon la semaine prochaine, annonça Brodie en les servant. Je me demande ce qu'il me veut… »

4

Retourner chez Channon parut vraiment étrange à Brodie. Rien n'avait changé : les mêmes portraits sévères, le même troupeau immobile de pianos luisants dans la salle d'exposition. Il était passé plusieurs fois devant le magasin de George Street depuis son retour à Édimbourg, mais toujours sur le trottoir d'en face, à distance raisonnable. Ce chapitre important de sa vie s'était clos de façon amère, injuste. Et aujourd'hui il était de retour, il montait l'escalier à la suite de la nouvelle secrétaire d'Ainsley (Mme Grant avait pris sa retraite), qui l'attendait en personne à la porte de son bureau, ses rouflaquettes maintenant grises mais touffues, un sourire radieux aux lèvres, les bras grands ouverts en signe de bienvenue.

« Brodie Moncur ! Brodie, Brodie, Brodie. Quelle joie de vous revoir ! »

Ils échangèrent une chaleureuse poignée de main, puis Ainsley le fit entrer, un bras autour des épaules, lui indiqua un siège et se dirigea vers la rangée de carafes pour choisir un whisky digne de ces retrouvailles. Il les servit. Ils trinquèrent.

« Le retour du fils prodigue, commenta Brodie.

– Ah non, pas du tout. Je ne veux pas entendre cela. Vous connaissez les circonstances malheureuses, Brodie, j'ai été assez franc avec vous. Pas de reproches, pas de rancune entre nous.

– Bien sûr que non, dit Brodie en sirotant son whisky, qui répandait en lui sa chaleur rassérénante.

– Ce qui m'amène au sujet du jour. Nous avons procédé à quelques changements. »

Il expliqua plus avant : Calder avait été « rappelé » de Paris un an plus tôt et habitait maintenant à Perth, où il gérait la petite boutique que Channon avait ouverte dans Mill Street.

« Votre jeune apprenti, Dimitri, est gérant par intérim à Paris. Il fait du bon travail, mais le cœur n'y est pas, si vous voyez ce que je veux dire. Sans compter qu'il ne fait pas vraiment partie de la famille, comme vous avant… et maintenant, ajouta-t-il avant de pousser un soupir. Calder a… Disons que Calder a maintenant atteint son niveau parfait de compétence : la gestion d'un petit magasin dans une petite ville de province. Je n'aurais jamais dû lui confier celui de Paris. Trop de tentations. Ce fut mon erreur, et j'en ai payé le prix, dit-il avec un sourire bienveillant à l'intention de Brodie, qui ne sut comment réagir. Donc, Brodie…

– Donc quoi, monsieur Channon ?

– Voudriez-vous retourner à Paris ? Mais cette fois comme directeur. »

Brodie sentit son visage se refroidir soudain, puis rougir et se réchauffer.

« Ne dites rien, surtout ! lui enjoignit Ainsley. Laissez l'idée germer en vous, pensez-y, prenez un jour ou deux, même une semaine. Le poste est à vous, avec le même salaire que celui qu'avait Calder, précisa-t-il en se levant pour remplir leurs verres. Au-delà de l'atout que votre présence à Paris constituerait pour notre firme, en ce qui me concerne à titre personnel, j'y verrais une sorte de compensation à retardement pour les circonstances malheureuses de votre renvoi. Je serais très heureux que vous acceptiez notre proposition. »

Brodie eut une vision de la vie parisienne pour Lika et lui. Solvable, très bon salaire, bel appartement. Il n'alla pas plus loin.

« J'ai besoin de vingt-quatre heures, monsieur Channon. Je dois en discuter avec mon épouse.

– Une épouse ? Vous êtes un homme marié, Brodie ? Félicitations ! »

Ainsley ajouta quelques précisions. L'ancien appartement de Calder dans le seizième était disponible. Tout ce que Brodie avait mis en place quand il travaillait à Paris fonctionnait toujours à merveille. Les accordeurs qu'il avait formés, les récitals Channon, les tournées, Sauter et Nagel encore sous contrat. C'est Dimitri qui gérait cet aspect de l'affaire, et il le faisait très bien.

« Vous voyez, tout cela, cela vient de bonnes idées à vous, Brodie. Et nous en voulons encore plus.

– Oui, je pense que…

– En parlant de vos bonnes idées, quelle terrible nouvelle ! John Kilbarron qui meurt comme ça subitement.

– Quoi ? Euh, oui.

– Une crise cardiaque, m'a dit son frère.

– Son frère ?

– Oui. Comment s'appelle-t-il, déjà ? Malachi, voilà ! Malachi Kilbarron. Il m'a raconté que John s'était effondré d'un coup, rapporta Ainsley en claquant des doigts d'un geste théâtral. Mort avant de toucher le sol.

– Vous avez revu Malachi Kilbarron ?

– La semaine dernière, oui. Il était assis dans le même fauteuil que vous. Il s'est présenté tout sourire, mais il en avait après mes sous, ça oui. Il venait à la pêche, dirons-nous. Il a affirmé que je devais de l'argent à son frère ! s'esclaffa Ainsley. Il a vite compris qu'il avait autant de chance d'en récupérer que de trouver une boule de neige en enfer. Mais au fait, vous n'étiez pas l'employé de John Kilbarron ? demanda-t-il en fronçant les sourcils.

– Si, mais j'avais déjà quitté son service. De fait, j'avais quitté la Russie avant son décès.

– Eh bien, on ne sait jamais quand la faucheuse va passer.

– Vous avez dit à Malachi que vous aviez rendez-vous avec moi ? demanda Brodie, qui baissa les yeux vers ses mains et constata qu'elles ne tremblaient pas.

– Il a demandé de vos nouvelles de façon très cordiale. Je lui ai répondu que je vous avais écrit, mais à ce stade je n'avais pas encore reçu de réponse.

– Mais il savait que j'étais de retour à Édimbourg ?

– Oui, je pense. Tout ce qu'il a dit semblait impliquer que vous étiez en ville. »

Brodie se leva, la poitrine lestée du poids de plomb que font peser la désillusion et l'appréhension.

« Je vais devoir prendre congé, monsieur. Je vous donnerai ma réponse d'ici vingt-quatre heures.

– J'espère bien qu'elle sera positive, Brodie, mon garçon. Je suis sûr que votre dame serait ravie d'aller à Paris, non ? *Merci beaucoup* ! »*

Brodie en convint, puis annonça qu'il allait passer à l'atelier saluer Lachlan Hood. Il serra la main d'Ainsley, qui continuait à lui chanter les louanges d'un déménagement à Paris, mais ne l'écoutait que d'une oreille. En descendant l'escalier, il sentit ses jambes trembler. Malachi Kilbarron à Édimbourg…

Comment avait-il pu savoir ? Comment avait-il pu suivre sa trace d'abord à Biarritz, puis ici à Édimbourg ? Il fut pris de nausée, avala sa salive et s'arrêta le temps de recouvrer son calme. Il décida d'éviter l'entrée principale, certain que Malachi avait payé quelqu'un en lui fournissant sa description pour surveiller le magasin et le suivre jusqu'à chez lui quand il en sortirait. Il avait peut-être été repéré à son arrivée, mais il ne laisserait aucune trace de son départ.

Lachlan Hood se réjouit de le voir mais essaya de le cacher, comme si Brodie avait juste pris un jour de congé et non sept ans.

« Vous avez l'air en forme, Brodie. Comment va la vie ? »

Ils fumèrent une cigarette en souvenir du bon vieux temps, et Brodie lui raconta un peu ses pérégrinations.

« J'ai entendu dire que vous vous étiez fait virer, à Paris, dit Lachlan. Pris la main dans la caisse ou quelque chose du genre.

– J'ai servi de bouc émissaire au gros Calder. Mais tout est oublié et pardonné. Au fait, Lachlan, je peux sortir par l'arrière ? »

Lachlan lui fit traverser l'entrepôt jusqu'à une allée pavée, où tombait une pluie fine battue par le vent.

« Vous avez les huissiers aux basques ? demanda-t-il.

– C'est un peu ça. Si on vous demande, vous ne m'avez pas vu.

– Je serai muet comme la tombe, monsieur Moncur, dit Lachlan avec un clin d'œil avant de froncer les sourcils. Tout va bien, Brodie ? Vous êtes atrocement pâle, d'un coup. »

Brodie s'appuya contre le mur et vomit une pinte de sang chaud sur les pavés humides.

Le docteur McDaid observait Brodie derrière des lunettes à verres très épais qui lui faisaient des yeux énormes.

« Combien d'hémorragies avez-vous déjà eues ?

– Trois. Trois grosses. Et il m'arrive de cracher un peu de sang.

– Hmm, oui, oui, oui. Hmm. Eh bien, voilà voilà. »

Brodie s'éloigna un peu de lui sur son lit. Le docteur McDaid était assis trop près et il lui tenait chaud.

« Que préconisez-vous, docteur ?

– Eh bien, je quitterais Édimbourg au plus vite. Partez à l'étranger. Nous sommes en plein hiver écossais. Allez dans un endroit chaud. »

Il sembla percevoir l'inconfort qu'éprouvait Brodie de le sentir si près et se leva pour s'écarter du lit. Ce grand homme mince d'une quarantaine d'années, avec des cheveux châtain clair gominés et plaqués derrière les oreilles comme un casque en métal, était en fait le médecin d'Ainsley Channon, ce qui expliquait sa présence dans l'appartement en sous-sol de Dean Village.

« Je peux vous prescrire des médicaments, des inhalations, des frictions, mais c'est le froid et l'humidité qui vont vous faire du mal. Je recommanderais la “chaleur du Sud”, comme disait le poète, et à l'occasion une gorgée de la “rougissante Hippocrène” pour améliorer l'humeur. Oui, oui, oui. Voilà voilà. Quel âge avez-vous, monsieur ?

– Bientôt trente et un ans.

– Vous passerez les quarante, j'en suis quasiment sûr.

– Merci, docteur. Combien vous dois-je ?

– Rien du tout. Ainsley Channon m'a dit de lui envoyer la facture. Il se fait évidemment beaucoup de souci. Ne me raccompagnez pas. Réservez un billet pour la Méditerranée, monsieur Moncur. J'aimerais bien venir avec vous. »

Il quitta la pièce et Brodie l'entendit parler à Lika dans le salon, puis ce fut le bruit de la porte d'entrée. Étant donné les circonstances, il ne se sentait pas trop mal. Il considéra que c'était le choc, le principal responsable. Le choc Malachi.

Cette hémorragie n'avait pas été la pire, Dieu merci, mais à l'évidence elle lui interdirait de reprendre la direction du magasin parisien. Malachi Kilbarron avait de nouveau détruit son avenir. Son rêve s'évanouit comme une jolie bulle qui éclate.

Lika entra et posa sur la table de chevet une tasse de lait fumant. Elle se pencha en avant pour l'embrasser et lui prit la main.

« Le médecin a dit que ce n'était pas si grave. Il recommande beaucoup de repos. »

Brodie sirota son lait. Il avait décidé de ne pas lui parler de la proposition d'Ainsley à Paris.

« Mauvaise nouvelle, annonça-t-il. Malachi Kilbarron est à Édimbourg. Il me cherche. »

Elle tressaillit si violemment qu'il sursauta et secoua le lait dans sa tasse. Elle se couvrit le visage des mains le temps de digérer la nouvelle.

« Oh non, se désola-t-elle doucement en se redressant. Comment a-t-il su que nous étions ici ?

– Je l'ignore. D'abord Biarritz et maintenant ici… Il est passé chez Channon la semaine dernière.

– Que Dieu nous protège !

– Il n'est pas le diable, Lika.

– Oh mais si. Je le connais mieux que toi.

– Je n'arrive pas à comprendre comment il peut nous suivre ainsi à la trace. Comment fait-il pour nous retrouver ?

– Qu'allons-nous faire ? demanda-t-elle d'une petite voix désespérée.

– Nous allons partir. Encore. Loin de Malachi Kilbarron. Nous allons partir pour un endroit chaud. »

5

Brodie alluma une cigarette et leva les yeux vers le ciel nocturne poudré d'une kyrielle d'étoiles par la Voie lactée. Il faisait à la fois chaud et frais, le temps niçois idéal, et les palmiers alentour produisaient un bruit étouffé de hochet quand la brise marine en agitait les feuilles. Lika lui prit la cigarette entre les doigts et tira une petite bouffée.

Ils se trouvaient devant la salle de concert Rosanoff à Cimiez, siège du Conservatoire russe des Alpes-Maritimes. De nombreux spectateurs étaient sortis profiter de la douceur du soir en attendant le début de la seconde partie.

« Comment te sens-tu ? demanda Lika.

– Nerveux. Je ne peux m'empêcher de repenser à cette journée atroce. »

Ils avaient entendu en première partie le *Tamara* de Balakirev et le *Souvenir d'une nuit d'été à Madrid* de Glinka. Après l'entracte viendrait *Der Tränensee* de John Kilbarron, interprété par l'excellent orchestre du conservatoire. Lika y répétait *Roussalka*, et quand elle lui avait signalé le concert, dont elle avait vu l'affiche dans le foyer, Brodie avait su d'emblée qu'il devait réécouter ce morceau une dernière fois.

Il se sentait pour l'heure étrangement détaché, insensibilisé, alors même qu'il essayait de se préparer à ce qu'il allait entendre, aux souvenirs douloureux de John Kilbarron et des événements de ce matin-là, plus de deux ans auparavant, dans le parc Elaguinski de Saint-Pétersbourg. Malgré la validité de toutes les justifications, de toutes les sages paroles de George Vere sur la légitime défense, Brodie savait bien que seule sa rage face au plagiat de Kilbarron l'avait décidé à saboter la première mondiale de l'œuvre. Cela avait été son acte de vengeance personnelle, une façon de régler ses comptes et ceux de Lika, et une chose en avait entraîné une autre. Que n'avait-il tourné les talons en se résignant aux injustices de ce monde ! Mais Lika serait-elle venue avec lui ? Bien sûr que oui, se dit-il, aucun doute. Il se tourna vers elle et lui sourit.

« Pourquoi ce sourire ? demanda-t-elle. Je croyais que tu avais dit que tu étais nerveux.

– Je pensais juste à quel point je t'aime.

– Pauvre imbécile heureux ! »

Un ouvreur apparut sur les marches du théâtre et sonna la cloche pour annoncer la fin de l'entracte.

« Tu es sûr que tu en es capable ? s'inquiéta Lika.

– Oui, oui. Enfin, je vais essayer. »

Ils entrèrent.

Le piano est accordé, se répéta Brodie quand résonnèrent les douces premières mesures du poème symphonique de Kilbarron. Le piano est accordé, et il joue mes accords. La musique enfla jusqu'à la transition cruciale, les suspensions, les toniques non résolues, l'accord inattendu. Les cordes, les cors, le piano… c'était très émouvant et, en regardant autour de lui, Brodie vit des femmes se tamponner les yeux avec un mouchoir et des hommes serrer les dents et inspirer par le nez. Bien sûr, la réputation de *Der Tränensee* l'avait précédé, mais on ne pouvait nier l'impact lacrymal bien réel de son écoute. Lika l'avait perçu, elle avait été la première à le ressentir, et Kilbarron y avait vu une chance de se faire un nom et peut-être une fortune.

« Je dois sortir, murmura Brodie à Lika. Je ne peux pas en entendre davantage. »

Il se leva et se faufila entre les sièges de devant et les genoux des spectateurs irrités. Il remonta rapidement l'allée centrale, où un ouvreur lui tint la porte ouverte en fronçant les sourcils. Quand l'orchestre monta en puissance derrière lui, il le prit presque comme un affront personnel.

Il fuma trois cigarettes en attendant Lika tout en s'efforçant de chasser de son esprit les souvenirs du parc Elaguinski. La bouche du pistolet de Kilbarron dure et froide contre son crâne, puis la stupeur de Kilbarron en comprenant ce que Brodie venait de faire. Légitime défense, avait décrété Vere. Il était à une seconde de vous abattre comme un chien. Vous êtes dans votre droit. N'importe quel tribunal dans n'importe quel pays au monde le dirait. Vous alliez vous faire tuer. Vous n'aviez pas le choix…

Les secrets, songea Brodie au son des applaudissements et des vivats dans la salle. Ces secrets qui le rongeaient de l'intérieur comme ses tubercules… Il se ressaisit. Le poème symphonique de Kilbarron s'était achevé. Son tombeau, mais aussi sa vengeance posthume contre son meurtrier, appelée à résonner pendant des décennies dans les théâtres du monde entier, se désola Brodie avec amertume.

Lika sortit. Il la vit qui le cherchait et lui fit signe depuis le bord de la terrasse. Elle l'embrassa et lui prit le bras.

« C'est vrai que ça fait pleurer, reconnut-elle. Juste comme la première fois où je t'ai entendu le jouer.

– Oui, mais c'est John Kilbarron qu'ils applaudissent. »

Ils décidèrent de redescendre à pied depuis Cimiez, attirés par la complexe broderie des lumières de la ville qui ourlait d'or le croissant de la baie en contrebas. Peut-être mangeraient-ils un morceau avant de retourner à la pension Deladier, où ils occupaient la meilleure suite au premier (salon, chambre, dressing-room et salle de bains privative) depuis leur arrivée à Nice dix mois plus tôt par des chemins détournés, cette reprise de leur ancienne vie d'itinérance s'étant imposée par précaution. De nouveau suivi par le docteur Roissansac, Brodie avait recouvré la santé et ils gagnaient modestement leur vie, lui en accordant et en réparant des pianos, elle en enseignant le français et le chant à des Russes, heureusement plus nombreux à Nice qu'à Biarritz. L'été, pendant la basse saison, ils utilisaient leur martingale à la roulette pour joindre les deux bouts, la Côte d'Azur leur donnant la possibilité d'alterner entre Nice, Beaulieu, Villefranche et Monte-Carlo. Sans être riches, ils menaient un petit train de vie confortable qui leur permettait de s'offrir la pension Deladier. En cas de besoin, il leur suffisait de rapprocher leurs sorties au casino pour s'adjuger ce qu'ils appelaient la « gratification de la martingale ».

Sur le chemin qui serpentait depuis les hauteurs de Cimiez, ils marchèrent paisiblement bras dessus, bras dessous dans la nuit douce, en silence, chacun repensant à ses souvenirs personnels de John Kilbarron, supposa Brodie.

« Lika, j'ai une question à te poser. Une question difficile.

– Tu peux tout me demander, Brodie, tu le sais.

– Bien. Tu te rappelles quand tu m'as dit que tu voulais interpréter "My Bonny Boy" pour ton audition ?

– Pas vraiment. Je crois que je cherchais quelque chose à chanter en anglais.

– Exactement. Tu m'as demandé de transcrire la musique et les paroles et de te les apporter… C'était ton idée ou celle de John Kilbarron ?

– La mienne, pour me retrouver seule avec toi. Je savais qu'il serait en déplacement. Je te désirais, Brodie, alors j'ai trouvé un moyen pour que nous puissions nous voir seuls, avoua-t-elle en lui embrassant la joue. La chanson était le prétexte idéal. Et tu n'as rien soupçonné, n'est-ce pas ?

– Non. Mais toi, tu connaissais mes sentiments pour toi.

– Ils crevaient les yeux, oui…

– Bref. Qu'est-il advenu de la partition ?

– Je l'ai bêtement oubliée à l'audition. Je te l'ai dit.

– Est-il possible que John Kilbarron ait pu mettre la main dessus ? demanda-t-il avec un certain trouble, qu'elle perçut.

– Qu'es-tu en train d'insinuer, Brodie ? rétorqua-t-elle, agacée par cette accusation implicite. Laisse-moi te dire une bonne chose : John Kilbarron n'avait pas besoin de ta partition pour te voler ta mélodie. Il l'avait mémorisée dès la première écoute parce que son cerveau était ainsi fait. Tu l'as vu de tes yeux. Il l'a jouée, il l'a analysée, il avait déjà tout dans la tête, insista-t-elle avant de s'arrêter de marcher pour le regarder droit dans les yeux, sévère, farouche. Il n'avait pas besoin de moi comme complice, si c'est ce que tu penses.

– Je suis désolé, mon amour, s'excusa Brodie en la serrant dans ses bras et en l'embrassant sur la joue. Entendre le morceau ce soir m'a secoué, perturbé. Et évidemment cela a fait remonter tous les mauvais souvenirs. Ce jour terrible, mon Dieu… »

Ils se remirent à marcher et Lika lui reprit le bras.

« Il n'y avait rien que tu puisses faire, mon chéri. Il avait écrit son destin. »

Ils soupèrent dans une petite brasserie de la rue de France (huîtres et sole avec une bouteille de vin), puis rentrèrent tranquillement à la *pension**, Brodie à présent calmé, rassuré. Ils montèrent à leur suite. Quand Brodie sortit du dressing-room en chemise de nuit, il trouva Lika assise nue sur le lit, cheveux dénoués. L'unique lampe dessinait des croissants d'ombre sur ses petits seins lourds. Elle décroisa les jambes.

« Enlève donc cette chemise de nuit. »

Il s'exécuta et ils s'allongèrent côte à côte. Il lui embrassa les lèvres, le cou, les seins.

« Tu me crois, au moins ? demanda-t-elle en se tournant pour qu'il puisse se coucher sur elle.

– Je te croirais si tu me disais que la Terre est plate et que la Lune est faite en fromage.

– Mais c'est quoi, cette réponse ? »

Elle baissa la main pour lui attraper le membre et le guider en elle. Il en resta coi. Parfois, se dit-il, c'était là le meilleur moment, cette simple conjonction de deux corps, cette fusion l'un dans l'autre, plus jouissive encore que *la petite mort**. Il observa son visage, ses yeux aux paupières lourdes, son petit menton volontaire. Quand il pénétra un peu plus profond en elle et baissa le front pour toucher le sien, elle fronça les sourcils et se lécha les lèvres.

« Bien sûr que je te crois. Je crois tout ce que tu me dis. Je suis ton esclave. »

Ravie, elle éclata d'un rire rauque.

« Haha ! Parfait. Eh bien, dans ce cas, esclave, baise-moi. »

Trois semaines plus tard, ils prenaient leur petit déjeuner dans la salle à manger de la *pension**, sans se presser, tout sourires dans une douce torpeur matinale. Tout le monde les connaissait, tout le personnel. Mme Deladier venait de les présenter à de nouveaux clients en disant : « M. et Mme Moncur, *nos habitués**. » Il arrivait que Brodie envisage de louer un appartement ou que Lika s'entende proposer par ses clients russes de garder leur maison pendant la saison basse, mais aucun des deux ne considérait Nice comme leur lieu de vie définitif. Brodie remarqua au fil du temps que Lika parlait souvent de retourner en Russie, à Moscou, où vivait sa mère, et d'acheter une petite datcha avec un crédit qu'ils obtiendraient facilement. Elle imaginait déjà leur vie toute simple de *datchniki*, bien moins chère qu'en France, à faire la navette entre Moscou et la campagne. Sans se prononcer, Brodie se contentait de hocher la tête en souriant, car retourner en Russie ne lui disait trop rien.

Lika partit pour sa répétition au conservatoire et Brodie, n'ayant pas d'accordage prévu avant l'après-midi, se rendit à pied à la poste centrale, place de la Liberté, voir s'il avait du courrier. Callum avait renoué leur correspondance sans la moindre allusion à sa lettre de remontrances. Pour lui, tout allait pour le mieux dans le meilleur des mondes : il avait un nouveau travail, Sheila était enceinte et Malky, à présent grabataire, s'accrochait encore à la vie. À croire que Brodie avait rêvé ces vingt-quatre heures épouvantables à Edenbrae.

Au guichet, on lui remit un petit paquet de papier brun. Il sourit : ce bon vieux M. Hoskings à Édimbourg lui envoyait sa livre de Margarita selon sa commande. Et juste à point, car il commençait à manquer, d'autant que Lika l'avait adopté elle aussi. Il marcha jusqu'à la place Masséna, acheta du papier à cigarettes dans un *tabac** et s'attabla en terrasse au café Marmot. Il ne s'était toujours pas habitué à l'évolution des bruits de la rue : le ronron routinier de la circulation, crissement des roues cerclées de fer, clappement des sabots de chevaux, cloches des trams et des omnibus, s'augmentait en proportion croissante du halètement rauque des automobiles et du barissement des avertisseurs. Les rues de Nice, qui comptaient plus de véhicules à moteur qu'Édimbourg, se faisaient sans cesse plus bruyantes.

Il commanda un Dubonnet avec des glaçons et, impatient de se rouler une cigarette, déballa son paquet, qui contenait exceptionnellement un mot de la part du vieux Hoskings à la place de l'habituel reçu estampillé « Payé ». Il déplia le papier pour découvrir les dernières nouvelles d'Édimbourg.

Hoskings Ltd
21, West Port
Édimbourg

2 mars 1902

Cher monsieur Moncur,

Vous trouverez ci-joint votre colis, avec mes remerciements pour l'ordre de banque. Si seulement tous mes clients étaient aussi sérieux que vous, monsieur, quand il s'agit de règlement à la commande ! Ici, nous essuyons depuis deux bonnes semaines des bourrasques qui s'engouffrent dans le Firth of Forth. Vous êtes bien mieux sous le doux climat de La Belle France*. *Au moins les nouvelles d'Afrique du Sud sont-elles meilleures. Il semble bien que nous allons gagner cette guerre inutile, finalement.*

N'hésitez pas à me commander plus de Margarita. Mon agent en Amérique m'assure qu'il en a des stocks conséquents. Toutefois, je doute que vous en ayez besoin dans un avenir immédiat. Votre bon ami, M. Kilbarron, qui demande toujours de vos nouvelles et tient à savoir où vous vous trouvez, m'a dit qu'il vous enverrait son paquet habituel pour vous remercier de cette découverte. C'est maintenant un client fidèle et apprécié, que j'ai eu le plaisir de rencontrer en personne l'an dernier quand il est venu au magasin.

Avec mes remerciements et mes meilleurs vœux,

Lamont Hoskings

Brodie resta figé, sa cigarette éteinte suspendue en l'air, alors que les pièces du puzzle s'assemblaient, clic, clic, clic, comme les rouages d'un automate ou d'une machine à sous s'enclenchent un à un. Un frisson nerveux lui parcourut la nuque. Oui, en Russie, lors du premier trajet vers Maloïe Nikolskoïe, il avait parlé à Malachi du magasin Hoskings à Édimbourg, où l'on pouvait commander depuis l'étranger contre paiement comptant. Malachi, séduit par le goût, avait exprimé son intérêt. Qu'avait-il dit ? « On pourrait en fumer à longueur de journée. » Et Brodie lui avait donné l'adresse.

Il restait abasourdi par la logique imparable de cet enchaînement qu'il comprenait à présent. Il avait été l'agent involontaire et malheureux de son propre repérage. Rien de diabolique là-dedans, comme l'avait redouté Lika. C'était tout simple. Voilà comment Malachi avait découvert qu'il était à Biarritz, puis à Édimbourg. Et maintenant il savait qu'il se trouvait à Nice. Brodie vérifia la date de la lettre, qui avait mis à peine plus de trois semaines pour arriver, or Hoskings impliquait que Malachi était déjà au courant…

Brodie jeta quelques pièces sur la table et héla un taxi pour retourner à la *pension**. À son arrivée, il comprit que Lika était rentrée de sa répétition, puisque la clef de la chambre ne pendait pas au crochet.

« Ah, monsieur Moncur, lui dit la réceptionniste. Votre ami est encore passé ce matin, voici environ deux heures. Je l'ai informé que Monsieur et Madame étaient tous les deux sortis. Il a dit qu'il repasserait.

– A-t-il précisé quand ?

– Non, juste qu'il repasserait.

– Il a laissé son nom ?

– Non, mais je crois qu'il était anglais.

– Merci, Clothilde. »

Brodie monta l'escalier quatre à quatre. Assise dans un fauteuil, Lika brodait un chemisier.

« Que se passe-t-il ? demanda-t-elle en le voyant paniqué.

– Malachi était ici il y a deux heures.

– Mais c'est impossible ! se récria-t-elle en se levant au ralenti, toute pâle sous la violence du choc. Impossible. Encore ? Mais comment, enfin ?

– J'ai compris comment. Je te dirai plus tard. Rassemble quelques effets. Nous devons partir d'ici, quitter la *pension** au plus vite. Ensuite je réfléchirai à ce que nous pouvons faire, où nous pouvons aller. Dorénavant, nous serons en sécurité, puisque je sais comment il nous retrouvait. »

Lika ne répondit rien. Encore sous le choc, elle regardait le tapis. Puis elle alla chercher un sac dans le placard.

« Nous ne partons pas longtemps, la rassura Brodie. Nous devons juste disparaître quarante-huit heures, le temps que je trouve une solution. »

6

Avant la fin de l'après-midi, ils avaient pris possession d'une chambre double à l'hôtel Royal Westminster de l'avenue Félix-Faure, juste à côté de la promenade du Midi à Menton, ville sise en bordure de la frontière italienne à une heure de Nice par le train. Malgré leur nervosité, ils allèrent au *jardin public** promener un César fort intrigué par son nouvel environnement. Brodie narra par le menu à Lika la révélation du Margarita.

Tout s'expliquait à présent, et d'une certaine manière c'était pour le mieux, lui dit-il. Ils avaient maintenant le pouvoir de disparaître vraiment, en tout cas pour Malachi Kilbarron, simplement en arrêtant les envois de paquets depuis Édimbourg – ou mieux encore, en les faisant expédier à Stockholm ou Nicosie, au Caire ou au Cap, pour brouiller les pistes. Il s'avoua rassuré de se savoir à même de trouver refuge n'importe où en Europe, voire dans le monde, sans que personne puisse les retrouver. Son choc initial commençait à s'estomper, même si Lika, elle, semblait toujours anxieuse et au bord des larmes. À peine de retour dans leur chambre d'hôtel, elle lui dit qu'elle devait passer à la pharmacie acheter de quoi se « calmer les nerfs ». Elle laissa César avec Brodie et sortit pour revenir une demi-heure plus tard avec un sac en papier rempli de pilules et de sachets. Elle dilua une poudre dans de l'eau et sembla plus calme après avoir bu ce mélange.

Ils dînèrent à l'hôtel en discutant de leur prochaine destination. Brodie penchait pour l'Italie, étant donné la proximité de la frontière. Le sud de l'Italie, peut-être même la Sicile. Lika, elle, trouvait que les grandes villes étaient idéales pour se perdre, pour vivre dans l'anonymat : Londres, New York, Shanghai. Après le plat (une copieuse *daube de bœuf**), elle se plaignit d'avoir un peu froid, et Brodie monta lui chercher un châle.

« Tout ira bien pour nous, n'est-ce pas ? demanda-t-elle quand il redescendit.

– Bien sûr. Et c'est déjà le cas. Regarde, il est à Nice, nous à Menton. Il n'a aucune idée de l'endroit du monde où nous nous trouvons. Nous sommes en sécurité totale et nous le resterons. J'enverrai un message à la *pension** pour leur dire de terminer nos bagages. Ensuite, nous déciderons où aller recommencer notre vie, dit-il avec un sourire rassurant car, malgré son remède, elle semblait toujours très nerveuse et apeurée. Mais cette fois, il ne nous retrouvera jamais. »

Plus tard, alors qu'ils étaient enlacés dans le lit, Brodie se sentit anormalement fatigué. Il ne cessait de bâiller, ce qu'il attribua au stress inhabituel de cette journée.

« As-tu jamais pensé à la façon dont tu voudrais mourir ? demanda Lika.

– Lika, je t'en prie, ne…

– Non, sérieusement. J'y pensais aujourd'hui. À la façon dont j'aimerais partir. Dis-moi.

– Bon, d'accord. Comme ça, dans tes bras, tous les deux ensemble.

– Non, je veux dire, tu t'es déjà imaginé le moment final ?

– Mon Dieu, Lika, pourquoi n'arrêtes-tu pas de…

– Aujourd'hui pendant que j'attendais ma répétition, j'ai écrasé une mouche avec un journal roulé. Plaf ! Et je me suis dit : c'est comme ça que je voudrais partir, comme une mouche écrasée.

– S'il te plaît, évitons d'imaginer nos morts potentielles juste avant de dormir.

– Tu ferais un bel éloge émouvant à mes funérailles et tu fondrais en larmes. Et chaque année, le jour anniversaire de ma mort, tu viendrais déposer des fleurs sur ma tombe.

– Je stoppe cette conversation tout de suite. Je suis très fatigué. Dors. Nous avons une grosse journée demain. »

Brodie fut réveillé par un fin rayon de soleil qui s'infiltra entre les rideaux tirés et lui tomba sur les yeux. Il se sentait mal, la langue pâteuse, la bouche sèche. Il chaussa ses lunettes et consulta sa montre. 11 h 50 ! Pratiquement midi ! Il s'assit dans le lit. Pas de Lika. Attaché par sa laisse au radiateur, César remuait la queue, prêt pour les aventures du jour.

S'efforçant de rassembler ses pensées comme après une gueule de bois, Brodie s'assit au bord du lit et contempla le motif du tapis constellé de soleil sous ses pieds. Lika avait dû descendre pour le petit déjeuner. Il se leva, chancela et se rassit. C'est comme s'il avait été drogué. Et un léger mal de tête commençait à lui faire battre les tempes. Où était donc passée Lika ? César poussa un jappement de frustration. Brodie se tourna pour le regarder et remarqua un morceau de papier coincé sous son collier. Il le récupéra, le déplia et reconnut l'écriture de Lika.

Mon Brodie chéri,

Je suis partie. Je suis partie avec Malachi Kilbarron. Depuis le début, c'était moi qu'il voulait, pas toi, et je ne peux pas continuer à fuir ainsi constamment, à vivre toujours dans l'angoisse, à te gâcher la vie. Donc je suis allée à lui et tu es libre. Je te laisse César en souvenir de nos merveilleux moments passés ensemble. Crois-moi, mon amour, c'est la seule solution. Je connais très bien les frères Kilbarron. Je connais leurs liens du sang, la relation qui les unit. Malachi te tuerait, oui, mais seulement pour me récupérer. Sans moi tu es libre, libre de vivre ta vie. Je ne t'oublierai jamais,

Ta Lika

CINQUIÈME PARTIE

Paris

1902

1

Brodie était assis au centre de la banquette en arc de cercle au fond du café Riche. La grande vitrine lui offrait une vue dégagée sur la porte cochère à guichet de l'immeuble sis au numéro 33 du boulevard Beaumarchais. Il trouvait étrange d'être de retour à Paris alors qu'il avait pensé ne plus jamais y remettre les pieds, mais ainsi allait la vie. Ne jamais dire jamais ; rien n'est éternel : deux des nombreuses règles implacables de l'existence. Attablé devant un journal ouvert, un calepin et deux romans, enchaînant les *petits cafés**, il tentait d'imiter au mieux un écrivain dans les affres de l'inspiration ou de la rédaction. Comme il passait maintes heures par jour au Riche pour espionner la porte du numéro 33, les serveurs s'étaient mis à le saluer en habitué, ravis aussi des généreux pourboires qu'il laissait quand il décidait de mettre un terme à sa journée et de rentrer à son modeste hôtel.

Parfois, une matinée et un après-midi entiers passaient sans qu'il repère Lika ou Malachi Kilbarron ; d'autres jours, il les voyait plusieurs fois sortir de l'immeuble, séparément ou ensemble. Il observait, il prenait des notes, il attendait son heure. Dans la poche de sa veste était rangé bien au chaud le Derringer de Lika, chargé avec les balles achetées chez Rochefoucauld Chasse-Pêche à Biarritz.

L'heure du déjeuner approchant, Brodie commanda une anisette et une assiette de lentilles au jambon, qu'il dégusta en repensant à cette dernière matinée à Menton. (Il passait le plus clair de son temps au Riche à ruminer.) Voir ces deux-là ensemble le choquait : Lika et Malachi, Malachi et Lika. Il devait se forcer à les considérer comme un couple, quoi qu'il en eût – pis encore, un couple qui semblait parfaitement heureux, qui discutait, qui jouissait de l'absolue normalité de son existence. Brodie cultivait le secret, mais de toute façon il avait l'impression d'observer deux personnes vivant dans un monde où Brodie Moncur n'avait jamais existé. Comment pouvaient-ils être aussi à l'aise ? Comment Lika pouvait-elle rendre à Malachi son sourire quand elle montait dans un fiacre ? Cela ne faisait aucun sens au regard de la vie commune que Lika et lui avaient menée pendant toutes ces années. C'est comme s'il l'avait rêvée, comme s'il s'était inventé une jolie chimère pour se consoler et se duper.

Après avoir lu et relu le message de Lika, il avait bu deux pintes d'eau et s'était lavé le visage. Peu à peu, le fiel de la panique se diluant, son cerveau s'était remis à fonctionner. Lika l'avait drogué, sans doute avec ce somnifère acheté à la pharmacie, qu'elle avait dû verser dans son vin pendant le dîner quand elle lui avait demandé de monter lui chercher un châle. Ensuite, alors qu'il dormait profondément, elle était partie avec ses quelques affaires en laissant le panneau « *Ne pas déranger** » accroché à la porte. Une fois habillé, Brodie avait réglé la note et, César trottinant à ses côtés, était allé à la gare de Menton attraper le premier train pour Nice.

Oui, lui avait-on dit à la pension Deladier, Mme Moncur était en effet partie quelques heures plus tôt en compagnie d'un ami, l'Anglais qui était passé la veille. Elle les avait informés qu'elle devait s'absenter quelques jours, mais que M. Moncur continuerait à occuper la chambre.

M. Moncur et le chien César gardèrent en effet la suite et firent de longues sorties sur la promenade des Anglais, l'un des deux pour remâcher ses pensées, tenter de s'expliquer et d'accepter l'atroce réalité, Lika Blum et Malachi Kilbarron, qui dépassait son entendement, échappait à ses cogitations les plus folles. Lui revinrent pourtant à l'esprit certains propos de Lika : Malachi la « surveillait », Malachi l'avait rencontrée avant John Kilbarron. Fallait-il y voir un indice ? Qu'avait pensé John de ce lien préexistant entre Lika et Malachi, quelle qu'ait pu en être la nature ? Quelle influence cette relation avait-elle eue sur la leur ? Quelle histoire secrète Lika lui avait-elle cachée ? Quel pouvoir Malachi détenait-il sur elle ? Qu'avaient-ils partagé ? Ces questions ne cessaient de le tourmenter. Un nouvel éclairage se projetait sur son histoire récente ; de nouvelles implications se faisaient jour. Il se rappela sa rencontre fortuite à Maloïe Nikolskoïe avec un Malachi armé de son fusil, qui lui avait demandé s'il avait vu Lika, et leur retour à la datcha. Malachi lui avait paru très bizarre, il avait posé des questions étranges. Brodie n'y avait vu qu'un grand frère protecteur, mais peut-être les forces de la jalousie avaient-elles opéré en lui. Et la fois dans le verger où Malachi avait attrapé la main de Lika. Quel degré d'intimité cela trahissait-il ? En y repensant, il se souvint aussi du soir à Doubetchnia où Malachi les avait surpris à l'hôtel : il avait regardé le corps nu de Lika et elle en avait été presque physiquement malade. Qu'avait-il dit en la voyant ? « Toujours aussi jolie… Et ces adorables nichons… » Que signifiait-elle, cette remarque en passant ? Forcément que Malachi avait déjà vu Lika nue avant, devinait à présent Brodie. Il commençait à comprendre, à dénouer l'écheveau de plus en plus complexe. En vivant une idylle avec Brodie, Lika avait trahi non seulement John Kilbarron, mais aussi son frère…

À mesure que ses réflexions lui révélaient le fond de l'affaire, Brodie sentit son désespoir s'accroître. Quelle sorte de femme passait d'un homme à son frère ? se demanda-t-il. Et avec ces questions naquit une tristesse dérangeante. Que savait-il vraiment de Lika Blum ? Que comprenait-il d'elle ? La réponse ne tarda pas : seulement ce qu'elle avait voulu qu'il sache. On peut croire bien connaître quelqu'un, on ne voit que ce que l'on veut voir, ou ce que l'autre veut que l'on voie. L'être humain était impénétrable ; l'autre restait un mystère. Peut-être représentait-il lui aussi un mystère pour Lika… Et parce qu'il ne détenait aucune réponse tangible, il constata au fil des jours que son humeur stagnait dans un entre-deux : il se sentait esseulé et, dans l'instant qui suivait, mystifié et furieux. Il se refusa à pleurer ou crier, partant du principe rationnel que ce chaos céderait en temps et heure à un retour à l'ordre, une fois l'énigme résolue et Lika revenue à elle. Il ne trouvait d'autre explication à son comportement que de terribles menaces pesant sur elle et une peur panique de Malachi et de ce qu'il pouvait lui infliger. Ou bien n'avait-elle fait que lui mentir depuis le début ?

Il ne pouvait échapper à la douloureuse réalité : Lika l'avait quitté pour partir avec Malachi, voilà qui était indéniable. Mais où ? Saint-Pétersbourg ? Dublin ? Une bribe de souvenir le turlupinait, et il finit par se rappeler : quelque part, Malachi avait laissé une adresse où il pouvait être contacté. Quelque part… Il lui fallut se concentrer sur ses souvenirs pour que cela finisse par lui revenir : l'annonce passée dans le journal russe de Biarritz.

Brodie et César changèrent deux fois de train avant d'atteindre Biarritz, où Brodie se présenta aux bureaux du *Russkiy Bioulleten Biarritsa* en demandant à consulter d'anciens exemplaires. Dans des archives méticuleusement tenues, avec une date approximative facile à cerner pour une parution hebdomadaire (début de l'été 1900), Brodie trouva bien vite le numéro qu'il cherchait. En bas de la une figurait l'annonce de Malachi, en cyrillique mais avec l'adresse en français : 33 boulevard Beaumarchais, Paris 3e. Certain qu'il y retrouverait le couple, il retourna à Nice, serein et confiant, régla toutes ses affaires, inventa une histoire selon laquelle il allait rejoindre Mme Moncur à Paris dès son retour de Russie. Mme Deladier se désola de le voir partir. Le docteur Roissansac lui recommanda des climats encore plus chauds, Alger, Palerme ou Ajaccio. Brodie prit le train pour Paris trois semaines jour pour jour après que Lika l'avait quitté.

Son hypothèse se révéla exacte. Après deux jours infructueux au café Riche, il vit Lika et Malachi sortir du 33 boulevard Beaumarchais et prendre un fiacre. Maintenant qu'il avait confirmé leur adresse, il ne lui restait plus qu'à décider quand et comment se passerait la confrontation.

Il se gratta la joue et fut un instant surpris par le contact des poils – il oubliait parfois qu'il s'était laissé pousser la barbe. Resté glabre des années, il avait soudain jugé qu'il lui fallait changer d'apparence, se déguiser, même si ce subterfuge ne tiendrait que quelques secondes. Il voulait que ce fût un Brodie Moncur différent qui se présente à Lika et Malachi, quelle que soit la forme qu'il déciderait de donner à cette confrontation, pour mettre Lika face aux faits bruts de sa trahison inconsidérée. Sa barbe poussait dru mais il s'inquiéta de la découvrir déjà parsemée de gris. Il en rasait soigneusement le contour chaque matin sur les joues et sous le menton. Loin de libérer de la contrainte du rasage, opter pour la barbe la rendait encore plus exigeante. Son reflet dans le miroir l'interpellait : il avait l'air tellement plus vieux, plus menaçant. Toute l'insouciance de la jeunesse avait disparu ; sa barbe en imposait. Il voyait l'homme âgé qu'il deviendrait peut-être un jour, avec un peu de chance.

Il commanda un énième *petit café**. Son regard balaya la salle, puis se fixa de nouveau sur la vue que lui donnait la vitrine. Malachi Kilbarron sortait de l'immeuble. Il traversa le boulevard et se dirigea vers le café Riche. Brodie se crispa. Il glissa la main dans la poche de sa veste et la referma sur la petite crosse incurvée du Derringer. Il posa la tête sur la paume de son autre main comme s'il était absorbé dans la lecture de son roman et, derrière ses doigts, vit Malachi entrer dans le café, passer commande et parcourir la salle des yeux en attendant d'être servi. Il avait l'air un peu aminci vu de près, songea Brodie, et aussi plus prospère, avec sa redingote gris foncé, son haut-de-forme nouveau modèle à calotte basse et son ascot en soie piquée d'une perle. Son cognac arriva et il le but cul sec. Il alluma un cheroot, jeta quelques pièces sur le zinc, sortit d'un pas ample, héla un fiacre qui passait et disparut.

D'abord pétrifié, Brodie fut pris d'un léger tremblement. Il sentit remuer ses intestins et serra fort son sphincter. Ils s'étaient retrouvés à vingt mètres de distance. Quand Malachi avait balayé du regard le café Riche, ses yeux ne s'étaient pas arrêtés sur le barbu qui lisait dans un coin, mais pour Brodie, cette rencontre eut l'effet d'un catalyseur : fini l'observation et l'attente, il était temps d'agir. Voir Malachi de si près, dans la même pièce, l'avait ébranlé en donnant corps au fait que

Lika l'avait quitté pour cet autre homme. Il en avait appris assez sur leurs habitudes, leurs horaires de sortie et de retour. Le moment de la confrontation était venu.

D'une humeur indéfinissable, il rentra à pied au Grand Hôtel des Étrangers. César l'accueillit avec ses habituels battements de queue frénétiques avant de sauter sur le lit et de se coucher sur le dos pour se faire gratter le ventre. Plus tard, Brodie l'emmena en promenade et mangea un repas solitaire dans un petit bistro, où le chien, ravi de sa balade, se coucha en silence sous la table. C'était un brave toutou, dont Brodie appréciait la compagnie. Il le reliait à Lika, qui le lui avait laissé pour une raison précise. Une sorte de message ? Ne m'oublie pas, ne m'abandonne pas, viens me trouver. Ou bien : ma vie avec toi est terminée, je te laisse mon chien en souvenir ? De nouveau, son humeur oscillait entre espoir et ressentiment. Il savait comment il allait commencer sa journée du lendemain, mais pas comment elle se terminerait.

2

Brodie était assis dans un fiacre à la capote relevée garé boulevard Beaumarchais à quarante mètres du numéro 33. Celui qui sortirait en premier, Lika ou Malachi, déterminerait son plan d'action. Dix minutes plus tard, il vit que c'était Lika, qui portait une longue cape et un petit canotier noir. Elle attendit que le concierge aille lui trouver un véhicule. Deux minutes plus tard, elle montait dans un landau.

« Suivez ce landau, je vous prie ! ordonna Brodie en tapant sur l'épaule de son cocher. Merci bien. »

Le cocher fit claquer son fouet, et ils s'insérèrent dans la circulation du boulevard.

« Pas trop près, recommanda Brodie.

– J'ai déjà fait ça plein de fois, monsieur, vous inquiétez pas. J'imagine que la dame est votre femme.

– En effet. Ne les perdez pas. »

Au son des sabots du cheval, ils traversèrent Paris dans leur sillage jusqu'à la rue du Faubourg-Saint-Honoré, où s'alignaient de luxueux magasins. Le landau s'arrêta au coin de la rue Matignon, puis Lika en sortit et paya sa course. Brodie dit à son cocher de ne pas ralentir. Quand ils la dépassèrent, il la vit entrer dans une petite boutique coincée entre deux plus grandes après en avoir ouvert la porte avec sa propre clef.

Il régla son cocher, attendit cinq minutes et traversa la rue pour mieux voir la vitrine arrondie jouxtant une porte en bois et fer forgé au-dessus de laquelle une enseigne indiquait : *LIK-MAL. Magasin de broderie**. Il retraversa et distingua, dans un coin de l'enseigne, les mots *Prop. Mme L. V. Kilbarron** gravés en petits caractères.

Il s'immobilisa sous l'effet d'un spasme gastrique dont il ressentit la douleur physique, la tension musculaire. Sans plus tarder, il poussa la porte en faisant tinter une clochette en cuivre au-dessus de lui. Une jeune vendeuse officiait derrière un comptoir. Dans les rayons s'entassaient couvre-lits, courtepointes, nappes, coussins aux pompons raffinés, coupons de lin, de tulle, de batiste, de feutre et de calicot, et dans les vitrines murales des aiguilles et des ciseaux, des piles de cercles et de cadres de différentes tailles, de longues rangées d'écheveaux de fil multicolores.

« Puis-je vous aider, monsieur ? s'enquit la vendeuse avec un accent russe.

– Je cherche la propriétaire.

– Je suis désolée, mais elle est occupée.

– Je suis un ami de longue date. Elle sera heureuse de me voir. M. Moncur. »

La vendeuse s'éclipsa et Brodie l'entendit monter un escalier, puis le redescendre.

« Elle va vous recevoir au premier, monsieur. »

Brodie gravit un étroit colimaçon et s'arrêta un instant sur le palier pour prendre appui d'une main contre le mur. Il se sentait tout flasque, vidé, comme désossé. Puis il fut traversé par la peur foudroyante d'une rebuffade. Il prit quelques longues goulées d'air et poussa la porte.

Lika était assise à un petit bureau couvert de papiers, de patrons et de magazines de mode. Dans un coin était posée une vasque en céramique remplie de freesias.

« Bonjour, Lika.

– Je me demandais combien de temps il te faudrait, répondit-elle, nullement surprise de le voir. Assieds-toi donc. »

Brodie tira une chaise et s'assit avec soulagement. Le nouvel environnement de Lika semblait exister depuis des années, et elle-même semblait parfaitement chez elle, comme si elle ne l'avait jamais quitté.

« La barbe te va bien, commenta-t-elle. Elle te donne un petit air russe. »

Brodie s'efforça d'affecter autant de calme que Lika, même si intérieurement il était bourrelé d'émotions opposées : amour ardent, perplexité, colère, impuissance, désir, désespoir. Il voulait l'embrasser et la prendre dans ses bras, il voulait le baiser Lika, mais à présent, étrangement, il avait le sentiment que ce serait là une liberté importune. Une importunité pour cette femme qu'il connaissait de façon si intime… Il restait stupéfait de la vitesse à laquelle la vie pouvait changer : le sol bougeait sous vos pieds et tout votre environnement s'en trouvait chamboulé, comme après un tremblement de terre. Leurs années passées à deux semblaient n'avoir jamais existé.

Il lui offrit une Margarita pour se donner une contenance le temps de calmer ses nerfs. Elle accepta, il l'alluma puis s'en alluma une.

« Le Margarita qui a signé notre perte, dit-elle avec un sourire triste en soufflant la fumée du coin de la bouche. Comment va le petit César ?

– Quoi ? Ah, euh, très bien. Il a l'air heureux.

– Il était destiné à être ton chien. Il t'aime, tu sais. »

Brodie ne comptait pas se laisser distraire par une conversation sur César.

« Pourquoi l'enseigne dit-elle "*Propriétaire Mme Kilbarron**" ? demanda-t-il en se félicitant d'être assez calme pour pouvoir articuler ces mots.

– Parce que…, commença-t-elle, soudain submergée par l'émotion.

– Parce qu'il t'a acheté ce magasin ? Parce qu'il a payé pour que tu aies ta boutique faubourg Saint-Honoré ?

– Parce que c'est mon mari. Je suis Mme Kilbarron. Mrs Kilbarron », répéta-t-elle en anglais.

Brodie la dévisagea, dérouté, à court de mots.

« Tu l'as épousé ? finit-il par dire.

– Oui.

– Si vite ? »

Elle ferma les yeux, puis répondit d'un ton monocorde sans les rouvrir.

« Je l'ai épousé quand j'avais dix-huit ans. Je suis restée sa femme depuis. »

Elle rouvrit les paupières. Cils humides, yeux pleins de larmes. Brodie se leva, puis se rassit car il n'y avait pas moyen d'arpenter cette pièce minuscule et encombrée.

« Je ne comprends pas.

– Je faisais une tournée avec un chœur d'opéra. Malachi m'a repérée, m'a rencontrée, m'a trouvée prometteuse. Il a offert de m'aider, il a dit que son frère était un musicien célèbre qui pourrait m'aider lui aussi… J'étais subjuguée. Et puis, nous nous sommes mariés.

– Mais comment t'es-tu retrouvée avec John Kilbarron ?

– Malachi et moi avions des problèmes. Ce n'était pas facile pour nous deux, et puis il dépendait beaucoup de John. Je pensais à le quitter. Mais John était très attiré par moi.

– Et alors ?

– John obtenait toujours ce qu'il voulait. Et Malachi se serait damné pour son frère. Il semble plein de confiance, Malachi, très sûr de lui, mais il a toujours vécu dans l'ombre de son frère. C'est John qui réussissait tout, renommée, adulation, fortune. Et il a entraîné Malachi dans son sillage. Sans John, Malachi n'était rien. Je crois en fait que John le fascinait tout autant qu'il l'effrayait, ce qui peut être une combinaison dangereuse. Malachi aurait tout fait pour John, tout.

– Y compris partager sa femme ?

– Il ne partageait pas.

– Ah, c'était un prêt, alors ? Elle te plaît ? Vas-y donc, essaie-la pour voir.

– C'est méchant, Brodie. Et c'est faux. Malachi s'est mis en retrait, pour ainsi dire, et John a pris le devant de la scène.

– L'amour fraternel…

– Je crois que c'était aussi une façon pour Malachi de me garder tout près, dit-elle avec une moue blessée. Peut-être n'aurais-je pas dû, mais je l'ai fait. Tu n'as connu John que sur la fin, or quand je l'ai rencontré, c'était l'un des musiciens les plus connus d'Europe, voire du monde. Lorsqu'un tel homme te remarque, te veut à son côté, il est difficile de résister. Malachi et moi étions séparés, de fait. Et John Kilbarron était là. C'est très complexe, Brodie. John était un homme complexe.

– Je sais. Trop complexe pour un simplet comme moi.

– Tout le monde ne pense pas en termes simples et rationnels comme toi, Brodie.

– C'est pervers.

– C'est humain, hélas. Nous faisons des choses, et parfois nous ne savons pas vraiment pourquoi. Un besoin en nous, j'imagine. Et cela arrive plus souvent que tu ne le crois, les gens qui passent d'une personne à une autre, un amour qui meurt et un autre qui le remplace. Parmi les artistes, surtout.

– Il faut croire que j'ai vécu dans un milieu protégé... Bref, notre amour est mort et tu as redécouvert ton amour pour Malachi.

– Notre amour n'est pas mort, Brodie. Mais Malachi te tuerait si je restais avec toi. Je te l'ai dit : j'ai agi ainsi pour que tu puisses être libre. »

Il écrasa sa cigarette en remarquant tous les mégots dans le cendrier sur le bureau. À l'évidence, elle fumait plus que jamais.

« Eh bien au moins, je sais maintenant pourquoi tu ne voulais pas m'épouser.

– Je ne pouvais pas t'épouser. J'étais déjà mariée. »

Il y eut un silence.

« Tout cela est bien triste, reprit-elle. J'ai aimé Malachi au début, d'une certaine manière. Il était différent, à l'époque.

– Et l'homme qu'il est devenu est celui qu'il te faut aujourd'hui.

– Je ne dirais pas cela. Mais je le connais mieux que tu ne le connais. Enfin, je le connaissais mieux jadis.

– Mais qu'est-ce qui n'allait pas entre toi et moi ?

– Rien. C'était merveilleux. Mais cela ne pouvait durer. Malachi m'aurait traquée partout et aurait tout gâché d'une manière ou d'une autre. Je l'ai compris à Nice. J'ai compris qu'il fallait que nous arrêtions de fuir. Il va te tuer, Brodie. Enfin, il t'aurait tué. Il pouvait supporter que je sois avec John, mais il n'aurait pu tolérer que je sois avec toi, l'homme qui avait abattu son frère. Ça le rongeait vivant. Voilà ce que j'ai compris, à Nice : il fallait que je te quitte pour arrêter tout cela. C'est la seule raison. Je le connais, je sais ce qu'il ferait.

– Mais nous aurions pu fuir.

– Non, il aurait fini par nous retrouver où que nous allions. Je l'ai fait pour toi, Brodie, pour nous. J'ai décidé qu'il valait mieux…

– Être propriétaire d'un magasin de broderie à Paris. »

Elle se leva, s'approcha, lui toucha la joue et voulut s'asseoir sur ses genoux. Il recula sa chaise et elle s'installa à califourchon. Le souffle court, prêt à défaillir, il la prit dans ses bras tremblants. Qu'avait-elle donc pour lui faire cet effet ?

« C'est tellement bon de te voir, d'être près de toi, dit-elle.

– Mais pourquoi Malachi ? gémit-il. Je ne comprends pas.

– Essaie de m'imaginer à dix-huit ans, petite choriste caressant le rêve de devenir une grande cantatrice. Mets-toi à ma place, figure-toi ma vie. Faire partie du monde de John Kilbarron m'ouvrait toutes les possibilités. Mais cela a changé peu à peu. Et puis, je t'ai rencontré.

– Je ne comprends toujours pas.

– Pense à ton amour pour moi. Un amour aveugle. Tu ne me vois pas telle que je suis réellement, tu ne vois pas toutes les nuances de Lika Blum, l'ombre et la lumière. Tu vois juste la lumière, tu vois juste ce que tu veux voir. Et quand j'ai rencontré Malachi, c'était la même chose.

– C'est de l'amour, pas de l'aveuglement.

– Malachi me voit telle que je suis, lui, et il me désire quand même. C'est moi qu'il veut, pas toi. Si tu te mettais en travers de son chemin, il te ferait disparaître. C'est à cause de moi qu'il nous a suivis partout. Maintenant qu'il m'a récupérée, tu es libre.

– Je ne veux pas être libre. Je ne peux pas vivre sans toi. »

Cette simple déclaration donna envie à Brodie de pleurer, de crier comme un bébé, mais il réussit à se contenir.

« J'ai peur qu'il te fasse du mal, avoua-t-il. Qu'il reporte sur toi la colère qu'il éprouve à mon égard.

– Il ne me fera jamais de mal, maintenant que je suis à lui. Jamais. Je te le promets. Tu es libre, maintenant.

– Je ne veux pas être libre.

– Mais si. C'est la seule façon. »

Elle lui ôta ses lunettes, les posa sur le bureau derrière elle, puis colla doucement son front au sien. Il savait ce qui allait suivre. Le baiser Lika. Il ferma les yeux et elle plaqua son visage contre le sien, cils contre cils, nez contre nez, lèvres contre lèvres, pendant plusieurs secondes. Le son de leur respiration résonnait comme une bourrasque à ses oreilles. Il compta : huit, neuf, dix, onze… Puis il sentit le contact fugace de sa langue et ils s'embrassèrent.

Ensuite, elle se leva d'un bond et il retomba contre le dossier de son siège. Elle retourna s'asseoir derrière son bureau et lui rendit ses lunettes, qu'il remit.

« Tu te rappelles quand tu m'as dit que tu étais mon esclave ? demanda-t-elle avec un sourire.

– Oui, je l'étais. Je le suis.

– Dans ce cas, tu dois m'obéir… Va-t-en, Brodie. Tu es libre. Tu es un homme libre, tu n'es plus mon esclave. Je t'ai donné la liberté.

– Je ne veux pas être libre, je te l'ai déjà dit. Je ne peux pas vivre en sachant que je ne te reverrai jamais.

– Mais tu me reverras, je te le promets, affirma-t-elle en se penchant en avant. Écris-moi ici à la boutique, pas ailleurs, et dis-moi où tu es. Je ne répondrai jamais, mais je saurai toujours où tu seras. Et un jour, je te reviendrai.

– Quand ?

– Je n'en sais rien, dit-elle avant de prendre un bout de fil dans le fatras sur son bureau et de l'enrouler autour de ses doigts. Je dois juste vivre cette partie de ma vie. Nous sommes jeunes, Brodie. Laisse-moi vivre cette partie de ma vie, et un jour je viendrai à ta porte, où que tu sois, et nous serons réunis. »

Brodie leva les yeux au plafond, de nouveau accablé de faiblesse. C'était au moins quelque chose, supposa-t-il. Quelque chose à quoi se raccrocher.

On frappa à la porte.

« Excusez-moi, madame, vous êtes demandée en bas », dit la vendeuse sans entrer.

C'était fini. Ils échangèrent un nouveau baiser fougueux, sauvage, entrechoc de dents et de langues, qui fit tomber ses lunettes à terre. Et puis elle s'en alla par l'escalier.

Brodie récupéra ses lunettes et les remit. Il attendit que sa respiration se calme, puis redescendit lentement jusqu'au magasin, où il vit Lika parler en russe à une dame en noir d'allure sévère accompagnée d'une camériste.

Lika se tourna, sourit et lui fit un geste nonchalant de la main, comme s'il était venu réparer une fenêtre cassée.

« *Mille mercis, monsieur. Au revoir**. »

Brodie lui rendit son sourire sans rien dire. *Au revoir**. À la revoyure. Jusqu'à ce que nous nous revoyions. Il entendit le tintement de la clochette quand il referma la porte derrière lui et songea : chaque fois que j'entendrai une cloche, je penserai à toi, Lika, chaque fois.

3

Il fallut à Brodie deux jours de patience au café Riche avant de revoir Malachi Kilbarron. Lika restant elle aussi invisible, il se demanda un temps le deuxième jour s'il existait une sortie à l'arrière du bâtiment qu'ils utilisaient ou bien s'ils étaient partis en voyage tous les deux, mais après le déjeuner, vers 15 h 30, il repéra Malachi en pardessus et haut-de-forme qui passait la porte avant de descendre le boulevard. Il laissa quelques francs sur sa table et se précipita dehors.

Il suivit Malachi prudemment, toujours à une trentaine de mètres et prêt à tourner les talons ou changer de direction. Malachi marcha d'un pas vif jusqu'à la place des Vosges, puis obliqua pour rejoindre le quai de l'Hôtel de Ville. Il avançait à vive allure, et la respiration de Brodie commença à se faire difficile alors qu'il essayait de garder le rythme.

Malachi s'engouffra dans un immeuble de l'avenue Victoria, ce qui permit à Brodie de reprendre son souffle. En s'approchant de la porte, il remarqua de nombreuses plaques en cuivre, essentiellement de médecins et d'avocats. Un rendez-vous d'affaires ? Un problème de santé ? Une heure et trois cigarettes plus tard, il vit Malachi ressortir et se diriger vers l'ouest le long des quais jusqu'à la rue de Rivoli, où il entra dans un *salon de thé**. Brodie l'attendit, bien caché sous les arcades. Une demi-heure plus tard, Malachi ressortit et pénétra d'un pas plus tranquille dans le jardin des Tuileries au niveau de la place du Carrousel.

La fin d'après-midi se nimbait d'une lumière dorée qui annonçait le soir dans le ciel parisien. Brodie crut d'abord que Malachi allait marcher tout le chemin jusqu'à la boutique de Lika, mais à voir son pas se ralentir, il semblait plutôt vouloir tuer un peu de temps dans le jardin. Il s'acheta une glace et un journal, s'assit sur un banc pour lire pendant dix minutes, puis reprit sa déambulation.

La foule se clairsemait à mesure que la lumière déclinait et que l'air fraîchissait. Les nounous ramenaient chez eux les jeunes enfants à pied ou en landau, même si les cris excités de bambins qui jouaient encore résonnaient au loin ; les kiosques fermaient ; le numéro final d'un spectacle de marionnettes divertissait trois spectateurs. Malachi reprit de la vitesse, comme s'il venait de se rappeler un rendez-vous. Il emprunta une petite allée bordée de châtaigners élagués qui l'amènerait au bout du jardin côté Seine. Pendant un moment, les deux hommes se trouvèrent seuls sur cette *allée** de gravier, à trente pas d'écart, leurs chaussures crissant sur le sable caillouteux comme s'ils marchaient au pas. Malachi semblait se diriger vers l'Orangerie, et Brodie supposa qu'il allait traverser la Seine par le pont de la Concorde. Ce coin du jardin était calme et presque désert. Un homme passa sur une bicyclette blanche devant un peintre qui repliait son chevalet. Quand Malachi s'arrêta pour allumer un cigare, Brodie se réfugia derrière un châtaigner. Malachi jeta son allumette et repartit, la longue perspective de *l'allée** s'étirant face à lui. C'était le moment. Brodie accéléra le pas et commença à réduire la distance.

Arrivé à une dizaine de mètres, il sortit lentement le Derringer de sa poche, le tenant à moitié caché dans sa main droite. Il se sentait empli de dangerosité, comme une grenade dégoupillée. Il n'avait nulle intention de tirer dans le dos de Malachi Kilbarron, non. Il allait l'appeler par son nom pour l'obliger à s'arrêter, à se retourner et à regarder en face son ennemi vengeur. Puis il avancerait et lui logerait deux balles dans la poitrine. Simple comme bonjour. Il n'aurait pas besoin de lui expliquer ni de l'insulter. Malachi saurait pourquoi il était là et ce qu'il s'apprêtait à faire. Fin de l'histoire.

Brodie régla son pas sur celui de Malachi. Il ignorait ce qu'il ferait après lui avoir administré le *coup de grâce**. Peut-être poursuivrait-il son chemin dans une allée parallèle en abandonnant le corps sur place, ou bien il fuirait en sens inverse. Mais après le bruit de coups de feu, un homme en train de courir paraîtrait suspect. Mieux valait avoir l'air détaché. Comme il n'arrivait pas à projeter son esprit au-delà de cette tâche imminente qu'il s'était fixée, il se dit qu'il improviserait. Il pourrait aller à la boutique de Lika le temps que le charivari s'apaise et lui annoncer qu'elle était libre à tout jamais. Qu'ils étaient libres à tout jamais.

Il regarda autour de lui : personne en vue, hormis un vendeur de marrons qui s'éloignait avec son chariot dans une allée perpendiculaire et deux femmes armées chacune d'un parapluie noir (pourquoi ?) qui contemplaient une statue à une centaine de mètres. Brodie fit quelques pas de plus en testant de l'index la résistance des deux détentes. Devant lui, le large dos de Malachi sous la gabardine de son manteau, les plis de son cou de taureau sous le bord de son chapeau. Que crierait-il ? « Malachi ! » Ou bien : « Kilbarron ! » Qu'est-ce qui le ferait s'arrêter sur-le-champ et se retourner ?

Ils arrivèrent à un croisement au centre duquel une petite fontaine en plomb projetait de l'eau dans un bassin de pierre.

« *Monsieur ! Aidez-moi* ! »

D'instinct, Brodie ralentit et regarda sur sa droite, d'où provenait ce cri. Une silhouette allongée par terre agitait mollement la main.

Malachi n'avait rien entendu à cause des glouglous de la fontaine et il poursuivit sa route sans ralentir.

Brodie s'arrêta. L'homme lui faisait signe et l'appelait plaintivement au secours.

Brodie rempocha son Derringer et se dirigea vers lui. C'était un petit homme avec une moustache soyeuse et drue, les cheveux séparés par une raie au milieu. Curieusement, il portait deux houppelandes, celle du dessus ornée d'un col en fourrure, et le poids de ces deux manteaux s'ajoutant à sa désorientation évidente l'empêchait de se relever. Brodie l'aida, l'épousseta et alla récupérer son chapeau, qui avait roulé un peu plus loin.

« Merci, monsieur, vous êtes fort aimable. Deux fillettes qui couraient après des cerceaux m'ont fait trébucher, je suis tombé et je me suis cogné la tête, expliqua-t-il en effleurant son front, où une petite bosse était apparue mais pas de coupure. J'ai dû perdre connaissance quelques secondes. Je n'arrivais plus à bouger. J'ai cru que j'avais fait une crise cardiaque. Pendant un moment, je me suis même vu mort, si, si ! J'étais convaincu de me trouver dans l'au-delà, un au-delà en tout point semblable à notre Terre. »

Brodie voyait bien que l'homme était un peu, comment dire ?, hystérique. Il lui rendit son chapeau.

« Vous devriez aller consulter votre médecin, monsieur. Vous avez peut-être une commotion. Je suis désolé, mais je dois filer. »

Brodie retourna à la fontaine en courant. Il crut distinguer la silhouette de Malachi sortant du jardin par la grille qui donnait sur la place de la Concorde. Impossible de le rattraper, maintenant… Il sentit quelque chose bouger dans sa poitrine et craignit un instant d'être sur le point de faire une hémorragie, mais il se calma d'un coup.

Le petit homme aux deux pardessus approchait.

« Permettez-moi de vous offrir quelque chose, monsieur. En remerciement de votre aide. Une récompense. Un repas, un verre, un peu d'argent.

– Ce n'est absolument pas la peine, répondit Brodie en voyant Malachi disparaître à sa vue. Heureux d'avoir pu vous aider, ajouta-t-il en touchant d'un doigt le bord de son chapeau.

– Ces petites filles, elles sont sorties de l'ombre comme des furies, je ne les ai même pas vues. On ne devrait pas les laisser courir avec des cerceaux. C'était très déconcertant. Elles passent près de vous à toute vitesse sans faire attention, elles crient, elles hurlent…, se plaignit-il en enfilant une paire de gants de cuir beurre frais.

– J'ai entendu des enfants jouer, en effet. Peut-être s'agissait-il de ces fillettes avec leurs cerceaux.

– Eh bien, si vous tenez à n'accepter que ma gratitude, sachez qu'elle est immense, gigantesque !

– Merci, dit Brodie en serrant la main gantée que lui tendait le monsieur. Si j'étais vous, je marcherais plutôt sur le bord des allées.

– Excellent conseil, monsieur. Êtes-vous anglais ? Je perçois un petit accent…

– Je suis écossais.

– Je n'ai jamais rencontré d'Écossais jusqu'à aujourd'hui. C'est extraordinaire ! Un Écossais providentiel qui vient à ma rescousse. Je ne vous oublierai jamais, mon bon monsieur. Je vous suis extrêmement reconnaissant. »

Il s'éloigna à petits pas en époussetant un peu de terre sur son pardessus extérieur.

Accablé, Brodie repartit par où il était venu. Il ressentit une sorte de bouillonnement dans sa tête et fut pris d'une bouffée de chaleur au point de devoir trouver un banc pour s'asseoir. Que lui arrivait-il donc ? Perdait-il la raison ? Avait-il réellement envisagé d'abattre Malachi Kilbarron dans le jardin des Tuileries comme un assassin anarchiste avant de s'en aller l'air de rien ? La bouffée de chaleur provoqua une violente suée qui humecta sa barbe. Il ôta son chapeau et passa les doigts dans ses cheveux gominés. Une goutte de sueur tomba du bout de son nez. Il faisait une sorte de crise. Une crise de remords, d'incompréhension, de deuil de Lika. Une crise de folie. Oui, il avait été saisi de folie pendant une heure ou deux. Il prit une profonde inspiration. Heureusement, ce petit homme aux deux pardessus l'avait ramené à la raison.

Il quitta le jardin et traversa le quai pour prendre le pont de Solférino. Il s'arrêta au milieu et se tourna pour regarder l'amont. L'immense verrière du Grand Palais brillait de mille feux, ses innombrables pans de vitre frappés par la lumière du soleil couchant. Il mit la main dans sa poche, y trouva le petit Derringer de Lika et, d'un geste nonchalant pour ne pas attirer l'attention, le jeta dans la Seine.

Il entendit un petit plouf et se dit : la crise est terminée. Je suis calme. Il est temps que ma nouvelle vie commence. Il est temps que je quitte Paris pour toujours.

SIXIÈME PARTIE

Genève, Vienne, Graz, Trieste

1902-1905

1

C'était la dix-septième lettre qu'il écrivait à Lika depuis son départ de Paris.

27, via San Michele
Trieste
Autriche-Hongrie

29 novembre 1905

Ma Lika chérie,

Je suis toujours à Trieste et, comme tu pourras le constater, toujours à la même adresse, sauf que j'ai monté d'un étage pour occuper une chambre de taille correcte dans cette pension pour messieurs (tous célibataires, plus deux veufs qui viennent d'arriver). Cela me fait presque deux pièces si tu comptes l'alcôve de couchage fermée par un rideau. Deux fauteuils en cuir devant une cheminée, une table, une chaise. Animaux acceptés. César se porte bien. Quant à ma santé, après la catastrophe évitée à Graz, elle semble stable. J'ai un emploi sûr, je mange bien et j'aime cette ville, mais ma vie n'est pas complète : je pense à toi à chaque heure du jour. J'attends que tu viennes frapper à ma porte.

Avec mon amour éternel,

Brodie

« Je pense à toi à chaque heure du jour. » Tel était le constant refrain de ses lettres. Chaque heure du jour et de la nuit, songea-t-il. Lika lui apparaissait régulièrement en rêve, mais les frères Kilbarron aussi et il dormait donc beaucoup moins bien ces temps-ci. Il se sentait souvent anormalement fatigué et se demandait si c'était un signe que sa phtisie devenait plus chronique, que sa capacité pulmonaire se réduisait à mesure que les tubercules continuaient leur croissance secrète.

Il cacheta l'enveloppe, l'adressa à la boutique à Paris, y colla des timbres et la glissa dans la poche de sa veste. Il remplit le bol d'eau de César et le posa par terre sur un journal allemand près de la cheminée éteinte. Étant donné le peu qu'il possédait, cette chambre lui suffisait. Il avait l'usage d'une salle de bains et de toilettes au bout du couloir. Comme chaque fois qu'il avait occupé un meublé, il avait d'abord pensé n'y rester que quelques semaines au plus, un mois ou deux, mais de fait il résidait via San Michele depuis plus d'un an, depuis son arrivée à Trieste en septembre 1904. Et à présent, on était en novembre 1905… L'unique fenêtre de sa chambre donnait sur le Castello, et il n'avait que dix minutes à pied pour se rendre au travail.

Il dit au revoir à César d'une caresse, enfila son pardessus et posa son vieux feutre sur sa tête. En sortant de l'immeuble, il s'arrêta pour regarder à gauche et à droite d'un air dégagé, mais en fait pour vérifier si quelqu'un l'épiait. C'était devenu un réflexe, un automatisme, car il avait été suivi d'une manière ou d'une autre dans toutes les villes européennes où il avait vécu et travaillé pendant plusieurs années. Il ne repéra rien d'anormal. Des calèches, des chariots, quelques automobiles. Une nouvelle journée d'automne au ciel pur et ensoleillé à Trieste, curieuse ville austro-hongroise pleine d'Italiens perchée tout en haut de l'Adriatique. Il n'était qu'un étranger de plus dans cette ville envahie d'étrangers, Italiens, Allemands, Autrichiens, Hongrois, Slovènes, Grecs et une dizaine d'autres nationalités attirées vers ce grand port, le Hambourg de la Méditerranée. S'il y avait une ville idéale où disparaître dans l'anonymat, c'était bien Trieste.

Il posta sa lettre dans la boîte jaune décorée de l'aigle impériale noire bicéphale, puis poursuivit en direction de Nicolo-Piano, où il travaillait à temps partiel. Le propriétaire en était Gabriele Nicolo, un quinquagénaire rondouillard et dynamique qui vendait et réparait des pianos dans la via Malcantan, derrière la Piazza Grande. À l'arrière de la boutique, une grande cour couverte servait d'atelier et d'entrepôt. L'été, on entendait les orchestres jouer sur la place. Brodie y travaillait depuis huit mois, surtout à la réparation, mais il avait lancé l'idée d'un service d'accordage qui se révélait florissant. Il formait un jeune apprenti du nom de Gianluca Geppa, un garçon maigrichon et studieux, et envisageait d'en recruter un deuxième tant la demande était forte.

Il poussa la porte sur cour, frappé par les effluves de bois, de colle et de résine qui étaient une constante de sa vie professionnelle. Au fil de tous ses emplois successifs à Édimbourg, Paris, Biarritz, Nice, Genève, Vienne, Graz et maintenant Trieste, ils restaient immuables. Même travail, mêmes odeurs, circonstances toujours uniques.

Dans un coin de la cour se trouvait un petit appentis en bois équipé d'un poêle qui tenait lieu de bureau et de refuge à Gianluca, Ottavio le charpentier et lui-même. Son italien ne valant guère mieux que son allemand, la communication était hachée et souvent gestuelle, mais globalement efficace. Gabriele Nicolo parlait un peu français et voulait apprendre l'anglais (il s'était inscrit chez Berlitz), donc il se félicitait d'avoir engagé un anglophone en même temps qu'un excellent accordeur.

Brodie retira son manteau et accrocha son chapeau, enfila une blouse marron et alla s'occuper d'une pédale défectueuse sur un vieux piano droit. Il fut presque aussitôt interrompu par Gabriele, venu lui annoncer qu'il était requis d'urgence au Teatro Politeama Rossetti, qui faisait appel à ses services lorsque des concerts le nécessitaient.

« Brodie, ils ont dit d'aller cet après-midi, à n'importe quelle heure.

– D'y aller.

– D'y aller. »

Gabriele lui avait demandé de corriger toutes ses fautes jusqu'aux plus petites, seule façon à ses yeux de ne pas prendre de mauvaises habitudes et d'améliorer son anglais. C'était un chauve costaud, la cigarette vissée au bec, toujours harassé et un peu en sueur. Tout en allumant une cigarette à celle qu'il finissait, il s'enquit des progrès de Gianluca.

« Il progresse vraiment. Je l'ai envoyé tout seul sur deux accordages hier.

– Attention, Brodie. Bientôt il prend votre place.

– Il prendra.

– Il prendra, il prendra, il prendra. »

Brodie retourna réparer la pédale défectueuse, puis il passa à des étouffoirs piqués de rouille sur un demi-queue, ce qui lui prit jusqu'à l'heure du déjeuner. Il se rendit Piazza Grande et trouva une table dans un café, mangea une assiette de gnocchis arrosée d'un verre de prosecco, puis poussa jusqu'à la promenade, où il fuma une cigarette en regardant les bateaux dans la baie et en pensant à Lika Blum, qui lui manquait tant. De temps à autre, il faisait un tour complet sur lui-même pour observer les passants qui déambulaient sur le front de mer, juste au cas où il repérerait quelqu'un qui semblerait s'intéresser particulièrement à lui. Depuis qu'il était à Trieste, il commençait à se détendre, à se sentir de nouveau en sécurité après tous ces mois. Peut-être Malachi Kilbarron et ses détectives avaient-ils enfin perdu sa trace pour de bon.

Il avait cru que quitter Paris en abandonnant Lika à Malachi ferait cesser l'animosité obsessionnelle de ce dernier à son endroit. Lika avait toujours soutenu que c'était elle, et non lui, qui faisait l'objet de la traque impitoyable de Malachi. Mais Brodie se demandait si, maintenant que Malachi avait récupéré Lika, ses pensées ne retournaient pas à l'homme qui avait tué son frère. Peut-être Lika avait-elle tort, peut-être n'était-il pas libre comme elle l'assurait, peut-être le ressentiment de Malachi et sa volonté d'appliquer la loi du talion fermentaient-ils toujours. En effet, dans toutes les villes où il avait séjourné depuis Paris, c'est-à-dire Genève, Vienne et Graz, il avait relevé des signes prouvant que la traque de Malachi se poursuivait. Il avait quitté Graz de façon clandestine, a priori sans être repéré, et sans laisser d'adresse, mais il ne pourrait jamais être réellement sûr que tout était fini. Jamais.

Il emprunta le Molo San Carlo, longue jetée de pierre d'une centaine de mètres qui constituait une promenade appréciée des Triestins. Il se régala du doux soleil sur son visage et du fracas écumeux des vagues contre les parois en repensant à sa vie d'errance des trois dernières années.

De Paris, il s'était rendu à Genève, où il n'avait séjourné que quelques mois. Il avait renoué des contacts formés à l'époque de la tournée Channon-Kilbarron pour se trouver des vacations dans des théâtres et des salles de concert, mais, ayant repéré quatre jours d'affilée un homme qui surveillait son hôtel, il avait craint d'être suivi. L'Europe comptait de nombreuses agences de détectives, et il soupçonnait Malachi d'en avoir engagé une pour le traquer.

Il était donc aussitôt parti pour Vienne dans l'idée que l'Autriche-Hongrie ferait un meilleur refuge. Ce furent des mois éprouvants : son anglais et son français ne l'aidaient guère, et son allemand était trop rudimentaire à ce stade pour lui assurer un emploi chez des facteurs de pianos locaux. Il décrocha quelques accordages chez des particuliers et joua du piano dans des cafés et des bars mais, entre son dénuement et son mal-être, jamais vraiment il ne s'installa.

Sa morosité s'accrut quand il apprit par une lettre de Callum qu'un homme disant travailler pour Channon était venu à Edenbrae se renseigner sur lui et l'endroit où il se trouvait, car suite à une erreur comptable, la firme devait à Brodie des arriérés de salaire conséquents. Callum avait téléphoné au magasin d'Édimbourg et obtenu un démenti de toute l'histoire. Brodie répondit à son frère en le priant de prévenir le reste de la famille afin que personne ne révèle quoi que ce soit sur lui à un inconnu. Mais cette frayeur avait suffi à le convaincre de déménager une fois de plus.

Il opta pour Graz, vénérable petite capitale de la province de Styrie, à environ cent quatre-vingts kilomètres au sud de Vienne. Traversée par la rivière Mur, encerclée par les sommets des Alpes orientales, dominée par un château sur sa colline, le Schlossberg, Graz lui rappelait vagement Édimbourg, même si les toits de tuiles rouges dans la vieille ville se différenciaient du gris dominant à Édimbourg. Il commença à se sentir chez lui.

Il y passa six mois à cheval sur 1903 et 1904. Employé par un modeste fabricant de pianos, Audritz und Stahl, il habitait Castellfeld Gasse, près du champ de courses dans la banlieue sud, avec un colocataire du nom de Maximilian Scholz qui enseignait l'ingéniérie à l'université Karl-Franz. Vieille fille timide âgée d'une bonne trentaine d'années ayant hérité cette villa de ses parents, Fraülein Leopold avait un visage parfaitement rond et les cheveux séparés par une raie au milieu d'une rectitude surnaturelle. Incapable de le regarder dans les yeux quand elle lui parlait, elle s'adressait à l'une ou l'autre de ses épaules. Et pourtant, elle avait pour habitude le soir de se promener nue dans ses appartements, rideaux ouverts, juste en face du meublé de Brodie. Essayait-elle de lui envoyer un signal ? Dans le doute, il gardait ses propres rideaux fermés en permanence, jour et nuit, ce qui devait irriter César mais éliminait toute tentation de voyeurisme.

Au bout de trois mois, Fraülein Leopold réussit à lui proposer de la rejoindre dans ses appartements après le souper pour une partie de *Sechsundsechzig*. Quand Brodie avoua ne pas connaître, elle lui répondit qu'il s'agissait d'un jeu de cartes très simple à deux joueurs dont elle pourrait lui enseigner les règles en cinq minutes, et ce serait peut-être amusant pour lui d'apprendre un nouveau jeu, non ? Brodie s'excusa en prétextant une grande fatigue et l'entendit inviter Maximilian Scholz à sa place. Pour la première fois depuis son arrivée, les rideaux de Fräulein Leopold furent tirés ce soir-là.

Brodie commençait à se sentir en sécurité à Graz, mais finit par en partir pour une raison indépendante de Malachi Kilbarron. Au début de l'été 1904, il fit une nouvelle hémorragie, très sévère celle-ci, aussi violente que la toute première à Paris. Il s'éveilla en pleine nuit avec l'impression que ses poumons s'emplissaient de liquide au point de se noyer, et il vomit du sang partout sur son lit avant de perdre connaissance. Au point du jour, c'est la bonne venue le réveiller pour le petit déjeuner qui le découvrit. Ses cris résonnèrent dans toute la Castellfeld Gasse, paraît-il.

Il passa près de deux mois au sanatorium Hasner, sur les flancs du Plabutsch à l'ouest de la ville, séjour forcé qui engloutit presque toutes ses économies. Le médecin lui conseilla d'aller sur la côte, à Trieste, où le climat était meilleur, et lui recommanda un confrère sur place.

Quand Brodie retourna à la villa de Castellfeld Gasse récupérer ses quelques affaires, Fräulein Leopold lui apprit qu'un ami à lui était passé une semaine plus tôt. Quel ami ? Un ami américain, répondit-elle. Je lui ai dit que vous étiez malade et au sanatorium. Elle assura Brodie qu'elle n'avait pas communiqué d'autre information, mais l'homme avait dit qu'il reviendrait, ajouta-t-elle pour aider. Si jamais il revient, lui demanda Brodie, auriez-vous la gentillesse de lui dire que je pars en convalescence en France, à Nice, à la pension Deladier ? Il griffonna l'adresse sur un morceau de papier. Je ne manquerai pas de lui transmettre le message, promit Fräulein Leopold.

Et Brodie attrapa le train pour Trieste.

Il eut le sentiment que cela avait suffi à brouiller les pistes. En arrivant à Trieste, il avait séjourné dans trois hôtels différents en quinze jours avant de s'installer via San Michele. Il répétait sans cesse à sa propriétaire et à toute personne avec laquelle il commerçait de l'informer si quiconque venait se renseigner sur lui. Il essayait de varier ses habitudes – les restaurants où il mangeait, ses circuits de promenades, ses trajets entre le travail et le domicile – et de maintenir constamment sa vigilance quand il était dehors en guettant des inconnus qu'il verrait plusieurs fois. Lentement mais sûrement, il en vint à constater que rien ne sortait de l'ordinaire, que personne ne semblait sur ses traces. Avec un peu de chance, les agents de Malachi écumaient encore les pensions et casinos de la Côte d'Azur à la recherche d'un grand Écossais phtisique avec un petit chien. Seule Lika savait où il se trouvait, et ce secret était bien gardé.

Depuis le Molo San Carlo, les mains dans les poches, il observait la migration silencieuse des nuages au-dessus de l'Adriatique. Cette vue-là l'inspirait, alors même qu'en se retournant pour voir la ville derrière lui, il serait face au splendide panorama du littoral. Ce n'était que l'Adriatique, il le savait très bien, mais il y voyait un océan infini, l'horizon se perdant presque dans le flou du lointain et l'intensité de la lumière venue de la mer et du ciel l'aveuglant à moitié. Il se plaisait à considérer sa présence sur cette avancée en pierre comme un symbole de la fin de ses voyages : jusqu'ici et pas plus loin… Il consulta sa montre de gousset. Il ferait mieux de se rendre au théâtre pour répondre aux besoins du jour.

À vingt minutes de marche, le Teatro Politeama Rossetti était le plus grand théâtre de la ville. D'une capacité de plus de trois mille places assises, il attirait maints virtuoses faisant halte à Trieste après Milan, Venise et Vienne. Dès son arrivée en ville, Brodie s'était renseigné et avait proposé ses services, mais sans succès. Il avait laissé ses coordonnées, et un mois plus tard, il avait été convoqué en urgence. Le maestro à l'affiche n'était autre que Karl-Heinz Nagel, venu donner un récital Brahms et Mendelssohn, et de chaleureuses retrouvailles s'ensuivirent. Ses éloges enthousiastes avaient valu des engagements réguliers à Brodie, qui devinait que, pour le directeur du Politeama, sa nationalité et son français impeccable, tout autant que son expertise, donnaient au théâtre un cachet exotique. Voyez donc qui accorde notre piano : un Écossais francophone !

Brodie remonta le Canal Grande et coupa par la via G. Carduzzi pour rejoindre la via Chiozza, où se trouvait le théâtre, dont il vit bientôt l'immense façade. Il emprunta l'entrée des artistes pour se rendre au bureau du directeur, passant devant une affiche du prochain concert : Beethoven, Mozart et Mahler. En fait le directeur n'était pas là, et c'est son adjoint, quelque peu paniqué, qui occupait son bureau. Bojan Kupitur était un Slovène mince et nerveux porté sur la boisson. Brodie l'appréciait (tous deux faisaient figure d'exception dans ce théâtre presque entièrement peuplé d'Italiens), mais cela ne l'empêchait pas de constater son incompétence foncière. Bojan était visiblement dans tous ses états et il sentait l'alcool. Il lui parla en français, très vite mais aussi très mal.

« Il est Mozart, oh oui, la sonate en *do*, et pas de piano saloperie de prêt. *Putain* ! Et le maestro là dans deux heures. Brodie, tu l'arrangez pour moi, s'il te plaît. *Subito ! Subito !* »

Brodie descendit dans l'entrepôt du sous-sol et choisit le Bösendorfer que Nagel avait utilisé. C'était un vieux piano, mais le meilleur que possédait le Politeama. Il trouva des machinistes pour le faire rouler dans le monte-charge puis sur la scène, en plein milieu.

Il l'ouvrit, s'assit, en détermina le diapason et joua ses habituelles séquences en octaves. Pas trop mal. Quinze minutes de travail. Bojan pourrait se calmer, lui qui faisait les cent pas et s'éclipsait de temps à autre pour aller boire un coup rapide en coulisses.

« Qui est le pianiste ? lui demanda Brodie. J'aurai peut-être besoin de faire quelques derniers ajustements.

– Ils disent rien à moi. »

Brodie alla chercher ses outils dans son casier et se mit au travail. Quand il eut terminé, il joua quelques mesures de « My Bonny Boy » et, comme toujours, pensa à Lika. À chaque heure du jour. Ce jour-là, dans l'appartement du boulevard Saint-Germain… Cette chanson lui avait apporté tout le bonheur de sa vie, songea-t-il. Mais aussi tout le malheur… Peut-être la toute première fois qu'il l'avait jouée expliquait-elle même qu'il se retrouve ici à Trieste des années plus tard pour échapper à son passé. La chaîne de causalité remontait en droite ligne à cet instant, quand on y réfléchissait. Il lui vint une idée.

« C'est terminé, je m'en vais, annonça-t-il à Bojan. Vous me devez quatre-vingts couronnes.

– Non, Brodie, je vous supplie. Restez avant qu'ils viennent. Je vous donne cent couronnes. »

Quinze shillings de plus, calcula Brodie. Un sou est un sou… Ils retournèrent dans le bureau et Bojan lui servit un verre de schnaps.

« Mais pourquoi, au nom de Dieu, Ricardo est malade ? explosa Bojan, comme s'il s'agissait d'un affront personnel ou d'une vengeance machiavélique de la part du directeur du Politeama. Aujourd'hui, de tous les jours ! *Putain* ! »*

Il remplissait son verre quand un garçon frappa à la porte et annonça dans un murmure intimidé : « Ils sont arrivés, *signori.* »

Brodie et Bojan retournèrent sur la scène, où trois hommes en costume élégant les attendaient en regardant la salle autour d'eux. Des musiciens de l'Orchestra Triestini commençaient à s'installer et à déballer instruments et partitions en vue de la répétition.

« Regardez, c'est Banzo, dit Bojan. Je vais parler à lui. Restez ici. »

Brodie n'ignorait pas qui était Marion Banzo, un chef local qui faisait souvent répéter l'orchestre avant l'arrivée du maestro. Les deux autres hommes étaient un grand costaud aux cheveux grisonnants et un petit malingre à lunettes, en costume trois pièces beige et nœud papillon, qui, impressionné, scrutait la pénombre de l'immense salle. Il repéra Brodie et se dirigea vers lui.

« C'est immense, dit-il en allemand. Je ne pensais pas. »

Il avait les cheveux en bataille et des lèvres minces. Ses lunettes non cerclées étaient remontées si haut sur le nez qu'elles ne se voyaient presque pas devant ses yeux.

« En effet, répondit Brodie. Nous pouvons accueillir cinq mille personnes, si nous vendons des places debout.

– Mon Dieu ! C'est l'équivalent d'une petite ville.

– Parlez-vous français ? Mon allemand n'est pas très bon.

– *Oui, oui. Bien sûr**. Puis-je vous poser une question ? Pourquoi y a-t-il un piano sur scène ?

– Pour le Mozart. Je l'ai accordé moi-même voici une heure.

– Nous interprétons la *Symphonie Jupiter*. Donc nous n'avons pas besoin de piano. »

Brodie remarqua que la jambe gauche du monsieur était affligée d'un curieux spasme produisant un martèlement sourd de son talon qui se répercutait sur le parquet de la scène. Il fit un signe impérieux à Bojan.

« C'est une symphonie de Mozart, dit-il calmement. Pas un concerto pour piano.

– Non, c'est le *Concerto pour piano* numéro 21 en *do*.

– *Symphonie Jupiter* numéro 41 en *ut* majeur », rectifia le petit homme.

Bojan jura profusément en slovène, puis il attrapa Brodie par le coude pour l'entraîner quelques pas plus loin.

« Ah Ricardo ! se lamenta-t-il. Son écriture, c'est impossible ! Je ne peux pas lire. 41, 21, 31, tout pareil.

– Veuillez faire retirer le piano, nous souhaitons répéter, demanda le petit homme avant de dire en aparté à Brodie : Je suis désolé que nous vous ayons fait perdre votre temps.

– Oh, je serai payé. C'est une consolation.

– Vous avez une ligne sur vos verres, constata le petit homme en observant les lunettes de Brodie.

– Ce sont deux verres montés l'un par-dessus l'autre. En bas pour la vision de près, en haut pour la vision de loin. Cela s'appelle des lunettes bifocales.

– Fascinant ! J'en aurais bien besoin. Vous les avez fait faire ici, à Trieste ?

– Non, à Édimbourg, en Écosse.

– Ah, c'est vous, l'Écossais ! On m'avait parlé d'un accordeur écossais, dit-il avant de reprendre son examen des lunettes de Brodie. Sont-elles efficaces ?

– Très. Je n'y verrais rien, sans elles.

– Moi, c'est pareil. Oui… Je suis myope comme un ver. C'est ce qu'on dit en anglais ?

– Comme une taupe.

– Une taupe, ah oui, c'est logique aussi, fit-il avec un sourire. Auriez-vous une cigarette, par hasard ? »

Brodie sortit son étui et l'ouvrit. Le petit homme prit une cigarette, que Brodie lui alluma. Plus loin, Bojan supervisait les machinistes qui débarrassaient le piano devenu inutile.

« Ravi d'avoir fait votre connaissance, dit le petit monsieur. Et merci pour la cigarette. »

Il sourit, lui fit un bref salut et s'éloigna pour rejoindre Banzo et l'autre homme, sans doute imprésario lui aussi. Brodie redescendit au bureau réclamer ses cent couronnes. Bojan était en train de boire en se plaignant de cette humiliation et de ce *morceau de merde** de Ricardo infoutu d'écrire son nom correctement. Il ouvrit sa caisse et en sortit les cinq billets de vingt couronnes promis.

« Il n'y a pas de mal, commenta Brodie en les empochant.

– Oh que si, contra Bojan d'un ton funèbre. Au contraire. Attendez un peu. C'est un désastre pour moi. Les Italiens vont s'en servir pour se débarrasser de moi. Ils me veulent dehors. Pas de Slovènes, ici. »

Brodie compatit, puis se hâta de rentrer pour écrire sa lettre. Il avait décidé de demander à Dimitri, du magasin Channon parisien, d'aller à la boutique de Lika faubourg Saint-Honoré avec des instructions très précises. L'absence, la correspondance à sens unique, duraient depuis trop longtemps. Il avait besoin d'avoir de ses nouvelles, il avait besoin de communiquer avec elle, il avait besoin d'elle.

Deux jours plus tard, Brodie était assis dans le poulailler du Politeama, où se jouait la *Cinquième Symphonie* de Mahler. La première partie du programme (l'ouverture *Coriolan* de Beethoven et la *Symphonie Jupiter* de Mozart) avait reçu un accueil très chaleureux, voire extatique. À la fin de la *Cinquième*, toutefois, la réaction fut nettement plus mitigée. Il remarqua des échanges de regards déroutés et entendit fuser quelques « N'importe quoi ! » et « Une honte ! », qui furent largement couverts par des applaudissements polis et le bruit des spectateurs qui partaient au plus vite, comme s'ils souhaitaient se dissocier de cette cacophonie moderne.

Brodie avait aimé la *Cinquième*, surtout le quatrième mouvement, l'adagietto, qui lui rappelait *Der Tränensee* par certains aspects, mais forcément par pure coïncidence. Il était presque inconcevable que Mahler ait pu entendre le poème symphonique de Kilbarron. Tous deux nageaient dans le courant de la nouvelle musique de ce nouveau siècle, sans doute : le *Zeitgeist*.

Il sortit du théâtre dans la nuit fraîche et sans nuage de ce 1er décembre où les étoiles scintillaient dans le ciel pur et son haleine se condensa devant lui. Il prit une rue adjacente, en quête d'une *osterie*. Il avait besoin d'un verre. Un cognac, un schnaps, une vodka, quelque chose qui le réchaufferait.

Il trouva un petit bar dans la via del Tora, rue secondaire sur le chemin des quais. La salle était enfumée, pleine de gens qui sortaient du théâtre, à en juger par le programme que certains tenaient à la main ou avaient fourré dans leur poche. Beaucoup discutaient du concert. Brodie fendit la foule jusqu'au bar, se casa dans un coin, commanda une prune et alluma une cigarette. Ah, comme ses Margarita lui manquaient ! Au moment où il buvait la première gorgée de son eau-de-vie, quelqu'un lui heurta le coude, en renversant un peu sur sa manche.

« *Mi dispiace molto. Mille scuse !* »

L'accent était affreux. Il s'agissait d'un jeune homme musclé portant une casquette en tweed fatiguée, avec un visage souriant, ouvert, aux traits taillés à coups de serpe.

« Il n'y a pas de mal, répondit Brodie en anglais.

– Ah mais si ! Attendez, je vais vous en offrir un autre, répliqua le jeune homme avec un fort accent irlandais. Mais c'est mon frère qui a tout notre argent. Shem ! »

À son appel, un autre homme, qui portait deux verres à bout de bras, se joignit à eux. Il était grand, presque autant que Brodie, et devait avoir une vingtaine d'années. Lunettes à verres épais, mâchoire puissante, lèvres étroites. Il tendit un godet de liquide transparent à son frère.

« Tu ne vas pas me croire, j'ai renversé la boisson de ce monsieur.

– Oh, je n'en ai perdu qu'une goutte. Il n'y a pas de mal, le rassura Brodie.

– Vous êtes anglais ?

– Écossais.

– Quoi ?

– Écossais ! »

Le volume sonore dans l'*osterie* était presque insoutenable. Ils devaient crier pour se faire entendre. Les trois hommes s'installèrent dans un coin. Les frères se présentèrent plus correctement en hurlant : Stan était le plus jeune, et Shem, avec les lunettes, l'aîné.

« Vous étiez au Teatro ? demanda Shem.

– Oui.

– Qu'avez-vous pensé du Mahler ?

– Assez extraordinaire. Mais j'aurais besoin de l'écouter une deuxième fois. Très moderne.

– Vous êtes dans la petite minorité, si j'ai bien suivi.

– J'ai entendu un type dire que le Mozart était “trop rococo” et que le Mahler était de la “musique de guinguette”, intervint Stan. Mais il avait aimé le Beethoven.

– Mais comment peut-on être “trop rococo” ? Le rococo, c'est déjà du trop baroque, non ? fit Shem, interloqué. J'ai cru l'entendre dire que c'était de la musique “cynique”. Comment diable de la musique pourrait-elle être “cynique” ?

– Je crois qu'il a dit “cyclique”, corrigea Stan.

– De la musique “cycliste” ? s'étonna Shem, qui avait mal compris à cause du vacarme. Cynique, cyclique, cycliste, moi, je demande à entendre ça, en tout cas ! »

Derrière eux, un groupe de spectateurs éreintaient également en français la symphonie de Mahler. Brodie traduisit pour les deux Irlandais.

« Ils disent qu'il s'agit d'une “musique de danse insipide”.

– Oui, enfin, un compositeur a toujours dix ans d'avance sur son public, s'il est un tant soit peu doué. »

Brodie alla chercher une nouvelle tournée. Cela lui faisait plaisir de parler en anglais avec des gens cultivés. Shem et Stan acceptèrent une de ses cigarettes. L'*osterie* se remplissait encore – ils arrivaient à peine à s'entendre.

« Voilà ce que j'aime, à Trieste, se réjouit Shem. Tout le monde se saoule en ayant de grands débats sur la musique. »

Ils racontèrent à Brodie qu'ils étaient arrivés assez récemment, Stan à peine quelques semaines plus tôt. Tous deux enseignaient l'anglais. Pour un salaire de misère, précisa Shem. Brodie leur apprit qu'il était accordeur.

« Ah ! Vous accorderiez mon piano ? demanda Shem. Attention, c'est un peu une épave.

– Avec plaisir ! Je ne suis pas regardant, répondit-il avant de lui donner sa carte de visite, où figurait l'adresse de Nicolo-Piano. J'y suis presque tous les jours. En cas d'absence, laissez-moi un message.

– Mon associé vous contactera », dit Shem en la passant à Stan après l'avoir lue attentivement.

Une jeune femme rousse aux lèvres rouges demanda si elle pouvait accéder au bar.

« Quelle beauté ! commenta Shem en la laissant passer sans trop se pousser. Une dame de la nuit, si je ne m'abuse. Toute en rondeurs, en tout cas, je peux vous le garantir.

– Je n'irai pas raconter à ta femme que tu nous l'as garanti, remarqua Stan.

– Vous êtes marié, Brodie ? demanda Shem.

– Fiancé. Mais elle est loin. À Paris.

– Ah, Paris ! soupira Shem. J'y ai vécu un moment.

– C'est une Française, votre dame ?

– Non, une Russe.

– Une Russe, ça alors ! commenta Shem. Vous êtes déjà allé en Russie, Brodie ?

– Oui, répondit-il en leur racontant un peu ses voyages.

– D'où venez-vous ?

– D'Édimbourg.

– Nous, on est de Dublin. Qui l'eût cru, hein ? »

La mention de leurs villes d'origine respectives les fit tous réfléchir un instant.

« Ce qui est sûr, c'est qu'on est loin de la mère patrie, déclara Shem. Allez, on va commander une nouvelle tournée et boire à notre statut d'exilés. De Celtes exilés. De Celtes en exil. De Celtexils. »

2

Le jour où Brodie reçut la réponse de Dimitri, il vit Malachi Kilbarron devant le Teatro Politeama – du moins en aurait-il juré, et son cœur aussi, à en croire ses palpitations à la vue de cet homme sortant d'un taxi automobile pour entrer dans le théâtre, corpulent, barbu comme Malachi, et qui fumait un cheroot.

Brodie prit appui contre un mur. Ne sois pas stupide, se dit-il. Combien de barbus amateurs de cigares y a-t-il dans cette ville ? Des dizaines, sinon des centaines... Il attendit quelques minutes, puis pénétra dans le foyer et s'adressa à un préposé : un ami à moi vient de passer, anglais, barbu, il fumait le cigare. Je n'ai vu personne qui corresponde à cette description, monsieur. Brodie ne s'attarda pas et mit cette illusion (hallucination ?) sur le compte de ses nerfs. Une semaine avant Noël, les cloches sonnaient dans tous les campaniles de la ville, et chaque fois il pensait à Lika, bien sûr. Et donc à Malachi, bien sûr. Il était hanté par des souvenirs qui lui faisaient voir partout des fantômes, des spectres, des sosies, voilà tout, se raisonna-t-il.

Mais tout de même, s'opposa-t-il à lui-même, c'était dérangeant. Du coup, il se rendit à la poste centrale près de la gare principale pour voir s'il avait du courrier en poste restante et, coïncidence, y trouva la réponse de Dimitri.

Channon & Cie
Avenue de l'Alma
Paris

8 décembre 1905

Mon cher Brodie*,

Merci pour votre lettre. Je vous envoie mes meilleurs vœux en retour. Je suis allé dès réception à la boutique que vous m'aviez indiquée, rue du Faubourg-Saint-Honoré, mais elle était fermée. Dans la vitrine, un panneau indiquait : « Fermeture définitive pour cause de décès dans la famille*. » *Je me suis renseigné dans les magasins voisins, et on m'a appris que la boutique avait fermé du jour au lendemain quelques semaines plus tôt et qu'elle était en vente. Je suis désolé, mais je n'ai pas pu obtenir plus d'informations.*

Revenez à Paris, je vous en prie. Vous nous manquez. Ils m'ont promu directeur, mais je ne suis pas très doué pour ce poste, hélas. M. Channon est très patient et compréhensif.

Avec mon amitié sincère,

Dimitri Kouvakine

« *Pour cause de décès dans la famille**. » Brodie était sûr et certain qu'il ne s'agissait pas de Lika. Forcément. Si Lika était morte, une partie de lui serait morte aussi, malgré la distance qui les séparait. Il aurait ressenti un changement, perçu une altération infime mais indéniable de l'univers, une absence de Lika dans l'air, une variation de la pression atmosphérique, des isobares indiquant un bouleversement dans la nature de l'existence. Lika avait-elle dû retourner à Moscou auprès de sa mère souffrante ? Il réfléchit plus avant. Lika avait-elle quitté Malachi, ce qui aurait incité ce dernier à penser qu'elle allait rejoindre Brodie ? Les questions se bousculaient, les hypothèses se multipliaient. Peut-être était-ce bien Malachi qu'il avait vu devant le théâtre, après tout. Peut-être Malachi avait-il trouvé ses lettres dans la boutique après la fermeture… Non, Lika n'aurait pas commis l'imprudence de les laisser traîner dans un tiroir ou une armoire…

Il marcha jusqu'aux quais, avança sur le Molo San Carlo et contempla la mer agitée comme si elle renfermait des réponses. En cette journée froide et venteuse, l'eau était tumultueuse, les vagues se fracassaient contre le remblai en envoyant voler l'écume. Un bateau à vapeur cracha de la fumée en accostant pour se mettre à l'abri du brise-lames. Malachi Kilbarron était-il à Trieste ?

Hallucination ou pas, il résolut de prendre des précautions supplémentaires. Il allait changer de logement, demander à Gabriele Nicolo d'esquiver les demandes de renseignements en feignant l'ignorance, éviter le théâtre pendant un bon moment sous prétexte de maladie. Il rentra à pied, tiraillé par des émotions contradictoires. Il aimait Trieste. Où irait-il à présent ? Et il lui fallait penser à sa santé, aller dans un pays chaud. La Crimée ? L'Égypte ? Constantinople ? Peut-être quitter l'Europe. D'un autre côté, un Britannique seul à l'étranger attirerait l'attention.

Il donna son congé à la pension, paya le dédit punitif correspondant à un mois de loyer et fit ses bagages. De bien maigres possessions pour un trentenaire ! Une sacoche d'outils, deux valises de vêtements et un petit chien. César perçut que quelque chose n'allait pas, mais pour lui, cela signifiait de l'excitation, du changement, non de l'inquiétude ou des appréhensions croissantes. Pour la première fois, Brodie regretta d'avoir jeté le Derringer de Lika dans la Seine. Peut-être devrait-il s'armer de nouveau…

Il alla dans la salle de bains commune au bout du couloir récupérer son nécessaire de rasage, ses savons et ses serviettes. Il ferma la porte à clef et s'assit sur les toilettes le temps de définir son plan d'action. Ce soir, il dormirait à l'hôtel ; ce week-end, il se mettrait en quête d'un autre garni. Ou bien il attendrait jusqu'à la nouvelle année. Il pourrait aussi vivre en dehors de Trieste, à Grado ou Capodistria, et faire la navette en ferry. Il pourrait organiser son agenda de travail assez facilement…

Il eut l'œil attiré par une araignée tombée dans la baignoire, une petite araignée de la taille d'un ongle qui retombait chaque fois qu'elle essayait d'escalader l'émail lisse. Il la regarda faire une dizaine de tentatives en vain, admirant son opiniâtreté face à des échecs patents et répétés, et vécut une épiphanie similaire à celle du roi Robert d'Écosse en semblables circonstances. Il sourit en pensant : comment une araignée perçoit-elle cet environnement étrange et inconnu, des murailles blanches impossibles à gravir, un monde entier de blanc, un immense canyon de blancheur luisante, un cauchemar pour araignée ? Un insecte habitué à tout grimper se retrouvait soudain impuissant. Brodie jeta un coup d'œil à droite : la bonde était enfoncée et la chaînette permettait d'atteindre la sécurité du rebord. Si l'araignée bougeait d'un petit mètre dans cette direction, elle pourrait remonter sans effort et se libérer. Il fut tenté de l'aider, mais se dit qu'il valait mieux qu'elle apprenne cette leçon par elle-même. Il se leva, se détendit les épaules, se massa les biceps et les avant-bras. Il était temps d'aller au travail et de mettre Gabriele en garde contre les étrangers qui lui poseraient des questions orientées.

3

« Bonjour, bonjour ! Vous vous souvenez de moi ? »

Le jeune homme qui s'adressait à lui était appuyé contre un mur près de la porte de chez Nicolo-Piano. Il portait un costume noir élimé et lustré dont le pantalon était si court qu'on voyait le haut de ses botillons à lacets non cirés.

« Vous êtes Stan, c'est ça ? Le renverseur de verres ?

– Lui-même, dit-il en lui serrant la main. Mon frère voudrait que vous accordiez son vieux piano. Il se prend pour un grand chanteur, voyez-vous, et il veut répéter à la maison. Dieu nous protège !

– Je suis disponible, oui.

– Mais il a un budget limité. Seulement vingt couronnes, malheureusement.

– Cadeau de la maison. Pour les Celtes exilés.

– Vous êtes un sage et un gentleman, monsieur Brodie. »

Stan attendit que Brodie récupère ses outils, explique à Gabriele ce qu'il allait faire et lui donne une heure de retour. Puis ils suivirent un dédale de rues vers le sud pour aller à l'appartement où Shem habitait avec son épouse. Sauf que ce n'était pas vraiment son épouse, expliqua Stan. Ils n'avaient jamais trouvé le temps de cocher la case mariage de leur union matrimoniale. Unis en tout sauf en nom, dit Stan. Brodie était bien placé pour comprendre.

L'appartement se trouvait dans un immeuble du quartier ouvrier de Trieste, à côté de l'école de langues où enseignaient les deux frères. En montant les trois étages, ils passèrent devant une petite fille assise sur une marche, toute nue sous la couverture effilochée qui l'enveloppait. Brodie chercha en vain des yeux un parent, un frère ou une sœur. Stan, lui, ne sembla pas perturbé par cette rencontre. Quand Shem leur ouvrit la porte, toujours en pyjama et robe de chambre, Brodie comprit que les normes raffinées de la bourgeoisie ne s'appliquaient pas ici.

Stan alla préparer du thé pendant que Shem montrait le piano à Brodie, un piano droit ravagé, monstrueusement désaccordé, dont la plupart des touches avaient perdu leur plaque d'ivoire, laissant le bois à nu.

« Comment l'avez-vous monté jusqu'ici ?

– Il n'a monté qu'un étage. Un vieux monsieur est mort en dessous et son fils me l'a vendu pour vingt couronnes et une bouteille de gnôle. »

Brodie joua ses octaves et ses unissons habituels. Le piano était mort.

« Je peux faire en sorte qu'il sonne mieux, ça c'est sûr, mais je ne garantis pas qu'il reste accordé.

– Je m'incline devant votre expertise époustouflante, commenta Shem alors qu'arrivait d'une autre pièce une jeune femme ronde à la poitrine forte et au teint rose et frais qui tenait un bébé dans les bras. Ah, voilà madame et l'héritier ! Je te présente M. Brodie…

– Moncur.

– Un Écossais très chic.

– Qui accorde le piano gratos, ajouta Stan en revenant de la cuisine avec une tasse de thé sans soucoupe.

– Grand bien vous fasse, monsieur Brodie Moncur, déclara Mme Shem avec un fort accent de Dublin. Je sors acheter de quoi souper. Serez-vous des nôtres ?

– Je serai parti depuis longtemps », dit Brodie.

Shem et Stan s'excusèrent eux aussi et Brodie se retrouva seul avec le piano. Il l'ouvrit et se mit à la tâche en espérant pouvoir arriver à un accordage à peu près acceptable avant leur retour. Au bout d'une heure, il joua « My Bonny Boy » et, relativement satisfait, referma le couvercle. C'était dix fois mieux qu'avant, mais la chose décente à faire eût été d'abréger les souffrances de ce pauvre instrument.

Les deux frères revinrent une demi-heure plus tard et s'extasièrent de l'amélioration. Shem alla chercher dans la petite cuisine une bouteille de ce qu'il présenta comme de l'eau-de-vie. Stan trouva des verres, et ils portèrent un toast au piano transformé. Shem s'assit et chanta une chanson en s'accompagnant, « I Dreamt That I Dwelt in Marble Halls ». Il avait une jolie voix de ténor léger.

« Grâce à vous, Brodie, ma carrière de chanteur est lancée ! » s'exclama-t-il.

Ils discutèrent des possibilités qu'offrait Trieste, ville de musique. Les deux frères la préféraient à Dublin, mais il était diablement compliqué d'y gagner sa vie. L'eau-de-vie circula de nouveau et, sous son influence, Brodie se surprit à leur révéler un peu sa situation, à savoir que, poursuivi par un homme jaloux et vindicatif, il pensait quitter la ville pour cacher sa trace, s'échapper, disparaître une fois pour toutes.

« Le monde s'offre à vous ! s'enthousiasma Shem. Oubliez l'Europe et la Méditerranée ! Déployez vos ailes, Brodie ! Lancez-vous ! »

Sans savoir pourquoi, Brodie repensa à l'araignée dans la baignoire ce matin-là, qui s'obstinait à vouloir escalader cette paroi infernale alors que la liberté et la sécurité l'attendaient à un mètre. C'était ça, la leçon, songea-t-il : s'éloigner de la stratégie évidente, de la route toute tracée, quitter les sentiers battus.

« Mais où ? demanda-t-il. Tombouctou ? Serendip ? Vladivostok ? La Terre de Feu ?

– Mauvaise approche, commenta Shem. Fiez-vous à l'aléatoire. Prends des notes, Stannie. Oui, Brodie, osez le hasard ! »

Il leur versa à tous un autre verre de cet alcool puissant qui, sous ses dehors inoffensifs, avait une finale redoutable. Puis il passa dans une autre pièce et en ressortit avec un globe terrestre pour enfant et une épingle.

« Je fais tourner le globe, vous plantez l'épingle, ordonna Shem en posant l'objet sur la table et en lui tendant l'épingle. Fermez les yeux, Brodie. »

Brodie s'exécuta et entendit le globe se mettre à tourner rapidement sur son axe avec un son irrégulier de crécelle. Il ficha l'épingle, la lâcha et rouvrit les yeux. Shem orienta le globe vers lui et Brodie constata qu'il avait tapé en plein milieu d'un océan tout bleu entre l'Inde et la Birmanie.

« Je peux réessayer ? demanda-t-il, se sentant soudain fin saoul.

– Non. Non, regardez, vous avez touché quelque chose. Va me chercher ma loupe, Stan. »

Stan lui obéit et Shem observa le globe de plus près.

« Nom de Dieu, il y a quelque chose là-dessous, Brodie. Vous avez empalé votre destin, mon gars. En plein dans le mille. Il y a des îles par là, comme aurait dit ce brave Archie Pell. Terre ! »

Il tendit la loupe à Brodie, qui la plaça au-dessus de l'épingle et l'inclina légèrement pour mieux voir. Shem avait raison : il avait atterri sur un petit groupe d'îles au large de la Birmanie. Il ôta l'épingle et rapprocha la loupe pour pouvoir déchiffrer les toutes petites lettres.

« Les îles Andaman-et-Nicobar, lut-il. Et elles appartiennent à l'Empire britannique.

– Que cela ne vous retienne pas. C'est un signe. »

Pris d'une inexplicable euphorie, Brodie regarda les deux frères.

« Les îles Andaman-et-Nicobar. J'y vais. Soyons fou ! »

Shem et Stan l'applaudirent, ravis, et éclatèrent de rire. Shem lui remplit son verre. Ils portèrent un toast.

« À Brodie Moncur, aventurier !

– Oh, ce que je vous envie, dit sincèrement Shem. Vous avez une chance de cocu ! »

SEPTIÈME PARTIE

Îles Andaman-et-Nicobar

1906

1

Brodie quitta l'hôtel Deemer's et commença sa tournée matinale, avec César en laisse. On l'avait prévenu que les chiens se faisaient manger dans les Andaman, ou bien voler pour chasser les cochons ou être accouplés avec les bâtards qui chassaient les cochons pour les autochtones dans la jungle. Il ne voulait prendre aucun risque avec César, un Jack Russell pure race, doté en outre d'une curiosité insatiable qui le poussait à partir à fond de train pour mener ses propres explorations des quartiers qu'ils traversaient.

Brodie descendit la colline jusqu'au port de Port Blair en cherchant des yeux la péninsule Malaise, invisible à des dizaines de kilomètres au-delà de la mer d'Andaman. Il portait un costume en serge blanche, un casque en liège et des chaussures astiquées au blanc de terre à pipe – le parfait uniforme colonial, songea-t-il. Même après trois mois dans cet archipel, il trouvait encore étrange d'habiter ici, étrange comme dans un rêve de mener une vie banale avec son costume blanc, son logement et son emploi rémunéré. La journée était chaude et humide, comme toujours. La température avoisinait bon an mal an les trente degrés, et à un moment de la journée il pleuvrait sans doute un peu. Paul Deemer, le propriétaire de l'hôtel du même nom, lui avait appris que le record de froid dans les Andaman était de dix-neuf degrés, ce qui, selon les critères d'Édimbourg, correspondait à une agréable journée d'été. Toute cette chaleur humide était bonne pour ses poumons, se rappela-t-il. Il n'avait jamais respiré aussi facilement. Peut-être aurait-il dû s'en venir sous les tropiques des années plus tôt.

Il se rendit à la capitainerie, où il consulta les manifestes des bateaux arrivés à Port Blair, à destination ou pour escale, surtout ceux en provenance d'Europe. Il s'agissait là plus d'intuition que de logique, car son propre voyage jusqu'aux Andaman avait été des plus indirects. D'abord un vapeur Austrian-Lloyd de Trieste à Port-Saïd, puis il avait bientôt trouvé une couchette sur un charbonnier P&O en route pour Aden et, après une semaine sur place, s'était payé une minuscule cabine à bord d'un antique clipper à thé qui mettait le cap sur Calcutta. Peu lui importaient ses conditions de voyage du moment qu'il avançait. Il avait encore dû attendre à Calcutta le temps de trouver une place sur un ferry rempli de bagnards qui effectuait la traversée de six cents milles jusqu'aux Andaman. Il avait donc mis presque deux mois pour atteindre l'endroit qu'il avait choisi avec une épingle dans l'appartement de Shem à Trieste. Aujourd'hui qu'il était à destination, il aimait voir quels navires battant pavillon européen s'arrêtaient à Port Blair. Ils n'étaient d'ailleurs guère nombreux, mais chaque fois qu'il en arrivait un, il redoublait de vigilance.

De la capitainerie, il se rendit à la poste principale récupérer le courrier de Mlle Arbogast, sa patronne, et éventuellement le sien. Il attendait toujours une première lettre. Aucune nouvelle de sa famille ni de Lika (rien de surprenant, dans ce dernier cas). Mais il lui écrivait toujours, à l'ancienne boutique, en inscrivant *Faire suivre, svp** sur l'enveloppe, maintenant enhardi par la distance prise avec l'Europe. Il ne saurait jamais si ces lettres lui arrivaient, mais la pulsion d'écrire était émotionnelle et non intellectuelle ou logique. Il plaçait une foi irrationnelle dans une lettre envoyée, certain que, d'une manière ou d'une autre, elle finirait par trouver son destinataire grâce à la diligence des services postaux européens. Le simple fait d'écrire lui donnait l'impression de rester en contact, et il voulait croire en cette promesse qu'elle lui avait faite. S'il n'écrivait pas pour lui indiquer où il se trouvait, comment pourrait-elle jamais le retrouver ? Comment pourrait-elle un jour frapper à sa porte ? Il avait une lettre à poster.

Poste restante
Bureau central de Port Blair
Andaman du Sud
Îles Andaman
Empire des Indes

7 juin 1906

Ma Lika chérie,

Je suis toujours aux Andaman, et bien plus heureux maintenant que je travaille pour une ethnologue américaine du nom de Paget Arbogast. Quand j'ai répondu à l'annonce, j'ai cru que j'allais avoir un entretien avec un homme, or Paget Arbogast est une femme d'une petite quarantaine d'années, une femme très particulière mais avec laquelle je m'entends bien. S'étant récemment cassé la jambe lors d'une chute, elle avait besoin d'un assistant, d'où l'annonce. Son projet de recherche sur les aborigènes andamanais doit se prolonger encore deux ans, me dit-elle, je suis donc assuré d'avoir ce poste aussi longtemps que je le souhaite jusqu'à ce qu'elle reparte. Quand cet emploi se terminera, ou quand j'en aurai assez, je déménagerai peut-être en Australie.

Tu me manques, ma chérie. Je pense à toi à chaque heure du jour. Les dernières nouvelles de Paris que j'ai reçues remontent à plus de six mois. Je ne te l'ai pas dit dans ma dernière lettre, mais je sais que ta boutique a fermé. Ne crois-tu pas que tu peux m'écrire en toute sécurité, maintenant ? Je brûle de savoir ce qui s'est passé.

Je suis descendu dans un petit hôtel très propre qui s'appelle le Deemer's. Il y a une salle de billard, un appentis en tôle « pour les concerts », un jardin ombragé par d'énormes arbres, et même un téléphone ! Mais on ne peut se connecter qu'à deux numéros, celui de la douane et celui du directeur de la prison. Quoi qu'il en soit, j'ai mon petit confort, ma santé est meilleure que jamais et César apprécie sa nouvelle vie en Orient.

Je t'aime à jamais,

Ton Brodie

Il remit sa lettre au préposé, un Sikh à en juger par son turban, et repartit par la grand-rue délabrée mais pleine d'activité en direction de la maison de Mlle Arbogast. Colonie pénitentiaire depuis sa fondation, Port Blair restait dominée par son immense prison, une grande structure panoptique avec une tour centrale d'où rayonnaient sept ailes de trois étages contenant des cellules individuelles. Il vit les premières chaînes de bagnards sortir pour effectuer leurs travaux forcés du jour. Sur le millier de détenus, hommes et femmes, la plupart étaient des meurtriers amenés d'Inde ou de Birmanie qui avaient échappé à la peine de mort. Des générations de prisonniers ayant purgé leur peine étaient ensuite incités à s'installer sur place comme fermiers ou commerçants. L'implantation de villages et la déforestation destinée à faciliter l'agriculture menaçaient les aborigènes andamanais et leur mode de vie traditionnel de chasseurs-cueilleurs. Des milliers de « locaux », comme on appelait les enfants et petits-enfants de prisonniers, colonisaient sans relâche ce chapelet de petites îles où leurs ancêtres avaient été envoyés pour dépérir.

Brodie avait découvert cette société très étrange et cet endroit étonnamment paisible quand on considérait qu'une proportion non négligeable des habitants descendait de meurtriers condamnés. Il y avait aussi de nombreux soldats et policiers britanniques et indiens, avec une grosse garnison stationnée dans une caserne aux confins de Port Blair, et de nombreux fonctionnaires britanniques pour gérer cette petite colonie excentrée. Quand on y ajoutait toutes les activités ancillaires d'un port florissant où transitaient aventuriers, spéculateurs et équipages, il n'y avait rien de surprenant à ce que, malgré une architecture hétéroclite et dense, la rue principale donnât une impression de prospérité croissante : bazars, tavernes, shipchandlers, pensions et, près des docks avec leurs longs quais à charbon, grues et entrepôts, tout l'attirail administratif d'un port actif.

Brodie monta la pente douce qui menait jusqu'à la maison de Mlle Arbogast, un joli bungalow de bois sis dans un grand jardin bien entretenu, avec une longue galerie tout le long de la façade et un toit en tôle ondulée peint en vert forêt. Des jardiniers pliés en deux taillaient l'herbe coriace de la pelouse à l'aide de longs coutelas effilés. Quand Brodie emprunta l'allée qui menait à la porte, ils s'interrompirent le temps de se redresser pour lui faire un petit salut, puis reprirent leur tâche si pénible pour le dos.

Mlle Arbogast déplorait cette pratique de donner de la terre aux forçats libérés. De son point de vue, les tribus andamanaises étaient corrompues et malmenées à l'extrême. Elle estimait que nous ne connaîtrions bientôt plus rien de ces peuples anciens, les plus isolés sur terre pendant des millénaires ; toute leur culture, leur folklore et leurs mythes seraient perdus à jamais. D'où son projet ethnographique, financé par sa riche famille et le Smithsonian Institute. Cela faisait plus de deux ans qu'elle habitait à Port Blair, d'où elle partait en expédition dans les denses forêts de l'intérieur pour recueillir des informations en vue du livre qu'elle préparait.

Brodie frappa à la porte, que vint ouvrir Lokima, la gouvernante andamanaise. Il lui remit le courrier de Mlle Arbogast et alla s'asseoir dans la pièce principale en attendant que sa patronne arrive. Le sol de béton peint en bordeaux était recouvert de tapis de feuilles de palmier savamment tressées ; les murs croulaient sous les photographies d'expéditions et les objets traditionnels, arcs et flèches, masques et pagnes cérémoniaux ornés de perles, sans compter des étagères chargées de pots en bois et, à un bout, un filet de pêche déplié ; les canapés et fauteuils en bois garnis de coussins aux couleurs vives rembourrés de kapok étaient étonnamment confortables.

Sur plusieurs des photographies figurait un homme maigre et chauve au regard perçant, souvent debout à côté de Mlle Arbogast en compagnie d'autochtones nus. Il s'agissait de Francis Bartkowiak, l'éminent ethnologue qui dirigeait le projet de recherche. Un an plus tôt, il avait failli mourir de l'amibiase et avait été transféré dans un hôpital de Madras dès que son état l'avait permis. Sa santé restant fragile, il était ensuite retourné aux États-Unis finir sa convalescence. Depuis le départ impromptu de Bartkowiak, Mlle Arbogast avait repris le projet Andaman et le dirigeait seule avec l'aide de ses employés indiens. Tout s'était bien passé jusqu'à sa chute et sa jambe cassée. Elle appelait Brodie son « sauveur envoyé par les dieux de l'ethnologie ».

Brodie alluma une cigarette, prit un numéro du *Harper's Magazine* vieux de trois mois et se mit à lire une recension d'un roman d'Upton Sinclair, *La Jungle*. Engagé au départ comme homme à tout faire le temps que Mlle Arbogast se remette de sa jambe cassée, il était à présent un membre à part entière de sa petite équipe ethnographique. Un problème majeur qu'elle avait rencontré avait été résolu grâce à lui sans qu'il en soit conscient : dans les tribus andamanaises, les hommes refusaient souvent d'aborder certains sujets avec une femme. Brodie était devenu l'inestimable réceptacle de ces confidences masculines. Les traducteurs « nés locaux », pour la plupart illettrés, relayaient les traditions tribales, et Brodie les consignait par écrit. Mlle Arbogast affirmait ignorer comment elle s'était débrouillée sans lui, car de nombreux aspects de la société andamanaise lui avaient été cachés à cause de ce tabou lié à son sexe. Brodie se réjouissait de pouvoir aider. Pour la première fois de sa vie, son expertise d'accordeur de piano était totalement inutile.

Mlle Arbogast entra en boitillant, s'aidant de sa canne, dont elle se débarrassa bien vite quand elle remarqua la présence de Brodie. Elle souffrait encore et s'inquiétait du fait que son médecin allemand, le docteur Klein, n'ait peut-être pas correctement réduit sa fracture du tibia. Brodie lui répétait le même conseil en boucle (du repos, du repos et encore du repos), mais elle n'en avait cure : il restait du travail vital à accomplir. C'était une femme brune et maigre aux yeux du bleu le plus pâle que Brodie ait jamais vu, d'une pâleur déconcertante qui ajoutait encore à l'intensité de son comportement. Elle faisait tout avec une concentration absolue, qu'il s'agisse de beurrer ses tartines ou d'escalader des montagnes, de se brosser les dents ou de photographier des tribus sauvages. Pour elle, la vie était une entité parfaitement contrôlable à condition de produire les efforts requis. Difficultés, revers, quiproquos, obstacles, tout cela trahissait une défaillance personnelle. On pouvait trouver le moyen de tout surmonter si on le cherchait avec la vigueur requise. Il avait fallu sa jambe cassée pour miner quelque peu ces certitudes bien ancrées. Elle avait dû accepter avec réticence l'existence occasionnelle de la *force majeure**.

« Ah, Brodie, vous êtes là. Bonjour, dit-elle en lui serrant la main fermement, comme chaque matin. Quelles nouvelles ? »

Il aimait son accent américain. Elle était la première Américaine qu'il rencontrait vraiment, songea-t-il.

« Tout va pour le mieux, mais j'ai toujours besoin de savoir combien nous serons dans le groupe au total.

– C'est vrai, oui. Le colonel Ticknell nous a affecté une escorte de quatre cipayes. Ils se débrouilleront par eux-mêmes pour la nourriture, la boisson et le reste, mais nous aurons besoin d'une tente supplémentaire pour eux. »

Brodie s'était vu confier la logistique d'une expédition de deux semaines dans les îles Nicobar, à cent trente kilomètres au sud dans le même archipel par-delà une vaste étendue d'eau, le chenal du dixième parallèle. Si proches mais si différentes, avait dit Mlle Arbogast. Les Andamanais appartenaient au groupe ethnique des Négritos, alors que les Nicobarais, eux, s'apparentaient aux Malais et aux Birmans. Elle devrait les comparer pour déterminer si une étude plus approfondie des Nicobarais pourrait s'intégrer dans son futur ouvrage.

Elle alluma une cigarette (elle fumait des Gypsy Queen, une marque américaine) et ils discutèrent de la date de leur départ pour la Grande Nicobar, la principale île de l'archipel. Brodie avait affrété une goélette équipée d'un moteur à vapeur, le *Lau*, un bateau affreux avec une cheminée à l'arrière et deux mâts à gréement aurique à l'avant, qu'il avait loué à un marchand de bois du nom de Deepmal Khan pour dix dollars par jour.

Même si le *Lau* comportait deux cabines de taille correcte, Mlle Arbogast tenait à ce qu'ils établissent leur camp sur la Grande Nicobar. Les tribus locales avaient la réputation d'être à la fois curieuses et amicales et c'est seulement en campant sur place qu'ils noueraient le contact et pourraient être invités dans leurs villages.

Brodie la regarda boitiller dans son salon en l'écoutant d'une oreille et en validant toutes ses propositions. Elle semblait bien plus âgée que lui, plus sage, plus assurée et beaucoup plus compétente, mais elle ne devait avoir que cinq ou six ans de plus. Elle portait une longue jupe de drill kaki et ce qui ressemblait à une chemise d'homme, bleu marine avec poches de poitrine et épaulettes. Sous ses cheveux remontés en un vague chignon, elle avait le visage bronzé comme une paysanne après toutes les heures passées sur le terrain, ce qui faisait ressortir encore plus ses yeux bleu glacier, songea Brodie.

« Comment aurais-je fait tout cela sans vous, Brodie ?

– Hmm, pardon ?

– Je n'aurais pas pu organiser ce voyage à Nicobar moi-même, oh que non.

– Mais si, enfin.

– Sans doute, mais il m'aurait coûté cher. Vous ne comprenez donc pas ? Quand ils me voient arriver, moi la “riche Américaine”, ils n'ont de cesse de m'escroquer tous. J'aurais dû engager quelqu'un comme vous dès le départ de Francis. Tout se serait beaucoup mieux passé. Mais bon, c'est la vie, on apprend chaque jour.

– Merci, mademoiselle Arbogast. »

Elle s'installa sur le fauteuil voisin du sien et écrasa sa cigarette.

« Je trouve que vous pourriez m'appeler Page, depuis le temps qu'on se connaît. Pas vous ? »

Brodie était assis sur un tapis près de l'interprète, Ram, dans la hutte des célibataires. Face à eux, trois jeunes Nicobarais presque nus mâchonnaient des noix d'arec en parlant librement à Ram, ancien forçat devenu paysan sur la Grande Nicobar, qui avait épousé une autochtone et appris la langue de son peuple, en plus de son très bon anglais. Il avait été chef de gare adjoint sur le chemin de fer du Bengale, apprit-il à Brodie. Un jour, il avait tué un mendiant en le frappant à coups de canne en métal parce que celui-ci avait refusé de quitter le quai malgré plusieurs avertissements. Brodie supposa que c'était le ton parfaitement raisonnable sur lequel Ram relatait cet événement (qui n'aurait pas battu à mort un imbécile récalcitrant, vu les circonstances ?) qui avait conduit la cour à lui épargner le gibet et à l'envoyer aux Andaman.

De temps à autre, Ram levait la main pour réclamer une pause le temps de traduire en anglais, et Brodie synthétisait ses propos pour les prendre en note aussi vite que possible dans son classeur. Page lui avait fourni une liste de questions spécifiques à poser aux célibataires, qui concernaient toutes les mœurs sexuelles de la tribu.

« Ils disent qu'ils font ça en général le soir dans le jardin à ignames, rapporta Ram, imperturbable. La copulation, je veux dire, quand ils sont jeunes. Quand ils sont plus âgés, ils peuvent amener la fille ici. »

Brodie nota dûment et passa à la question suivante.

« Quelle est la position pour l'acte sexuel ? »

Ram se lança dans une conversation animée avec deux des jeunes hommes, qui se livrèrent bien volontiers à un mime de la position préférée, l'un jouant l'homme et l'autre la femme.

Brodie écrivit : « L'homme s'agenouille et tire vers lui la femme, qui a les jambes écartées. Il lui tient les jambes en l'air à l'aide des coudes jusqu'à la pénétration. »

Nouveaux échanges verbaux.

« Mais dans cette maison, quand les autres dorment pas loin, ils font plutôt comme ça », poursuivit Ram.

Les deux jeunes s'allongèrent sur le flanc face à face. L'un leva une jambe et la posa en travers de la jambe de l'autre.

« Comme ça ils font moins de bruit, traduisit Ram. Pour ne pas déranger les autres hommes dans la hutte. »

Brodie nota dûment, dessina un rapide croquis et regarda les questions suivantes sur sa liste.

« Et les autres positions ? »

Il y eut des rires gras. À l'évidence, on se moquait.

« Ils disent..., commença Ram avant de toussoter, incapable de maintenir plus longtemps son impassibilité. Ils disent que l'homme blanc ne sait pas copuler.

– Comment le savent-ils ?

– Beaucoup d'hommes blancs viennent coucher avec leurs femmes.

– Que font-ils donc de si risible ? »

Ram transmit la question, qui provoqua de nouveaux rires gras. Il écouta avec attention, puis traduisit en choisissant bien ses mots.

« Ils disent que l'homme blanc pèse trop lourd sur la femme et qu'elle ne peut pas réagir. »

L'un des jeunes interrompit Ram par un flot de paroles. Ram hocha la tête.

« L'homme blanc est trop rapide. L'homme de Nicobar prend son temps… Il vaut mieux être à genoux comme ça, parce que cela donne un bon contrôle du… de la décharge de fluide.

– Est-ce qu'ils s'embrassent ? demanda Brodie en lisant sa liste.

– Ils sucent la lèvre inférieure. Ils se mordent, aussi. Le cou, l'épaule, la joue. La salive coule entre les bouches. Et ils arrachent les cils de l'être aimé avec les lèvres.

– Vraiment ? fit Brodie, intrigué.

– Les hommes et les femmes mangents les cils. C'est un signe de grande… de grande émotion », termina Ram après avoir cherché le terme en anglais.

Nouveaux échanges à bâtons rompus – visiblement, les célibataires appréciaient cet interrogatoire. Ram réfléchit soigneusement à sa traduction.

« Comme il y a peu de contacts entre les deux corps, un beau jeune homme comme lui peut forniquer avec une vieille femme ou une femme laide quand il n'y a pas d'amour.

– Se masturbent-ils ? demanda Brodie, car c'était la question suivante de Page.

– Il n'y a que les idiots pour se masturber, fut la réponse sans appel. Ou les albinos. »

Une fois la séance terminée, alors qu'ils s'apprêtaient à partir, un des jeunes dit quelques mots à Brodie et lui tendit l'amulette accrochée à son poignet, un tissage de frondes similaires au cuir où étaient enfilées quelques graines et une minuscule porcelaine. Malgré les remontrances de Ram, l'homme persista et glissa le bracelet au poignet de Brodie.

« Veuillez m'en excuser, sahib, mais il dit qu'il voit que vous n'avez pas copulé depuis longtemps. Si vous portez cette amulette, la copulation viendra bientôt à vous. »

Ce soir-là dans la tente de Page, à la lumière de deux lanternes, il lui lut ses notes, qu'elle transcrivit dans son gros cahier de cuir.

« C'est fascinant. Les récits des femmes sont similaires. Sexuellement, ils semblent très… libres, dit-elle avec un sourire. Sereins. En tant que société.

– Je comprends ce que vous voulez dire, approuva Brodie, soudain un peu mal à l'aise.

– Les femmes disent aimer que les hommes "bougent horizontalement". Enfin, c'est ainsi qu'on me l'a traduit. Je n'arrivais pas à comprendre, mais maintenant si, maintenant que vous m'avez parlé de cette position à genoux, accroupie, qu'utilisent les hommes. Vous dites qu'ils maintiennent les jambes des femmes écartées en l'air avec le coude.

– C'est ce qu'ils m'ont décrit, oui. »

Page lui offrit une Gypsy Queen. Le tabac américain rappelait à Brodie ses Margarita.

« Les femmes utilisaient souvent l'expression *kubi-labala-ta*. Littéralement, "une bûche par terre qui bouge", expliqua-t-elle en bougeant la main d'avant en arrière. Quand le contexte évoque la fornication, on voit très bien de quoi elles parlent, non ?

– Sans doute.

– Et les femmes mordent aussi les cils des hommes pendant l'acte sexuel. C'est fascinant. Cela m'échappe, mais c'est censé être le summum de l'intimité. Je ne crois pas que cette mode se répandra chez nous ! » conclut-elle en éclatant d'un rire rauque.

Chaque journée de leur courte expédition dans la Grande Nicobar était consacrée à ces enquêtes, Page avec les femmes, Brodie avec les hommes. Elle lui fournissait sa liste de questions et, par l'entremise de Ram, il discutait pendant des heures avec les jeunes de la tribu dans la hutte des célibataires, un simple toit pentu de feuilles de palmier posé sur quatre poteaux, deux longs et deux courts. Jamais ils ne parlèrent aux couples mariés ni aux anciens, seulement aux jeunes hommes et femmes célibataires. Brodie supposait que cela tenait au thème du livre de Page, même si ses questions portaient aussi sur d'autres sujets, comme les routines quotidiennes, la répartition du travail, les tâches ménagères, le mariage, la grossesse, les rites funéraires, les tabous, les mythes spirituels. Petit à petit se dessina le tableau de la vie de la tribu dans toute sa richesse. La simplicité de l'existence de ces chasseurs-cueilleurs survivant dans la forêt dissimulait une complexité de la morale, des règles, des obligations et des croyances qui, à sa façon, rivalisait aux yeux de Brodie avec tous les apports de la « civilisation » pendant des millénaires. Naquit en lui un respect nouveau pour l'*Homo sapiens* primitif, même s'il s'amusait de certaines originalités. Ainsi dans cette tribu, l'insulte la plus offensante, au point de provoquer à l'occasion un duel à mort, était l'injonction : mange ta propre merde ; l'adultère était un crime capital ; et l'hygiène corporelle était une vertu plus respectée sur la Grande Nicobar qu'à Édimbourg – toute mauvaise odeur était un anathème.

Il demandait parfois une pause à Ram pour sortir de la hutte des célibataires fumer une cigarette. Le village se composait de huit de ces structures rudimentaires formant un large ovale réservé à la danse autour d'un feu communal (le seul loisir hormis la fornication, semblait-il). Brodie cherchait un carré d'ombre et se surprenait toujours à méditer sur la longueur et la nature de son grand périple, depuis la cigarette fumée devant le magasin Channon & Co. à Édimbourg la pluvieuse jusqu'à celle fumée dans un village de Nicobar, à l'autre bout du monde, à l'ombre des feuilles de palmiers agitées par la brise.

En ces occasions, il attirait toujours une petite foule de fillettes et de jeunes femmes curieuses. Les Nicobarais et les Andamanais étant minuscules, d'une taille moyenne d'environ un mètre cinquante, Brodie devait leur apparaître comme un géant, une bizarrerie de la nature. Les femmes, simplement vêtues d'une courte jupe de feuillage, les seins toujours à l'air, se tenaient discrètement à quelques mètres de lui, en demi-cercle, à glousser en le pointant du doigt, à parler de lui derrière leur main, se contentant de le regarder. Il souriait et leur lançait : « Bonjour, mesdames, quelle belle journée ! », ce qui faisait redoubler les ricanements et les messes basses. Que disaient-elles donc de lui ? se demandait-il. Encore un mystère.

Alors qu'il repensait au voyage qui l'avait conduit jusqu'à ce village de Nicobar, il analysait sa propre tribu à travers son nouveau prisme ethnologique. La figure patriarcale despotique, Malky, servie à contrecœur par ses fils et filles, condamnés par la pénurie à demeurer sous un froid climat nordique dans son logement de privilégié, voisin du lieu de culte avec ses propres rituels, ses chants, ses incantations, ses lectures et ses symboles puissants : l'homme nu torturé agonisant sur une croix de bois. Il trouvait sain de se doter d'une certaine objectivité sur une situation que la familiarité avait figée. On voyait sa vie autrement quand on y pensait de cette façon. Si les Nicobarais semblaient étranges et leurs croyances improbables, les nôtres l'étaient tout autant quand on les regardait depuis une autre perspective, songea Brodie. Ces filles avaient largement le droit de se moquer de lui.

Le dernier jour, Page lui transmit des questions qui concernaient toutes la mort. Dans la mythologie de cette tribu, ainsi qu'il le comprit peu à peu grâce aux traductions de Ram, quand on mourait, on allait dans un endroit qui s'appelait l'île des Morts, où la vie était une réplique de la vie sur Terre en plus heureux et où la vieillesse n'existait pas. Si on avait aimé de nombreuses femmes, la seule que l'on y retouvait était celle que l'on avait le plus chérie, le grand amour. Ceci s'appliquant aussi bien aux hommes qu'aux femmes, il n'y avait pas de rencontres gênantes entre rivaux. Brodie trouva l'idée réconfortante et posa beaucoup de questions complémentaires pour s'assurer qu'il notait bien tous les détails.

Le soir après le dîner, Page et lui passaient une heure ou deux à comparer leurs notes. Les sujets qu'elle avait choisis constitueraient chacun un chapitre du livre qu'elle comptait écrire sur les Andamanais, lui révéla-t-elle. La vie et la société de Nicobar, pourtant si proche géographiquement, se révélaient totalement différentes de celles des Andaman. Ce voyage avait été plus riche qu'elle ne l'aurait jamais espéré, et elle était très reconnaissante à Brodie de toutes les notes qu'il avait prises si diligemment. Il lui répondit qu'il était heureux d'avoir pu se rendre utile.

« Comment s'intitulera votre livre ? demanda-t-il.

– Je ne suis pas encore décidée. Notre projet soumis au Smithsonian s'appelait *Étude ethnographique des aborigènes des îles Andaman.* C'est une idée de Francis Bartkowiak. Un peu sec, vous ne trouvez pas ? Je me suis toujours dit qu'on aurait besoin d'un titre un peu plus accrocheur.

– Vous trouverez.

– Je commence à avoir quelques idées, grâce à tout ce que nous avons appris des Nicobarais en venant ici.

– Ah oui ?

– Quelque chose comme *Magie, rites et mœurs dans les îles Andaman.*

– Ça sonne bien.

– Ou encore, vu nos questions récentes, *Les Relations hommes-femmes dans les îles Andaman.*

– J'aime bien.

– Ou *Moralité et sexualité dans les îles Andaman.*

– Pourquoi pas ?

– Ou bien, tout simplement, *La Vie sexuelle des autochtones andamanais*. Vu la nouvelle orientation de nos recherches.

– Voilà qui va attirer des hordes de lecteurs ! »

Elle éclata de son rire rauque et naturel.

« Ou alors, je l'appelle juste *La Vie sexuelle*. Pourquoi tourner autour du pot ? »

Brodie avait parfaitement conscience de ce qui était en train de se passer. Leur relation évoluait. Il sentit sa gorge se serrer alors que les yeux bleus de Page se posaient sur lui avec un regard amusé.

« Le problème, c'est que cela risque d'être interdit, dit-il. Le livre, je veux dire, pas la vie sexuelle. Vous resterait-il un peu de ce bourbon, par hasard ? »

Ils buvaient toujours un petit verre de sour mash après le repas du soir, et Brodie avait soudain très envie d'alcool.

« Bonne idée. Il est dans ce coffre, là-bas. »

Elle désignait du doigt son lit de camp, protégé par une moustiquaire. Brodie traversa la tente et ouvrit le coffre, où il trouva la bouteille. Page posa deux tasses en émail sur la table et resta debout. Brodie les servit tous les deux, et ils trinquèrent avec leurs tasses.

« Au mouvement horizontal ! » dit-elle en s'approchant de lui d'un pas.

Brodie devina qu'elle voulait qu'il l'embrasse, mais il rit de sa blague, se détourna et avança jusqu'au panneau ouvert de la tente. Il voyait les lumières du *Lau* se refléter sur le lagon sombre au-delà de la plage. Discrètement, il ôta son amulette de fornication et la rangea dans sa poche. Il finit son bourbon et se retourna. Page n'avait pas bougé.

« Je crois que je ferais mieux d'aller me coucher, dit-il en bâillant. Je suis cuit dur, comme on dit chez moi.

– Bonne nuit, Brodie. À demain matin. »

2

César se lécha les babines, récura l'assiette qui avait contenu son poulet émincé, sauta sur les genoux de Brodie et posa les pattes avant sur sa poitrine, le regardant fixement comme pour s'assurer que c'était bien lui et qu'il était revenu. Il n'aimait pas que Brodie parte en le laissant tout seul. À chacun de ses retours, Brodie avait droit à une démonstration d'affection canine à la fois adorable et superflue. Il gratta César derrière les oreilles, et la petite apostrophe qui servait de queue au chien disparut dans le flou d'un balancement enthousiaste.

Brodie se demanda ce que faisait Lika et où elle était. Avait-elle reçu sa dernière lettre ? Et puis il se dit que c'était peut-être pour cela qu'elle lui avait laissé César : ce petit chien était un constant déclencheur de souvenirs. Le lien entre César et Lika, entre Lika et César, constituait un rappel quotidien. Mais ces temps-ci, penser à elle engendrait de la mélancolie. Brodie commençait à croire qu'il ne la reverrait jamais et qu'avoir fait la moitié d'un tour du monde dans le simple but de se libérer de Malachi Kilbarron avait été stupide, quoique efficace. Il espérait que le nouvel occupant de sa boutique ferait suivre ses lettres à la précédente propriétaire. Vain espoir ?

Soudain lui vint une idée dérangeante : et si quelqu'un faisait suivre les lettres à son domicile parisien ? À l'appartement du boulevard Beaumarchais ? Nul doute que Malachi ouvrirait une lettre adressée à Lika, surtout s'il y avait un timbre étranger. Brodie regretta d'avoir agi de façon inconsidérée. Peut-être avait-il sans le vouloir indiqué à Malachi son nouveau lieu de vie. Il aurait dû demander à Dimitri de se renseigner plus avant. Peut-être aurait-il été plus prudent d'écrire à Lika aux bons soins de sa mère à Moscou… Troublé, il fit descendre César de ses genoux et attrapa son pot de chambre sous son lit. Il se racla la gorge, cracha, et vit dans la mousse de sa salive quelques bulles roses et un vermicelle de mucus sanglant et brillant. Ses poumons se réveillaient. De temps à autre, son corps semblait éprouver le besoin de lui rappeler, de lui fournir de nouvelles preuves de l'existence de ces tubercules qui croissaient et mûrissaient dans sa poitrine. Il savait qu'il y avait des cavernes, des poches de tissus nécrosés et de pus en constante extension (caséeux comme du fromage, lui avait dit un de ses médecins), mais il les imaginait plutôt comme des prunes pourrissantes logées dans les tissus spongieux de ses membranes pleurales, dans les réseaux arborescents de bronchioles et d'alvéoles.

On frappa à la porte et César poussa un unique aboiement. Brodie éprouva soudain une peur irrationnelle. Il faisait sombre dehors, il était tard.

« Qui est là ?

– C'est moi, monsieur Moncur. J'ai un message pour vous qui vient d'arriver. »

Il s'agissait de Paul Deemer, le propriétaire. Brodie ouvrit la porte et récupéra une enveloppe libellée à son nom. Il remercia Deemer, referma la porte et ouvrit le pli d'un geste brusque.

Mercredi soir

Cher Brodie,

J'ai besoin de vous parler de façon relativement urgente. Venez chez moi maintenant, si c'est possible. Nous pouvons dîner en discutant de cette affaire.

À bientôt,

Cordialement,

Page

Brodie se demanda ce qu'elle pouvait bien lui vouloir qui ne pouvait attendre jusqu'au matin.

3

Page tendit la main pour repousser la longue mèche de cheveux qui était tombée sur le visage de Brodie.

« Qu'est-il arrivé à cette pauvre oreille ? demanda-t-elle.

– Me croiriez-vous si je vous disais que c'est la conséquence d'un duel en Russie ?

– Certainement pas. »

Brodie se recula, car le geste de Page l'avait surpris par son intimité. Elle le regardait avec un calme olympien.

Elle s'assit en face de lui à la table étroite, un de ses coudes sur le dossier de la chaise, ce qui tendait le tissu de son chemisier écru sur sa poitrine. De larges seins plats. Brodie pensa à tous les seins qu'il avait vus dans les Andaman-et-Nicobar, des seins par dizaines, par centaines. Mais révélés de façon innocente, pudique, sans une once de lubricité. À l'inverse, la pose prise par Page était tout sauf innocente et pudique, donc il se leva, s'étira comme s'il était engourdi et voulait détendre son dos ankylosé.

« Et pourtant c'est vrai. On m'a raté de peu. J'y ai perdu un lobe d'oreille et un peu plus.

– Et qu'est-il arrivé à l'autre duelliste ? »

Brodie se gratta le crâne en hésitant à le lui révéler.

« Je l'ai tué. »

Page éclata de rire. Sans retenue. Ravie.

« Allons, arrêtez donc de raconter n'importe quoi ! »

Elle se leva elle aussi et alla remplir leurs verres de bourbon. Ses longs cheveux dénoués lui retombaient sur le dos et les épaules, ce qui lui donnait l'air plus jeune, moins sèche et sage.

« Dites-moi que c'est une plaisanterie, fit-elle en ramenant la bouteille. Vous n'avez rien d'un tueur, Brodie Moncur.

– C'est une plaisanterie. J'ai fait une chute à bicyclette.

– À la bonne heure, ça je peux y croire. Cigarette ?

– Non, merci. »

Elle leur servit le bourbon, son profil rehaussé par la lampe à pétrole posée sur la table comme par de la peinture jaune. Cadmium. Beurre. Miel.

Elle ferma le classeur et le posa sur les quatre autres. Les registres de Francis Bartkowiak, tout le travail qu'il avait accompli dans les Andaman avant de tomber malade.

« Vous croyez que nous pouvons y arriver ?

– Je n'anticipe aucune difficulté. L'écriture semble très soignée. »

C'était la raison pour laquelle elle l'avait fait venir au bungalow. En rentrant de leur expédition, elle avait trouvé une lettre de Bartkowiak lui demandant la restitution immédiate des classeurs renfermant son travail sur le terrain, stockés chez lui dans une valise. Ils devaient lui être envoyés par retour à l'université de Yale, où il avait obtenu un poste au département de philosophie. Brodie ne comprenait pas pourquoi Page était si tourneboulée par cette requête.

« Il a dû partir en urgence, donc il a laissé la plupart de ses affaires ici. J'ai tout un tas de vêtements, de livres et de bagages à lui. J'ai trouvé la valise avec ses classeurs.

– Pourquoi ne pas les lui renvoyer, tout simplement ?

– Parce qu'il va écrire un livre à lui, vous ne comprenez donc pas ? répondit-elle, presque avec colère. Il va me coiffer au poteau.

– Mais c'est possible ? Vous êtes restée ici deux fois plus longtemps que lui.

– Je dirais que non, mais dans notre milieu, quiconque publie en premier gagne. L'ethnographie est une discipline naissante. Les gens commencent à marquer leur territoire et à se faire un nom. »

Page avait suggéré qu'ils parcourent ensemble les classeurs de Bartkowiak et recopient au plus vite tout ce qui semblait pertinent pour ses recherches. Le projet Andaman étant une coentreprise, Francis Bartkowiak ne pouvait pas s'en approprier le statut d'auteur unique. Brodie et Page allaient « écrémer », selon le terme qu'elle avait employé, ses classeurs et les lui renvoyer quand ils auraient récupéré les informations utiles. Mais il fallait faire vite pour ne pas éveiller ses soupçons.

« L'union fait la force, commenta-t-elle. Deux têtes valent mieux qu'une. Plus vite nous aurons parcouru ses notes, plus vite nous les renverrons, moins nous éveillerons ses soupçons. »

Brodie lui promit toute son assistance. Il ne comprenait pas les manœuvres de cette course universitaire, mais il ferait tout ce qu'il pourrait. Il se dit prêt à relever le défi.

Ce soutien permit à Page de se détendre, la fit presque jubiler, et elle les resservit en bourbon pour boire à la santé de cette entreprise. Brodie avait feuilleté les classeurs. Bartkowiak écrivait en ronde anglaise tracée à l'encre noire, donc il ne leur faudrait pas beaucoup de temps pour repérer les passages pertinents.

De ce jour, Brodie passa toutes ses soirées chez Page. Ils dînaient ensemble, puis se répartissaient les classeurs pour en extraire les paragraphes qui pourraient être utiles à sa recherche, et terminaient la soirée par un verre et une cigarette sur la véranda en contemplant les lumières de Port Blair. Brodie partait vers minuit pour regagner sa chambre d'hôtel. Ces nouveaux horaires réguliers avaient fait changer leur relation de façon subtile. Sur le terrain, pendant les journées passées à interroger, photographier et mesurer les villageois, Page restait professionnelle et donnait ses instructions en bonne chef de projet ; mais à la nuit tombée, quand il allait chez elle parcourir les classeurs Bartkowiak, une intimité de conspirateurs prenait le dessus et il ressentait une ambiance différente.

Pendant les instants de détente sur la véranda après leur travail, Brodie se surprenait à lui raconter ses voyages, son parcours depuis Édimbourg la pluvieuse jusqu'à Port Blair l'étouffante, et le nom de Lika Blum revenait inévitablement.

« Pourquoi ne l'avez-vous pas épousée ?

– Parce que j'ai découvert qu'elle était déjà mariée.

– C'est un problème, en effet, dit-elle avec une amertume étonnante.

– Et vous, pourquoi n'êtes-vous pas mariée ? osa-t-il demander sous l'influence du bourbon.

– Cela ne vous regarde pas. Vous aurez peut-être remarqué que je ne vous ai pas interrogé sur votre passé amoureux.

– Mais je vous ai parlé de Lika.

– Oui, vous m'en avez parlé. Ce n'est pas moi qui vous ai posé la question.

– C'est vrai, désolé.

– Alors, si vous voulez vraiment savoir, il y a eu un homme, dit-elle avec une grimace. Un homme plus âgé, voici des années. Très longtemps. Il était à Princeton. Nous avons eu une "liaison". Je ne savais pas qu'elle était vouée à l'échec.

– Parce qu'il était marié ?

– Quelque chose comme ça, oui.

– Comment s'appelait-il ?

– De quoi je me mêle ?

– J'aime savoir ce genre de détails, c'est tout.

– Emerson, répondit-elle en détournant le regard. En fait, il était pourri jusqu'au trognon. »

Brodie se garda de toute remarque.

« Rien à voir avec vous, dit-elle en se tournant vers lui pour lui prendre tendrement la main. Au cas où ce serait la raison de cet interrogatoire.

– Non, je me demandais juste. Je faisais la conversation. Je posais des questions.

– Vous êtes bien plus gentil. Plus doux.

– Merci. »

Elle lui lâcha la main pour prendre son verre et lui lança un regard inquisiteur.

« Vous êtes difficile à cerner, Brodie Moncur. Je pourrais presque croire à ce duel, en fait. C'était au sujet de cette femme, Lika ?

– En fait, c'était à cause d'un morceau de musique.

– Mais bien sûr. Et la Lune est faite en fromage. »

Brodie eut un pincement au cœur en réentendant cette expression car la dernière fois qu'il l'avait employée, c'était avec Lika.

Page avait dû voir son expression changer. Elle se leva, alla jusqu'à la balustrade de la véranda et s'adressa à lui sans le regarder, d'une voix très terre à terre.

« Je me disais, pourquoi ne vous installeriez-vous pas ici ? Nous pourrions facilement vous aménager une chambre. Il y en a trois derrière cette porte, dit-elle en la pointant du doigt. Cela simplifierait tout. Ce serait plus pratique. Vous n'auriez pas à faire de multiples allers et retours toute la journée.

– Et mon chien ?

– Je lui ai demandé, il trouve l'idée excellente. »

Ils échangèrent un regard franc. Malgré le ton détaché et pragmatique, elle s'offrait à lui et Brodie ne l'ignorait pas. Elle lui proposait de passer à l'étape suivante de leur relation, d'employé à ami à amant. Elle suggérait un nouvel arrangement qui pourrait mener à un autre arrangement plus permanent.

« Il vaut peut-être mieux que je reste au Deemer's, dit-il prudemment. Port Blair est tout petit, vous ne l'ignorez pas. Les ragots circuleraient, les gens parleraient derrière notre dos.

– Et alors ? Regardez donc ce qui se passe, dans cette ville pleine de meurtriers et de criminels. »

Brodie ne releva pas, et Page n'insista pas. Il lui dit bonne nuit et rentra à son hôtel en repensant à ce que leur dernier échange avait mis sur la table. Il savait qu'il s'agissait d'une proposition sincère, car Page Arbogast fonctionnait ainsi pour tous les problèmes de sa vie. Ils devaient être résolus de façon pratique, rapide et sans en faire tout un plat. Il y réfléchit, pesa les conséquences d'un mariage avec Page Arbogast et songea que, d'un certain point de vue, cela résoudrait de nombreuses difficultés. Il l'aimait bien, elle l'intriguait, elle commençait à l'exciter, elle était intelligente, laconique et drôle. Et il savait qu'elle venait d'une famille fortunée. Ses parents étaient morts, et elle avait un frère, avocat à Washington. Le projet Andaman allait durer encore environ un an, puis elle rentrerait dans le Connecticut écrire son livre. Brodie pourrait l'accompagner… Il interrompit ses pensées. Et Lika ? Comment pouvait-il même envisager de se mettre en couple avec Page Arbogast alors que Lika Blum pourrait un jour venir frapper à sa porte ? Ils s'étaient fait une promesse, et une promesse, c'est une promesse.

4

Brodie aida Page à descendre du yacht à vapeur qui venait de s'amarrer devant le bureau de douane tandis que Ram supervisait le déchargement de leur équipement et de leurs vivres par des coolies. Ils avaient passé quarante-huit heures à chercher en vain des traces de la présence de Jarawa, la tribu la plus secrète et la plus hostile des Andaman, au point que les cipayes du colonel Ticknell avaient été appelés en renfort et que Page avait même apporté son arme (là encore fournie par le colonel), un vieux revolver calibre .45 Adams Mark III assez puissant pour arrêter un buffle en pleine charge, expliqua-t-elle. Il avait plu les deux nuits et Brodie s'était fait dévorer par des moustiques qui avaient trouvé une déchirure dans sa moustiquaire. Il se sentait sale, anormalement fatigué et ses piqûres le démangeaient. Cette expédition avait été frustrante et épuisante.

« Je dois aller prendre un bain, dit Page en lui lâchant la main avant d'ajouter posément : Avez-vous repensé à ma proposition ? On peut avancer en douceur, étape par étape, une nuit à la fois... »

Brodie fut soudain tenté. Il se dit oui, peut-être est-ce là la nouvelle voie que je devrais explorer. Puis il vit Malachi Kilbarron sortir du bureau de douane et disparaître au coin d'une rue. Il tressaillit.

« Vous allez bien ? s'inquiéta Page.

– Je viens de voir un fantôme. Je ferais mieux de retourner au Deemer's. Je passerai plus tard, dit-il avant d'ajouter pour la rassurer : Ce n'est rien. À tantôt. »

Il ramassa son sac et s'éloigna.

Une fois à l'hôtel, il demanda à Paul Deemer s'il comptait de nouveaux clients. Aucun, fut la réponse. Quelqu'un a demandé après moi pendant mon absence ? Non, personne.

Il n'en fut que modérément rassuré. S'il s'agissait bien de Malachi, alors il venait tout juste d'arriver. Brodie se lava et se rasa en se répétant qu'il avait très bien pu faire erreur, les Européens corpulents et barbus n'étant pas rares aux Andaman, entre les officiers de la garnison, les préposés de l'autorité portuaire, les administrateurs de la prison, les fonctionnaires du haut-commissariat, sans parler des nombreux capitaines de bateau et de leurs équipages, des agents des douanes et des marchands. Alors, pourquoi avait-il cru que cet homme était Malachi ?

Il s'assit sur sa chaise et pencha la tête, de nouveau submergé par une vague de fatigue inhabituelle. Tout ce qu'il voulait, c'était aller dormir, mais il savait que si c'était bien Malachi qu'il avait vu, alors sa meilleure occasion de se confronter à lui serait maintenant, avant qu'il ait eu le temps de s'installer et de chercher des renseignements. Port Blair ne comptait que peu de pensions ou d'hôtels corrects où les Européens pouvaient descendre. Il ne lui faudrait guère de temps pour en faire la tournée et ainsi découvrir s'il avait halluciné ou pas. Et s'il trouvait Malachi Kilbarron, eh bien il s'occuperait de lui une bonne fois pour toutes. Pas question de se laisser déstabiliser, cette fois.

Il se rendit chez Page, qui l'attendait, propre, parfumée, vêtue d'une robe bleu nuit avec des chaussures rouges qu'il ne lui connaissait pas. Il la trouva anormalement excitée, puis anormalement déçue lorsque, après un repas de côtes de porc aux haricots, il se dit très fatigué, fébrile. Elle lui toucha le front, convint du fait qu'il avait l'air pâle et alla chercher des sachets de quinine.

Pendant les deux minutes de son absence, Brodie courut à son bureau, où il trouva son revolver Adams, car il savait dans quel tiroir elle le rangeait. Il était chargé. Il le glissa dans la poche de sa veste, qu'il accrocha sur le dossier de sa chaise. Il lui dit bonne nuit et s'excusa de nouveau.

« Vous êtes sûr que vous allez bien ? insista-t-elle en lui prenant la main, ce qu'elle faisait presque régulièrement, sans y penser, quand ils étaient seuls, geste à la fois intime et banal qui le troublait. Voulez-vous que j'appelle le docteur Klein ?

– J'ai juste besoin de dix bonnes heures de sommeil, la rassura-t-il. Crapahuter dans une jungle humide, ce n'est pas ma tasse de thé.

– Alors dormez bien. Venez demain soir si vous avez récupéré. Prenons un jour de congé. »

Brodie partit, sa veste lestée du revolver pesant lourd sur son bras. Il se dirigea tout droit vers la rue principale de Port Blair. De fait, il n'était pas dans son assiette. Peut-être faisait-il réellement une poussée de fièvre. Étrangement, il se sentait tout à la fois faible et plein d'une énergie insoupçonnée. Il avait une proie à traquer. Il coinça le revolver dans sa ceinture, enfila sa veste en lin et la boutonna. Il ne lui restait plus qu'à retrouver Malachi Kilbarron, et à cette heure de la soirée, le nombre d'endroits possibles serait limité.

La chance lui sourit dans le troisième hôtel où il se présenta, le O'Malley's Grand Oriental, sans doute choisi par Malachi en raison de la consonance irlandaise du nom. C'était un établissement miteux avec un bar en appentis décoré de lanternes chinoises et rempli de prostituées qui cherchaient des marins, et quelques chambres au-dessus d'un mauvais restaurant aux nappes à carreaux poisseuses qui proposait de la tourte à l'huître, du poisson frit ou des côtes de porc et beaucoup de bière ou de whisky coupés d'eau pour aider à la digestion.

Malachi mangeait seul, dos à la porte. Brodie reconnut le large dos qu'il avait suivi dans le jardin des Tuileries. Une occasion ratée. Mais il n'allait pas se laisser distraire ce soir.

Il déboutonna sa veste pour avoir facilement accès à son revolver et passa entre les tables animées pour se rapprocher de Malachi. Il resta à un mètre derrière lui pendant un moment. Malachi n'avait aucune conscience de sa présence, il enfournait dans sa bouche une sorte de ragoût fumant.

« Kilbarron », dit doucement Brodie.

Pas de réaction.

« Malachi, j'ai besoin de vous parler dehors. »

Toujours rien.

Brodie serra la main droite sur la crosse du revolver et, de la gauche, donna une tape sur l'épaule de Malachi, qui se retourna enfin.

Ce n'était pas Malachi, mais un Européen au teint pâteux sous une barbe noire.

« *Czy mogę w czymś pomóc ?* »

Polonais, devina Brodie.

« *Mes excuses*. Entschuldigung.* »

Il sortit du O'Malley's avec un soulagement et une jubilation irréels mêlés à une étrange honte. Qu'est-ce qui n'allait pas, chez lui ? Était-il en train de devenir fou ? Il se cogna à un mur, se sentit soudain faible et chancelant, le pouls rapide puis filant. Il glissa le long du mur et tomba à genoux. Oh mon Dieu, se dit-il, ça y est, oh mon Dieu !

Un énorme tubercule dans son poumon avait réagi à l'augmentation de sa pression sanguine et provoqué la rupture d'un anévrisme de l'artère voisine. Du sang noir s'écoulait à flots continus de sa bouche.

5

Brodie savait qu'il était très malade, plus gravement que jamais. Il avait les poumons en feu et la respiration pénible, même bien calé sur cinq coussins dans le lit de Page. Il perdait régulièrement connaissance. Le docteur Klein lui avait prescrit un opiacé qui le faisait rêver éveillé, du moins le pensait-il quand la chambre se peuplait par intermittence de personnes ayant figuré dans sa vie, ses frères et sœurs, son père Malky, lady Dalcastle, Ainsley Channon, Calder… Puis le monde reprenait son aspect ordinaire, et Brodie savait exactement où il se trouvait. Il y avait Page, inquiète, affectueuse ; il y avait le docteur Klein, moustachu, morose, qui lui prenait le pouls de ses mains douces et propres. Brodie parlait à Page, lui disait qu'il se sentait un peu mieux et, l'instant d'après, John Kilbarron entrait dans la pièce.

Dans ses moments de lucidité, les événements des derniers jours lui furent relatés. Il avait subi une violente hémorragie devant l'hôtel O'Malley's. On l'avait découvert inconscient, quelqu'un l'avait reconnu et avait fait prévenir Page. Le docteur Klein avait été appelé, mais, dans les jours fiévreux de semi-conscience qui avaient suivi, Brodie avait contracté une pneumonie dans ses poumons endommagés et diminués. C'était la pneumonie qui provoquait ces douleurs, ces difficultés respiratoires, cette fièvre intense. Les hallucinations, elles, étaient déclenchées par les opiacés que le docteur Klein lui administrait pour soulager ses atroces souffrances.

Brodie se sentait plus faible que jamais, presque sans aucune énergie, exclusivement concentré sur sa respiration : inspire, expire. Assise à son chevet, Page lui tenait la main.

« Que faisiez-vous là-bas ? lui demanda-t-elle doucement. Que se passait-il, Brodie ?

– Je cherchais un homme. Un homme venu me tuer. »

Page lui sourit. À l'évidence, elle mettait cette réponse sur le compte de son esprit enfiévré.

Chaque fois que la porte s'ouvrait, César entrait ventre à terre, sautait sur son lit et lui léchait la main. Tantôt Brodie savait que c'était César, tantôt il frémissait d'horreur quand c'était Malachi Kilbarron qui lui léchait la main.

Un jour il se sentit mieux, plus calme. La douleur dans sa poitrine, cet étau de métal en fusion qui enserrait ses poumons comme le cerclage d'un tonneau, s'était apaisée.

« Pourquoi avez-vous pris mon arme ? lui demanda Page.

– J'avais vu quelqu'un, quelqu'un qui me traque depuis des années, des années.

– Mais qui, enfin ? Qui viendrait jusqu'ici ?

– Malachi. Malachi Kilbarron.

– Qui est-ce ?

– Un démon qui veut me tuer. »

Elle sourit, croyant sans doute qu'il divaguait encore. Un démon, un monstre, un diable du nom de Malachi.

« Peu importe, dit-il. De toute façon, j'avais tort. C'était juste un marin polonais. »

Le lendemain, il sentit son état se dégrader de façon palpable, comme si un robinet avait été laissé ouvert et que son essence vitale s'écoulait librement de son corps, au point qu'il avait à peine la force de lever le bras. Il n'avait conscience de son environnement que de manière intermittente. Le visage de Page, celui du docteur Klein, qui se déformaient ou devenaient flous, ne s'imprimaient que brièvement dans le cercle décroissant de sa vision.

Il eut un ultime moment de clarté. Une telle clarté qu'il crut être magiquement en train de se rétablir. Puis il en comprit toute la signification.

Il vit une forme, telle la carte d'une île inconnue, prendre les contours du visage de Lika, puis il vit le vol en rase-mottes des oies au-dessus de la Neva, le cerf en train de brouter à Maloïe Nikolskoïe qui avait levé les yeux pour les fixer sur lui, Lika qui passait la porte et venait vers lui en souriant. « Brodie ! Je suis là ! » Et il sentit des larmes lui emplir les yeux, un étrange sentiment de bonheur, de bien-être surnaturel qui l'emplissait.

Debout à son chevet, le docteur Klein venait de lui injecter quelque chose dans le bras.

« Où est Page ?

– Elle dort. Nous sommes au beau milieu de la nuit.

– Ne la dérangez pas. Ne vous inquiétez pas de moi, docteur Klein.

– Pardon ? *Bitte ?* demanda le médecin, dont l'anglais était rudimentaire.

– Tout ira très bien. Je pars pour l'île des Morts.

– S'il vous plaît, je ne comprends pas. *Verstehe nicht.*

– *Ich sterbe.*

– Ah oui. Oui, je suis désolé de vous le confirmer. »

Le docteur Klein se leva et fourgonna dans son sac. Brodie tourna la tête pour voir ce qu'il fabriquait, or ses lunettes étaient sur la table de chevet. Il essaya de les attraper, il ordonna à sa main de bouger, mais elle ne lui obéit pas. Dans un flou presque total, Brodie vit le docteur Klein ouvrir ce qui ressemblait à une bouteille de champagne. L'éclair doré d'un papier métallique qu'il déchira, puis une pause et un bruit sec quand le bouchon sauta. Brodie l'entendit remplir un verre. Le docteur le lui plaça entre les doigts et le guida jusqu'à ses lèvres.

« Qu'est-ce ?

– Du champagne. C'est une tradition allemande. Quand la fin arrive. »

Brodie réussit à boire une gorgée du champagne chaud dont les bulles pétillèrent sur ses dents.

Page entra dans la chambre. En tout cas, une silhouette de femme entra dans la chambre. Non, c'était Lika qui était enfin venue le retrouver.

« Merci beaucoup, dit Brodie. Merci pour tout. »

Épilogue

Poste restante
Bureau central de Port Blair
Andaman du Sud
Îles Andaman
Empire des Indes

2 septembre 1906

Ma chère Amelia,

Je serai de retour dans un mois, trois tout au plus, selon mes estimations. Je suis en train de tout boucler, sans doute plus vite que je ne le devrais, mais la vie dans les Andaman n'est plus la même depuis la mort de ce pauvre Brodie Moncur.

Chose incroyable, tous les matins, quand on ouvrait les portes de la maison, le petit chien de Brodie, qui s'appelait César, courait jusqu'au cimetière, à environ quatre cents mètres d'ici, et passait la journée assis à côté de la tombe de Brodie. Si je n'avais pas envoyé Lakima le récupérer, il y serait resté toute la nuit. C'était très étrange et très émouvant.

Et puis, là c'est extraordinaire, la semaine dernière, une jeune femme russe est arrivée. Blonde, séduisante, suivie par un serviteur et de nombreuses malles, donc apparemment assez riche. Elle est allée directement à l'hôtel Deemer's, a demandé M. Moncur, et a appris la triste nouvelle avant d'être redirigée vers moi. Elle m'a dit s'appeler Mme Lydia Kilbarron. J'ai bien sûr compris qu'il s'agissait de la fameuse Lika. Je lui ai raconté ce que j'ai pu de la vie de Brodie ici à Port Blair. Je lui ai raconté ce que j'ai voulu, devrais-je dire – je n'ai pas tout révélé. Nous sommes allées au cimetière, où nous avons trouvé César assis près de la tombe. Il était tout heureux de la voir. Il la connaissait visiblement.

Je lui ai laissé environ cinq minutes d'intimité, puis l'ai raccompagnée à son hôtel. J'ai bien vu qu'elle avait pleuré. Elle avait les yeux rouges, le visage défait. Mais elle avait réussi à se ressaisir. Elle m'a raconté que son époux, M. Kilbarron, avait connu une fin brutale en tombant d'un pont à Paris. Un accident affreux. Il essayait de rattraper le chapeau de Lika, qu'un souffle de vent avait emporté, il avait perdu l'équilibre et avait chuté du haut du pont. Ainsi endeuillée, elle avait décidé de s'embarquer pour un tour du monde. Sachant que son ami Brodie Moncur habitait ici à Port Blair, elle avait fait un détour pour venir le voir. J'ai hoché la tête en entrant dans son jeu et je lui ai dit oh oui, quelle tristesse, ou comme c'est intéressant, ou autre. Elle m'a expliqué qu'elle comptait poursuivre son voyage en Chine, au Japon voire plus loin si l'envie lui en prenait. Elle m'a demandé si elle pouvait prendre César comme compagnon et je lui ai répondu que oui, bien sûr. Je l'ai informée que j'allais moi-même retourner aux États-Unis et que César était le chien de Brodie et non le mien. Et nous nous sommes quittées ainsi sans que rien ne soit dit, car peut-être cela valait-il mieux. La dame a emmené le petit chien.

Je croyais ne jamais la revoir, mais le lendemain matin, elle était de retour. Elle m'a confié de l'argent, plusieurs centaines de roupies, et m'a demandé que quelques vers soient inscrits sur la pierre tombale (en bois, comme elles le sont toutes ici). Elle les a copiés, je les ai transmis à un charpentier local et il les a gravés très proprement dans le bois. Je ne sais pas d'où ils sortent, mais ils servent d'épitaphe à la courte vie de ce pauvre Brodie. Il n'avait que trente-six ans, et c'était une âme douce et adorable – du moins c'est mon avis, à moi qui l'ai connu trop brièvement et qui m'apitoie sur mon sort.

Bref, Lika, enfin Mme Kilbarron, s'en est allée avec son petit chien. Je dois avouer que pendant quelques jours après son départ, je me suis sentie très affectée. La vie est si injuste, si cruelle, si dure parfois. Elle et moi n'avons pas voulu partager nos secrets respectifs sur Brodie Moncur. Deux femmes séparées par tant de non-dit. Je reconnais que sa visite m'a perturbée et m'a donné encore plus envie de partir d'ici.

Et donc je serai bientôt de retour, ma chère. La grande aventure est terminée, et maintenant les choses sérieuses commencent.

Affectueusement,

Ta sœur triste et endeuillée,

Page

P-S : Voici les vers que Lika, Mme Kilbarron, a demandé que l'on grave sur la tombe. Elle a beaucoup insisté et m'a fait promettre que ce serait joliment fait. Une promesse que j'ai tenue.

My bonny man has gone tae sleep
His journey o'er – he's heard the call.
Birth tae death is the shortest leap.
The grave is waiting for one and all.

Remerciements

Les musiciens

Clive Ackroyd, Patrick Doyle, Chloé van Soeterstède, Patrick Neil Doyle, les héritiers d'Ernst Sauter, Aleksandr Markevich.

La tertulia

M. le professeur Donald Rayfield, le docteur David T. Evans, Sam M. Goodforth, Mélisande Sautoy, le docteur Dermot O'Flynn.

Du même auteur

Un Anglais sous les tropiques
roman, 1984, réédition 1995
et « Points », n° P10
et Point Deux

Comme neige au soleil
roman, 1985, réédition 2003
et « Points », n° P35

La Croix et la Bannière
roman, 1986, réédition 2001
et « Points », n° P 958

Les Nouvelles Confessions
roman, 1988
et « Points », n° P34

La Chasse au lézard
nouvelles, 1990
et « Points », n° P381

Brazzaville Plage
roman, 1991
et « Points », n° P33

L'Après-midi bleu
roman, 1994
et « Points », n° P235

Le Destin de Nathalie X
nouvelles, 1996
et « Points », n° P480

Armadillo
roman, 1998
et « Points », n° P625

Visions fugitives
nouvelles, 2000
et « Points », n° P856

Nat Tate : un artiste américain (1928-1960)
in Visions fugitives, 2000
et « Points », n° P1046

À livre ouvert
roman, 2002
et « Points », n° P1152
Grand Prix littéraire des lectrices de « Elle » 2003
prix Jean-Monnet 2003

La Femme sur la plage avec un chien
nouvelles, 2005
et « Points », n° P1456

La Vie aux aguets
roman, 2007
et « Points », n° P1862

L'amour fait mal
florilège de nouvelles, 2008
Points Signatures, n° 1927

Bambou
Chroniques d'un amateur impénitent
2009

Orages ordinaires
roman, 2010
et « Points », n° P2602

L'Attente de l'aube
roman, 2012
et « Points », n° P3030
et Point Deux

SOLO
Une nouvelle aventure de James Bond
roman, 2014
et « Points », n° P4055

Les Vies multiples d'Amory Clay
roman, 2015
et « Points », n° P4440

Tous ces chemins que nous n'avons pas pris
Nouvelles, 2017
et « Points », n° P4880

RÉALISATION : NORD COMPO À VILLENEUVE-D'ASCQ
ACHEVÉ D'IMPRIMER SUR ROTO-PAGE
PAR L'IMPRIMERIE FLOCH À MAYENNE
DÉPÔT LÉGAL : MAI 2019. N° 140809 (94214)
IMPRIMÉ EN FRANCE